D1687955

Helene Flood • Die Witwe

Helene Flood

DIE WITWE

Psychothriller

*Aus dem Norwegischen
von Sylvia Kall*

btb

Aber der Strich, der das Gute vom Bösen trennt,
durchkreuzt das Herz eines jeden Menschen.
Und wer mag von seinem Herzen ein Stück vernichten?
Alexander Solschenizyn

Fuck you, I won't do what you tell me
Rage Against the Machine

FÜNFUNDZWANZIG TAGE DANACH

Kurz bevor sie kommen, zünde ich alle Kerzen an. Die auf dem Esstisch, die auf der Anrichte, die im Regal. Ich mache mir Mühe. Mit all diesen offenen Flammen an einem so hellen Juniabend möchte ich ihnen wohl etwas beweisen. Vielleicht, dass ich keine Angst habe.

Doch entspricht das der Wahrheit? Die Kerzen flackern auf dem Tisch. Hinter mir im Wohnzimmer höre ich das Ticken der Großvateruhr, es klingt wie langsam aufeinanderfolgende Seufzer. Ja, ich glaube, es ist wirklich so. Ich bin angespannt. Das ja. Vielleicht ein wenig nervös. Aber vor allem bin ich bereit.

Draußen ist es bedeckt, neblig. Ich öffne die Doppelflügeltür zum Korridor, und im selben Moment schlägt mir der Brandgeruch entgegen. Er ist beißend und unangenehm, stinkt nach bitterer Asche und saurer Milch. Diesen Gestank hinterlassen die Flammen. Nichts anderes riecht so. Er setzt sich in der Nase fest, ein Geruch, den man nie mehr vergisst.

Teile des Treppengeländers sind schwarz, die Wandverkleidung ist beschädigt. Die Tür zu Erlings Arbeitszimmer steht halb offen. Dort drinnen ist alles zerstört. Ich gehe an der Türöffnung vorbei, ohne hinzusehen.

Vom Fenster im Korridor aus kann ich die Straße sehen. Tatsächlich hat man von hier einen guten Ausblick auf die gesamte

Nachbarschaft und bis hinunter zum Fjord. Das Meer, das man gewöhnlich zwischen den Baumkronen erahnen kann, ist heute Abend im Nebel verschwunden. Aber das spielt keine Rolle. Ich richte meine Aufmerksamkeit auf die Straße. Spähe nach Autos, die anhalten. Nach Scheinwerfern, die sich dem Haus nähern.

Sie werden kommen. Sie sind auf dem Weg, bald sind sie hier. Und ich habe keine Angst. Ich bin bereit.

VIER TAGE DANACH

Da ist ein Echo in meinen Ohren, obwohl es still ist. Als hätte jemand einen Lautsprecher, aus dem stundenlang Musik in voller Lautstärke dröhnte, abgestellt, und der Ton klänge immer noch nach. Ich sitze auf dem Sofa und lausche dem Ton, der nicht da ist. Meine Hände zittern. Ich hätte jetzt gern etwas, um die Nerven zu beruhigen, bleibe aber standhaft. Ich sitze hier und konzentriere mich auf das einzige hörbare Geräusch im Haus: das Ticken der Großvateruhr im Wohnzimmer.

Eigentlich sollte ich nicht allein sein. Das hat man mir nicht direkt gesagt. Glaube ich zumindest, allerdings muss ich zugeben, dass ich dazu neige, bei Gesprächen den Faden zu verlieren. Die Ärztin, die an *jenem* Tag im Krankenhaus mit uns sprach, bat mich um ein Gespräch, und ich erinnere mich an außerordentlich wenig von dem, was sie gesagt hat. Sie war vielleicht fünfzig und hatte diese Falten seitlich am Mund, Vertiefungen in der Haut, die sich nach Jahrzehnten des Lächelns und Lachens und Schimpfens und Schreiens nicht mehr austilgen lassen. Ich betrachtete diese Falten und fragte mich, wann meine eigenen aufgetaucht waren. War ich da älter oder jünger als sie gewesen? Ich hatte sie gar nicht kommen sehen. Als sie mir zum ersten Mal auffielen, schienen sie schon immer da gewesen zu sein. Darüber dachte ich nach, während die Ärztin redete. In ihrem stressigen Arbeitstag hatte sie sich Zeit für dieses Gespräch genommen. Es ist davon auszugehen, dass das, was sie sagte, wichtig war.

Meine Kinder haben entschieden, dass ich nicht allein sein sollte. Ich habe aufgeschnappt, wie meine Töchter darüber sprachen. Es war an einem der letzten Tage, gestern oder vielleicht auch vorgestern. Sie standen in Erlings Arbeitszimmer, ich habe im Korridor davor mitgehört. Hanne hat geredet, mit insistierender Stimme. Sie redet immer am meisten.

»Das hier wird eine Mordsarbeit«, sagte sie. »Papa hat bestimmt fünf volle Kisten davon.«

Silje antwortete nicht. Oder vielleicht hörte ich ihre Antwort bloß nicht. Hanne redete über all seine Sachen. Sie fühlte sich für sie verantwortlich, das erkannte ich. Sie wollte dafür sorgen, dass sie durchgesehen und sortiert oder sogar weggeworfen werden. Das war neu für mich. Erlings Sachen stehen überall in diesem Haus, und warum auch nicht? Es ist schließlich unser Haus.

Und jetzt müssten sie auf mich aufpassen, sagte Hanne. Silje gab einen zustimmenden Laut von sich. Hanne fuhr fort: »Das muss so schwer für sie sein, Mama darf nicht allein sein.« Ach so, dachte ich, darf ich das nicht? Ich bin immer gern allein gewesen.

Die Tür stand halb offen, und ich schaute hinein. Sie standen am Schreibtisch, sortierten einige Papiere. Sein Terminkalender lag aufgeschlagen auf der Tischplatte. Vermutlich war er voller Verabredungen, aus denen nun nichts mehr werden würde. Meine Töchter kehrten dem Korridor, in dem ich stand, den Rücken zu, keine von ihnen sah mich.

Heute will Bård vorbeikommen. Er hat gerade angerufen und Bescheid gegeben, dass er auf dem Weg ist. Erst muss er noch zu einem Kunden, in einen Ort, an den ich mich nicht erinnern kann, war es Drammen, war es Tønsberg? Ich hatte wieder einen dieser Momente, bin einfach aus dem Gespräch gefallen. Das ist in diesen Tagen mehrfach passiert. Liegt es an dem, was passiert ist, ist es eine Nebenwirkung des Schocks? Bis jetzt bin ich von großen Verlusten verschont geblieben, abgesehen davon, dass ich vor vielen Jahren meinen Vater verloren habe. Doch man hört ja so einiges. Über andere Menschen. Über deren Verluste. Hat jemand etwas in der Art erwähnt? Diese mangelnde Fähigkeit, sich auf ein Gespräch zu konzentrieren. Das Phänomen, dass die Aufmerksamkeit einfach weggleitet und an dem hängen bleibt, worauf der Blick fällt, ganz egal, worum es sich handelt, auf das Erste, das man sieht. Als wäre das Gehirn nicht mehr in der Lage, Prioritäten zu setzen.

Draußen liegt die Veranda verlassen da. Wenn ich die Augen schließe, sehe ich Momentaufnahmen von *jenem* Tag: Maria Berger, die den Nordheimbakken heraufgerannt kommt und nach mir ruft. Die Plastikschnalle, die den Fahrradhelm unter Erlings Kinn festhält, der weiße Rand des Augapfels, der unter den Lidern gerade eben sichtbar ist. Die auf dem Asphalt liegende Hand mit dem Ehering, mir genauso vertraut wie meine eigene. Die überraschend unbequemen Stühle im Warteraum des Krankenhauses, Hannes klackernde Absätze im Flur, als sie angelaufen kam. Die Falten um den Mund der Ärztin. Das Lied, das im Radio lief, als Bård mich später nach Hause fuhr, *oh, baby, baby, it's a wild world*. Der Moment, als ich dieses Haus aufschloss und es allein betrat. Der Entschluss, keine Schlaftablette zu nehmen, denn was wäre, wenn Erling doch nach Hause käme, dann müsste ich wach sein, um ihn hereinlassen zu können. Ich wusste ja, dass er nicht kommen würde. Schließlich war ich nicht völlig unzurechnungsfähig. Er ist nicht mehr hier, dieses Wissen bebt im Körper und knistert in den Fingern: *Erling ist tot*.

Das weiß ich. Wusste es schon da. Lag trotzdem dort, allein im Bett und dachte: Wenn er heimkommt, werde ich es hören.

Vor der Esszimmerwand nehme ich die Papierspitze des eingepackten Blumenstraußes wahr. Wann habe ich ihn dorthin gelegt? Vielleicht, kurz bevor ich mich aufs Sofa gesetzt habe? Ich weiß es nicht, ich bin unsicher, wie lange ich schon hier sitze. Der Strauß hing an der Haustür, als ich vorhin vom Einkaufen kam. Ich habe mich nicht um ihn gekümmert. Habe ihn noch nicht einmal geöffnet, um nachzusehen, von wem er ist. Eine ganze Weile habe ich einfach am Esstisch gesessen und ihn betrachtet.

Merkwürdig, was alles von einem erwartet wird, dachte ich, all diese Aufgaben, die mit einem Blumenstrauß verbunden sind. Zuerst muss er ausgepackt werden, das Papier muss weggeworfen, die Stiele angeschnitten werden, eine Vase muss aus den Tiefen des Schranks hervorgekramt und mit Wasser und Schnittblumennahrung gefüllt werden. Danach verlangen die Blumen weiterhin ständig Aufmerksamkeit: Das Wasser muss gewechselt, tote Blumen müssen herausgenommen und die verbliebenen umgruppiert werden. Früher oder später sterben sie natürlich alle, und dann muss der ganze Krempel entsorgt, die Vase gespült und abgetrocknet, der Müll hinausgetragen werden. Wie kommt man bloß auf so etwas? Dein Mann ist gestorben, also bitte schön, hier hast du zwanzig einzelne Pflanzen, an der Wurzel abgeschnitten und damit selbst am Rand des Grabes; jetzt ist es deine Aufgabe, sie zu versorgen und dein Möglichstes zu tun, um das Unausweichliche hinauszuzögern, bis sie schließlich doch dahinwelken und sterben, sodass du deine Unzulänglichkeit erkennen musst. Andererseits ist es ja bloß eine Gepflogenheit, und vielleicht ist es nicht vernünftig, zu viel darüber nachzudenken. Erling war Vernunft wichtig. *Sie ist eine vernünftige Frau,* sagte er beispielsweise. Oder: *Er hat sich vernünftig verhalten.* Das war sein größtes Kompliment. Das Gegenteil war sein größtes Verdikt.

Die Großvateruhr schlägt. Anschließend setzt das Ticken wieder ein, tick, tack, der Puls des Hauses. Ich sitze auf dem Sofa und betrachte die Spitze des eingepackten Straußes. Eine vernünftige Frau hätte ihn ausgepackt. Ich lasse ihn einfach dort vor der Esszimmerwand liegen und begebe mich in Gedanken in den ersten Stock, ins Bad. Dort öffne ich unser Medizinschränkchen und hole die Packung mit dem Etikett, auf das mein Name in hübschen schwarzen Buchstaben aufgedruckt ist, heraus: *Evy Krogh, gegen Schlaflosigkeit und Unruhe.* Wie lange mag es her sein, dass ich die Tabletten das letzte Mal genommen habe?

Aber das, was ich im Moment empfinde, ist eigentlich keine Unruhe. Ich weiß nicht, was es ist. Ich wünschte nur, dass es mir erspart bliebe, mich mit all dem auseinanderzusetzen.

Heute Vormittag stand ein junger Mann von der Umweltschutzorganisation vor der Tür. Er kondolierte, hatte eine Pflanze dabei. »Mein Gott, es ist tragisch«, sagte er, und dann schwächte er ab: »Oder zumindest sehr traurig.« Im Nachhinein habe ich über diese Abschwächung nachgedacht. Erling ist achtundsechzig. War. Vermutlich erheblich älter als die Eltern dieses jungen Mannes. Ich sagte nichts dazu. Wenigstens handelte es sich bei seinem Mitbringsel um eine Topfpflanze.

Gestern ist Synne vorbeigekommen. Olav war schon am Tag danach hier, ebenso Erlings Schwester, die für einen Blitzbesuch aus Bergen anreiste. Wie ich hier so sitze, versuche ich, den Überblick über alle zu behalten. Wir leben ziemlich ruhig, Erling und ich. Haben nicht viel Besuch. Normalerweise sind nur wir zwei hier, und in den letzten Tagen herrschte Hochbetrieb.

Ein durchdringender Ton schrillt durch den Raum. Die Türklingel hört sich an wie ein Fliegeralarm, sie zerhackt die Luft, verlangt Handlung. Diese Klingel gab es schon, als wir das Haus von Erlings Eltern übernommen haben. Bestimmt hat mein Schwiegervater sie installieren lassen, das hätte zu ihm gepasst. Sie hat nichts Einladendes an sich, sie fordert einen zum Strammstehen auf, und an allen anderen Tagen der über dreißig Jahre, die ich in diesem Haus lebe, habe ich ihre Strenge gehasst. Aber jetzt finde ich sie beruhigend. Hoch mit dir, sagt sie, und meine Beine, die ich sonst nicht ganz unter Kontrolle zu haben scheine, gehorchen.

»Mama«, ruft Bård.

Offenbar war ich ihm nicht schnell genug, er hat sich selbst die Tür aufgeschlossen. Er hat sich die Schuhe nicht ausgezogen. So war er schon als Kind, er vergaß sich und trampelte mit Schuhen herein. Es presst mir das Herz zusammen, als ich es sehe.

Jetzt ist er größer als ich. Auch nicht mehr ganz jung. Er umarmt mich, und ich sehe, dass sein Haar am Hinterkopf dünn wird, dass die hellbraunen Locken allmählich ausfallen. Er hat die gleiche Haarfarbe wie ich, als ich jünger war, genau wie Hanne, aber seine Locken werden langsam grau. Hanne hat ihre Farbe noch, vermutlich mithilfe von sündhaft teuren Friseurbesuchen. Bård riecht nach Auto und Kaffee, er trägt ein gut verarbeitetes hellblaues Hemd. Ich lasse ihn los und schaue ihn an. Seine Haut ist grau, und um die Augen flattert sie leicht.

»Wie geht es dir?«, fragt er, und ich verkneife mir einen Kommentar zu den Schuhen.

»Geht so«, antworte ich. »Und dir?«

Er streicht sich mit der Hand über die Stirn, als wolle er die Müdigkeit wegwischen. Er lächelt schwach.

»Geht so.«

Bård ist mein Erstgeborener. Ich war dreiundzwanzig, als er rot und strampelnd zur Welt kam. Er war ein sensibles Kind, schüchtern. Meistens war er ausgeglichen, aber wenn man ihn provozierte, konnte ihn das zur Raserei bringen. Man soll keine Rangfolge seiner Kinder erstellen, und ich liebe sie gleichermaßen, das tue ich wirklich. Aber Bård stehe ich am nächsten. Ihn kann ich leichter einschätzen als die Mädchen. Ich empfinde auch eine besondere Zuneigung zu ihm. Jetzt essen wir schweigend. Ich stelle fest, dass ich die Tischsets vergessen habe. Der alte Mahagonitisch im Esszimmer gehörte Erlings Eltern, er bekommt schon Kratzer, wenn man ihn bloß ansieht. Und nun habe ich die fettige Schale mit dem Hähnchen-Wok, den Bård mitgebracht hat, direkt auf den Tisch gestellt.

Bård starrt mit glasigem Blick vor sich hin, er ist weit weg. Denkt er an seinen Vater? Schmerzt ihn der frische Verlust? Aber nein, das ist es nicht. Jedenfalls nicht nur. Ein Teil von ihm ist immer noch bei der Arbeit, denke ich, und grübelt über den letzten Termin nach.

Er schaut auf, sieht, dass ich ihn betrachte. Lächelt. Gut aussehend ist er auch, mein Junge. Schlank, mit klaren, ebenmäßigen Gesichtszügen.

»Was hast du denn heute so gemacht, Mama?«, fragt er.

»Nichts«, sage ich. »Hier gesessen.«

Das überrascht ihn. Er selbst kann sich bestimmt nicht mehr erinnern, wann er zuletzt einen Tag hatte, an dem er nichts tun musste. Er und seine Frau wohnen in einem alten Haus, das sie renovieren, und haben zwei Söhne, die alle möglichen Arten von Sport treiben. Jedes Wochenende sind sie bei Sportveranstaltungen, Spielen oder Wettkämpfen, sie verkaufen Waffeln, wachsen Ski und feuern die Mannschaft an, und wenn sie einmal nichts davon tun, streichen sie Holzleisten oder arbeiten im Garten.

»Den ganzen Tag?«

»Was hätte ich schon tun sollen?«

Er stutzt. Dann stiehlt sich ein zaghaftes Lächeln auf seine Lippen.

»Tja«, sagt er.

Während er die Hand nach der Schale mit dem mitgebrachten Essen ausstreckt, sodass der Ölfleck auf der spiegelblanken Tischplatte sichtbar wird, fragt er nach dem Packpapierpäckchen auf der Anrichte.

»Es hingen Blumen an der Haustür«, sage ich. »Ich habe es noch nicht geschafft, sie auszupacken.«

»Du hast es nicht geschafft?«

Er runzelt die Stirn, das Lächeln verschwindet.

»Ich kann das machen«, sagt er.

Die Schere liegt im Arbeitszimmer. Der riesige Schreibtisch stammt von Erlings Vater, Professor Dr. jur. Krogh, Richter am Obersten Gerichtshof. Er ist massiv, aus dunkler Eiche, mit verschnörkelten Ornamenten, in denen sich Staub ansammelt, der sich kaum entfernen lässt. Der Tisch hat mir nie gefallen. Wir haben viele Möbel geerbt, als wir das Haus übernahmen, dieses dunkelbraun gebeizte Einfamilienhaus auf einer Hügelkuppe in Montebello. Die Möbel gab es dazu. In Regalen an den Wänden steht Erlings gesamte Bibliothek. Die Schreibtischplatte liegt leer und offen da, bereit für die Arbeit.

Aber etwas hier drin ist anders. Oder nicht? Ich kann es nicht greifen. Die glatte Schreibtischplatte, dahinter der Stuhl mit der hohen Lehne. Ich nehme die Schere aus dem Stiftehalter. In der Tür drehe ich mich noch einmal um und lasse den Blick schweifen. Ja, hier stimmt etwas nicht.

Aber vielleicht ist das nur natürlich. *Er* fehlt ja, und vielleicht ist es nur das.

»Hier«, sagt Bård, als er die erste Schicht Papier vom Strauß gerissen hat, er reicht mir die Karte.

Der Umschlag ist blütenweiß und sauber, unbesudelt, das Papier darin ist cremeweiß mit Textur. *Liebe Evy,* steht da. *Mein aufrichtiges Beileid zu deinem Verlust. Erling war ein guter Freund, und du bist es auch. Beste Grüße, Edvard Weimer.*

Unter dem Papier ist Plastikfolie. Bård seufzt, die ganze Verpackung. Ich reagiere nicht. Lese die Karte noch einmal. *Ein guter Freund.*

»Wie kann man bloß so viel Gedöns um einen einzigen Strauß wickeln«, murmelt Bård. »Papa wäre die Wände hochgegangen.«

Und du bist es auch.

In der Plastikfolie befindet sich ein Strauß aus zwanzig langstieligen weißen Rosen. Mutter hatte einen Spruch zur Bedeutung der Farbe von Rosen. *Rot ist fürs Herz, Gelb für einen Freund. Weiß ist für ...* Ich erinnere mich nicht mehr. Es ist viele Jahrzehnte her, seit ich zuletzt mit Edvard Weimer gesprochen habe, aber etwas sagt mir, dass er ein Mann ist, der so etwas weiß.

»Von wem sind die?«, fragt Bård.

»Von einem Mann namens Edvard«, sage ich. »Er ist ein alter Freund von Papa.«

Bård wirft einen Blick auf die Karte und runzelt die Stirn.

»Nie von ihm gehört.«

Auch an diesem Abend nehme ich keine Schlaftablette. Daher liege ich wach, wälze mich im Bett herum. Gegen zwei Uhr stehe ich auf und gehe hinunter ins Erdgeschoss.

Im Korridor ist es dunkel. Ich sehe lediglich das schwache Licht von draußen, das in Erlings Arbeitszimmer fällt und durch die offene Tür zu mir herüberschimmert. Ich selbst stehe im Schatten. Auf nackten Füßen tappe ich zur Türöffnung, schaue hinein.

Hier drin stimmt etwas nicht. Etwas ist entfernt worden. Etwas, das hier sein sollte, ist weg.

Aber was? Dinge werden entfernt, das passiert andauernd. Die Nacht verwirrt die Gedanken. Die Dunkelheit und die Stille verleihen der Umgebung eine andere Bedeutung. Sie lassen Kleinigkeiten zu Warnungen, Bagatellen zu düsteren Vorboten werden. Ich sollte wieder hochgehen, mich hinlegen, dafür sorgen, dass ich ein paar Stunden Schlaf bekomme.

Trotzdem bleibe ich stehen. Zähle Sekunden, blicke mich um.

FÜNF TAGE DANACH

Sie stehen auf der obersten Stufe der Eingangstreppe, als ich die Haustür öffne, ein Mann und eine Frau. Der Mann ist hochgewachsen und sehnig. Er hat einen buschigen Bart im Gesicht. Ich habe Bärte und Schnäuzer nie gemocht, das habe ich von meiner Mutter, die der Meinung war, Gesichtsbehaarung sei unanständig. Die Frau neben ihm trägt eine Lederjacke und hat ihre rotbraunen Haare zu einem Pferdeschwanz gebunden. Der große Bärtige ist mit Jeans und Outdoorjacke bekleidet. Allem Anschein nach hat er die Klingel betätigt.

»Sind Sie Frau Krogh?«, fragt er. »Evy Krogh?«

»Ja bitte?«

»Mein Name ist Gundersen, ich bin von der Polizei. Das ist meine Kollegin Ingvild Fredly. Unser aufrichtiges Beileid zum Tod Ihres Mannes.«

Ich nicke. Ich weiß nicht, was für eine Antwort sie von mir erwarten.

»In diesem Zusammenhang haben wir einige Fragen. Dürfen wir hereinkommen?«

Der Mann, der sich als Gundersen vorgestellt hat, ragt in meinem Wohnzimmer empor. Erling war ebenfalls groß, aber mit den Jahren waren seine Schultern etwas zusammengesunken. Gundersens Schultern sind unverschämt gerade, und sein Körper ist leicht nach vorn gelehnt, als könne er es nicht erwarten, das, was kommt, zu fassen zu bekommen. Er ist schnell, wie mir scheint, uns anderen bereits mehrere Schritte voraus.

»Ist es okay, wenn ich mich ein wenig umsehe?«, fragt Ingvild Fredly.

Ich schaue sie bloß an. Ist es okay? Ich möchte nicht, dass sie in unseren Sachen herumstöbert, wirklich nicht, aber man schlägt der Polizei doch nichts ab. Jedenfalls nicht, wenn man aus gutem Hause kommt und mit autoritätsgläubigen Eltern aufgewachsen ist, die ihre Pflicht getan, ihre Steuern gezahlt und kaum einmal einen Strafzettel bekommen haben.

»Ja«, sage ich.

Sie hat markante Züge, dichte Augenbrauen und ein kräftiges Kinn, aber freundliche Augen.

Ich führe sie in den Flur. Öffne die schwere Doppelflügeltür, die schon immer da gewesen ist. Sie war eine Idee meiner Schwiegermutter, könnte ich mir vorstellen. Wenn sie geschlossen ist, was immer der Fall ist, trennt sie den frei zugänglichen Teil des Hauses vom privaten: vom ersten Stock mit seinen Schlafzimmern, vom Arbeitszimmer, von der Kellertür. Bevor wir hier eingezogen sind, habe ich das für altmodisch gehalten, doch ohne dass ich genau weiß, wie es dazu gekommen ist, haben wir diese Gewohnheit beibehalten.

Wenn wir Gäste haben, selbst wenn es sich dabei um unsere eigenen Kinder handelt, schließen wir die Doppelflügeltür. Was dahinter liegt, ist Erling und mir vorbehalten. Aber innerhalb weniger Tage ist alles auf den Kopf gestellt worden, meine Töchter durchschreiten ohne Weiteres die Doppelflügeltür und dringen ins Arbeitszimmer vor. Auch Fredly lasse ich hindurch. Vielleicht ist es aus der Mode gekommen, etwas als privat zu betrachten und es verbergen zu wollen, denke ich, während ich der Polizistin nachschaue, die zur Treppe eilt.

Als ich zurückkomme, steht Gundersen noch im Wohnzimmer und schaut sich um.

»Können wir uns irgendwohin setzen?«, fragt er.

Er verlagert das Gewicht jetzt auf die Fersen, beobachtet. Es hat den Anschein, als ließe er sich Zeit, aber ich sehe, wie sein Blick mit rasender Geschwindigkeit hierhin und dorthin springt und alles registriert.

Wir setzen uns ins Wohnzimmer. Ich nehme das Sofa, er entscheidet sich für den Sessel. Er stützt die Ellbogen auf die Knie, beugt sich vor.

»Nun«, sagt er. »Sie fragen sich vielleicht, warum wir hier sind.«

Ich nicke.

»Wie Sie wissen, ist Ihr Mann ja obduziert worden.«

Ist er das? Die Ärztin mit den Lachfältchen. Die Dinge, die sie gesagt hat, die ich nicht mitbekommen habe. Meine auf den Oberschenkeln liegenden Hände zittern leicht, weshalb ich sie zusammengefaltet in den Schoß lege, sie verstecke. Der Polizist bemerkt wohl mein Zögern, denn er blättert in seinen Papieren, sagt etwas über die Information, die ich im Krankenhaus erhalten habe.

»Na ja, das war ja noch am selben Tag«, sage ich. »An einige Dinge erinnere ich mich nicht mehr richtig.«

»Verständlich.«

In seinem Blick liegt Mitgefühl, aber auch nicht allzu viel, und das gefällt mir. Jetzt sehe ich, dass er ebenfalls freundliche Augen hat.

»Es ist nun so, dass einige Unregelmäßigkeiten entdeckt worden sind, die unserer Meinung nach eine genauere Untersuchung verdienen.«

Er blättert wieder in seinen Papieren.

»In Erlings Krankenakte steht, dass er regelmäßig Tabletten genommen hat. Herzmedikamente und so etwas. Stimmt das?«

»Ja«, antworte ich. »Täglich.«

Gundersen zählt auf, Digoxin, Metoprolol, Simvastatin und so weiter und so fort, die ihm vor einigen Jahren wegen Herzbeschwerden von seiner Ärztin verschrieben worden seien. Ich nicke brav. Die Namen habe ich auf Schachteln und Gläsern in dem Schränkchen im Badezimmer gelesen, erinnere mich jedoch nicht, was wann und mit welcher Absicht verordnet worden war.

»Der Pathologe hat sich darüber gewundert, dass sich keine Spuren davon in seinem Körper fanden«, sagt Gundersen.

Es kommt mir vor, als hörte ich ihn nur bruchstückhaft. Wieder ist da dieses Gefühl, als hätte ich stundenlang ohrenbetäubende Musik gehört, die gerade jemand abgestellt hat.

»Es hat also den Anschein, als hätte er seine Tabletten nicht genommen. Seit Wochen nicht.«

»Das ist seltsam.«

»Hat er vielleicht etwas darüber gesagt, dass er aufgehört hat, sie zu nehmen? Dass er Angst vor Nebenwirkungen habe, lieber Sport treiben wolle, statt Pillen zu schlucken? Sich gesund ernähren oder zum Homöopathen gehen oder etwas Ähnliches?«

Ich kichere. Das Geräusch ist deplatziert, es überrascht ihn ebenso wie mich.

»Sie kennen Erling nicht. Wenn seine Ärztin gesagt hat, er soll etwas tun, dann hat er es getan. Hätte sie ihn aufgefordert, in der nächsten Saison einen Marathon zu laufen, hätte er sofort mit dem Training begonnen. Und für Alternativmedizin hatte er nur Verachtung übrig.«

Gundersen lächelt.

»Solche Leute kenne ich. Umso verwunderlicher. Wissen Sie vielleicht, wo er seine Medikamente aufbewahrt hat?«

»Ja, natürlich. Im Medizinschrank oben im Bad.«

Vor meinem geistigen Auge sehe ich Fredlys Hände in dem Schrank. Und meine eigene Schachtel, *gegen Schlaflosigkeit und Unruhe.*

»Gut«, sagt er, macht aber keine Anstalten, sich zu erheben. Stattdessen lehnt er sich auf seinen auf die Oberschenkel gestützten Oberarmen vor und schaut mich an.

»Aber wie erklären Sie sich das dann, Evy? Erling befolgt die Anweisungen seiner Ärztin bis ins Detail, die Ärztin hat ihm sowohl Herzmedikamente als auch Cholesterinsenker verschrieben, und trotzdem finden wir keine Spuren davon in seinem Körper.«

»Ich weiß nicht. Ich habe keine Erklärung dafür.«

Ich höre meine Stimme wie ein Echo. Ich bin so schläfrig, so teilnahmslos, obwohl ich gestern keine Tablette genommen habe. Es kommt mir vor, als betrachtete ich uns aus einiger Entfernung. Als ginge mich nichts davon wirklich etwas an. Oder als wäre es ein Traum. Erling ist tot, und jetzt sitzt ein Polizist in unserem Wohnzimmer.

»Gundersen«, ruft die Polizistin aus dem ersten Stock.

»Moment«, sagt er und steht auf.

Die Großvateruhr tickt sich durch zähe Sekunden, bis er wiederkommt. Ich zähle zweihundertneunundsiebzig.

»In dem Schrank im Bad sind keine Tablettenschachteln«, sagt er bei seiner Rückkehr.

»Dort bewahrt er sie auf. Neben dem Spiegel, in dem Hängeschränkchen an der Wand.«

»Darin haben wir nachgesehen. Da sind gewöhnliche Schmerzmittel, zwei Packungen mit Ihrem Namen und ein Glas Lebertrankapseln. Nichts, was Erling gehört.«

Und ich bin immer noch weit weg, als betrachtete ich uns durch das falsche Ende eines Fernrohrs. Ich verspüre ein unangenehmes Kratzen hinter dem Ohr: Habe ich diese Tablettenschachteln nicht gerade noch gesehen, erst vor Kurzem?

Das erste Rezept hat er vor vielleicht drei Jahren bekommen. Er wurde immer kurzatmiger, beklagte sich darüber, und ich sagte: »Geh zum Arzt.« »Ach«, antwortete er, »ist das wirklich nötig?« Es vergingen ein paar Wochen. Ich erzählte Hanne davon, Hanne rief unsere Hausärztin an und vereinbarte einen Termin, dann rief sie Erling an und sagte: »Du hast am Mittwoch einen Termin, würdest du da jetzt bitte hingehen?«

Die Ärztin hörte zu, untersuchte ihn und war beunruhigt. Erling wurde zum Durchchecken ins Krankenhaus geschickt, und als er wieder nach Hause kam, hatte er Rezepte dabei. In der Apotheke gab man ihm zwei Schachteln mit Tablettenblistern und ein Pillenglas. Er legte alles auf den abgenutzten Wohnzimmertisch.

»Die tägliche Dosis«, sagte er, wobei er etwas blass war. »Jetzt bin ich für den Rest meines Lebens auf Medikamente angewiesen.«

Wir betrachteten sie beide, die Schachteln und das Pillenglas. Erling sah zu mir hoch, mit dem schiefen Lächeln, das sich hin und wieder auf sein Gesicht stahl.

»Niemand lebt ewig, Evy.«

Ich blinzelte ein paarmal, empfand eine seltsame Rührung. Dachte: So fängt es an, das Alter. Ich glaube, an dem Tag hatte ich ein Glas Wein zum Mittagessen getrunken, weshalb ich mich fragen muss: Hat er es wirklich genau so ausgedrückt – für den Rest meines Lebens auf Medikamente angewiesen?

Gundersen setzt sich wieder hin. Der Sessel wirkt etwas zu niedrig für ihn, seine langen Beine stehen hervor, die Knie ragen wie Berggipfel in die Höhe.

»Wie war Ihre Ehe?«, fragt er.

»Gut«, antworte ich.

Mein Hals schnürt sich zusammen, denn ist die Situation nicht absurd? Ein Teil von mir denkt: Erling wird so verwundert sein, wenn ich ihm davon erzähle. Als mir aufgeht, dass das nicht der Fall sein wird, weil ich ihm nie wieder etwas erzählen kann, legt sich etwas Schweres auf meine Brust und drückt darauf, presst meine Lunge zusammen. Für einige Hundertstelsekunden bekomme ich absolut keine Luft mehr. Die Luftröhre ist leer, der Hals steif und eiskalt, die Erkenntnis *dieses Verlustes*, Erling verloren zu haben und alles, was mit ihm verschwunden ist, macht mich blind und taub. Dann vergeht diese Empfindung, Seh- und Hörvermögen kehren zurück, es ist, als wäre nichts geschehen. Es geht so schnell, ich glaube nicht, dass der Polizist es merkt.

»Und sonst Ihr Familienleben? Sie haben Kinder, nicht wahr?«

»Ja, drei. Sie sind alle erwachsen.«

»Und sind sie verheiratet und haben selbst Kinder?«

»Die beiden ältesten sind verheiratet und haben Kinder. Ich habe drei Enkelkinder.«

»Und wie ist Ihr Verhältnis zu Ihren Kindern? Gibt es Reibereien, Auseinandersetzungen oder so etwas?«

»Nein.«

»Ich denke dabei nicht notwendigerweise an große Konflikte, sondern an ganz alltägliche Spannungen, Sie wissen schon.«

Langsam und abwesend sage ich: »So etwas gibt es bei uns nicht. Wir verstehen uns gut.«

»Ja, natürlich«, sagt Gundersen mit einem Nicken. »Nun,

das ist ja nicht überall so. Und wie steht es mit dem Rest der Familie?«

»Genauso. Meine Schwiegereltern sind tot, meine Schwägerin lebt in Bergen. Meinen Bruder und seine Familie treffen wir ab und zu. Und meine Mutter lebt im Heim, ich besuche sie ein paarmal die Woche.«

Er nickt. Im Kopf rechne ich nach: Wie oft bin ich bei meiner Mutter? Wirklich jede Woche?

»Wer hat Zugang zum Haus?«, fragt er.

»Zugang?«

»Ich meine, wer war hier? In, sagen wir, den letzten vier Wochen vor Erlings Tod.«

»Vier Wochen? Mal überlegen.«

Mein Gehirn ist wie Brei, es arbeitet so unendlich langsam.

»Ich und er. Vielleicht unsere Kinder. Ich meine, sie waren zu Besuch. Wann war das noch gleich?«

Aber es fällt mir so schwer, mich zu erinnern. Waren sie vielleicht anlässlich unseres Osteressens zum letzten Mal hier?

»Es tut mir leid«, sage ich mit heiserer Stimme. »Normalerweise bin ich nicht so. Mein Kopf ...«

Ich räuspere mich, was wie ein Schluchzen klingt. Er sagt nichts, gibt mir Zeit, mich zu sammeln, und ich atme tief ein, ziehe die Luft bis ganz in den Bauch.

»Die Familie ist Karsamstag zum Essen hier gewesen. Das muss wohl so drei Wochen her sein. Das Wetter war schön, zuerst haben wir auf der Veranda etwas getrunken und dann im Esszimmer Lammbraten gegessen.«

»Wen meinen Sie mit Familie? Kinder, Schwiegerkinder, Enkelkinder?«

»Mein Sohn Bård mit seiner Frau und ihre zwei Söhne. Hanne und ihr Mann mit dem Fünfjährigen. Und dann Silje, meine jüngste Tochter. Außerdem war Olav hier. Olav ist mein Bruder. Seine Frau war dabei, und sie haben Mutter mitgebracht. Also ja, die Großfamilie.«

Er schreibt sich nichts auf, aber ich kann sehen, dass er es sich merkt, es in seinem Gedächtnis abspeichert.

»Und wer war nach Erlings Tod hier?«

»Nun. Die Kinder. Olav und seine Frau. Erlings Schwester. Eben die engste Familie, und ja, meine Freundin Synne ist vorbeigekommen, sie wohnt ganz in der Nähe, in Røa.«

Ich denke nach, und gerade, als er Atem holt, um etwas zu sagen, füge ich hinzu: »Und der Chef von Grüne Agenten. Das ist die Organisation, für die Erling bis zu seiner Pensionierung im Mai letzten Jahres gearbeitet hat. Er war hier, lassen Sie mich nachdenken, ich glaube, es war gestern. Wie hieß er noch gleich? Kalle, oder nein, ich erinnere mich nicht.«

Gundersen hebt eine Augenbraue. Er schaut rasch in seine Papiere. Ich sehe den Mann mit der Topfpflanze vor mir. *Tragisch, oder zumindest sehr traurig.* Ich sehe auch vor mir, wie er dastand, an den Rahmen der Arbeitszimmertür gelehnt. Gundersen notiert etwas an den Rand eines seiner Blätter und klappt die Mappe zu, ehe ich entziffern kann, was er geschrieben hat.

»Und sonst?«, fragt er weiter. »Wer hatte die Möglichkeit, hier hereinzukommen? Beispielsweise, wenn Sie unterwegs waren? Schließen Sie die Tür ab? Hat jemand einen Schlüssel?«

Ich sage: »Unsere Kinder haben Schlüssel, und wir haben einen Ersatzschlüssel in der Garage versteckt.«

Über uns sind Schritte zu hören. Die Polizistin dort oben durchsucht bestimmt unsere Sachen, betrachtet sie mit professionellem Blick. Erlings Toilettenartikel, und meine auch. Sie bemerkt seinen Schlafanzug, zusammengefaltet auf seiner Seite des Bettes, weil ich es nicht über mich gebracht habe, ihn anzurühren. Die nach Wasser dürstenden Pflanzen. Das Bild auf der Kommode, von den Kindern, als sie klein waren: Silje auf Hannes Schoß, Bård, der mit ernstem Blick hinter ihnen steht. Sie registriert den Staub auf dem Rahmen. Die schmutzige Wäsche, um die ich mich seit voriger Woche nicht gekümmert habe. Vielleicht durchwühlt sie die Schublade mit der Unterwäsche, findet die Tablettenschachtel, die ich in Reserve habe, versteckt hinter Slips und BHs. Versucht, ein Leben zusammenzusetzen.

Jetzt geht sie in den Korridor. Ihre Schritte sind rhythmisch, erzeugen einen erstaunlich gleichmäßigen Takt.

»Da ist noch etwas«, sagt Gundersen. »Wenn ich es richtig verstanden habe, hat es noch einen anderen Fahrradunfall gegeben, oder? Und zwar einige Monate vor Erlings Tod?«

»Was? Ach, Sie meinen seinen Sturz? Nun. Er war auf dem Weg zu einer Besprechung bei den Grünen Agenten. Er war ja schon in Rente, aber trotzdem noch ein paarmal in der Woche dort. Er fuhr also mit dem Rad den Nordheimbakken entlang, doch dann bremste er, weil ihm einfiel, dass er irgendwelche Unterlagen hatte mitnehmen wollen. Die Bremsen funktionierten nicht, er konnte nicht anhalten und landete im Straßengraben. Er verletzte sich nicht schwer, hatte nur ein paar Schürfwunden. Es war ja ein Glück, dass er dort anhalten wollte. Wären ihm die Unterlagen nicht in den Sinn gekommen, hätte er vermutlich erst im Husebybakken gebremst, und dort wäre es viel schlimmer ausgegangen.«

»Ja, da hatte er Glück. Hat er herausgefunden, was passiert ist?«

»Nicht, dass ich wüsste. Es lag wohl bloß an den Bremsen. Es ist ein altes Fahrrad, wissen Sie. Erling repariert viel selbst. Manchmal macht er dabei Fehler.«

»Und gab es noch andere Unfälle?«

»Nein.«

»War da nicht ein Zwischenfall bei der Arbeit, mit einer Lampe, die einen Kurzschluss hatte?«

»Daran kann ich mich nicht erinnern. Und so etwas hätte er mir erzählt.«

Gundersen sagt nichts. Er nickt, aber langsam. Als würde er meine Behauptung abwägen und sie nicht ohne Weiteres gelten lassen. Ich denke nach. Hat Erling es vielleicht doch erwähnt? Mir dämmert etwas.

»Warum fragen Sie?«, hake ich nach.

Er zuckt mit den Schultern. Seine Kollegin ist auf der Treppe.

»Warum haben Sie Erling eigentlich obduziert?«

Er zögert.

»Reine Routine.«

Seine Hände sammeln die Papiere zusammen, stecken sie zurück in die Mappe.

»Die Todesursache scheint ein Herzinfarkt gewesen zu sein«, sagt er, ohne mich anzuschauen. »Und aus medizinischer Sicht ist daran ja nichts Schockierendes. Unser Pathologe meint, dass er noch viele Jahre hätte leben können, wenn er seine Medikamente genommen hätte. Aber das hat er nun einmal nicht. Und er gehörte zur Risikogruppe.«

Er schaut hoch, richtet seine Augen fest auf mich. Sein Blick ist ruhig.

»Eines frage ich mich trotzdem. Interpretieren Sie nicht zu viel hinein, Evy, aber können Sie sich vorstellen, dass es jemanden gibt, der Erling schaden wollte?«

Am äußersten Rand meines Blickfelds flimmert es. Das hier kann nicht real sein. Wie meine Töchter gesagt haben: Mama darf nicht allein sein.

»Nein«, sage ich. »Wir führen ein ruhiges Leben. Niemand hat etwas gegen uns.«

Ein Jahr bevor er das Rentenalter erreicht hatte, kündigte Erling ohne Vorwarnung seinen Job beim Staatlichen Straßenbauamt und nahm eine Stelle bei Grüne Agenten an. Jahrelang hatte er über Klimawandel, Nachhaltigkeit und menschliche Idiotie gesprochen, in allmählich schärfer werdendem Ton. Er fuhr mehr Fahrrad, achtete verstärkt aufs Müllrecycling. Unterwarf uns immer rigideren Normen in Bezug auf das, was wir kauften, was wir wegwarfen, was wir aßen. Er kommentierte den Konsum anderer Leute, manchmal auf eine Art und Weise, die mir peinlich war. Trotzdem kam der Jobwechsel überraschend. *Papas etwas vorgezogenen Ruhestand*, so nannte ich es, wenn ich mit Hanne sprach. Ich dachte wohl wirklich, dass es sich dabei um genau das handelte: Erling war achtunddreißig Jahre lang beim selben Arbeitgeber beschäftigt gewesen, erschien pünktlich um acht zur Arbeit, aß um halb zwölf zu Mittag, versah seinen täglichen Dienst. Vielleicht war er zum guten Schluss dann doch erschöpft von der Monotonie des Ganzen.

Sich an die neue Stelle anzupassen, verlangte ihm viel ab. Sein Chef war der blutjunge Mann, der hier gewesen war, Kyrre Jonassen heißt er, jetzt erinnere ich mich wieder. Keiner der Kollegen war älter als fünfundvierzig. Erling war hoffnungslos altmodisch, was ihm bewusst war. Hanne pflegte zu sagen: »Papa ist eine Generation zu früh geboren.« Die Väter ihrer Freundinnen machten Skitouren mit ihren Kumpels und waren bei Facebook.

Erling muss sich bei den Grünen Agenten unwohl gefühlt haben, muss den Eindruck gehabt haben, nicht in seinem Element zu sein. Er sprach über die Faulheit und den fehlenden Durchblick seiner Kollegen: Sie planten Kampagnen in den sozialen Medien, während Erling den Staat verklagen wollte.

»Wollen sie die Welt etwa mit ihren Handys verändern?«, fragte er.

»Da draußen ist eine neue Welt, Erling«, antwortete ich.

Er schnaubte. »Die Welt ist die gleiche wie immer. Bloß wärmer und mit geringerer Biodiversität.«

Er muss enttäuscht gewesen sein. Aber er redete wenig darüber, wie es ihm ging. Dafür umso mehr über Erderwärmung, Emissionskurven und Veränderungen der Biosphäre. Und mich ermüdete es, ihm zuzuhören. Immer wieder ertappte ich mich dabei, dass ich an andere Dinge dachte, wenn er redete.

All das erzähle ich Gundersen, während wir hinaus zur Garage gehen. Vielleicht hat er gefragt, ich bin mir nicht ganz sicher. Während ich rede, nickt er und gibt kurze, zustimmende Laute von sich. Er ist ein guter Zuhörer, denke ich. Man bekommt Lust, mehr zu erzählen.

Das Garagentor ist schwer, es lässt sich nicht so leicht öffnen. Gundersen fasst mit an und hilft mir, legt seine Hand auf den Griff, neben meine. Sie ist stark, aber nicht sonderlich groß. Sein Handrücken ist von feinen blonden Härchen bedeckt, und seine Finger wirken feinfühlig. Er spannt die Faust an, und zusammen ziehen wir das Tor hoch.

»Tut mir leid«, sage ich und lächle ihn an. »Es ist ziemlich alt.«

An einer der Längswände neben dem Auto steht Erlings Werkbank. Ich zeige Gundersen den Ersatzschlüssel, der in einer der Schubladen der Bank liegt. Dann geleite ich ihn wieder hinaus, zeige ihm den Stellplatz des Fahrrads auf der anderen Seite der Garage. Aber die Wand ist leer. Erlings aus den Neunzigerjahren stammendes Fahrrad der Marke DBS mit dem Klebeband um den Lenker ist nicht da.

»Merkwürdig«, sage ich.

Gundersen sagt nichts. Ich gehe zur Rückseite der Garage, für den Fall, dass das Rad dorthin abgerutscht sein sollte, aber dort ist nichts zu sehen, das Fahrrad ist verschwunden.

An *jenem* Tag lag das Fahrrad neben Erling am Straßenrand im Sondrevegen. Eines der Räder hing über dem Asphalt in der Luft. Als ich an dem Abend nach Hause kam, als Bård am Straßenrand anhielt und mich aussteigen ließ, während im Radio »Wild World« gespielt wurde, lehnte es an der Garagenwand. Jemand muss es hinaufgeschoben haben, dachte ich damals, und seitdem hatte ich keinen Gedanken mehr daran verloren.

»Ich bin mir sicher, dass es hier gestanden hat.«

Aber in meinem Kopf geht alles durcheinander, ich bin mir bei rein gar nichts mehr sicher. Kann ich überhaupt wissen, mit hundertprozentiger Sicherheit, dass es nach seinem Tod hier war?

»Wann haben Sie es zuletzt gesehen?«, fragt Gundersen.

»Ich weiß es nicht genau«, antworte ich. »Ich erinnere mich nicht.«

NEUNUNDVIERZIG JAHRE DAVOR

»Ist er das?«, fragte Synne und nahm die Plattenhülle von meinem Nachttisch. »Er sieht ja fast aus wie eine Frau.«

Die Sonne schickte einen schlanken Strahl in mein Zimmer im Røaveien, er fiel direkt auf die weiße Wand und über Synnes Körper, die sich auf der Tagesdecke ausgestreckt hatte. Wir lauschten der Musik, die bald den Raum erfüllte. Ich hatte den ganzen Weg von der Schule nach Hause davon geschwärmt: »Es ist so gut, wart's nur ab!«

Synne streckte sich. Das Fenster stand auf Kipp, wir konnten den Verkehr draußen hören. Der Essensgeruch zog die Treppe herauf und stahl sich durch den Spalt unter der Tür ins Zimmer, gebratene Zwiebeln, gekochte Möhren. Die ersten Töne erklangen, dann erhöhte sich der Puls, der wogende Beat füllte den Raum. Schließlich setzte die Stimme ein, dünn, träge.

Der Bruder meines Vaters hatte mir die Platte gekauft. Vor seiner Londonreise hatte ich ihn einen Monat lang bekniet, »bitte«, sagte ich, »*bitte. David Bowie. Hunky Dory.* Ich kann es dir aufschreiben, schau.«

»Hör dir das an«, sagte ich und erhob Aufmerksamkeit heischend die Hände.

Synne zuckte mit den Schultern.

»Wie soll man dazu tanzen?«

Von draußen waren Stimmen zu hören, junge Männer, die sich laut und angeregt unterhielten.

»Ist das Olav?«, fragte sie.

Sie warf die Plattenhülle auf die Tagesdecke und stand auf, lief zum Fenster. Ich hob die Hülle auf, strich mit dem Finger über das Preisschild in Pfund, auf dem auch der Name des Schallplattenladens stand: *His Master's Voice.*

»Da ist Olav mit seinen Freunden. Komm, Evy.«

Unten vor der Haustür stand mein großer Bruder mit einer Gruppe Jungs in seinem Alter. Olav wies nach oben, wollte ihnen etwas zeigen, sein Zimmer vielleicht. Die anderen folgten seinem Finger mit den Augen und erblickten Synne und mich am Fenster. In diesem Moment passierte etwas in ihren Gesichtern, ihren Körpern. Sie strafften die Schultern, schoben den Brustkorb vor. Ich sah, wie es passierte. Und ich wusste und wusste zugleich nicht, was es zu bedeuten hatte. Synne winkte ihnen zu. Sie winkten zurück. Dann gingen sie hinein, wir hörten das Klicken der Haustür.

Der Größte betrat das Haus zuletzt. Er hatte dunkle Haare und breite, dunkle Augenbrauen. Bevor er eintrat, schaute er nach oben und sah mich an, sein Blick hielt meinen für eine oder zwei Sekunden fest.

An einem Herbstnachmittag im selben Jahr blieb er an meiner Tür stehen. Ich saß an meinem Schreibtisch, die Tür stand offen. Er grüßte, und ich drehte mich auf meinem Stuhl um.

»Was machst du?«, fragte er.

»Hausaufgaben.«

Es wurde still.

»Norwegisch?«

»Mathe.«

»Darf ich reinkommen?«

Ich zuckte mit den Schultern. Mit dem Gesichtsausdruck eines

Entdeckers auf dem Weg in ein unbekanntes Territorium trat er über die Schwelle. Er war so groß, dass sein Körper bei jedem Schritt hin- und herpendelte, was beinahe komisch wirkte. Er kam zu mir herüber, schaute mir über die Schulter. Eine Weile stand er einfach so da, las in meinem Heft.

»Das stimmt«, sagte er.

Seine Stimme klang überrascht, sicher überraschter, als er es beabsichtigt hatte, und das brachte mich zum Lachen.

»Natürlich stimmt es.«

»Ich wollte auch nichts anderes sagen«, erwiderte er errötend.

»Das weiß ich.«

Aber ich war mir nicht sicher, ob ich es wirklich wusste. Ich fühlte mich ein wenig geschmeichelt. Er war ein paar Jahre älter als ich, ging zur Uni, wo er zusammen mit meinem Bruder Jura studierte. Die Mädchen, die er sonst traf, waren bestimmt viel weltgewandter als ich. Vermutlich auch als er selbst.

»Oh, sieh mal da«, sagte er und deutete in mein Heft. »Da ist ein Fehler. Du hast die Dezimalstelle abgerundet.«

Ich sah hin. Er hatte recht, aber ich wollte ihm nicht die Genugtuung geben, dass ich den Fehler korrigierte. Also drehte ich mich zu ihm um.

»Bist du bei der Hausaufgabenhilfe, oder was?«

»Ich heiße Erling«, sagte er.

»Ich bin Evy.«

Er reichte mir die Hand, sehr formell. Ich bekam wieder Lust zu lachen, tat es dann aber nicht. Um ihm ein erneutes Erröten zu ersparen? Oder weil ich nur ein Schulmädchen war, und was wusste ich schon darüber, wie man sich an der Uni grüßte?

Von da an ließ er sich das zur Gewohnheit werden. Immer wenn er vorbeiging und die Tür offen stand, blieb er stehen. Er lehnte seine lange Gestalt an den Türrahmen, stellte Fragen: Wie es in der Schule laufe, ob es mir in der Oberstufe gefalle. Was ich danach machen wolle, ob ich weiterlernen wolle, was ich werden wolle. Ich konnte hören, wie Olav und die anderen ihn wegen des Interesses, das er an mir zeigte, aufzogen. »Erling gibt sich mit kleinen Mädchen ab«, sagte einer von ihnen. Olav, oder vielleicht der, der Edvard hieß. Es versetzte mir einen Stich in den Magen: So sahen sie mich also? Ich wusste nicht genau, was ich von Erling halten sollte. Er war linkisch, etwas umständlich, wenn er redete, und so ernst.

»Er erinnert mich an meinen Vater«, seufzte Synne. »Würde es ihn umbringen, hin und wieder mal zu lächeln?«

Aber sein Ernst gefiel mir auch. Es gefiel mir, dass er mir zuhörte, wenn ich redete, dass er vernünftig antwortete, ohne sich aufzuspielen. Es gefiel mir, dass er mit Synne nicht auf die gleiche Weise sprach. Manchmal öffnete ich die Tür, wenn ich Olav und seine Freunde kommen hörte.

Irgendwann im Frühling klopfte er an. Meine Tür war geschlossen, ich lernte fürs Abitur, musste mich konzentrieren.

»Ja«, rief ich; ich dachte, es wäre meine Mutter, doch dann öffnete er die Tür, pendelte seinen langen Körper herein.

»Stör ich?«

Er war blasser als gewöhnlich.

»Aber nein«, sagte ich und legte den Bleistift hin. »Hallo, Erling.«

Er lächelte, befeuchtete die Lippen mit der Zunge.

»Hallo. Was machst du?«

Beide schauten wir auf meine Schulbücher.

»Lernen«, sagte ich überflüssigerweise.

»Wann sind die Abiturprüfungen?«

»Im Mai.«

Er nickte. Sein Blick schweifte umher.

»David Bowie«, sagte er und nickte zu der Plattenhülle auf meinem Nachttisch hinüber.

»Ja. Magst du ihn?«

»Nein«, antwortete er, als täte es ihm weh, das zuzugeben, und als er meinen Gesichtsausdruck sah, setzte er hinzu: »Aber vielleicht würde ich ihn mehr mögen, wenn ich mehr von ihm hören würde.«

»Das ist schon okay.«

»Evy«, sagte er. »Ich möchte etwas mit dir besprechen.«

Seine Hände waren groß, man bekam das Gefühl, sie wären ihm im Weg. Jetzt schob er sie in die Hosentaschen, als wolle er sie loswerden.

»Genauer gesagt möchte ich dir etwas zeigen. Da draußen.«

Er nickte zum Fenster. Ich stand auf und ging zu ihm, sodass wir nebeneinanderstanden und hinaussahen.

»Die Birkenknospen sind kurz davor, aufzuspringen«, sagte er und wies darauf.

Ich fing an zu lachen.

»Willst du mir die Birkenknospen zeigen?«

Er war rot geworden. Aber er lächelte.

»Eigentlich nicht«, räumte er ein. »Es ging mir vor allem darum, dich zum Aufstehen zu bewegen.«

Ich lachte wieder, wie Synne gelacht hätte.

»Und warum?«

Ich trat weitaus mutiger auf, als ich war.

»Damit ich das hier tun kann.«

Er hob die Hand zu meinem Gesicht und strich meine Haare zurück. Er schaute mich an, tastete sich quasi vor, würde ich ihn wegstoßen? Ich verspürte einen Druck im Magen, jetzt passiert es, jetzt passiert es, ich hatte schon so lange damit gerechnet, dass es passieren würde, und jetzt war der Moment gekommen. Wann hatte ich mir zuletzt die Zähne geputzt? Roch ich gut? Würde er merken, dass es mein erster Kuss war, weil ich nicht wusste, was ich mit den Lippen, mit der Zunge anstellen sollte?

Er küsste mich. Ich dachte: So ist das also. Davon sprechen sie alle, Synne und die anderen, die sich mit so was auskennen.

»War es gut?«, fragte er.

»Ja«, sagte ich.

Ich war so unheimlich stolz, es getan zu haben.

Man hätte an so vielen Stellen beginnen können. Beim Geruch der Zigaretten, die Mama und Papa eine nach der anderen rauchten, wenn wir ins Gebirge fuhren. Bei den kleinen Porzellantassen, die Oma uns zum Beerensammeln gab, gesprungen und uralt, mit feinen schwarzen Linien, die Blutadern glichen, und mit Fruchtkorbmotiven, die fast völlig weggewaschen waren. Beim Geräusch, das zu hören war, wenn wir die reifen roten Himbeeren in die Tassen fallen ließen. Warum sollte alles mit Erling beginnen?

»Das ist der Anfang«, sagten Synne und ich zueinander, als wir an jenem Abend auf dem Zaun am Fußballplatz saßen und Eis aßen. Der erste Junge. Vermutlich von vielen. All die Jungs, die es gab, in der Schule, Olavs Freunde und alle Jungs, die auf der Straße herumliefen, im Bus saßen, im Laden oder sonst wo unterwegs waren. Erling war der Erste, danach würden sie sich die Klinke in die Hand geben. Es war wie mit den Himbeeren in der Tasse, man musste sie einfach einsammeln.

SECHS TAGE DANACH

Silje hat einen Kohl-Lamm-Eintopf dabei. Sie habe ihn selbst gekocht, sagt sie, habe Gott weiß wie lange in der Küche gestanden. Ich soll jetzt bestimmt beeindruckt sein. Sie schüttet den Inhalt der mitgebrachten Tupperdosen in einen Topf, während sie redet: Am wichtigsten sei es, den Eintopf lange kochen zu lassen, viel länger, als man zunächst meint, damit das Fleisch die richtige Konsistenz bekomme. Ich bin außerstande, die Situation zu erfassen: Wie meine Kinder in meine Küche kommen und die Kontrolle übernehmen, als wäre ich nicht in der Lage, mich selbst zu versorgen. Habe ich euch nicht Nase und Po abgewischt?, würde ich gern sagen. Habe ich euch nicht Jahr für Jahr jeden Tag Pausenbrote geschmiert, für Mittagessen, Frühstück und Abendbrot gesorgt? Glaubt ihr, ich schaffe es nicht, einen simplen Eintopf aufzuwärmen?

Aber das ist wohl Fürsorge. Sicher ist es gut gemeint. Es gibt eine Zeit für alles, eine zum Geben und eine zum Nehmen. Ist die Zeit zum Nehmen gekommen? Ich bin sechsundsechzig. Bin ich nicht viel zu jung?

Außerdem macht sie es falsch. Sie hat so viel Zeit darauf verwendet, das Essen zu kochen, aber sie wärmt es auf höchster Stufe auf, sodass das Fleisch außen anbrennt und innen kalt bleibt. So war sie schon immer. Sie verfolgt große Projekte, findet extravagante Lösungen und investiert enorm viel Zeit und Energie in Dinge, bei denen uns anderen nicht ersichtlich ist, warum sie

sie überhaupt in Angriff nimmt. Sie ist schwer zu verstehen, und ich glaube nicht, dass es mir jemals gelungen ist, oder falls doch, dann höchstens bruchstückhaft. Sie ist Künstlerin, malt Bilder, aus denen ich nicht schlau werde, konzipiert Installationen, die ich nicht begreife. Erling und ich haben alle ihre Ausstellungen besucht. Wir haben uns in kleinen Galerien eingefunden und auf Papierschildchen vor einer Leinwand, die mit Klecksen von Ölfarbe bedeckt war, gelesen: *Komm nicht näher* oder *A study of chaos in an orderly society*. Wir haben versucht, diese Titel mit dem zu verbinden, was wir sahen, um ihr anschließend zu sagen, dass es schön ist. *Schön*, es war nicht zu übersehen, wie sie seufzte und die Augen verdrehte. Ich habe es mit anderen Adjektiven probiert, zum Beispiel *imposant* oder *ausdrucksvoll*, vielleicht *düster* oder *dunkel*, wenn ich der Ansicht war, dass sie etwas in der Art hören wollte, die ganze Zeit mit dem Gefühl, dass ich nicht begriff, welche Meinung von mir erwartet wurde, und dass alles, was ich sagte, nur falsch sein konnte. Ich hatte den Eindruck, dass Erling, der es bei *schön* bewenden ließ, zumindest ehrlich war, und dass meine Versuche zu verstehen, Silje provozierten.

»Wer ist Gundersen?«, fragt Silje.

Ich zucke zusammen. Ich hatte den Besuch der Polizisten keinem meiner Kinder gegenüber erwähnt, weil ich nicht wusste, was ich sagen sollte. Aber dann hält sie das Stück Papier hoch, das Gundersen mir gab, nachdem er seinen Namen und eine Telefonnummer draufgeschrieben hatte.

»Ach«, sage ich. »Ein Polizist.«

»Ein Polizist?«

»Ja. Die Polizei war hier. Es ging um den Obduktionsbericht.«

Mehr sage ich nicht. Ich will lieber nicht ins Detail gehen.

An *jenem* Tag, als ich vom Krankenhaus nach Hause kam, *war* das Fahrrad hier. Da bin ich mir fast sicher. Jemand muss es zum

Haus hochgebracht haben, als Erling und ich im Krankenwagen wegfuhren. Bestimmt einer der Nachbarn, vielleicht Maria Berger. Und jetzt ist es weg. Es könnte gestohlen worden sein. Ich war wohl nicht geistesgegenwärtig genug, es abzuschließen.

Aber was ist mit seinen Tabletten im Badezimmerschrank im ersten Stock? Außer uns beiden hat dort oben niemand etwas zu suchen. Der dünne weiße Streifen seines Augapfels, kaum sichtbar unter den Wimpern, die Plastikschnalle unter seinem Kinn. Und Gundersen: *Können Sie sich vorstellen, dass es jemanden gibt, der Erling schaden wollte?*

Natürlich konnte er stur sein. Die jungen Leute bei Grüne Agenten hatten bestimmt von Zeit zu Zeit Lust, ihn achtkantig hinauszuwerfen. Ich sehe es vor mir. Kyrre Jonassen, gut aussehend und ungezwungen, in abgetragener Jeans und Wollpullover.

Heute Vormittag habe ich eine Textnachricht von dort erhalten. Nicht von Kyrre, sondern von einer Frau. Oder vielleicht ist »Mädchen« das passendere Wort, denn die Nachricht war voll von diesen bunten Zeichen, lächelnden Gesichtern, Herzchen und hochgereckten Daumen. *Erling hat noch einige Sachen hier*, schrieb sie. *Wollen Sie vielleicht vorbeikommen und sie abholen?* Sie schrieb, Erlings Tod tue ihr leid, und komplettierte die Aussage mit einem weinenden Gesicht und einem roten Herzchen. Miriam war ihr Name. Was ich von ihr halten soll, weiß ich nicht, aber vor meinem geistigen Auge sehe ich ein deutliches Bild von Kyrre Jonassen, wie er mit starken, naturerprobten Fingern die Kaffeetasse umfasst und sich in der abgenutzten Bürolandschaft an einen Tisch lehnt, während er von der Kampagne erzählt, die er sich ausgedacht hat. Er benutzt die in seiner Generation beliebten Ausdrücke: Follower, Likes, Algorithmen. Sichtbarkeit und Momentum. In den Gesichtern um ihn herum entzündet er damit ein Lächeln. Miriam mit ihren Herzchen sitzt an ihrem Schreibtisch und lauscht hingerissen. Der Einzige, der nicht nickt, ist *er*, der alte Mann ganz rechts. Er verschränkt die Arme vor der Brust, unterbricht Kyrre und stellt sich quer.

Und dann streift Kyrres Blick den Tacker auf dem Schreibtisch, an dem er lehnt. Er stellt sich vor, wie er das Blatt, das er in der Hand hält und auf dem seine Kampagne in Stichpunkten beschrieben ist, gegen Erlings Stirn drückt. Er malt sich aus, wie er den Tacker hochhebt, stellt sich das Geräusch vor, das Gefühl im Handrücken, wenn er zudrückt, sodass sich die scharfen Krallen der Heftklammer durch die Haut und in den Schädel dahinter bohren. *Gefällt dir meine Idee nicht, du Scheißjurist? Vielleicht hast du nicht genau genug gelesen?*

»Die Polizei ist zu dir nach Hause gekommen?«, fragt Silje, während sie den Eintopf umrührt. »Ist das denn Routine?«

»Ja«, sage ich und höre, wie schwach meine Stimme klingt.

Der Tag, an dem Bård hier war, kommt mir in den Sinn. Als ich in Erlings Arbeitszimmer ging, um die Schere zu holen. Ich habe dort gestanden und gedacht, dass etwas in dem Raum nicht stimmte, etwas, das ich nicht richtig zu fassen bekam. Und früher an diesem Tag war Kyrre Jonassen zu Besuch gewesen. Er hatte genau dort gestanden, vor dem Arbeitszimmer an den Türrahmen gelehnt. Ich war zum Kaffeekochen in die Küche gegangen. Wie lange war ich weg gewesen? Zwei Minuten? Vier? Zehn?

Einer Eingebung folgend stehe ich auf und verlasse die Küche, laufe den Flur entlang, durch die Doppelflügeltür und ins Arbeitszimmer. Die Schreibtischplatte liegt blank und leer da. Hinter dem Stuhl ist das Fenster mit Haken verschlossen. Ich schaue mich um und spüre, wie sich mein Puls beschleunigt, etwas stimmt nicht, etwas stimmt nicht, und jetzt weiß ich auch, was.

Mit langsamen Schritten durchquere ich den Raum. Ich stelle mich neben den Schreibtisch, streiche mit der Hand darüber. In einer Ecke steht Erlings Computer. Die nagelneue Tastatur ist ganz an ihn herangeschoben, ansonsten ist die Tischplatte leer. Mit anderen Worten: Der Terminkalender ist verschwunden.

Dabei liegt er immer hier. Aufgeschlagen oder zugeklappt, direkt neben der Computermaus. Damit Erling einfach nur die Hand nach ihm ausstrecken muss.

Und da ist noch mehr: Kurz nach seinem Tod war der Kalender hier. Ich habe ihn *gesehen*. Da bin ich mir absolut sicher. Es war an dem Tag, als ich im Korridor direkt vor dem Arbeitszimmer stand und hörte, wie meine Töchter darüber sprachen, dass ich nicht allein sein dürfe. Ich schaute auf ihre Rücken, und dort lag er, mitten auf der Schreibtischplatte. Wie immer. Er ist ledergebunden, die Jahreszahl ist mit Goldbuchstaben ins Leder geprägt. Er ähnelt keinem anderen Buch, man kann ihn nicht verwechseln. Da war er noch hier, und das ist erst vier Tage her.

Als ich wieder in die Küche komme, kehrt Silje mir den Rücken zu. Der Eintopf siedet hörbar im Topf. Ich bleibe stehen und betrachte sie, während mein Puls in der Schläfe hämmert. Die schmalen Schultern, die zerzausten Haare, die sie auf dem Kopf in einem Knoten gesammelt hat. Die kräftigen Sehnen in ihrem Nacken, die von einer Charakterstärke zeugen, die der zierliche Körper ansonsten verbirgt. Sie dreht sich zu mir um.

»War was?«, fragt sie.

»Was meinst du?«

»Du bist so plötzlich verschwunden.«

»Nein, alles okay. Silje, an dem Tag, als du mit Hanne Papas Sachen im Arbeitszimmer aufgeräumt hast. War da sein Terminkalender da?«

Ein paar Sekunden lang schauen wir uns an.

»Ich glaube schon«, sagt sie. »Alles war wie immer.«

JENER TAG

Erling geht in Richtung Garage. Ich sitze unten im Garten, mit Handschuhen, im Begriff, dem Unkraut zu Leibe zu rücken. Letztes Jahr war ich nachlässig, und jetzt bezahle ich den Preis dafür: Wenn der Garten dieses Jahr etwas hermachen soll, bedeutet das Arbeit. Mir ist schwindlig und ein bisschen übel. Ich versuche, gleichmäßig zu atmen. Beim Hochschauen sehe ich ihn. Seine langen Schritte, fast pendelnd. Der hochgewachsene, dünne Körper, der hinter der Garage verschwindet.

Als er, das Fahrrad schiebend, auf deren anderer Seite wieder auftaucht, hat er seinen Fahrradhelm auf, der mit der Schnalle unter dem Kinn festgemacht ist. Mit der Plastikkuppel auf dem Kopf erinnert er an einen Pilz, es sieht ein bisschen komisch aus.

»Ich bin gegen drei zu Hause«, ruft er mir zu.

»Fahr vorsichtig«, rufe ich zurück.

Das ist das Letzte, was ich zu ihm sage. Aber das weiß ich noch nicht.

Ich folge ihm mit dem Blick, als er am Zaun entlangrollt und hinter der Hecke der Nachbarn verschwindet. Dann ramme ich den Spaten unter eine besonders widerspenstige Gierschpflanze und denke: Vielleicht sollte ich ein neues Kinderbuch schreiben. Möglicherweise könnte ich Bilal diesmal überreden, es zu illustrieren.

Daraus wird nichts werden. Die Zeit ist mir davongeeilt, das weiß ich, aber ich unterhalte mich selbst mit der Idee, es hilft gegen die Übelkeit. Ich richte mich auf, spüre die Sonne im Nacken und überlege: Vielleicht sollten wir am Wochenende die Kinder einladen? Ostern war es doch so schön, und bis wir die Hütte auf Tjøme für den Sommer klarmachen, dauert es noch ein paar Wochen. Und dann höre ich sie.

Maria Berger schreit aus vollem Hals. Sie muss bis hinauf nach Makrellbekken zu hören sein. Ich beschatte meine Augen mit der Hand und schaue in ihre Richtung. Bin ich alarmiert? Maria war noch nie sonderlich zurückhaltend, aber dieses Verhalten ist auch für sie extrem. Sie kommt den Nordheimbakken heraufgelaufen, sie rennt so, dass ihre gelbe Trainingsjacke wie ein Cape hinter ihr herweht.

»Hier bin ich«, rufe ich halblaut, und sie hält unten am Zaun an.

»Evy! Du musst kommen!«

Jetzt sehe ich, dass ihr Gesicht verzerrt ist.

»Es geht um Erling.«

Aber seit er losgefahren ist, sind nur Minuten vergangen. Er ist ja gerade erst in seinem grauen Anzug aus der Einfahrt geradelt. Ich kann ihn ganz klar sehen, wie er dastand, jedes einzelne Haar unter dem Rand des Helms, jede Pore der glatt rasierten Haut auf den Wangen. Kann jede Nuance seiner Stimme hören: *Ich bin gegen drei zu Hause.*

Ich weiß nicht, woran ich denke, während wir rennen. Ich sehe bloß Marias Gestalt vor mir, dabei dient mir ihre gelbe Jacke als Punkt, an dem sich meine Augen festhalten können. Der einzige Gedanke, den ich fassen kann, ist ein kindliches Gebet: Lass es gut gehen! Es hat keinen Adressaten, weder Gott noch die

Vorsehung oder etwas Ähnliches, da ist nur dieses richtungslose Gebet, während wir den Nordheimbakken in Richtung Sondrevegen entlangeilen.

Es steht eine Gruppe von Menschen um ihn herum. Ein Mann im Fahrradanzug beugt sich hinunter, eine Frau in Outdoorjacke steht neben ihm und telefoniert, außerdem ist da noch ein Ehepaar in unserem Alter. Das Fahrrad liegt am Straßenrand, ein Rad hängt in der Luft.

Dann sehe ich seine Beine. Sie ragen aus dem Kreis von Menschen heraus. Die graue Anzughose. Die abgetragenen Turnschuhe. Einige der Umstehenden schauen in unsere Richtung, sie treten etwas zur Seite, lassen uns durch.

Erling liegt auf dem Rücken. Sein Kopf befindet sich direkt neben einem Riss in der Bordsteinkante. Den Fahrradhelm hat er noch auf, er ist mit der Plastikschnalle unter seinem Kinn befestigt. Seine Augen sind geschlossen, allerdings nicht vollständig, ich sehe einen Streifen Weiß unter dem Wimpernrand. Als würde er sie vielleicht wieder öffnen, wenn ich nur etwas Wichtiges sagte, ihn zum Zuhören bewegen könnte.

»Oh nein«, sage ich, während ich neben ihm auf den Asphalt sinke.

Mehr habe ich nicht zu sagen. *Oh nein, oh nein, oh nein.* Die telefonierende Frau sagt: »Seine Frau ist jetzt hier.«

Ich weiß nicht, mit wem sie spricht, habe aber das Gefühl, dass Hilfe auf dem Weg ist, dass jemand kommt und alles in Ordnung bringt. Ich hebe die Hand, um die Schnalle unter seinem Kinn zu lösen, nehme ihm den Fahrradhelm ab, wobei ich feststelle, dass ich immer noch die Gartenhandschuhe anhabe.

Erling hat einmal gesagt, er werde vor mir sterben. »Das ist reine Statistik«, meinte er, »ich bin ein Mann, du bist eine Frau.

Ihr leidet, wir sterben.« Ich erinnere mich, dass ich damals gedacht habe: Ich kann mir das nicht vorstellen. Nicht weil es mich mit Schrecken erfüllt hätte, sondern weil es mir vollkommen unmöglich war, mir das auszumalen, es war das Gleiche, als versuche man, sich vorzustellen, wie es wäre, blind oder taub zu sein, als fehle also plötzlich etwas, das immer da gewesen ist.

Sie haben mir gesagt, dass er im Krankenwagen gestorben ist. Was bedeuten muss, dass er noch lebte, als er dort lag, ausgestreckt auf dem Asphalt im Sondrevegen. Zu diesem Zeitpunkt war es wohl zu spät, er lag wohl schon im Sterben. In diesem Moment gab es vermutlich nichts mehr, was ich hätte tun können, um ihn zu retten, nichts, was ich hätte sagen können, um ihn zurückzuholen. Keine Möglichkeit, seine Aufmerksamkeit zu gewinnen, keine Gelegenheit, letzte Worte zu wechseln, etwas Wichtigeres, etwas Bedeutsameres zu sagen als: *Fahr vorsichtig.*

Aber es fühlte sich trotzdem so an. Als hätte ich ihn dort wecken können, wenn mir bloß die richtigen Worte eingefallen wären. Als hätte ich ihn zurück in die Welt zerren können, hätte aber versagt.

SIEBEN TAGE DANACH

Das Telefon klingelt, während ich nach dem Terminkalender suche. Als ich heute Morgen in der Küche saß und die Kaffeemaschine gurgeln und blubbern hörte, kam mir die Idee, dass er in eine Schublade gelegt oder in ein Regalfach gestellt worden sein könnte, als die Kinder Erlings Sachen aufgeräumt haben. Gerade krame ich mit beiden Händen in der Kommode im Korridor, da vernehme ich den Brummton. Das Display zeigt eine unbekannte Nummer.

»Hallo«, melde ich mich.

»Hallo«, sagt eine eifrige junge Stimme im Hörer. »Hier spricht Peter Bull-Clausen, ich rufe von der Vika Anwaltskanzlei an.«

Er gibt seiner Stimme eine ernstere Tonlage, als bemühe er sich, seinen Ton der Situation anzupassen, und sagt: »Mein Beileid zum Tod Ihres Mannes.«

»Danke«, sage ich matt.

Dabei denke ich: Peter Wie-war-das-noch-gleich? Was will er von mir?

»Gut, gut«, sagt er munter, offensichtlich froh darüber, nicht bei dem Verlust verweilen zu müssen. »Wie Sie vielleicht wissen, habe ich Erlings Vermögen verwaltet, und ich möchte Sie und die anderen Erben zu einem Gespräch einladen. Gern nächste Woche, wenn es Ihnen passt.«

Draußen vor dem Fenster liegt die Einfahrt verlassen da.

Aus dem Korridorfenster kann ich direkt auf die Garagenwand schauen, an der das Fahrrad nicht mehr steht.

»Das verstehe ich nicht«, sage ich.

»Nun, viele suchen sich ja juristische Hilfe, wenn sie Investitionen tätigen wollen«, beginnt Peter dienstbeflissen.

»Ja, das ist mir schon klar«, erwidere ich. »Ich ... Ich verstehe bloß nicht, wer *Sie* sind. Denn unser Anwalt ist Olav Lien.«

Darauf hat Peter nicht sofort eine Antwort, einen Moment lang ist es völlig still, und ich sage, etwas lauter: »Das weiß ich, weil Olav Lien mein Bruder ist.«

»Ja«, sagt Peter. »Ja, ich verstehe.«

Sein Tonfall ist nun gedämpfter, etwas unterwürfiger.

»Wir haben alles, was mit Testamenten, Besitzverhältnissen, Gütertrennung und so weiter zu tun hat, mit Olavs Unterstützung in Ordnung gebracht«, fahre ich fort. »Wir waren beide zusammen bei ihm, vor ... Wann kann das gewesen sein? Vielleicht vor fünf Jahren.«

»Siebeneinhalb«, sagt Peter hilfsbereit.

»So ungefähr«, sage ich, etwas verärgert darüber, dass er es bereits weiß, nur teilweise bereit, ihm recht zu geben.

»Ja«, sagt Peter. »Es kommt ja vor, dass Leute den Anwalt wechseln. Ohne dass das eine Kritik an Ihrem Bruder beinhalten muss. Aber wie Sie bestimmt wissen, ist es manchmal gut, wenn mal jemand von außen draufschaut.«

»Das war bei uns nie nötig.«

»Ja, die Situation ist nicht ganz einfach. Aber wie dem auch sei, Erling hat vor einigen Wochen Kontakt zu mir aufgenommen und wollte einige Geldbeträge investieren und ein paar Besitztümer umverteilen. Die letzten Papiere sind in der Woche vor seinem Tod unterzeichnet worden, damit sind das jetzt die gültigen Dokumente, schlicht und ergreifend.«

An dieser Stelle entschlüpft ihm ein kleiner Lacher. Es scheint seiner Natur zu widersprechen, seine Fröhlichkeit zu zügeln. Ich starre auf die leere Garagenwand, an der das Fahrrad stehen sollte.

»Wenn Sie und Ihre Kinder also zu einem Treffen in die Kanzlei kommen könnten, wäre das großartig. Wie wäre es mit nächste Woche Donnerstag?«

Aber Erling hat mir doch von allen Schritten erzählt, die er im Hinblick auf die Familienfinanzen unternommen hat? Ich habe nicht immer so genau zugehört. Das ist klar. Ich war oft nachlässig, habe »ja, ja« gesagt, während er redete. Ich habe gedacht, dass es mich nicht kümmern muss. Der Großteil unseres Besitzes gehört Erling allein, weil sein Vater, Prof. Dr. jur. Krogh, es so wollte. Doch Erling hat für mich gesorgt. Das hat er mir oft genug gesagt. Und alles, was darüber hinausgeht, was spielt das schon für eine Rolle? Was interessiert es mich, ob das Geld bei dieser oder jener Bank angelegt ist, ob unsere Ferienhütte auf diese oder jene Weise besteuert wird? Ich bin so träge, was solche Dinge betrifft.

Dennoch hat er mich immer in seine Entscheidungen einbezogen, sogar darauf bestanden, dass ich Bescheid weiß. Bei dem Treffen mit Olav damals, vor siebeneinhalb Jahren, haben vor allem die beiden geredet. Die beiden Juristen, die beiden Männer. Was hätte ich schon beitragen können? Ich kenne das Gesetz nicht, habe keine besonderen Güter zu verteidigen. Erlings Überlegungen, wie wir unser Vermögen am besten verwalten sollten, wogen schwerer als meine.

Auf der Kommode im Korridor vibriert es wieder, diesmal steht Synnes Name auf dem Display.

»Hallo«, murmle ich.

»Hallihallo«, flötet sie gut gelaunt.

Um sie herum rauscht und lärmt es, sie sitzt wahrscheinlich im Auto. Zu der Zeit, als wir noch einmal in der Woche telefonierten, hat sie immer von dort aus angerufen.

»Wie geht's dir?«, fragt sie.

»Synne«, sage ich. »Gerade habe ich einen seltsamen Anruf bekommen.«

Ich gebe das Gespräch wieder. Während ich rede, sagt sie ein paarmal *Hm* und *Oh* und *Nun*, aber ich spreche einfach weiter, gebe ihr keine Gelegenheit, mich zu unterbrechen.

»Ja, also«, sage ich am Ende meines Berichts. »Ich verstehe das alles nicht. Warum sollte Erling den Anwalt wechseln? Und warum hat er mir nichts davon gesagt?«

»Weißt du was«, sagt Synne, während das Rauschen um sie herum zunimmt, »ich denke, und nimm es mir jetzt nicht übel, wenn ich das sage, Evy, aber du weißt, dass Erling manchmal ein bisschen, nun ja, ein bisschen starrköpfig war? Nicht ganz leicht im Umgang?«

Ich hole tief Luft. Vor einigen Jahren war Synne mit ihrem Lebensgefährten zum Abendessen bei uns. An diesem Tag hatte sie erfahren, dass sie befördert wurde, sie schäumte beinahe über vor Freude. »Personalverantwortung für fünfzehn Leute«, jubelte sie, als sie Weißwein in unsere Gläser schenkte. »Hunderttausend Kronen mehr Gehalt, vermutlich noch mehr, wenn man die Überstunden mitrechnet! Echten Einfluss auf die strategische Ausrichtung der Firma!« Erling sah mürrisch aus, seine buschigen Augenbrauen waren heruntergezogen. Synne arbeitete für eine Fluggesellschaft, die letzten fünfzehn Jahre nicht mehr als Stewardess, sondern in der Verwaltung, wo sie langsam aufgestiegen war. Sie hatte sich strategisches Denken angeeignet: Ihrer Ansicht nach war es ein einträgliches Geschäft, günstige

Ferienflüge anzubieten. Ein Basispaket, bei dem auf alles nicht unbedingt Erforderliche verzichtet wurde, aber die Möglichkeit bestand, Zusatzleistungen zu buchen.

»Dir ist doch wohl klar, dass das eine miserable Idee ist«, sagte Erling.

Ich verbarg den Mund hinter meinem Glas. Synne wandte sich ihm zu, und jeder Muskel ihres Gesichts fragte: Wie bitte? Erling beschrieb trocken, was der Zuwachs an Ferienflügen für die Emissionen bedeutete. »Aber geht es bei Flugreisen nicht auch um einen Traum?«, fragte Synne mit verkniffenem Mund. »Darum, uns über Landesgrenzen und Kulturen hinweg zu verbinden?« »Unsinn«, sagte Erling, »denn was nützt uns die ganze Verbundenheit, wenn wir keinen Planeten mehr haben, auf dem wir leben können?« Synne bekam rote Wangen, ich schwieg. Ihr Lebensgefährte wandte vorsichtig ein, unabhängig davon, was Erling von der Fluggesellschaft halte, sei es doch schön, dass Synne eine bessere Stelle bekommen habe. Sie blieben nicht lange.

»Könnte es nicht sein, dass Erling und Olav sich wegen irgendetwas zerstritten haben?«, fragt Synne jetzt, während es in der Leitung knistert. »Zum Beispiel wegen … Ich weiß nicht. Wegen Geld oder irgendwelcher Vorschriften. Dass Erling deshalb zu jemand anderem gegangen ist?«

»Aber warum hat er mir nichts davon gesagt?«, frage ich. »Ich muss Olav anrufen.«

Allerdings rufe ich dann doch nicht an. Ich bin kurz davor, habe die Nummer schon herausgesucht, sodass ich nur noch die Anruftaste drücken müsste. Da läuft ein Zittern durch meinen Körper, und ich kann mich nicht dazu überwinden.

Stattdessen wandere ich ruhelos durchs Haus. Die Treppe

hoch, oben durch den Korridor, in die Zimmer, in die alten Kinderzimmer. Dann wieder ins Erdgeschoss. Esszimmer, Wohnzimmer, Arbeitszimmer. Ich stehe sogar auf der Schwelle zum Keller, habe die Tür geöffnet, schaue die dunkle Treppe hinunter, während die Luft von dort unten hier heraufwabert, der schwache Geruch nach alten Äpfeln und Fäulnis.

Es ist ein Erdkeller, einfach in den Boden gegraben, feucht und dunkel. Etwas an ihm macht mir Angst, und das war schon immer so. Der schwere, moderige Geruch. Das Gefühl von etwas Gefährlichem und Unbändigem, das heraufziehen und vergiften könnte, was wir hier oben haben. Ich stehe auf der Schwelle, schaue hinab. Die weißen Wände, die Finsternis dort unten. Ich überlege es mir anders. Schlage die Tür energisch zu, schließe sie ab.

FÜNFUNDZWANZIG TAGE DANACH

Die Flammen haben fast das gesamte Arbeitszimmer verzehrt. Vom Teppich sind bloß verkohlte Reste übrig geblieben. Der Holzboden ist verbrannt und danach aufgehackt worden. Die Gardinen sind weg, die Wände haben offene Wunden. Die Regale mit den alten Büchern sind zu Asche reduziert.

Für einige der Zerstörungen ist die Feuerwehr verantwortlich. Sie hätten hinter die Wände und unter den Boden gehen müssen, um zu verhindern, dass der Brand dort unbemerkt weiterschwelt, erklärte mir der Feuerwehrmann, der den Ablauf später mit mir durchging. Das scheint mir eine praktische Lösung zu sein: beim geringsten Verdacht, dass etwas schwelen könnte, ohne Rücksicht auf Verluste alles abzureißen. Wie der Feuerwehrmann schon sagte: Es kommt darauf an zu wissen, womit man es zu tun hat.

Der Raum liegt still da, verlassen. Aber der Geruch hat sich festgesetzt, bitter und sauer zugleich. Laut dem Feuerwehrmann ist er eine Folge des Nachlöschens.

Das Fenster habe offen gestanden, sagte die Polizei. Dort wurde die Flasche hineingeworfen. Man nennt es Molotowcocktail, er bestand aus einer halb mit Brennspiritus gefüllten Whiskyflasche, in die man oben ein angezündetes Stück Stoff gesteckt hatte. Die Scherben der Flasche haben sie auf dem Boden gefunden.

Das teilte man mir am Tag nach dem Brand während der Vernehmung bei der Polizei mit. Sie fand in einem kleinen Raum mit künstlichen Pflanzen und greller Beleuchtung statt. Ich hatte mir Kleidung von Synne geliehen und fühlte mich seltsam unwohl. Die Hose passte nicht, ich spürte, wie sie an den falschen Stellen spannte, und der Pullover rutschte ständig den Rücken hoch. Die rothaarige Polizistin mit dem Nordland-Dialekt saß mir genau gegenüber, Gundersens Kollegin, die mein Haus durchsucht hatte. Nun informierte sie mich über den Molotowcocktail. Neben ihr saß ein Feuerwehrmann, ein großer, ernst aussehender Mann, dessen Augen ein wenig zu hängen schienen. Er war derjenige, der am meisten redete.

Die Flasche sei gegen den Schreibtisch geprallt und zerbrochen, erklärte er. Scherben und Flascheninhalt seien zu Boden gefallen, wo der Spiritus in den Teppich sickerte. Der Teppich war alt und zundertrocken, er müsse sehr leicht entzündlich gewesen sein. Der Feuerwehrmann sagte das mit ernster Stimme, fast traurig, als würde er bedauern, dass es so war. Danach hatten die Flammen auf die Gardinen übergegriffen, hatten sie vollständig verzehrt und sich anschließend die Bücherregale vorgenommen. Die Bücher waren alt, trocken. »Futter für die Flammen«, sagte er.

Zuletzt hatte der Schreibtisch Feuer gefangen. Zu diesem Zeitpunkt waren die Temperaturen in dem Raum so hoch, die Luft so voll von Brandgasen, dass alles brannte. Ich war da anscheinend schon aus dem Haus entkommen, ich stand draußen auf dem Rasen, als das erste Feuerwehrauto den Morgedalsveien entlanggerast kam. Als die Feuerwehr sich Zutritt verschaffte, war die Arbeitszimmertür fast geschlossen. Und *das* sei ein Riesenglück gewesen, sagte der ernste Feuerwehrmann. Hätte sie weit offen gestanden, wäre die Luft so mit gefährlichen Gasen, wie zum Beispiel Cyanid und Methansäure, angefüllt gewesen, dass ich bei dem Versuch, mich in Sicherheit zu bringen, zusammengebrochen wäre. Wie er es ausdrückte: »Ein tiefer Atemzug von dem Rauch da drinnen, und Sie wären erledigt gewesen.« Wie er ebenfalls sagte: »Wir hätten Sie im Korridor auf dem Boden liegend gefunden.«

In diesem Korridor stehe ich jetzt. Ich schaue auf meine Füße hinab, versuche, es wirklich zu begreifen: Man zieht den Rauch in den Körper und bricht auf der Stelle zusammen. Man ist bewusstlos, wenn man stirbt. Es sei ein wahnsinniges Glück gewesen, dass ich genau zum richtigen Zeitpunkt wach geworden bin, sagte der ernste Mann. Besonders, wenn man bedenke, dass keine Batterien in den Rauchmeldern waren.

ACHT TAGE DANACH

Es wäre eine Übertreibung zu behaupten, die Kirche von Ullern sei voll. Mit etwas gutem Willen kann man sie als zur Hälfte voll bezeichnen, aber selbst das ist wahrscheinlich zu hoch gegriffen. Ich sitze in der ersten Reihe, zwischen meinen Töchtern. Hannes kleiner Sohn Max sitzt neben ihr, dann kommt ihr Mann Ørjan und daneben Bård. Bårds Frau und die zwei Söhne haben hinter ihm Platz genommen. Auf der anderen Seite des Mittelgangs sitzt Mutter bei Olav und seiner Familie. Olav hat seinen Arm um ihre Schultern gelegt, redet leise auf sie ein. Er schaut zu mir hoch, fängt meinen Blick ein und lächelt milde. Ich lächle zurück. Denke an den jungen Anwalt am Telefon und verspüre ein Ziehen im Magen, das ekelhafte, verzehrende Gefühl, dass es noch nicht vorbei ist. Aber heute werde ich die Sache Olav gegenüber nicht erwähnen. Ich schäme mich ein wenig, wie erleichtert ich über den Aufschub bin.

Die Orgel spielt einen kräftigen Ton, danach einige verhaltenere. Ich werfe einen Blick hinter mich. Mitten im Kirchenschiff sitzen Synne und ihr Lebensgefährte. Sie sieht mich mit einem unglücklichen Ausdruck in den Augen an, ihr Mitgefühl tröstet und beunruhigt mich gleichermaßen. Weit hinten, abgesondert von den anderen Nachbarn, sitzen Maria Berger und ihr Mann.

Maria ist spät in die Nachbarschaft gezogen. Sie war anders als die anderen Nachbarsfrauen. Der Trøndelag-Dialekt, die hochtoupierten Haare, die breiten Schulterpolster: zu modern, zu viel des Guten. Kein Gespür für zurückhaltende Eleganz. Sie lachte zu laut, redete zu viel, war zu ehrlich. Außerdem war sie Carl Fredrik Bergers zweite Frau. Viele der Nachbarinnen hatten Carl Fredriks erste Frau gekannt, und auch wenn niemand mit der ersten Frau Berger befreundet gewesen war, scheint eine gewisse Loyalität vorhanden gewesen zu sein. Oder vielleicht fühlten sie sich auch nur bedroht: Wenn Carl Fredrik Frau und Kinder für eine wie Maria verlassen konnte, dann konnten ihre eigenen Männer auf dieselbe Idee kommen. Es war im Interesse aller, diese Möglichkeit nicht zu attraktiv erscheinen zu lassen.

Also schlossen sie Maria aus. Nicht offen, nicht auf eine Art und Weise, bei der man sie hätte ertappen können, aber dennoch mit herzloser Nachdrücklichkeit. Und hier muss ich Maria fast bewundern, denn sie ist keine dumme Frau und begriff, dass sie verloren hätte, wenn sie auch nur für einen Augenblick durchblicken ließe, dass die Ausgrenzung sie verletzt. Völlig korrekt erkannte sie, dass sie von ihren neuen Nachbarinnen keine Gnade erwarten konnte, dass durch Unterwerfung keine Freundschaft zu gewinnen war, und sie war klug genug, auf die Art zu antworten, die die Nachbarsfrauen am meisten ärgern würde: Sie ließ sich nichts anmerken. Weiterhin lachte sie genauso laut, kleidete sich genauso aufsehenerregend. Sie wich keinen Deut von ihrem Dialekt ab, und als die Jahrzehnte in Oslo ihn nach und nach auf natürliche Weise abschliffen, kompensierte sie das, indem sie markante Begriffe aus Trøndelag einstreute. Nicht zuletzt hielt sie daran fest, sich gegenüber ihnen allen überströmend freundlich zu verhalten.

Auch mir gegenüber, und trotzdem hatte ich immer den Eindruck, dass sie mich mehr mochte als die anderen. Ich gehörte auch nicht ganz dazu, und das sah sie. Sie hatte immer einen besonderen Blick auf meine Familie. Sie fragte mich nach Bårds

Leistungen auf der Handelshochschule und Siljes Kunstprojekten. Als Hanne einen Mann aus Nord-Trøndelag heiratete, durchforstete sie ihr Netzwerk, bis sie stolz von einer Cousine berichten konnte, deren Mann von dem Hof kam, der neben dem von Ørjans Eltern lag. So etwas hatte sie für die anderen Nachbarinnen nie getan, obgleich niemand ihr vorwerfen kann, mich demonstrativ anders zu behandeln als die anderen: Wenn man sie eine der Nachbarinnen im Laden grüßen hört, könnte man meinen, sie wären enge Freundinnen, und es ist ein gewaltiges Ärgernis für die Nachbarsfrauen, dass Maria Berger trotz jahrzehntelanger unermüdlicher Ausgrenzung vollkommen unberührt wirkt.

Doch dann kam *jener* Tag. Ich kenne Maria seit über dreißig Jahren, aber jetzt überschattet dieser eine Tag alle anderen. Ich drehe mich wieder nach vorn. Die gelbe Trainingsjacke, der Riss in der Bordsteinkante im Sondrevegen. Die Plastikschnalle unter dem Kinn, der weiße Rand unter dem Augenlid. *Oh nein, oh nein, oh nein.*

Erling Krogh ist aus der Welt geschieden, sagt der Pfarrer. »Erling Krogh, Jurist, Ehemann, Vater. Freund, Kollege. Engagierter Umweltschützer. Großvater. Nun ist Erling aus der Welt geschieden.«

Ich bleibe an dieser Formulierung hängen. Man scheidet aus der Welt. Man macht einen Schritt zur Seite, verlässt dieses gewaltige Fließband, auf dem wir anderen stehen, verlässt die Welt, die sich ohne Bremsen vorwärtsbewegt, und dann ist man draußen. Das ist schön. Fast, als wäre man frei.

Hanne neben mir unterdrückt ein Schluchzen. Bårds Augen sind weit aufgerissen, die Stirn über den hochgezogenen Augenbrauen liegt in Falten, und diese Grimasse verleiht ihm einen Ausdruck von Schmerz, von totaler Panik. Er ist sich seines Gesichtsausdrucks bestimmt nicht bewusst, denn in diesem Fall würde er ihn sofort korrigieren. Ich drehe den Kopf zur anderen Seite, schaue Silje an. Sie weint nicht. Ihr Gesicht ist zu einer Maske erstarrt, der Kiefer angespannt. Sie blickt starr geradeaus.

Die Orgel signalisiert uns, wann wir uns erheben sollen. Im Programm steht, dass wir das Lied »Gottes Liebe« singen sollen. Erling war leidenschaftlicher Atheist und davon überzeugt, Religion sei ein Fluch, den die Menschen sich selbst auferlegt hätten, und zwar ohne ersichtlichen Grund, außer vielleicht wegen ihrer schwächlichen Psyche, ihrer mangelnden Fähigkeit, zufällige Grausamkeit zu ertragen. Es kommt mir merkwürdig vor, an seinem Sarg von Gottes Liebe zu singen.

Beim Bestatter hatten sie mich gefragt, ob ich etwas sagen wolle. Ich konnte mir nichts Schlimmeres vorstellen. Hanne meldete sich freiwillig, und niemand protestierte. Sie ist gut in so etwas. Jetzt geht sie ruhig nach vorn zum Altar, und das ist eine Erleichterung: Hanne kümmert sich darum, Hanne trocknet ihre Tränen und erledigt das. Da vorn steht der Sarg aus blank poliertem rötlichem Holz. Ich habe beinahe Angst davor, ihn direkt anzuschauen.

»Lieber Papa«, sagt Hanne am Rednerpult. »Ich kann nicht fassen, dass du nicht mehr da bist. Es ist erst etwas mehr als eine Woche her, dass ich zuletzt mit dir geredet habe. Du hast mir Ratschläge in Bezug auf den Wohnungsmarkt gegeben und mich daran erinnert, die Steuererklärung fristgerecht einzureichen.«

Einzelne Trauergäste lachen gedämpft. Max zeigt auf seine Mutter am Rednerpult und sagt etwas zu seinem Vater, ein wenig zu laut. Ørjan sagt: »Pst.« Aus den Augenwinkeln sehe ich, wie Bård sich mit der Hand übers Gesicht streicht. Siljes Augen sind immer noch trocken, aber ihre kalte Hand liegt auf meiner, die sie jetzt drückt.

Das Gespräch mit der Polizei erscheint mir immer surrealer, bis zu dem Punkt, dass ich fast zweifle, ob es überhaupt stattgefunden hat. Zweimal habe ich den Zettel, auf den Gundersen seine Telefonnummer geschrieben hatte, hervorkramen müssen, bloß um einen handfesten Beweis dafür vor Augen zu haben, dass die beiden Polizisten wirklich bei mir waren. Es wirkt so weit hergeholt, wie eine dreiste Übertreibung.

»Papa war ein durch und durch lieber Mann«, sagt Hanne. »In den letzten Tagen habe ich mit mehreren Leuten, die ihn kannten, gesprochen, und alle sind sich einig, dass sie nie einen Zweifel daran hatten, dass er ein guter Mensch war, auch wenn er in einer Diskussion hart und eigensinnig sein konnte. Alles, was Papa getan hat, hat er aus dem Wunsch heraus getan, die Welt zu einem besseren Ort zu machen.«

Jetzt ist an mehreren Stellen unterdrücktes Schluchzen zu vernehmen. Ich selbst fühle mich seltsam abgekoppelt von dem Geschehen um mich herum. In erster Linie, um den Erwartungen gerecht zu werden, führe ich die Hände zu den Augen.

Es ist eine schöne Rede, die Hanne da hält. Mir gefällt, dass sie nicht versucht, Erling weich und nachgiebig darzustellen, dass sie sich traut, seine widerborstigen Seiten aufzuzeigen. Sie und Ørjan haben in dieser Kirche geheiratet, und jetzt steht sie fast genau an derselben Stelle, an der sie am Tag ihrer Hochzeit gestanden hat. Ich sehe sie vor mir, mit weißen Blumen im Haar und in einem geschmackvollen, exklusiven Brautkleid, das die Schultern freiließ. Ørjan stand neben ihr, erstaunlich attraktiv in seinem Smoking. Seine Eltern sind Bauern aus Trøndelag, sie waren zu diesem Anlass nach Oslo gekommen. Der Vater lächelte breit, sein Kopf war rot, offenbar rührte es ihn, sein einziges Kind zu verheiraten. Die Mutter war freundlich und zurückhaltend, gekleidet in ein blaues Seidenkleid. Sie wirkten so zufrieden, die beiden, ich erinnere mich, dass mir das damals in den Sinn kam. Beide fühlten sie sich wohl in ihrer Haut und miteinander, sie waren so stolz auf ihren Sohn. Und wie hatten Erling und ich ausgesehen? Wir haben auch hier geheiratet. Diesen Mittelgang bin ich entlanggeschritten, in einem preiswerten Brautkleid, mit Flieder im Arm.

Silje drückt meine Hand. Sie schaut ihre ältere Schwester nicht an. Nein, sie starrt auf den Sarg. Als Hanne eine kleine Pause macht, wendet sich Silje zu mir, und als sie mich ansieht, macht sie einen leicht desorientierten Eindruck, als wäre sie gerade erst aufgewacht. Ich drehe mich um, um zu sehen, welche Wirkung Hannes Worte auf die Zuhörer haben, und da sehe ich ihn.

Er sitzt mitten in der Trauergemeinde, weder zu weit vorn noch ganz hinten. Seit der Blumenstrauß gekommen ist, habe ich mich gefragt, ob ich ihn wiedererkennen würde, wenn ich ihm begegnete. Ich habe ihn seit vierzig Jahren nicht gesehen. So viel Zeit kann einen Menschen bis zur Unkenntlichkeit verändern, aber sobald mein Blick ihn streift, weiß ich, dass Edvard Weimer dort sitzt. Seine Haare sind leicht zur Seite gekämmt, sie sind natürlich grauer als früher, aber immer noch hauptsächlich braun. Er hat hübsche, ebenmäßige Züge, eine gerade Nase, symmetrische Augen. Schmale, schön geschwungene Lippen. Er betrachtet meine Tochter mit einem fragenden Gesichtsausdruck, als präsentiere sie ihm eine lange Beweisführung auf der Basis von Prämissen, bei denen er sich nicht ganz sicher ist, ob er ihnen zustimmen soll, denen er aber folgt, um ihre Schlussfolgerung zu verstehen.

Unmittelbar bevor ich mich wieder umdrehe, wendet er sich mir zu. Er fängt meinen Blick ein und nickt kaum merklich. Zwei Sekunden lang schauen wir uns an.

Anschließend stehe ich mit meinen Kindern auf der Kirchentreppe und drücke Hände. Auf dem Weg nach draußen gehen alle an uns vorbei, sie geben mir die Hand und murmeln *Herzliches Beileid* oder *Schön, dich zu sehen*. Mutter ist die Einzige, die das nicht tut, sie sieht mich mit verblüfftem Blick an und sagt: »Da ist ja Kari!«

»Das ist Evy, Mutter«, sagt Olav leise. »Kari ist schon seit vielen Jahren tot.«

Er legt ihr den Arm um die Schultern und führt sie weg.

Edvard Weimer sehe ich nicht und denke, dass er vielleicht schon weg ist, aber kurz bevor wir zum Auto gehen, kommt er zu mir herüber.

»Liebe Evy«, sagt er und nimmt meine Hände in seine. »Es ist so schön, dich zu sehen, und so traurig, dass es unter solchen Umständen geschieht.«

»Danke«, sage ich. »Und vielen Dank für die Blumen.«

Er strahlt Güte aus, denke ich. Ich erinnere mich, dass ich mich in seiner Gesellschaft wohlfühlte, als wir jung waren. Unsere Bekanntschaft währte nicht lange, er verschwand aus unserem Freundeskreis, bald nachdem ich mit Erling zusammengekommen war. Er ist nach Dänemark gezogen, und ich glaube, niemand hat Kontakt zu ihm gehalten.

»Hör mal«, sagt er. »Da gibt es etwas, worüber ich gern mit dir sprechen würde. Im Moment hast du sicher viel zu tun, aber wenn es bei Gelegenheit einmal passt, würde ich mich sehr freuen, dich zu treffen.«

»Gern«, sage ich.

Das meine ich ehrlich. Von allen Pflichten, kleinen wie großen, um deren Erfüllung man mich in diesen Tagen bittet, ist dies die erste Aufgabe, zu der ich wirklich Lust habe.

»Augenblick, dann gebe ich dir meine Karte«, sagt er.

Er ist kleiner als Erling, genauso groß wie ich. Aus den Augenwinkeln sehe ich Hanne auf uns zukommen. Edvard wühlt in seiner Jackentasche und reicht mir eine Visitenkarte. Sie fühlt sich hochwertig an, ist aus dickem, teurem Papier. *Edvard Weimer, Rechtsanwalt.*

»Hallo«, sagt Hanne.

»Hallo«, sagt Edvard und gibt ihr die Hand. »Edvard Weimer, ein Studienfreund von Erling. Ihre Rede hat mir gefallen. Sie war gut. Persönlich und zugleich unsentimental.«

»Danke.«

Wir schauen ihm nach, als er geht.

»Er ist nett«, sagt Hanne. »Ich kann mich nicht erinnern, dass Papa jemals einen Edvard erwähnt hat.«

Mitten in der Nacht wache ich auf, das Licht, das durch den Gardinenschlitz dringt, sagt mir, dass es noch viele Stunden bis zum Morgen sind. Von Erlings Seite des Bettes zieht es kalt zu mir herüber.

Unten im Erdgeschoss ist es still. Graues Licht fällt durch die Fenster herein, als wäre diese Zeitspanne, diese ein oder zwei Stunden zwischen pechschwarzer Nacht und Morgengrauen, in erster Linie durch die Abwesenheit von Farben geprägt. In dem matten Zwielicht wirken die Räume groß und leer. Im Esszimmer steht der Mahagonitisch, schlank und braun wie ein Beutetier. Ich schaue auf die verlassene Terrasse dort draußen. Frage mich, wie leicht es wäre, ins Haus einzudringen. Die Sicherheitskette an der Haustür ist vorgelegt, aber wenn man wirklich hineinwollte, könnte man einfach ums Haus herum auf diese Seite gehen. Die Wohnzimmerfenster nehmen fast die ganze Wand ein, die Verandatür besteht im Prinzip nur aus Glas. Ein gezielter Schlag mit einem harten Gegenstand, und die Scheibe würde zerbersten. Man hätte freien Zugang.

Ich begebe mich zurück zur Treppe. Als ich am Arbeitszimmer vorbeikomme, bleibe ich einen Moment in der Tür stehen, betrachte die leere Schreibtischplatte. Hier hatte Erling am Morgen *jenes* Tages gesessen, daran erinnere ich mich jetzt. Er war mit etwas beschäftigt gewesen, bevor er in die Stadt fuhr, hatte sich bestimmt eine Stunde oder länger hier aufgehalten.

Woran hatte Erling da gearbeitet? Es muss etwas Wichtiges gewesen sein, glaube ich. Aber die Tischplatte ist leer.

Etwas zieht mich zur Kellertür unter der Treppe. Alles, was wir im Keller aufbewahren, nimmt den gleichen Geruch an: den Gestank von überreifen Äpfeln, aus der lange zurückliegenden Zeit, als wir Obst aus dem Garten dort unten lagerten. Der Geruch sitzt immer noch in den Wänden, vermischt mit der Ausdünstung der feuchten Erde, die sich direkt vor den gemauerten Wänden befindet. Dort unten gibt es keine Fenster.

Mir ist nicht ganz klar, warum ich mich vor dem Erdkeller fürchte. Obwohl ich weiß, dass es Einbildung ist, fühlt es sich an, als verberge er etwas Unvorhersehbares. Als lauere dort unten etwas Animalisches, das auf eine Gelegenheit warte hervorzubrechen. Und zugleich verspüre ich, ohne ganz zu verstehen, warum, ein Zittern bei diesem Gedanken. Lasst die Zerstörungskraft frei! Lasst sie sich aus der Tiefe emporzwängen und unser Haus übernehmen! Lasst mich sehen, was passiert, wenn das, was wir so eifrig wahren und pflegen, in die Luft fliegt.

Aber etwas stimmt nicht. Das sehe ich sogar im Dämmerlicht: Die Tür steht einen Spalt auf. Die Tür, die ich so bedrohlich finde, dass sie stets ordentlich zugesperrt ist. Die Tür, die ich erst gestern noch zugeschlagen und abgeschlossen habe. Jetzt ist sie offen.

ACHTZEHN TAGE DAVOR

In einer Vase auf dem Esszimmertisch prangten Osterglocken, ihr Gelb versetzte mich in eine fröhliche Stimmung. Es war warm genug, die Feier draußen zu beginnen, daher stand auf dem Verandatisch eine Schüssel mit Punsch, gelb und österlich, daneben eine kleinere Schüssel mit alkoholfreiem Punsch für die Kinder. Rund um die Osterglocken hatte ich den Esstisch festlich gedeckt. Ich hatte den Tisch mit Einlegeplatten verlängert, um Platz für alle zu schaffen: zehn Erwachsene, drei Kinder. Es war so lange her, dass wir das letzte Mal Besuch gehabt hatten. Und ich war so glücklich darüber, die Festtafel zu decken und auf die Gäste zu warten.

Olav und Bridget kamen als Erste, sie hatten Mutter dabei.

»Wie schön«, sagte Bridget, als sie die Osterglocken sah.

Sie war schlicht gekleidet, aber an den Ohrgehängen war zu erkennen, dass sie sich für den Anlass zurechtgemacht hatte. Olav trug Anzughose und Hemd. Mutter hatte Leggins mit einer Bluse darüber an, im Heim waren sie in Bezug auf die Kleidung ziemlich nachlässig.

Sie sah mich an und sagte: »Kari? Bist du das?«

»Nein, Mutter«, antwortete ich lachend, denn es war ein schöner Tag. »Ich bin's, Evy.«

Als Nächste kamen Hanne und Ørjan. Ørjan war mit Max beschäftigt, der sich in den Kopf gesetzt hatte, Sandalen anzuziehen, und tobte, als seine Eltern es ihm nicht erlaubten; der Junge hatte offenbar während der ganzen Autofahrt geschrien wie am Spieß. Hannes Gesicht war angespannt.

Lise und Bård mit ihren Söhnen kamen zehn Minuten zu spät. Lise könne nur eine Stunde bleiben, sagten sie, dann müsse sie Henrik zu einem Spiel fahren.

»Am Karsamstag?«, fragte ich verblüfft, und Lise warf mir einen resignierten Blick zu, sie hatte wohl dasselbe gedacht.

Silje kam als Letzte. Zu diesem Zeitpunkt standen wir alle auf der Veranda und tranken gelben Punsch, und ich reichte ihr ein Glas.

»Was ist da drin?«, fragte sie mit gerunzelter Stirn.

»Alles biologisch«, beruhigte ich sie.

Wir waren vollzählig.

Erling schlug an sein Glas.

»Es ist so schön, dass ihr heute alle kommen konntet«, sagte er. »Evy hat fast bis zum Umfallen gearbeitet, um alles so gut hinzubekommen, und es sieht so aus, als würde das Osterlamm so, wie es sein soll.«

Ich lachte darüber. Ich hatte doch nicht bis zum Umfallen gearbeitet. Es machte mich einfach so unheimlich froh, Gäste zu haben.

Aber war Erlings Stimme nicht etwas angespannt? Sie klang gepresst, als drücke etwas auf seine Stimmbänder.

Es dauerte, bis der Lammbraten fertig war, daher standen wir lange auf der Veranda. Bårds Söhne spielten im Garten Fußball. Max hatten wir eine Plastikschaufel in die Hand gedrückt, mit der er auf Geländer und Gartenmöbel einschlug. Ich lief rein und raus, um den Braten im Ofen zu kontrollieren. Draußen hörte ich Olav laut und lebhaft reden, nur der Ton war zu vernehmen, nicht seine Worte. Hin und wieder hörte ich auch Erlings Stimme, leiser, monotoner.

Dann zerhackte die Türklingel die Luft. Ich rief denen auf der Terrasse zu, dass ich aufmachen würde. Auf der Treppe stand Synne, sie hielt einen Strauß Tulpen in den Händen.

»Für dich«, sagte sie. »Eigentlich sollte es Flieder sein, aber dafür ist es ja noch zu früh.«

Sie war sorgfältig frisiert und gut gekleidet, in Tracht. Ich stand da mit meiner Küchenschürze und spürte, wie sich meine verschwitzten Haare auf der Stirn kräuselten.

»Vielen Dank«, sagte ich. »Willst du reinkommen?«

»Ich muss weiter.«

Eine ihrer Hände schoss vor, fasste meinen Arm.

»Ist alles in Ordnung, Evy?«

»Ja«, sagte ich. »Ich bin bloß mit dem Essen beschäftigt.«

»Okay. Dann guten Appetit.«

Ich ging wieder in die Küche. Mutter lief draußen vorbei, ich sah es aus den Augenwinkeln und ging zu ihr hinaus. Die Doppelflügeltür stand offen, sie starrte in den dahinter liegenden Korridor.

»Wo willst du hin, Mutter?«, fragte ich.

»Das gehört sich nicht«, gab sie zurück.

Ihre Stimme war schroff. Es war der Ton, der aus heiterem Himmel aufgetaucht war, als sich die Demenz manifestierte, und das bei ihr, die immer so ein sanftes Wesen gehabt hatte.

»Nein, natürlich nicht«, sagte ich und nahm ihren Arm, führte sie freundlich und bestimmt zu den anderen.

Sie stolperte auf der Schwelle zur Veranda, beinahe wären wir beide gestürzt.

»Das Essen ist gleich fertig«, sagte ich.

»Fragt sich bloß, ob wir noch essen können, bevor wir fahren müssen«, sagte Lise zu ihrem Sohn. »Vielleicht kann ich dir ein Brot schmieren.«

Später saßen wir um den Tisch. Als Olav und ich noch Kinder waren, pflegte Mutter vor dem Essen ein paar Worte zur ursprünglichen Osterbotschaft zu sagen und ein Tischgebet zu sprechen. Jetzt war sie zu so etwas absolut nicht mehr in der Lage, aber ich versuchte es an ihrer Stelle. Ich erinnerte mich nicht an die Worte, hier und da unterliefen mir Fehler, aber das war nicht schlimm, das Wichtigste war die Stimmung. Und alle lachten, hoben ihre Gläser und prosteten sich zu.

Doch Erling war nachdenklich. Seine Stirn war zusammengezogen wie eine Ziehharmonika, die dunklen Augenbrauen standen ab. Während des Essens redete er sehr wenig.

NEUN TAGE DANACH

Jemand war im Keller. Ich hatte die Tür vorgestern abgeschlossen, und gestern war sie offen. Niemand war in dieser Zeit zu Besuch gewesen, und ich habe sie weiß Gott nicht geöffnet.

Da unten gibt es für niemanden etwas zu holen. Dort befinden sich alte Möbel und kaputte Sachen, Erlings Notvorrat und ansonsten nur Moder und Spinnen, dazu dieses unbestimmte Gefühl, von dem ich nicht will, dass es hier hochzieht.

Wäre da nur nicht dieser kleine Zweifel: Kann ich mir ganz sicher sein? Gelegentlich habe ich ja Ausfälle, erinnere mich nicht daran, was die Leute zu mir sagen, die Ärztin, die Polizei, meine Kinder. Und dann die verschwundenen Gegenstände. Könnte ich nicht vielleicht doch die Tür wieder geöffnet und es dann vergessen haben?

Denn wenn ich es nicht getan habe, war es jemand anders. Und das würde bedeuten, dass jemand in meinem Haus war, ohne dass ich es bemerkt habe. Vielleicht ist dieser Jemand auch in den Zimmern herumgelaufen und hat meine Sachen angefasst.

Gab es einen Einbruch? Verschwinden deshalb Gegenstände? In diesem Fall müsste ich es anzeigen. Der Zettel mit Gundersens Nummer liegt im Arbeitszimmer. Es wäre die einfachste Sache der Welt, dort hineinzugehen, ihn hervorzuholen und anzurufen. Es sagen, wie es ist: Ich befürchte, dass jemand in meinem Haus war. Während ich unterwegs war. Oder schlimmer, während ich schlief, also wehrlos in der oberen Etage lag. Das würde ja auch das andere erklären, die verschwundenen Gegenstände.

Aber was würde danach geschehen? Was wäre, wenn ich es wirklich selbst getan hätte? Was wäre, wenn ich dabei bin, die Kontrolle zu verlieren, auf dem Weg bin, zu werden wie meine Mutter? Denn da sind andere Dinge, an die ich mich nicht erinnere. Dinge, die Erling zu mir gesagt hat, noch an dem Tag, als er starb. An jenem Morgen saßen wir am Küchentisch, wir unterhielten uns, er erzählte mir irgendetwas. Etwas über seinen Job bei den Agenten, dachte ich, ich habe nicht richtig zugehört, und jetzt bekomme ich es nicht zu fassen.

Und noch etwas ist zu bedenken. Ich führe ein ruhiges Leben, für Erling galt dasselbe. Aber es bleibt nicht aus, dass man etwas findet, wenn man mit der Lupe sucht. Ich möchte mir nicht in die Karten schauen lassen. Ich denke an die Frau mit dem Nordland-Dialekt, die oben herumgestapft ist und meine Schubladen durchwühlt hat. Wenn ich die Polizei anrufe und den Verdacht äußere, bei mir sei eingebrochen worden, wie gründlich werden sie mich dann durchleuchten, wie nahe werden sie mir kommen? Nein. Ich bin ja froh, dass ich im Moment nichts von ihnen höre. Und ich kann mir nicht hundertprozentig sicher sein, dass die Tür abgeschlossen war. Vielleicht gibt es eine plausible Erklärung, die mir noch nicht in den Sinn gekommen ist.

Auch Olav rufe ich nicht an. Ich weiß, ich sollte ihn nach dem jungen Peter Bull-Clausen von dieser Anwaltskanzlei fragen. Bård hat mich nach der Beerdigung darauf angesprochen, Bull-Clausen hat die Kinder bestimmt auch angerufen. Bård war überrascht. »Ist Onkel Olav nicht euer Anwalt?«, hat er mich gefragt. »Ja, schon«, habe ich geantwortet. »Da geht es um etwas anderes.« Ich werde mich bei Olav erkundigen und die Angelegenheit klären. Ich werde mich bald darum kümmern, auf jeden

Fall rechtzeitig vor dem Termin am Donnerstag. Trotzdem lasse ich die Tage verstreichen. Morgen, denke ich jetzt schon seit Tagen. Ich rufe ihn morgen an. Es gibt sicher eine Erklärung. Olav wird mich sicher beruhigen. Ich mache es bald.

Die Einsamkeit im Haus strapaziert meine Nerven. Den ganzen Tag bin ich allein in diesen Räumen. Die dröhnenden Uhrschläge, das Ticken, das die Minuten zerhackt. Ich meine, aus den Augenwinkeln Dinge wahrzunehmen. Rasche Bewegungen, plötzliche Stöße. Sie verschwinden, wenn ich direkt hinsehe. Meine Hände zittern. Es flimmert vor meinen Augen. Und ich freue mich darauf, dass Hanne kommt, weil ich dann nicht mehr allein bin.

»Warum in aller Welt war die Polizei hier?«, fragt Hanne.

Ich sitze am Küchentisch, sie steht an der Arbeitsplatte und schneidet Cocktailtomaten für den Salat.

»Ich weiß es nicht.«

Sie wendet sich wieder dem Schneidebrett zu, ich sehe an ihren Schultern, wie sie schneidet, wie effektiv ihre Bewegungen sind. Ørjan betreibt einen Biogemüseladen, in dem man für eine Gurke vierzig Kronen bezahlt; alles, was sie essen, stammt von dort.

»Wonach haben sie denn gefragt?«

»Nun«, sage ich. »Das weiß ich nicht so genau.«

Das Gespräch mit Gundersen lässt sich nicht ohne Weiteres ins Gedächtnis zurückrufen. Ich habe einige vollkommen klare Bilder davon, aber von den falschen Dingen, weshalb sie irrelevant sind: die kleinen Haare ganz unten in Gundersens Bart, das mentale Bild von Fredly, die unser Schlafzimmer durchwühlt, die feinfühligen Finger neben meinen am Garagentor. Hanne könnte das nie passieren, so durcheinander zu sein. Und ich sehe es ihr an, als sie die Tomaten in den Salat schiebt und sich zu mir umdreht, wobei sich auf ihrer Stirn eine Falte bildet, ein perfektes V zwischen den Augenbrauen: Jetzt geht die Fragerei los.

Hanne will wissen, was sie gesagt haben und wie sie es gesagt haben und was sie meiner Ansicht nach mit ihren Fragen bezweckt haben könnten. Und dann will sie mehr über den Anwalt wissen. Auch in dieser Angelegenheit kann ich nicht mit genug Details aufwarten, ebenso wenig kann ich ihr zufriedenstellend erklären, warum ich Olav nicht angerufen habe. Ich versage auf ganzer Linie. Da gibt es so vieles, was ich nicht mitbekommen habe, so vieles, woran ich mich nicht erinnere. Wenn Hanne nachbohrt, widerspreche ich mir selbst, ich stammele und stottere. Die Vertiefung auf ihrer Stirn wird deutlicher, und ich weiß, was sie denkt: *Jetzt wird Mama dement.* Es quillt in mir hoch, ganz physisch, in einem lauten Aufschluchzen, das meinen Körper schüttelt. »Ich schaffe das nicht«, sage ich, »ich weiß nicht, was sie gesagt haben, es ist nicht meine Schuld.«

Sie sieht mich überrascht an, die Falte auf der Stirn verschwindet.

»Ist ja gut«, sagt sie. »Es hat mich bloß interessiert.«

»Es ist der Schock. Das bedeutet nicht, dass ich dabei bin, wie Oma zu werden. Es ist nur im Moment so.«

»Aber Mama«, sagt sie und legt die Tomate und das Messer weg. »Das denke ich doch überhaupt nicht.«

Sie kommt zu mir herüber und umarmt mich. Hanne hat starke Arme, gibt feste, Sicherheit vermittelnde Umarmungen.

»Hanne, hast du Papas Terminkalender gesehen?«, frage ich, als wir am Tisch sitzen.

Sie schaut mich an. Bestimmt war sie mitten in irgendwelchen Ausführungen. Ich habe ihr nicht zugehört, kann einfach nicht aufhören, daran zu denken. Es schwirrt mir beständig im Kopf herum, und jetzt habe ich sie unterbrochen. Damit gebe ich etwas preis, denke ich. Nämlich, in was für einer Verfassung ich bin.

»Nein«, sagt sie und legt die Gabel hin. »Habe ich nicht.«

Einen Moment herrscht Stille zwischen uns, dann sage ich: »Weißt du, er ist weg. Und ich begreife nicht, wo er abgeblieben sein kann.«

Hanne sagt nichts.

»Er war hier. In Papas Arbeitszimmer. An dem Tag, als du und Silje dort aufgeräumt habt. Oder nicht?«

»Ich weiß nicht«, antwortet sie. »Ich habe nicht darauf geachtet.«

»Ich glaube, er war da. Du hast ihn nicht mitgenommen?«

»Nein.«

Zwischen uns ist es wieder einen Augenblick still, dann schüttelt sie den Kopf und sagt: »Nein, warum sollte ich?«

Ich versuche zu lächeln.

»Er ist bestimmt da, irgendwo.«

»Hier«, sagt sie und schenkt etwas Hellrotes in unsere Gläser. »Das ist Kombucha-Tee. Es wird keine Kohlensäure zugesetzt, das Schäumen entsteht auf natürliche Weise während der Fermentierung, was angeblich sehr gesund ist. Ørjan und seine Leute haben ihn gerade ins Programm genommen, er ist richtig gut.«

Ich nicke. Eigentlich hätte ich gern ein Glas Wein zum Essen getrunken, aber Hanne hat die Flasche mit diesem Zeug mitgebracht, und so ist es bei ihr, wenn sie sich erst einmal etwas in den Kopf gesetzt hat, dann wird es auch gemacht.

»Ich überlege übrigens, ob ich ein Bild von diesem palästinensischen Künstler kaufen soll, der deine Kinderbücher illustriert hat«, sagt sie. »Von diesem Bilal Zou. Er hat eine Ausstellung in einer Galerie in der Stadtmitte, Ørjan und ich waren da und haben sie uns angeschaut. Es war fantastisch. Sehr ausdrucksstark. Und er ist inzwischen ja so anerkannt.«

Diese Mitteilung gellt wie ein unsauberer Ton zwischen uns, ich straffe die Schultern. Ich will nicht über Bilal sprechen. Vor allem will ich keines seiner Bilder an ihrer Wand sehen müssen, das mich dann jedes Mal anglotzt, wenn ich bei ihr zu Besuch bin.

»Ein Bild hat mir sehr gut gefallen. Von einem brennenden Baum.« Sie kneift die Augen zusammen, als könnte sie es vor sich sehen. »Und Bilal ist ja gewissermaßen ein Teil der Familiengeschichte«, sagt sie lächelnd. »Ich dachte, das könnte ziemlich cool sein.«

Ich weiß, dass sie mir mit dieser Geste etwas mitteilen will. Vielleicht, dass ich ihr wichtig bin, oder mehr als das: dass sie anerkennt, was ich einmal war. Mein Hals ist so eng, mein Gesicht fühlt sich starr und seltsam an. Ihr fehlen die Voraussetzungen zu verstehen, wie sehr mich das, was sie sagt, trifft, denn ich habe wenig über das Ende meiner Zusammenarbeit mit Bilal erzählt.

»Vielleicht solltest du lieber eins von Siljes Bildern kaufen.«

Damit will ich dem Gespräch bloß eine andere Richtung geben, aber ich höre, dass es wie Kritik klingt. Als würde ich ihr vorwerfen, ihre Schwester nicht zu unterstützen. Das passiert oft bei Hanne und mir. Eine von uns bekommt etwas in den falschen Hals, sodass selbst die freundlichsten Äußerungen in Missverständnissen enden. Aber dieses Mal deutet sie mich anscheinend nicht so.

»Ach«, sagt sie bloß und zieht die Nase kraus. »Ja, vielleicht sollte ich das. Ich weiß nicht. Bilals Bilder sind ja sowieso ziemlich teuer. Und dort, wo wir jetzt wohnen, haben wir eigentlich auch nicht genug Platz an der Wand.«

Ich suche nach etwas, das ich sagen könnte, nach einem neuen Gesprächsthema, aber sie kommt mir zuvor, indem sie fragt, von wem ich die Rosen bekommen habe. Edvards Strauß steht auf der Anrichte: zwanzig langstielige weiße Rosen.

»Von einem alten Freund«, sage ich.

»Was für ein Freund?«

»Ein alter Studienfreund von Papa. Er ist vor vielen Jahren nach Dänemark gezogen, du kennst ihn nicht.«

»Der, der auch auf der Beerdigung war?«, fragt sie. »Mit dem du dich vor der Kirche unterhalten hast?«

Die Vertiefung auf ihrer Stirn ist wieder da.

»Ja.«

»Wie hieß er noch mal?«

»Edvard Weimer«, sage ich, wobei ich mein Glas zum Mund führe.

Entgegen ihrer Verheißung ist der schäumende Tee ganz und gar nicht gut, er schmeckt säuerlich und bitter, ich bemühe mich, es mir nicht anmerken zu lassen.

»Oje«, stößt Hanne plötzlich und heftig hervor, ich sehe, dass ihre Augen voller Tränen sind. »Dass Papa wirklich tot ist. Ich kann es nicht glauben. Irgendwie warte ich darauf, dass er jeden Moment hier hereinkommt, in seinen verschlissenen Pantoffeln.«

Sie schaut zum Flur, als sie das sagt, und ich drehe mich ebenfalls dorthin. Für einen Augenblick ist es so, als würden wir beide darauf warten, dass er den Raum betritt. Die Großvateruhr tickt, und natürlich passiert nichts, aber einige Sekunden lang warten wir auf ihn, das lässt mich erschaudern. Dann sehen wir uns an und lächeln beklommen. Ihr Blick wirkt alarmiert, denke ich. Meiner vermutlich auch. Als hätten wir beide Angst.

»Trink noch einen Schluck von dem Tee«, sage ich. »Der ist wirklich ziemlich gut.«

Nachdem Hanne gegangen ist, lege ich die Sicherheitskette vor die Tür. Ich zupfe an ihr, überprüfe, ob sie richtig sitzt. Dann lenke ich meine Schritte am Arbeitszimmer vorbei zur Kellertür. Umfasse die Klinke.

Jetzt ist die Tür zugesperrt. Ich habe sie letzte Nacht wieder abgeschlossen, habe die halb offene Tür zugeschlagen und den Schlüssel umgedreht. Zur Kontrolle habe ich die Türklinke mehrmals heruntergedrückt, sowohl letzte Nacht als auch heute im Laufe des Tages, trotzdem muss ich es jetzt noch einmal überprüfen. Der Schlüssel steckt im Schlüsselloch. Ich ziehe ihn heraus und stecke ihn in die Tasche.

Im Badezimmerschrank im ersten Stock liegt meine Tablettenschachtel. *Gegen Unruhe.* Ich betrachte sie. Bleibe lange so stehen, während der Schlüssel in meiner Tasche brennt.

In der ersten Nacht, als ich vom Krankenhaus zurückgekommen war und hier stand, mutterseelenallein im Haus, dachte ich: Ich nehme keine Tablette, denn was wäre, wenn Erling zurückkäme? Der Gedanke war unlogisch, denn ich wusste ja durchaus, dass er tot war, dass sein Körper im Krankenhaus lag und die Abwesenheit von Leben offiziell bestätigt worden war. Ich verstand es auch, mit meiner ganzen Vernunft. Dennoch glaubte ich nicht völlig daran, denn ich hatte dieses Gefühl: Erling kommt immer nach Hause.

Aber heute Nacht ist es anders. Jetzt denke ich: Was wäre, wenn jemand zurückkäme? Ich muss wach sein, muss bereit sein. Also nehme ich keine Tablette. Ich gehe ins Schlafzimmer. Verstecke den Kellerschlüssel ganz unten in der Unterwäscheschublade. Stelle einen Stuhl vor die Schlafzimmertür. Der würde einen Eindringling kaum aufhalten, aber zumindest würde er mich wecken, wenn jemand die Tür aufschöbe. Niemand soll mich überraschen.

Ich kann nicht schlafen. Trotzdem bleibe ich liegen und wälze mich herum. Ich berühre den kalten Haufen, der Erlings Bettdecke ist, und denke: In der ersten Nacht habe ich gehofft, dass er zurückkommt. Jetzt fürchte ich es. Als gäbe es ihn, einen Schatten, der in den Ecken lauert.

ZEHN TAGE DANACH

»Wie geht es dir?«, fragt Edvard, als er das Auto in den Husebybakken lenkt.

»Gut«, antworte ich.

Dann wird mir bewusst, dass er mit Blick auf Erling fragt. Die Frage ist an eine Frau gerichtet, die gerade erst Witwe geworden ist, an die Antwort sind gewisse Erwartungen geknüpft. So etwas entgeht einem, wenn man ständig den Faden verliert. Erlings Tod gehört zu den Erfahrungen, die mich am nachhaltigsten geprägt haben, er ist allgegenwärtig und alles überschattend, und dennoch muss ich mich andauernd daran erinnern: Erling ist *gestorben*, es ist tatsächlich passiert. Immer wieder ertappe ich mich dabei, wie ich bei dieser Erkenntnis zusammenzucke: Ist es wirklich, wirklich wahr?

»Ich meine«, korrigiere ich mich, »so gut es eben gehen kann. Die Tage vergehen.«

»Tun sie das?«, fragt Edvard. »Das ist gut. Meiner Erfahrung nach kommt es in den ersten Wochen genau darauf an. Die Zeit herumzubringen. Die eigentliche Trauerarbeit beginnt später.«

Er lächelt traurig, aber freundlich, und ich denke: Diese Art von Fürsorge möchte ich haben. Sie ist auf mich abgestimmt und wird mir zu meinen Bedingungen gegeben.

Früher hatten wir uns nicht sonderlich nahegestanden, aber als ich mich in sein Auto setzte, fühlte es sich an, als würde ich mich zu einem alten Freund setzen. Ich betrachte ihn, während er fährt. Er hat ein schön geschnittenes Profil. Eine gerade Nase, ein kräftiges Kinn. Wenn er lächelt, dehnt sich die Haut an den Schläfen so, dass die Verästelungen kleiner blauer Adern sichtbar werden.

Einmal hat er an meine Zimmertür geklopft und mich eingeladen mitzukommen. Er, Olav und einige Freunde waren auf dem Weg nach draußen, als ich ihm öffnete, konnte ich die anderen auf der Treppe lärmen hören.

»Hallo«, sagte Edvard. »Ich hätte da mal eine Frage.«

Wir standen einander gegenüber. Wir waren genau gleich groß, keiner von uns musste zum anderen aufschauen. In meinem Rücken spürte ich, wie Erling zur Tür kam und sich hinter mir aufbaute.

»Wir wollen tanzen gehen«, sagte Edvard. »Im Ruderclub auf Bygdøy. Wollt ihr mitkommen?«

Um Erling in die Augen zu sehen, musste er den Blick heben, den Kopf leicht nach hinten neigen. Die Frage hing in der Luft, eine Einladung mit dem Anflug von etwas Unbekanntem. Eine Studentenparty, wie Olav und seine Freunde sie besuchten. Ich war noch nie gefragt worden, ob ich mitkommen wolle, aber jetzt war ich eingeladen worden, ich musste nur Ja sagen.

»Wir können nicht«, sagte Erling hinter mir. »Evy muss ihre Hausaufgaben fertig machen, und danach sind wir bei meinen Eltern zum Essen eingeladen.«

Ich bewegte meine Füße, verlagerte das Gewicht. In diesem Club wären junge Menschen, wummernde Musik, in der man sich verlieren konnte, tanzende Körper, die eng beieinander schwitzten. Vielleicht die Andeutung von etwas anderem, ahnte ich, von etwas Unaussprechlichem: Hände, Hüften, Zungen, Sex. Das alles gab es, es pulsierte bereits im Körper, war in Reichweite, und wenn man sich schon nicht hineinstürzte, wäre es doch zumindest möglich, dorthin zu fahren, all dem nah zu sein. *Sei nicht dumm, Erling*, hätte ich sagen können, *natürlich kommen wir mit.*

Aber das sagte ich nicht. Ich sagte gar nichts, stand einfach nur da und ließ Erling für mich sprechen.

»Verstehe«, sagte Edvard. »Dann viel Spaß.«

Olav ging hinter ihm vorbei und knuffte ihn leicht gegen die Schulter, komm schon, und Edvard folgte ihm die Treppe hinunter.

Der Augenblick war so schnell vorbei. Bevor ich eine Entscheidung treffen, die Konsequenzen von einem Ja, einem Nein, abwägen konnte, war er vorüber.

Der Kellner weist uns einen Tisch am Fenster zu, von dort haben wir Aussicht auf den Fjord. Ich bestelle ein belegtes Brot. Edvard ebenso.

»Ihr Norweger und eure belegten Brote«, sagt er. »Wenn Austern auf der Speisekarte stehen.«

»Bist du etwa kein Norweger?«, frage ich.

»Ich habe siebenundzwanzig Jahre in Dänemark gelebt. Wenn man die Kindheit nicht mitzählt, habe ich den größten Teil meines Lebens dort verbracht.«

»Aber warum sollte man die Kindheit nicht mitzählen?«

Er schaut aufs Meer, lächelt schwach. »Ja, warum sollte man das nicht?«

Er ist vor dem Hauptstudium nach Dänemark gezogen. »Oslo war damals anders«, sagt er, »der Horizont war begrenzter.« Er wirft mir einen Blick zu, vergewissert sich, ob ich ihm zustimme. In Kopenhagen hat er sich eine Karriere aufgebaut, und dann hat er jemanden getroffen. Davon erzählt er nicht so viel, aber man gewinnt den Eindruck, dass es eine große Liebe war.

»Ich dachte, ich würde mein ganzes Leben dortbleiben. Wir wollten ja zusammen alt werden. Aber dann schlug der Krebs zu. Im Jahr vor meinem fünfzigsten Geburtstag wurde ich Witwer.«

Dann wurde seine Mutter krank und starb. Sein Vater war ein Mann vom alten Schlag, einer von denen, die es fertigbringen, vor dem Brotkasten zu verhungern. Edvard zog zurück nach Hause.

»Mein Vater und ich hatten uns in meiner Jugend überworfen, und nun hatten wir Zeit, uns zu versöhnen«, sagt Edvard. »Ich kann gar nicht genug betonen, wie viel mir das bedeutet hat.«

War es angesichts des Verlustes auch eine Erleichterung für ihn, Kopenhagen zu verlassen? Über die Trauer um seine Frau spricht er wenig, aber in dem wenigen, was er zu erkennen gibt, ist sie umso stärker präsent. Ich frage nicht nach, will mich nicht aufdrängen. Die kurzen Einblicke, die er mir gewährt, faszinieren mich jedoch.

Ich habe oft an diesen Abend Anfang der Siebzigerjahre im Røaveien gedacht: Edvard, der an meine Tür klopfte und mich fragte, ob ich mitkommen wolle. Erling, der die Einladung ausschlug: Nein danke, wir haben andere Pläne.

»Und du?«, fragt Edvard. »Hast du deinen Traum, Lehrerin zu werden, verwirklicht?«

Jetzt verkrampft sich mein Magen.

»Ich habe das Lehramtsstudium beendet. Aber dann kamen die Kinder, und, nun ja, ich bin eine Weile bei ihnen zu Hause geblieben. Zu der Zeit war es ja nicht so leicht, einen Kindergartenplatz zu bekommen, und es war wohl auch eine Art Erwartung von der älteren Generation. Daher habe ich im Job eigentlich nie richtig Fuß gefasst.«

Er nickt. Sagt etwas Nettes über die Bedeutung von Familienarbeit, aber es schmerzt trotzdem. Wo ich doch so gescheit war, so gute Noten hatte.

»Tatsächlich war ich eine Zeit lang Schriftstellerin«, erzähle ich, es rutscht mir zur Unzeit heraus und ist in gewisser Weise peinlicher als mein dürftiges Berufsleben an sich, aber wo ich schon mal angefangen habe, muss ich es auch zu Ende bringen. »Ich habe eine Reihe Kinderbücher geschrieben. Sie waren von einem Künstler illustriert, Bilal Zou, vielleicht hast du von ihm gehört?«

Ich weiß bereits jetzt, dass ich mich später fragen werde: War die Enttäuschung in erster Linie meine eigene, etwas, das ich auf Edvard projizierte? Ich hatte mich doch schon vor vielen Jahren damit versöhnt.

»Aber ich wollte ja mit dir über etwas sprechen«, sagt Edvard.

Der Kaffee steht auf dem Tisch, wir haben uns während des Essens angeregt unterhalten, und ich hatte ganz vergessen, dass er mir etwas sagen wollte. Um ehrlich zu sein, hatte ich gedacht, es wäre nur eine Rechtfertigung für das Treffen gewesen. Ich stelle meine Tasse ab.

»Es ist so, dass ich Erling vor ein paar Wochen getroffen habe. Ende April, ziemlich genau zwei Wochen vor seinem Tod. Er hat angerufen und um ein Treffen gebeten, aus heiterem Himmel.«

»Erling hat sich mit dir getroffen?«, frage ich. »Das hat er mir nicht erzählt.«

Edvard wirft mir einen prüfenden Blick zu. »Wir haben uns ja zweimal im Jahr getroffen.«

Ich schiebe den Löffel zurecht, der vor mir liegt. Erling hat Edvard seit vielen Jahren nicht mehr erwähnt, vielleicht seit unserer Studienzeit nicht mehr. Und er hat nicht viele Freunde, er trifft sich nicht oft mit jemandem.

»Ja, wir hatten in den letzten Jahren so eine Art Gewohnheit«, erklärt Edvard. »Wir sind vor Weihnachten zusammen essen gegangen, und dann haben wir uns vor dem Sommer irgendwo auf einen Drink getroffen.«

Ich nicke, wie zur Bestätigung. Denn wenn ich die Wahrheit sagen würde, nämlich, dass ich noch nie ein Wort davon gehört habe, würde sie wohl etwas armselig wirken, unsere Ehe.

»Wie lange habt ihr das noch gleich gemacht?«, frage ich, als wäre ich über die Gewohnheit informiert und wollte mich lediglich vergewissern, wann sie ihren Anfang nahm.

»Oh, die letzten fünf, sechs Jahre, würde ich meinen.«

Fünf, sechs Jahre. Das sind zehn bis zwölf Abende. Was hat Erling zu mir gesagt, wenn er Edvard getroffen hat? Erling ist rechtschaffen, lügt nicht.

»Ich war überrascht, als er anrief und sich im April mit mir treffen wollte. Wir hatten ja eine Art Muster und schon eine Verabredung für Mai. Aber ich sagte zu, und wir trafen uns in einer Bar. Ja, es war nett, und während ich noch dachte, es ginge nur darum, nur um ein Gespräch bei einem Drink, da sagte Erling, dass...« Er räuspert sich. »Ich habe in dieser Angelegenheit lange mit mir gerungen, Evy, und bin zu dem Schluss gekommen, dass ich dir reinen Wein einschenken muss. Erling fürchtete, dass jemand versuchte, ihm zu schaden.«

Einen Moment lang wirkt das Restaurant ungewöhnlich still. Als würde sich das Treiben um uns herum aus Rücksicht auf uns mäßigen. Vor meinem geistigen Auge sehe ich die Polizisten in meinem Haus, den leeren Platz im Badezimmerschrank, an dem das Pillenglas und die Schachteln mit den Herzmedikamenten hätten stehen sollen. Den Terminkalender. Die offene Kellertür.

»Ich kann nicht glauben, dass das stimmt«, sage ich, mehr zu mir selbst als zu ihm. »Es klingt so weit hergeholt.«

Und doch: Was ist mit dem Fahrradunfall, dem im März, den Gundersen erwähnt hat? Und ist es eigentlich üblich, eine vollständige Obduktion durchzuführen, wenn ein Herzpatient zusammenbricht?

»Ja«, sagt Edvard. »Das habe ich auch gesagt. Ich habe ihn gefragt, warum in aller Welt er das glaube. Erling hat geantwortet, er sei in einige Unfälle verwickelt gewesen. Ja, er war wohl geradezu der Ansicht, es könnte sich um Mordversuche gehandelt haben.«

Jemand habe die Drähte an den Bremsklötzen seines Fahrrads zerschnitten, hatte er Edvard erzählt, aber es habe auch andere Vorfälle gegeben. Ein Erdungsfehler an seiner Lampe bei der Arbeit hätte ihm einen starken Stromschlag durch den Körper jagen können, wenn die Sicherung bei solchen Fehlern nicht automatisch herausspränge. Er habe sich die Verkabelung danach angesehen und sei zu dem Schluss gekommen, dass jemand sich daran zu schaffen gemacht haben musste.

»Erling war sich vollkommen darüber im Klaren, wie sich das anhörte. Er sagte: ›Du weißt, dass ich nicht zu Paranoia neige, Edvard, denn ich schätze meine eigene Bedeutung ansonsten ziemlich nüchtern ein.‹ Nun, ich gab ihm da durchaus recht, zugleich lässt sich nicht leugnen, dass er sich tatsächlich etwas paranoid anhörte.«

Er wirft einen Blick aus dem Fenster, schaut zurück zu mir. Der Ernst verändert sein Gesicht, er sieht alt aus.

»Ich fragte ihn, ob er eine Idee habe, warum ihm jemand schaden wolle, und die hatte er. Und dann erkundigte ich mich, ob er eine Vermutung habe, *wer* es sein könne. Und Erling sagte, ja, er habe einen Verdacht.«

Eine oder zwei Sekunden lang fühlt es sich so an, als hinge ich völlig in der Luft, ohne Boden unter den Füßen, ohne irgendeinen Halt.

»Wer?«, frage ich, schnell, hart.

Er atmet tief ein, hält einen Augenblick die Luft an und entlässt sie in einem langen Ausatmen.

»Das hat er nicht gesagt. Er sei sich nicht hundertprozentig sicher, meinte er, weshalb er keine Namen nennen wolle. Er sagte: ›Mit so einer Behauptung wirft man nicht leichtfertig um sich. Wenn man jemandem so etwas vorwirft, ist man verpflichtet, es genau zu wissen.‹ Aber er war überzeugt, dass er es herausfinden würde. Bis zu unserem Treffen im Mai wollte er sich Gewissheit verschafft haben.«

Edvard seufzt.

»Ja, ich habe versucht, ihn dazu zu bringen, mit der Polizei zu reden, wenn er wirklich glaube, jemand versuche, ihn zu töten. Und ich habe ihn beschworen, mir zumindest zu sagen, *wen* er verdächtige. Ich habe wohl auch darauf hingewiesen, dass es gefährlich für ihn sein könnte, seinen Verdacht ganz für sich zu behalten. Aber er meinte, er habe eine Möglichkeit gefunden, die betreffende Person unschädlich zu machen. Nun, was sollte ich tun? Ich habe gesagt, er könnte immer zu mir kommen, wenn etwas wäre, und ich habe ihm versprochen, auf dich aufzupassen, wenn ihm wider Erwarten etwas passieren sollte. Und jetzt ist etwas passiert. Und Evy, seit ich erfahren habe, dass er nur zwei Wochen nach unserem Gespräch gestorben ist, werde ich den Gedanken nicht los, dass ich mich nicht hätte zufriedengeben sollen, ehe er mir gesagt hätte, vor wem er Angst hatte.«

Sein Gesicht hat jetzt einen gequälten Ausdruck, und er lässt die Schultern etwas hängen, als wäre das Schuldgefühl eine reale physische Bürde, die er zu tragen hat.

»Die Polizei war bei mir«, sage ich, wobei meine Stimme wie aus weiter Ferne zu kommen scheint, als gäbe ich etwas wieder, das in einem Traum geschehen ist. »Ein paar Tage vor der Beerdigung haben sie an der Tür geklingelt und mir mitgeteilt, dass man keine Spuren der Herzmedikamente in seinem Körper gefunden hat. Wir haben auch die Tablettenschachteln und das Pillenglas nicht gefunden, wir haben überall gesucht. Und weitere Gegenstände sind verschwunden. Sein Fahrrad. Der Terminkalender.«

Die Kellertür stand einen Spalt auf. Doch das erwähne ich nicht. Ich zwinkere mit den Augen, wische es weg.

Auch an diesem anderen Tag wollte Erling mit dem Fahrrad zu den Agenten fahren, es war vielleicht zwei Monate vor seinem Tod. Nach nur zehn Minuten kam er zurück, und ich rief ihm zu: »Bist du schon zu Hause?« Ich hörte ihn auf der Treppe, und als ich aus dem Schlafzimmer kam, stand er bereits im Bad. Er war dabei, die dunkelbraune Gabardinehose auszuziehen. Ein breites Rinnsal dunkelrotes Blut lief sein Bein hinab, verklebte die Haare. Auch im Gesicht blutete er, ein Striemen zog sich über die Wange bis hinunter zum Riemen des Fahrradhelms. Rote Flecken breiteten sich auf dem einen Hemdärmel aus.

»Mein Gott«, sagte ich. »Was ist passiert?«

»Ich bin gestürzt.« Es kam nur als Murmeln heraus. Er untersuchte gerade die Wunde am Knie. »Die Bremsen des Fahrrads haben nicht funktioniert. Glücklicherweise habe ich es gemerkt, bevor ich im Husebybakken war, daher hatte ich noch keine so hohe Geschwindigkeit. Ich bin bloß gegen Bergers Zaun geprallt. Aber ich habe mich ganz schön verletzt.«

Er nahm ein Wattepad, wischte sich langsam das Blut aus dem Gesicht. Im Badezimmerspiegel inspizierte er die Schramme. Sie schien nicht allzu breit zu sein. Vermutlich auch nicht so tief. Aber Erling war blass. Die Hand, in der er das Wattepad hielt, zitterte.

Ich betrachtete ihn. Dort stand er, in weißer Unterhose und blutigem Hemd. Die Angst ließ ihn klein wirken, verletzlich.

Ich dachte: So fängt es an. Erst schafft er es nicht mehr, sich auf dem Fahrrad zu halten. Dann fällt es ihm schwer, die richtige U-Bahn zu finden, rechtzeitig aus- und einzusteigen. Schließlich bekommt er Probleme mit dem Autofahren. Und daran wollte ich nicht denken. Also ging ich zurück ins Schlafzimmer, ließ ihn allein.

Auf der Heimfahrt erzähle ich Edvard von diesem Fahrradunfall. Ich erzähle von dem Pillenglas und den Schachteln mit Tabletten, die verschwunden sind. Auf allen klebten Etiketten mit den Personalien und der Dosierungsanleitung. Sie standen seit über zwei Jahren im Badezimmerschrank. Ich habe die Etiketten so viele Male gelesen.

An einem der ersten Abende nach *jenem* Tag öffnete ich die Tür des Badezimmerschranks und betrachtete das Glas und die Schachteln. Diese Markennamen, Metoprolol, Digoxin und so weiter. *Erling Krogh, einmal am Tag, gemäß ärztlicher Anordnung.*

Zu diesem Zeitpunkt war mein Gehirn noch benommen, der Vorwurf war in meinem Kopf nicht vollständig ausformuliert, aber er nahm Form an: Es hatte nicht gereicht. Diese vortreffliche Ärztin in den Dreißigern, die nach Erlings Meinung so tüchtig war, so sachlich und geradeheraus, so *vernünftig*. Sie hatte versagt. Sie hatte ihm Medikamente zur Behebung seiner gesundheitlichen Probleme verschrieben, und trotzdem war er bei einer Fahrt mit dem Fahrrad wegen eines Herzinfarkts umgekippt. Ich dachte nicht: *Es war ihre Schuld.* Doch ich war nicht so weit davon entfernt. Ich stand dort und betrachtete die Tablettenschachteln. Es ist erst ein paar Tage her, und sie *waren* da.

Als wir nach Montebello hinauffahren, zieht der Himmel zu. Gerade war es noch so schön, über Strand und Fjord war Gold gestreut, aber jetzt blättert es ab, die Stadt wird grauer. Bevor ich aus dem Auto steige, fragt Edvard: »Hättest du Lust, mich wiederzutreffen?«

Erlings Arbeitszimmer liegt so, dass die Sonne nie richtig hereinscheint, und jetzt am Nachmittag ist es dunkel, zumal die Doppelflügeltür zum Flur geschlossen ist. Ich bleibe im Türrahmen stehen und schaue hinein. Dabei erinnere ich mich an das Gefühl, das mich am Freitag beschlichen hat, das Gefühl, dass etwas fehlt. Da dachte ich noch: Es ist seine Abwesenheit. Aber jetzt weiß ich es besser.

Fürchtete Erling um sein Leben? Glaubte er, jemand wolle ihn töten, und verdächtigte er eine bestimmte Person? Heute in einer Woche wollte er Edvard erneut treffen, wobei er davon ausgegangen war, dass er sich dann Gewissheit verschafft hätte. Was sollte bis dahin geschehen? Hatte er ein Treffen mit der Person vereinbart, die er verdächtigte?

Erling notierte sich jede Art von Terminen. Schrieb sie fein säuberlich in den Kalender, der verschwunden ist.

FÜNFUNDZWANZIG TAGE DANACH

Der Esszimmertisch ist für ein Familienessen gedeckt. Ich stehe an dem Platz, den ich für mich ausgewählt habe. Ich hebe die Tischdecke an, streiche mit meinen Fingern vorsichtig über das, was ich unter der Tischplatte befestigt habe. Neben dem Teller liegt mein Handy. Die Nachricht ist fertig geschrieben, ich werde lediglich noch auf den Senden-Button drücken müssen. Aber ich muss es zum richtigen Zeitpunkt tun. Alles hängt von einer absolut korrekten Ausführung ab.

Wenn ich die Doppelflügeltür schließe, ist der Brandgeruch weniger durchdringend. Ich nehme ihn auch hier im Esszimmer wahr, aber bei geschlossener Tür traktiert er die Sinne nicht so wie direkt vor dem Arbeitszimmer.

Als ich die Verfügungsgewalt über mein Haus zurückerhielt, riet mir die Feuerwehr davon ab, dort zu wohnen. Es sei ein altes Haus, die seien oft sicherer, zugleich seien sie aber verpflichtet, mich darüber zu informieren, dass sich Brandgase darin festgesetzt haben könnten. Der Feuerwehrmann, der mich ins Haus ließ, fragte, ob ich nicht lieber in ein Hotel gehen wolle. Die Versicherung komme gewöhnlich dafür auf, sagte er. Aber das wollte ich nicht. Ich hatte einen Plan.

Während des gesamten Gesprächs bei der Polizei hatte ich das Gefühl gehabt, nicht wirklich anwesend zu sein. Ich saß da, zog immer wieder den geliehenen Pullover herunter und zupfte an der im Oberschenkelbereich spannenden Hose herum. Beim Zuhören kam es mir vor, als würde man mir eine schlimme Geschichte erzählen, die andere Leute betraf, wobei ich versuchte, angemessen berührt zu erscheinen, obwohl ich die Relevanz für mein eigenes Leben nicht sah. Während man den Brandablauf mit mir durchging, kreiste mein Gehirn unaufhörlich um kleine kuriose Details. Wie zum Beispiel, dass das Fenster offen stand, während ich mir sicher war, es nicht geöffnet zu haben. Oder dass sich keine Batterien in den Rauchmeldern befanden, weder im Arbeitszimmer noch in der Diele oder im Korridor im ersten Stock. Dabei hatte Erling nie die Batterien herausgenommen, ohne sie sofort zu ersetzen.

Ich hörte dem Feuerwehrmann zu. War viel ruhiger, als man hätte vermuten können. Aber in meinem Kopf begann sich bereits abzuzeichnen, was ich tun musste.

FÜNFUNDVIERZIG JAHRE DAVOR

Es war vier Uhr früh, ich hätte im Bett liegen und schlafen sollen. Stattdessen saß ich auf der Fensterbank und zählte die Autos im Røaveien. Es waren nicht viele, noch nicht, aber hin und wieder hörte ich ein Motorbrummen vorbeirauschen und fragte mich, was für Leute in dem Auto saßen und wohin sie unterwegs waren. An der Schranktür hing mein Brautkleid. Immer wenn mein Blick es streifte, sah ich die harten Knospen des Fliederstrauchs vor der Pädagogischen Hochschule und die Doppelflügeltür im Haus in Montebello vor mir.

Als ich das erste Mal zu diesem Haus gekommen war, war ich in der Einfahrt stehen geblieben und hatte den steilen Hang zur Eingangstür hinaufgeschaut. Das Haus war groß, aber nicht protzig. Die Wände waren dunkelbraun gebeizt, Kiefern umstanden das Gebäude und schirmten es vor der Sonne ab. Mutter hätte den Anblick schön genannt. Aber der Weg hinauf war lang und steil. Erling war bereits halb oben, er drehte sich um und rief nach mir.

Direkt hinter der Eingangstür war eine kleine Diele, in der man seine Jacke aufhängen konnte. Der Flur dahinter wurde die *Halle* genannt. Dieser Begriff war mir bisher nur in Büchern begegnet, das machte mich zappelig und nervös. Von der *Halle* gingen drei Türen ab. Die eine führte in die Küche, die Frau Kroghs Domäne war, in der mir jedoch mitunter Audienz gewährt wurde, damit ich helfen konnte. Bei der zweiten handelte es sich um die Doppelflügeltür aus schwerem Holz, die zu den inneren Gemächern der Familie führte. Zu Hause bei mir saßen Erling und ich in meinem Zimmer, hörten Schallplatten und knutschten, aber hier durfte ich sein Zimmer noch nicht einmal sehen, und während all meiner Besuche blieb die Doppelflügeltür verschlossen.

Die dritte Tür führte ins Wohnzimmer. Als wir hereinkamen, hatte die Großvateruhr gerade geschlagen, dass es im Haus dröhnte.

»Was sagt man dazu«, begrüßte uns Herr Krogh. »Ihr seid früh dran.«

Erlings Heiratsantrag kam ziemlich beiläufig, wie man es von einem Mann wie ihm erwarten konnte. Wir saßen auf der winzigen Veranda seiner Studentenbude, ich spielte Joan Baez auf dem tragbaren Plattenspieler, und er sagte, er fände es schön, wenn ich über Nacht bleiben könnte. »Mutter würde das nicht gutheißen«, sagte ich, wobei ich ihre Stimme nachäffte, ihren schleppenden südnorwegischen Dialekt: *So haben wir dich nicht erzogen.*

»Wenn wir heiraten würden, könntest du bleiben«, sagte Erling. »Dann könntest du für immer bleiben, Evy.«

Ich lachte darüber. Aber als ich an diesem Abend nach Hause kam, spielte ich mit der Idee. Ein Ring am Finger, ein neuer Name. Der Schlüssel zu einer schönen Wohnung mit einem Türschild, auf dem *Krogh* stand. Mit diesem Namen wäre viel verbunden. Geld und Ansehen, aber nicht in erster Linie. Eher eine Art Erwachsensein. Man würde über mich sagen müssen, dass ich eine gute Partie gemacht hätte. Und wir beide würden doch sowieso heiraten, also warum nicht jetzt?

Die Hochzeit sollte Anfang Mai stattfinden, damit wir zeitig genug vor dem Examen von unserer Hochzeitsreise zurück wären. Ich hatte wenige Ansprüche an die Feier oder das Kleid, aber ich wollte unbedingt Flieder von dem Strauch vor der Pädagogischen Hochschule als Brautstrauß haben. Als er im letzten Jahr geblüht hatte, war das unvergleichlich gewesen, eine Explosion in Lila. Der Duft war in die Seminarräume geströmt, so stark und intensiv, dass man nicht glauben konnte, dass er nicht künstlich hergestellt war, sondern von selbst entstand. So übertrifft die Natur die Menschen, hatte ich da gedacht, und dieser Gedanke war schön. Allerdings auch ein wenig beängstigend.

Und Flieder blüht im Mai. Manchmal früh, doch manchmal auch später. Dabei spielen Faktoren eine Rolle, die man nicht kontrollieren kann, aber daran dachte ich erst, als es zu spät war. Das war wohl der Fehler. Das Kleid wurde gekauft, es hatte einen einfachen, schnörkellosen Schnitt. Mein Vater überschlug das Budget, wie viel würde die Hochzeit kosten? Es war Sitte, dass die Eltern der Braut für die Hochzeit aufkamen, und Erling war der Sohn eines wichtigen Mannes. Herr und Frau Krogh luden meine Eltern zum Sonntagsessen ein und sagten, sie wollten die Feier schlicht halten.

»Heutzutage hört man von jungen Leuten, die ihre Hochzeit feiern, als stammten sie aus dem Königshaus«, sagte mein zukünftiger Schwiegervater. »So etwas finde ich verschwenderisch und geschmacklos.«

»Ja, genau«, pflichtete seine Frau ihm bei. »Das ist so vulgär. Wir sind froh, dass Evy ein vernünftiges Mädchen aus einer anständigen Familie ist.«

Aus den Augenwinkeln sah ich meine Mutter fast vor Stolz platzen. Mein Vater lächelte erleichtert: Trotz ihres Geldes und ihres Status war die Familie Krogh sparsam. Ihr Haus war zweckmäßig eingerichtet, es gab keine Anzeichen von übertriebenem Luxus. Zuerst dachte ich, das würde dem Haus in Montebello einen Anstrich von Vertrautheit geben, aber später war ich mir nicht mehr so sicher. Alle Besitzstücke der Familie Krogh hatten ihre eigene Geschichte und bedeuteten etwas, und zwar wirklich *sämtliche* Besitzstücke, selbst Suppenterrinen und Blumenvasen. Zu Hause bei meiner Familie waren das einfach Gebrauchsgegenstände. Und noch hatte ich keinen Einlass in den Bereich hinter der Doppelflügeltür erhalten.

Der April war kalt. Die Fliederknospen waren vorläufig noch harte Klumpen. Ich fing an, darin ein Zeichen zu sehen: Wenn der Flieder vor meinem Hochzeitstag blühte, bedeutete das, dass die Entscheidung für die Heirat richtig war. Blühte er nicht, war das ein böses Omen.

Das Brautkleid hing an der Schranktür und verhöhnte mich, während ich auf der Fensterbank saß, mein Puls hämmerte, *eins, zwei, drei, vier,* alles wird gut, *eins, zwei, drei, vier,* ich werde heiraten und eine gute Partie machen, *eins, zwei, drei, vier,* aber, aber, *aber.* Mit Trippelschritten durchquerte ich mein Zimmer und trat in den Korridor, schlich leise, ganz leise die mit Teppich belegte Treppe hinunter. Im Spiegel über dem Telefontischchen sah ich mein Gesicht, die aufgerissenen Augen, die knallroten Wangen, wie bei einem fiebernden Kind. Meine Finger waren bleich und schwitzig, als ich die Nummer wählte. Der Ruf ging raus, und ich versuchte, meinen Atem zu beruhigen, er raste und raste, als wäre ich gerannt. Es war mitten in der Nacht, niemand nahm den Hörer ab. Ich ließ es klingeln, und als das Telefon die Verbindung unterbrach, rief ich noch einmal an.

»Hallo«, sagte eine schläfrige Stimme schließlich.

»Synne«, flüsterte ich. »Der Flieder!«
»Evy?«
»Der Flieder blüht noch nicht.«
Es rauschte in der Leitung. Synne gähnte laut.
»Nein«, sagte sie. »Aber dafür ist es auch noch zu früh. Ich habe es dir gesagt, mehr als einmal.«
Ich nickte. Lauschte dem Rauschen, dem Klang der Welt da draußen.
»Ich habe Angst, dass ich dabei bin, etwas Dummes zu tun.«
»Willst du nicht heiraten?«
Mein Spiegelbild wirkte hohl, mein Gesicht ähnelte einer Maske.
»Ich weiß nicht«, sagte ich.
Es fühlte sich an, als wäre alles, was ich gewesen war, was ich wusste und konnte und für wahr hielt, ein Stapel Spielkarten in meiner Hand, Karten, die man ablegen, neu mischen und wie der austeilen kann.
»Wir können abhauen«, sagte Synne. »Wenn du willst, komme ich und hole dich noch heute Nacht ab, und dann nehmen wir mein Auto und fahren nach Stockholm und bleiben ein paar Tage dort. Ich habe etwas Geld, wir können uns ein Zimmer in einer Pension nehmen, bis alles vorbei ist.«
Mein Atem fing wieder an zu rasen, und erst da merkte ich, dass ich ihn wohl angehalten hatte. Synne hatte die Sekretärinnenausbildung abgebrochen und einen Job als Stewardess bekommen, sie verdiente eigenes Geld und besaß ein kleines Auto. Was sie sagte, war tatsächlich möglich.
Und mein Puls schlug *eins, zwei, drei, vier*. Das hatte die ganze Nacht in meinem Blut gehämmert, dieses Gefühl, dass es jetzt um alles ging. Der Verlobungsring, den ich im Herbst so schön gefunden hatte, der neue Name, den ich bekommen würde, all

das Erwachsene, Wohlgeordnete, das ich mir so gern zu eigen machen wollte, als wir die Heirat planten, es war, als würden mich die Fliederknospen warnen: Was gebe ich im Tausch für all das auf?

Und ich sah vor mir, wie ich den dünnen, vernünftigen Verlobungsring abnahm und ihn zusammen mit einem Brief an Erling in einen Umschlag legte. Wie ich danach wieder die Treppe hinunterschlich, wie ein Geist durch mein Elternhaus und zur Haustür hinausglitt, sie leise hinter mir schloss und zum Tor lief, wo Synne mit ihrem kleinen Käfer wartete. Wie wir losfuhren. Wie sie nach der Kurve Gas gab und einfach weiterfuhr.

Und dann? Wer weiß, alles konnte passieren. Ich könnte endgültig fliehen, weiter hinaus in die Welt reisen, nach England, Spanien, in die USA. Einen mächtigen Mann treffen, groß und dunkelhaarig, mit einem teuren Auto und einem Haus am Meer. Oder ich könnte ins Unglück rennen, in Armut geraten und den Tod finden. Vielleicht würde man mich irgendwo in einen Graben werfen, oder vielleicht würde ich mich auch verzweifelt in die Tiefe stürzen. Ich hatte keine Ahnung, alles außerhalb des Rahmens, den das Leben als eine Krogh vorgab, wirkte unvorhersehbar und grenzenlos, als wäre Synnes kleiner Käfer das Boot, das mich zu einem brüllenden Wasserfall trüge, der so viel größer und so viel wilder war als der kleine Bach, der durch die Vorstadt plätscherte, in der ich lebte und in die ich hineinheiraten würde.

Und ich wusste bereits, dass ich nicht fortgehen würde. Der Morgen würde kommen, es wäre mein Hochzeitstag. Ich würde das Kleid anziehen.

»Es ist wohl ein bisschen spät, um jetzt einen Rückzieher zu machen«, sagte ich am Telefon.

Meine Stimme hörte sich überraschend normal an. Das war

also möglich, mitten in dieser Atemlosigkeit, diesem Wildwasser.

»Was sollen sie da mit all den Geschenken machen? Nein, wenn ich so weit gekommen bin, muss ich es wohl zu Ende bringen. Ich möchte Erling ja auch nicht verlieren.«

Einen Moment war es still, es rauschte bloß im Hörer, und dann sagte Synne: »Okay. Wenn ich's recht bedenke, muss ich morgen sowieso zur Arbeit.«

Einige Stunden später rief sie zurück.

»Ich habe Flieder bekommen. Meine Cousine lebt in Tønsberg, und in ihrem Garten blüht er. Er ist weiß, ich hoffe, das macht nichts?«

»Oh, Synne, vielen Dank«, antwortete ich.

Und ich dachte: Das ist das Zeichen.

Doch während ich mich anzog, wurde ich unsicher. Der Flieder vor der Hochschule war lila. Wollte ich nicht genau diesen Flieder haben, von genau diesem Strauch?

Aber ich war zu vernünftig, um an Zeichen zu glauben. Und wenn ich doch eins brauchte, hatte ich es schließlich bekommen: Ich würde den Mittelgang mit Flieder im Arm entlangschreiten. Also zog ich mein Brautkleid über den Kopf, Mutter schloss den Reißverschluss, und dann wurde ich zur Kirche von Ullern gefahren, wo ich Erling Krogh heiratete.

ELF TAGE DANACH

Olav kam an einem der ersten Tage nach Erlings Tod zu Besuch. Bridget begleitete ihn, und Bård war hier, als sie eintrafen. Darüber hinaus waren ein paar Nachbarn vorbeigekommen, es waren allzu viele Leute da. Es bestand wohl eine Art Erwartung, dass ich als Gastgeberin auftreten sollte, oder vielleicht empfand auch nur ich es so. Ich kochte Kaffee, packte all das Gebäck aus, das sie mitgebracht hatten, legte es auf Teller. Die ganze Zeit zitterten mir die Hände, daran erinnere ich mich gut. Wieder sind es vor allem solche Erinnerungen, die sich eingeprägt haben: meine zitternden Hände, wie ich sie in die Taschen stecke, im Schoß falte, versuche, das Zittern zu verbergen. Erlings Pantoffeln, bei denen ich nicht weiß, was ich mit ihnen machen soll. Olav und Bård, die draußen auf der Terrasse stehen und sich unterhalten. Olav, der vom Gespräch aufschaut und mich direkt ansieht. Bård ist derjenige, der redet, habe ich den Eindruck. Aber ich stehe drinnen und sie draußen, ich höre nichts von dem, was gesprochen wird.

Später standen wir in der Diele. Die Nachbarn waren gegangen, wir waren unter uns. Olav legte seine schwere Pranke auf die Kommode, seine Finger sahen aus wie Würste. Aus irgendeinem Grund stand die Doppelflügeltür offen, wir konnten zum Arbeitszimmer und zur Treppe schauen, und ich erinnere mich, dass mir das peinlich war. Aber ich schloss die Tür nicht, dachte, das würde schroff wirken. Ich ging in die Küche, um Zimtschnecken in Dosen zu packen, die sie mitnehmen konnten. Sie blieben in der Diele stehen, vor der offenen Tür. Bridget, Olav, Bård.

Aber das hat nichts zu bedeuten. Viele andere können den Terminkalender mitgenommen haben. Am Tag zuvor war Hanne mit ihrer Familie zu Besuch gewesen, vor Olav und Bård hatte Silje hereingeschaut. Am Tag danach war Kyrre Jonassen gekommen, und ja, Synne war auch hier. Sogar Edvard kann im Haus gewesen sein. Möglicherweise hat er den Blumenstrauß selbst vorbeigebracht. Vielleicht war die Haustür da nicht abgeschlossen.

Bevor Olav ging, versprach er Bård, etwas in seinem Archiv zu überprüfen und ihn anzurufen. Bård bedankte sich. Er sagte mir nicht, was Olav überprüfen sollte. Dabei kann es um alles Mögliche gegangen sein, es muss nichts mit Erling zu tun gehabt haben, und ich habe auch nicht nachgefragt.

Ich habe Einkaufstüten mit Lebensmitteln ins Auto geladen, und als ich vom Parkplatz des Ladens auf den Sørkedalsveien einbiege, fahre ich nicht nach Hause, sondern in die entgegengesetzte Richtung. Es widerstrebt mir heimzufahren. Ich habe heute nichts vor. Soweit ich mich erinnere, hat keines der Kinder seinen Besuch angekündigt. Und ich will nicht zurück in das einsame Haus auf der Hügelkuppe.

Trotz allem ist es nie wirklich zu meinem eigenen Haus geworden. Es ist immer noch vollgestopft mit den Besitzstücken der Familie Krogh, mit ihren Gewohnheiten, mit ihrer tickenden Uhr. Und ich würde so gern dem Anblick des Arbeitszimmers und des feuchten, seinen Sog ausübenden Kellers entgehen.

Also fahre ich. Die eine Straße hinauf, die nächste hinab. Durch Røa, dieses Gebiet meiner Kindheit, das nicht wiederzuerkennen ist angesichts der vielen hohen Mehrfamilienhäuser mit großen Fenstern und Terrassen, der Immobilienmakler und Cafés, die Kaffeegetränke in Pappbechern verkaufen. Ich fahre an dem Haus vorbei, in dem wir, Olav und ich, aufgewachsen sind. Wo Erling im Türrahmen zu meinem Zimmer lehnte. Aber es ist jetzt ein anderes Haus, es wurde um einen riesigen Anbau erweitert.

Damals waren Olav und Erling Freunde. Oder nicht? Aber abgesehen von dem Osteressen war es lange her, dass Olav und seine Frau bei uns zu Besuch waren. Es war auch lange her, dass wir bei ihnen waren. So etwas kann ja passieren, ohne dass zwangsläufig etwas im Argen liegt. Aber Erlings Starrsinn und sein Fundamentalismus können das Verhältnis belastet haben, vor allem wegen Olavs Hang zum Überkonsum: ständig neue Autos, eine neue Sportausrüstung, Auslandsreisen. Menschen verändern sich mit den Jahren, man entwickelt sich in unterschiedliche Richtungen. Hat vielleicht weniger gemeinsam, weniger Gesprächsthemen. Aber man ist eine Familie. Man stand sich so viele Jahre lang nahe. So etwas verbindet, trotz allem. Oder etwa nicht?

Ich überquere die Stadtgrenze, gelange nach Bærum, wo ich Straßen entlangfahre, die ich immer weniger kenne. Und ich weiß nicht, wohin ich unterwegs bin, oder vielleicht weiß ich es doch. Als ich nach Asker komme, wird mir wohl, zumindest teilweise, klar, warum ich gerade diese Richtung eingeschlagen habe, denn ich bin jetzt unruhig, ich spüre dieses flaue Gefühl im Magen, aber ich sage mir selbst, dass es guttut zu fahren, guttut, etwas Neues zu sehen. Erst als ich seinem Haus so nahe gekommen bin, dass die Fahrt dorthin nur noch fünf Minuten dauert, stelle ich mir selbst die Frage: Wird es jetzt geschehen, werde ich nachsehen, ob Olav zu Hause ist, und wirklich dieses Gespräch führen?

Das Haus war neu gebaut, als sie es kauften. Es ist riesig, fast schon protzig, mit Säulen vor der Eingangstür. In einem Blumentopf neben der Tür steckt ein Stab mit einem Schild, auf dem »Balance Wellness« steht. Der Pfeil auf dem Schild weist zum Eingang im Souterrain, wo Bridget ihre Praxis betreibt. Ich spähe mit zusammengekniffenen Augen in diese Richtung, es sieht dunkel aus, sie ist wohl nicht zu Hause. Aber Olavs Wagen steht in der Einfahrt. Ich klingele, höre den freundlichen Ton der Türglocke.

Sein Gesicht ist fast ausdruckslos, als er mich sieht, und einen Moment steht er einfach so da, der Mund ist halb offen, die breiten Wangen hängen herab, und der Blick ist leer. Dann hat es den Anschein, als würde er wach, seine Gesichtsmuskulatur beginnt zu arbeiten, die Wangen ziehen den Mund zu einem breiten Lächeln, in seinen Augen wird ein Funke entzündet, und er sagt: »Hallo, Kleine, was für eine Überraschung.«

Dann zieht er mich in eine kräftige Umarmung. Er geht vor mir in die Küche, redet beim Laufen, wie schön es sei, dass ich gekommen bin, es wäre nur besser gewesen, wenn ich vorher angerufen hätte, dann hätte er mehr Zeit einplanen können.

Die Arbeitsplatte ist eine Art Bartresen mit zwei hohen Stühlen davor. Einer davon ist vorgezogen, davor steht ein kleiner Teller mit einer halb gegessenen Brotscheibe darauf. Olav setzt sich auf seinen Stuhl, der unter seinem Gewicht knarrt. Ich nehme den anderen.

»Wo ist Bridget?«, frage ich.

»Oh«, antwortet Olav. »Irgendwo unterwegs. Das heißt, ich glaube, sie ist in Asker mit einigen Frauen zum Mittagessen verabredet. Heute ist doch Donnerstag, oder?«

Seine Schultern sind massig, in den letzten Jahren ist er korpulent geworden. Er war immer kräftig. Nach seiner Heirat hat er etwas zugelegt, aber erst in den letzten fünf bis zehn Jahren ist er regelrecht dick geworden. Ich rechne zurück, denke: Es hat angefangen, als seine Töchter ausgezogen sind, als er mit Bridget allein zurückgeblieben ist. Bridget wurde nur noch dünner. Wenn ich die beiden zusammen sehe, ertappe ich mich oft dabei, mich zu fragen, wie ihre gemeinsamen Mahlzeiten wohl aussehen.

»Wie geht es dir, Kleine?«, fragt er.

»Ich weiß nicht«, antworte ich. »Ich vermisse ihn. Es ist irgendwie so ... leer.«

Aber es gelingt mir nicht, das Gewicht dieser Aussage wirklich zu verinnerlichen. Ich weiß ja, dass die Trauer da ist, aber ich schleiche auf Zehenspitzen um sie herum. Denke, dass sie mich vielleicht in Ruhe lässt, wenn ich sie nicht störe.

»Mein Gott«, sagt Olav. »Ich kann mir das nicht vorstellen. Wenn Bridget einfach so kollabieren würde.«

Mein Bruder, der alle kannte, den alle mochten. Wie viele seiner Freunde sind noch da? Die Leute, mit denen er Skitouren und Sommerurlaub an der Riviera macht, sind häufig Geschäftskontakte.

»Danke, dass du Mutter mit zur Beerdigung gebracht hast«, sage ich.

»Das war doch selbstverständlich. Aber sie baut ab. Sie bringt viel durcheinander. Wie da, als wir aus der Kirche kamen. Ich hoffe, du warst deswegen nicht traurig.«

Sein Handy liegt neben dem Teller, und er wirft einen oder zwei Blicke darauf, ehe er wieder zu mir hochschaut.

»Olav, hat Erling den Anwalt gewechselt?«

Das gutmütige Lächeln schält sich für einen Augenblick von seinem Gesicht, und wieder sieht er mich mit diesem leeren Blick an. In meinem Magen vibriert es. So erkenne ich ihn nicht wieder, er ist ein Fremder.

»Wie hast du es erfahren?«, fragt er.

»Er hat angerufen. Der neue Anwalt. Ein junger Mann, so klang es wenigstens.«

Olav kratzt sich am Kopf, denkt nach. Findet gewissermaßen zu sich selbst zurück.

»Ich hatte überlegt, ob ich es dir erzählen soll, Kleine. Juristisch betrachtet wäre das nicht korrekt gewesen, aber weil du ja dabei warst, als er sein vorheriges Testament verfasst hat, wäre ich vielleicht damit davongekommen. Doch dann habe ich mir gedacht ... Nun, ich weiß nicht. Es ist ja nicht so einfach, sich in anderer Leute Ehe einzumischen, nicht wahr?«

»Was steht in dem neuen Testament, Olav?«

Meine Stimme klingt klein und ängstlich. Ich bin mir ganz und gar nicht sicher, ob ich es wirklich wissen will.

»Ich weiß es nicht«, sagt er und macht eine ausladende Bewegung mit einer seiner enormen Pranken. »Ich weiß nichts darüber. Es war vor, lass mich nachdenken, einem Monat. Nein, weniger, ein paar Wochen. Kurz nach Ostern. Erling rief mich eines Tages an und sagte, er habe einen neuen Anwalt konsultiert.«

»Und was hast du gesagt?«

»Was hätte ich sagen sollen? Ich habe ihn natürlich nach dem Grund gefragt, aber er hat bloß gesagt, er wäre zu dem Schluss gekommen, es sei besser, jemanden zu haben, der nicht zur Familie gehört.«

Seine Finger spielen an der Brotrinde auf seinem Teller herum, und er schaut sie an, runzelt die Brauen. Wie gut kenne ich meinen Bruder eigentlich?, denke ich. Jetzt, als Achtundsechzigjährigen? Worüber haben er und Bård ein paar Tage nach Erlings Tod auf der Terrasse gesprochen? Was sollte Olav in seinem Archiv für Bård überprüfen?

»Seine Stimme war so distanziert«, fährt Olav fort. »Und so

etwas hört man ja nicht gerade gern. Irgendwie war es ja als Zurückweisung zu interpretieren. Er hätte wenigstens einen Grund angeben können. Schließlich ist er mein Schwager.«

Er schaut zu mir hoch und lächelt. Dieses Lächeln hat etwas Unangenehmes.

»Aber vielleicht fiel es ihm schwer. Erling ist ja nicht unbedingt gut darin, sich vorsichtig auszudrücken. Ich meine, war.« Er seufzt. »Es muss so hart für dich sein, Evy.«

Seine Hand greift nach meiner, und ich zucke innerlich zusammen, ich möchte nicht, dass er mich anfasst. Er scheint es nicht zu merken. Jedenfalls nimmt er trotzdem meine Hand, hält sie fest.

»Ich hätte etwas sagen sollen. Zumindest nach seinem Tod. Du hättest es nicht auf diese Weise erfahren sollen.«

»Erinnerst du dich an Edvard Weimer?«, frage ich.

Er lässt meine Hand los.

»Ja.«

»Hast du mit ihm gesprochen?«

»Bei der Beerdigung habe ich ihn kurz getroffen.«

Er wirkt ein wenig wachsam, denke ich, ein wenig zögerlich.

Ich sage: »Edvard sagt, Erling habe geglaubt, jemand wolle ihm schaden.«

Olav betrachtet mich. Sein Blick ist abschätzend. Meiner vielleicht auch. Als würden wir uns messen. Nur das Brummen des Weinkühlschranks ist zu hören.

»Weißt du«, sagt Olav mit fester Stimme. »Ich hatte immer schon den Eindruck, dass Edvard ein bisschen komisch ist. Ein bisschen suspekt, oder, ich weiß nicht recht, wie ich es nennen soll. Er wirkt, als könnte man ihm nicht völlig vertrauen.«

Ich mache eine kleine Bewegung. Ich hätte Edvard aus dem Spiel lassen sollen.

»Es ist so merkwürdig, dass Erling den neuen Anwalt mir gegenüber nie erwähnt hat«, sage ich, um das Gespräch von Edvard wegzulenken.

In Olavs Blick verändert sich etwas.

»Bist du dir ganz sicher, dass er es nicht getan hat?«

»Ich kann mich nicht daran erinnern. Wieso fragst du?«

Er zuckt mit den Schultern. »Nun, ich weiß nicht. Vielleicht hast du bloß nicht richtig hingehört.«

Worüber hat Olav bei unserer Osterfeier mit Erling gesprochen? Ich sehe sie vor mir, sie standen zusammen auf der Terrasse. Olav redete. Erling hörte mit gerunzelter Stirn zu. Ich lief rein und raus und passte aufs Essen auf, bekam nicht mit, was gesagt wurde. Olavs Stimme ist laut und angeberisch, sie dringt überall durch, ich muss ihn gehört haben. Erling hörte skeptisch zu und sagte wenig. Kurz danach rief er Olav an und kündigte die Zusammenarbeit mit ihm auf.

Während ich meinen Wagen aus den kleinen Straßen des Wohngebiets, in dem Olav lebt, hinausmanövriere, denke ich: Aber wenn er der Meinung gewesen wäre, dass jemand ihm schaden wollte … Ja, mehr noch, wenn er der Meinung gewesen wäre, dass jemand ihn töten wollte, es sogar schon versucht hatte. Dann müsste er es mir gegenüber doch erwähnt haben. Ich presse die Lippen zusammen und schaue angestrengt in Richtung der Auffahrt zur Hauptstraße. Erling war kein geheimnisvoller Mann. Er war geradeheraus, sagte, was er dachte. Hatte er in Furcht und Zweifel gelebt, direkt neben mir, ohne etwas zu sagen?

Da war dieser Tag, an dem er sein Arbeitszimmer von oben bis unten geputzt hat, seit dem Osteressen war vielleicht eine Woche vergangen, höchstens zwei, denn ich erinnere mich daran, dass die Osterglocken noch auf dem Tisch standen. Ich füllte gerade frisches Wasser in die Vase, als ich hörte, dass es im Korridor hinter der Doppelflügeltür schepperte und lärmte. Im Arbeitszimmer beugte sich Erling über seinen Schreibtisch, seine Hände steckten in Spülhandschuhen, und er hatte sich ein Tuch über Mund und Nase gebunden. Neben ihm standen ein Eimer Wasser und ein Arsenal Sprühflaschen mit Putzmittel. In der Hand hielt er einen von Wasser und Seife triefenden Lappen, den er mit langen, gründlichen Bewegungen über den Schreibtisch zog. Hinter ihm stand der Schrubber, vermutlich hatte ich ihn damit hantieren hören.

Ich blieb in der Tür stehen und betrachtete ihn. Seine Kakihose war an den Knien und entlang der Taschen verschlissen, und er hatte die knallgelben Spülhandschuhe sorgfältig über die Manschetten seines Hemds gezogen. Das Tuch verlieh ihm das Aussehen eines Bankräubers aus einem Donald-Duck-Heft. Ich fragte ihn, was er da mache. Er schaute hoch und sagte, er putze. Hinter dem Bankräubertuch war sein Gesicht nicht leicht zu deuten. Aus dem Mülleimer neben ihm sah ich die Tastatur seines PCs herausragen.

»Ich habe Dienstag hier geputzt«, sagte ich, aber er zuckte bloß mit den Schultern und meinte, ein zweiter Durchgang könnte nicht schaden.

Das versetzte mir einen Stich in den Magen. Der Hausputz war immer meine Aufgabe gewesen. Sicher kann man einwenden, dass ich in den letzten Jahren weniger Einsatz gezeigt habe, als in der Zeit, als ich noch jünger war, trotzdem gibt es bessere Arten zu sagen, dass man unzufrieden ist. Ich machte einen Schritt in den Raum hinein.

»Komm nicht rein«, rief er. Eindringlich. Fast, als habe er Angst.

»So dreckig ist es ja nun nicht«, sagte ich.

An dem Tag, als es passierte, haben wir unseren Morgenkaffee am Küchentisch getrunken. Wir haben uns unterhalten. Das haben wir doch wohl getan, das müssen wir getan haben. Mal überlegen. Er hat die Zeitung gelesen. Zumindest glaube ich das, das war seine Gewohnheit. Dann hat er etwas gesagt. Mir irgendetwas erzählt. Aber was? Ich runzele die Stirn. Warum kann ich mich nicht daran erinnern?

Erling hat Edvard nie erwähnt. Und weil der Terminkalender verschwunden ist, kann ich nicht überprüfen, ob sie sich wirklich im April getroffen haben, wie Edvard behauptet. Ich kann auch nicht überprüfen, wann er den neuen Anwalt aufgesucht hat, kann nicht feststellen, ob es vor oder nach dem Osteressen war, bevor oder nachdem er Edvard erzählt hat, dass er Angst hat.

Ist Erling ermordet worden? Hat ihm jemand seine Tabletten weggenommen, ihm stattdessen Zuckerpillen untergeschoben oder sie durch etwas Schädliches ersetzt? Ich sehe ihn vor mir, wie er mit seinem Fahrrad vor dem Haus steht und seinen Fahrradhelm richtet. *Ich bin gegen drei zu Hause.* Oder wie er am selben Morgen am Frühstückstisch sitzt. Worüber haben wir gesprochen? Warum ist alles leer?

JENER MORGEN

Ich werde spät wach. Als ich in die Küche hinunterkomme, ist der Kaffee schon aus der Maschine genommen und in die rissige Thermoskanne umgefüllt worden. Mein Kopf ist schwer. Ich suche im Küchenschrank nach einer Tasse, die mir gefällt. Dann setze ich mich an den Küchentisch und schaue hinaus in die Einfahrt. Ich denke: Der Splitt ist fast weg, wir sollten mit neuem auffüllen. Und weiter: Was die Nachbarn wohl dazu sagen, die sehen das ja, die denken sich ihren Teil.

Draußen knirscht es im Splitt. Erling kommt. Seine lange Gestalt hält den Nacken leicht gebeugt. So war seine Haltung schon immer, als würde er beständig unter einem Türsturz hindurchgehen, der eine Idee zu niedrig ist. In der Hand hat er die Zeitung. Er nickt mir zu und verschwindet aus meinem Blickfeld. Unmittelbar darauf klickt das Schloss.

Er geht direkt zum Küchenschrank und holt einen Kaffeebecher mit Blumenrand heraus. Schaut ihn sich genau an. Das ärgert mich, meint er etwa, er sei nicht sauber genug? Es ist wie an dem Tag, als er das Arbeitszimmer geputzt hat, ich fasse es als Kritik auf.

Dann setzt er sich mir gegenüber. Schenkt Kaffee in die gründlich inspizierte Tasse. Faltet die Zeitung auseinander. Runzelt die Stirn, liest die Überschriften. Murmelt etwas über eine Sache, mit der er unzufrieden ist, etwas bei Grüne Agenten. Ich denke: Vielleicht arbeite ich heute ein bisschen im Garten. Erling seufzt tief. Er sagt etwas von einer Unregelmäßigkeit, die er in den Griff bekommen müsse.

»Es ist ziemlich unschön«, sagt er, die dunklen Augenbrauen heruntergezogen. »Aber nur für mich, glücklicherweise. Und jetzt glaube ich eine Lösung gefunden zu haben. Wenn ich nach Hause komme, ist es erledigt.«

»Hm«, sage ich.

Eigentlich höre ich nicht zu. Ich denke vor allem an den Garten. Wenn ich heute mit dem Unkrautjäten anfange, bin ich fertig, bevor die Beete in Blüte stehen.

ZWÖLF TAGE DANACH

Miriam ist klein und hat breite Hüften, die sie selbstbewusst schwingt, als sie mir entgegenkommt. Ihre schwarzen Haare ringeln sich in perfekten Korkenzieherlocken, und sie setzt ein strahlendes, freundliches Lächeln auf, das sich in ihrem ganzen Körper ausbreitet.

»Evy, nicht wahr?«, begrüßt sie mich.

Einen Moment lang glaube ich, sie will mich umarmen, aber stattdessen nimmt sie meine Hand und schüttelt sie herzlich. Sie manövriert uns an Schreibtischen vorbei, an denen ihre Kollegen mit Kopfhörern auf den Ohren vor aufgeklappten Laptops sitzen. Beim Laufen erzählt sie munter, welche Gedanken sie sich zu Erlings Sachen gemacht hat, offensichtlich ohne sich darum zu kümmern, dass das Geplapper ihre Kollegen bei der Arbeit stören könnte. Ich schaue mich um. Ungefähr zehn Schreibtische sind im Raum verteilt, und an der Schmalwand befindet sich eine kleine Küchenecke, wo zwei junge Männer ins Gespräch vertieft sind. Ich kann nur erahnen, was Erling über seine jungen Kollegen dachte, die sich lautstark über ihre Pläne fürs Wochenende unterhielten, während er versuchte zu arbeiten.

»Hier«, sagt Miriam, als wir zu einem Schreibtisch ganz hinten im Raum kommen.

»Hat er hier gesessen?«

»Nein, das ist mein Platz. Er hat dort drüben gesessen.«

Sie zeigt auf einen Schreibtisch an der Wand. Eine junge Frau mit großem Kopfhörer und einer Brille mit dicker Fassung sitzt dort, sie starrt unverwandt auf ihren Bildschirm.

»Hier sind seine Sachen«, sagt Miriam und hebt einen Karton hoch. »Ich habe sie bei mir gesammelt.«

In dem Karton steht eine kleine Topfpflanze, ein Bubikopf. Außerdem liegt ein Stapel Papier darin, Ausdrucke von Gesetzestexten und Strategiedokumente mit Kästchen und Pfeilen und Begriffen wie *offensiv* und *innovativ*. Auf eins der Papiere hat Erling, offenbar im Widerspruch zu etwas, das gesagt worden war, notiert: *Aber die Existenzgrundlage!!* Zwei Ausrufezeichen, denke ich, da ging ihm etwas gehörig gegen den Strich.

Als er starb, war Erling schon fast seit einem Jahr Rentner, aber er schaute immer noch wöchentlich bei den Grünen Agenten herein, häufig ein paarmal die Woche, und behielt seinen Arbeitsplatz. Er fuhr mit dem Fahrrad hin, blieb ein paar Stunden und radelte wieder nach Hause. Arbeitete sich keuchend die Anstiege nach Montebello hinauf.

»Soll das etwa gut für die Gesundheit sein?«, fragte ich, wenn er kurzatmig heimkam.

»Das erhält mich am Leben«, gab er japsend zurück. »Außerdem hat es einen Signaleffekt.«

Signaleffekt war ein Wort der Agenten, keines, das Erling von sich aus verwendet hätte. Also sind sie vielleicht trotz allem irgendwie zu ihm durchgedrungen. Vielleicht ist er auch zu ihnen durchgedrungen, denkbar ist das ja.

»Ist dort der Unfall passiert?«, frage ich und nicke zu dem Platz hinüber, an dem die junge Frau mit der Brille sitzt.

»Unfall?«

»Irgendwas mit einer Lampe. Hat es da nicht einen Kurzschluss gegeben?«

»Ach, das. Ja, das ist dort passiert.«

»Kann ich mir seinen Platz ansehen?«

»Natürlich.«

Miriam geht vor mir her. Sie entschuldigt sich bei der Frau mit der Brille, die abwesend nickt und sich wieder dem sie völlig absorbierenden Monitor zuwendet. Ich werfe einen Blick darauf, sehe, dass er von einer riesigen Tabelle bedeckt ist. Ich schaue wieder die Frau an. Sie scheint die Bedeutung der Zahlen nicht nur zu verstehen, sondern auch etwas total Schockierendes daraus abzulesen. Neben ihr steht eine ganz normale Schreibtischlampe.

»Vorher hatte er eine andere«, sagt Miriam. »Eine ältere, aus Metall. Die Polizei hat sie mitgenommen.«

»Die Polizei?«

»Ja. Sie waren vor ein paar Tagen hier.«

»Was haben sie gesagt?«

Sie zuckt mit den Schultern.

»Nicht viel. Sie haben nach Erling gefragt und sich seinen Platz angeschaut.«

Ich atme ein. Erling hat zu Edvard gesagt, er neige nicht zu Paranoia. Er schätze seine eigene Bedeutung ansonsten ziemlich nüchtern ein.

»Was ist damals passiert?«, frage ich.

»Erling wollte die Birne wechseln. Und dann machte es einfach peng. In der ganzen Etage war der Strom weg, der Hausmeister musste an den Sicherungskasten. Er sagte etwas von einem Erdungsfehler der Lampe. Die Sicherung springt dann wohl automatisch heraus, damit nichts passiert. Es ließ sich leicht in Ordnung bringen, nach zehn Minuten funktionierte alles wieder. Aber Erling war ziemlich fertig. Weiß im Gesicht. Wenn die Sicherung nicht herausgeflogen wäre, wäre der Strom durch seinen Körper geflossen, sagte er. Er war ja dabei, die Birne zu wechseln, und hielt die Lampe mit beiden Händen.«

Miriam hebt die Augenbrauen.

»Danach hat er sich die Lampe immer wieder angesehen. Hat den Boden abgeschraubt und so. Etwas später an diesem Tag ist er zu mir gekommen und hat gefragt, ob jemand an seinem Platz war oder außerhalb der Arbeitszeit ins Büro gekommen ist. Wissen Sie, ich bin hier so etwas wie die Pförtnerin, ich habe den Überblick darüber, wer wann im Haus ist.«

Sie lacht, hat ein weitherziges Lachen, freundlich und einbeziehend. Irgendwie würde ich gern mit ihr lachen, aber es gelingt mir nicht, mein Hals ist trocken, mein Gesicht starr.

»Und was haben Sie geantwortet?«

»Nun, hier im Büro herrscht ja ein ständiges Kommen und Gehen. Keiner hat sich in der fraglichen Woche nach ihm erkundigt, keiner hat in seinen Sachen herumgekramt. Er war lediglich selbst abends im Büro gewesen, zwei Tage vorher.«

»Erling?«

»Ja. Die Schlüsselkarte registriert, wenn man sie außerhalb der Arbeitszeit benutzt. Diese Information hätte ich eigentlich nicht weitergeben dürfen, aber ich fand es in Ordnung, es ihm zu sagen. Es ging ja um ihn selbst.«

Sie lächelt mich an. Ich betrachte die neue Schreibtischlampe. Die Frau mit der Tabelle wirft mir einen raschen Blick zu, sagt aber nichts.

Als ich gerade den Pappkarton mit seinen Sachen hochheben will, fällt mein Blick auf seine Handschrift. *Aber die Existenzgrundlage!!* Seit ich ihn kennengelernt habe, hat Erling auf dieselbe Weise geschrieben, akkurat und nach vorn geneigt. Ich hätte seine Handschrift überall wiedererkannt, und plötzlich bebt es in mir: Er wird nie wieder etwas schreiben. Diese Schrift war allein seine, und alles, was von ihr übrig geblieben ist, sind verstreute Notizen, willkürliche Wörter. Für einen kurzen Moment werde ich von dieser Erkenntnis überwältigt. Ich ringe nach Luft. Obwohl ich schnell die Kontrolle zurückgewinne, hat Miriam es vermutlich gesehen. Sie wirft mir einen dieser Blicke zu, voller Mitleid.

Aber das Blatt mit seinen Kommentaren bringt mich noch auf einen anderen Gedanken. Erling war vielleicht ein Mann von Stift und Papier, aber diese jungen Leute hier, die halten doch wohl alle Arten von Buchführung digital fest.

»Ich habe da eine Frage. Haben Sie irgendeine Art von, ich weiß nicht ... Terminsystem?«

Sie schaut mich an, und ich erkläre: ein Online-System vielleicht, wo man Pläne, Verabredungen und so etwas erfasst.

»Wir haben einen Kalender, ja. Aber Erling gehörte nicht zu den eifrigsten Benutzern. Wenn ich das so sagen darf.«

»Könnten Sie trotzdem etwas für mich überprüfen? Ich wüsste gern, ob er eine Verabredung hatte. An dem Tag, als er gestorben ist.«

Miriam ist einverstanden und setzt sich an ihren PC. Ich spüre meinen Puls in der Halsgrube vibrieren, warum frage ich, ich will es ja eigentlich gar nicht wissen. Es war bloß eine Eingebung, der ich folge, ohne nachzudenken.

Während sie tippt, schließe ich die Augen, habe das Gefühl fortzuschweben. Es ist nicht meine Aufgabe, Erkundigungen anzustellen. Die Polizei macht ihre Arbeit, das muss reichen.

»Hier hat er den Kalender tatsächlich genutzt, ja«, sagt Miriam. »Aber. Hm. Das ist seltsam.«

»Was?«, frage ich, immer noch mit geschlossenen Augen.

»Schauen Sie«, sagt sie, woraufhin ich sie doch öffne.

Der Bildschirm zeigt einen Kalender mit grünen und rosafarbenen Kästchen, säuberlich angeordnet. Ganz oben steht sein

Name, darunter ist eine Wochenübersicht, Tag für Tag. An *jenem* Tag gibt es zwei Kästchen: *11:00 Uhr: Strategiemeeting. 13:00 Uhr: privater Termin.*

»Es gibt hier so eine Funktion für diejenigen, die den geschäftlichen Kalender mit ihrem privaten Terminplan verbunden haben«, erklärt Miriam. »Aber Erling hat diese Funktion nie genutzt.«

Miriam klickt auf etwas, vergrößert das kleine rosafarbene Kästchen.

»Ich glaube, ich habe vorher noch nie gesehen, dass er etwas als privat markiert hat«, sagt sie.

Beide schauen wir das Kästchen an. Er hat anderthalb Stunden eingeplant. Wie er an jenem Morgen zu mir gesagt hat: Ich bin gegen drei zu Hause.

DREIZEHN TAGE DANACH

Mutters Augen kleben am Fernseher, wo eine Tennispartie läuft. Der Sessel, in dem sie sitzt, ist tiefrot, und schon als ich noch im Türrahmen stehe, kann ich sehen, dass unter ihr eine Inkontinenzunterlage liegt. Das weiße klinische Material ragt hinter ihren gebeugten Schultern hervor. Sie trägt ein Hemd mit einem T-Shirt darunter und die graue Jogginghose, die ich ihr letzten Herbst gekauft habe. Sie hat eine Windel an, wie ich weiß. Manchmal lugt deren Rand aus dem Hosenbund heraus, ein Anblick, der mich krank macht. Ihre Haare sind ziemlich kurz geschnitten, aber trotzdem zerzaust, sie sind fettig, kleben an ihrer Stirn. Im Zimmer riecht es leicht säuerlich, nach fettenden Haarbälgen, vielleicht nach Urin.

»Hallo«, sage ich.

Langsam dreht sie den Kopf, wendet den Blick von der Tennispartie ab. Sie sagt nichts, als sie mich sieht, winkt nur leicht mit einer Hand. Dann dreht sie den Kopf zurück zum Fernseher. Ich betrete den Raum, nehme mir einen Plastikstuhl, der neben der Badezimmertür steht, und stelle ihn neben ihren Sessel.

»Wie geht es dir?«, frage ich.

Sie murmelt etwas, schaut unverwandt auf den Bildschirm.

»Schön«, sage ich.

Sie erwarten von mir, dass ich oft komme, das Pflegepersonal, die Hilfskräfte, die Therapeuten. Sie sagen immer, mein Kommen bedeute Mutter so viel. Ich habe keine Ahnung, wie ich mich bei meinen Besuchen verhalten soll. Wir können kein Gespräch führen, und es erscheint mir merkwürdig, dass es große Bedeutung haben soll, dass ich auf dem Stuhl neben ihr sitze, während sie fernsieht. Bedeutung müsste doch irgendeine Art von Interaktion voraussetzen, einen Austausch von irgendetwas, wenn schon nicht von bedeutungsvollen Sätzen, dann doch zumindest von Wörtern, Lauten? Kurz nachdem sie die Diagnose erhalten hatte, erklärte mir einer ihrer Betreuer, dass Routinen sinnvoll seien, auch wenn die Demenz vielen von ihnen die Bedeutung geraubt habe: Sie seien sicher und vorhersehbar, verständlich, weil sie wiedererkannt werden könnten. Deshalb rede ich trotzdem.

»Schaust du Tennis?«, frage ich sie.

Ich höre, dass meine Stimme hell und aufdringlich fröhlich klingt.

»Bloß Quatsch«, murmelt sie.

Sie wendet den Blick immer noch nicht vom Bildschirm.

»Vorgestern war ich bei Olav.«

Sie bleibt stumm, und ich füge hinzu: »Ja, er wohnt ja immer noch draußen in Asker, zusammen mit Bridget.«

»Flittchen«, murmelt sie.

Die Persönlichkeitsveränderungen sind Teil der Erkrankung. Das hat der erste Arzt gesagt, der mich unter vier Augen sprechen wollte. Neben dem Verlust der Würde sind sie am schwersten zu ertragen: Meine Mutter war so anständig. Sie hätte nie jemanden Flittchen genannt.

»Sie haben es dort draußen sehr schön.«

Auf dem Bildschirm wird der Ball von einer Seite zur anderen geschlagen. Ich habe keine Beziehung zu diesem Sport, weiß nichts über seine Regeln oder Herausforderungen. Aber ich habe mir immer gern Aufnahmen des Publikums angesehen, eine große Gruppe von Menschen, die genau gleichzeitig den Kopf bewegt, hin und zurück, hin und zurück. Das Synchrone und zugleich Spontane daran.

»Zu Hause bei mir ist es ziemlich leer«, sage ich. »Du weißt schon, nach Erlings Tod.«

Sie dreht den Kopf, schaut mich an. Einen Augenblick richtet sie den Blick richtig auf mich und irgendwo weit hinten in ihren grauen Augen passiert etwas.

»Bloß Fisch«, sagt sie dann.

»Ja«, bestätige ich. »Bloß Fisch. Das kannst du wohl sagen. Das trifft es eigentlich ziemlich gut.«

Die Haare auf ihrem Kopf sind so dünn. Ich kann sehen, wie sie an ihrem Schädel kleben, kann gewissermaßen vor mir sehen, wie sie aussehen würde, wenn sie ausfallen würden, alle miteinander. Sie hat Hunderte von Fältchen um die Augen, aber ihre Wangen sind immer noch glatt, und trotz all dem Schäbigen und Grauen an ihr – sogar ihre Lippen sind grau, ebenso wie die Zunge – erröten ihre Wangen schnell.

Manchmal denke ich, alles, was Mutter ausmachte, das Junge und Leichte an ihr, selbst als sie schon Großmutter war, ist von ihr abgefallen. Aber dann hat sie doch noch diesen Anflug von Zartrot auf den Wangen. Ich selbst habe nie einen so rosigen Teint besessen, und ich weiß, dass ich mich darüber geärgert habe.

»Es ist«, sagt Mutter. »Es ist, es ist.«

Sie sucht nach Worten. Das war das erste Anzeichen, erinnere ich mich, sie wollte ein ganz gewöhnliches Wort benutzen – *Topf, Apfelbaum* – und fand es nicht. Wir standen um sie herum, nickten und lächelten. Halfen ihr, munterten sie auf. Mit der Zeit reagierte sie verärgert auf unsere Hilfe. Das war das zweite Anzeichen.

»Die Kinder besuchen mich oft. Silje und Hanne, und Bård

auch. Manchmal bringen sie deine Urenkel mit. Erinnerst du dich an sie, Mutter?«

Sie stößt ein leises Gemurmel aus. Ich weiß nicht, ob sie wirklich versucht, etwas zu sagen.

»Du hast sie bei der Beerdigung gesehen. Und beim Osteressen zu Hause bei uns. Erinnerst du dich daran? Alle meine Enkel waren da. Olav und Bridget auch, ja, und Erling, es war, bevor er gestorben ist. Erinnerst du dich daran? Zu Hause in unserem Haus in Montebello?«

»Da ist jemand gegangen«, sagt sie.

Jetzt dreht sie sich um und schaut mich an, und da ist wieder dieser Funke, ganz tief in ihren Augen. Sie richtet ihren Blick auf mich, hält den Augenkontakt einen Moment, in einer Art Aufflackern von Klarheit sieht sie mich an und weiß, wer ich bin, will mir etwas sagen.

»Durch die Tür«, sagt sie. »Und in Erlings Arbeitszimmer.«

»Was meinst du, Mutter?«

Sie runzelt die Augenbrauen, starrt in die Luft, bekommt es nicht richtig zu fassen.

»Da war jemand …«, setzt sie an.

Meine Atmung beschleunigt sich.

»Wer war es, Mutter?«

Ihr entgleitet, was sie sagen will, sie sieht mich wieder an und sagt mit glasklarer Stimme: »Ich war immer der Meinung, dass niemand anderes etwas da drin zu suchen hat.«

Dieser plötzliche Umschwung, zurück in die Zeit, als sie ein funktionierender Mensch war, als sie Ansichten hatte, die man verstehen und auf die man reagieren konnte, schmerzt, denn für einen flüchtigen Augenblick sehe ich, was ich verloren habe. Aber in dem, was sie sagt, liegt noch etwas anderes: ein aufkeimender Gedanke. Ich fasse ihre dünne, knochige Hand.

»Wer war in Erlings Arbeitszimmer, Mutter?«

Sie schaut mich an, und dann scheint sie das, was sie zu fassen bekommen hatte, dort in ihren immer wirrer werdenden Nervenbahnen zu verlieren. Sie sieht mich mit verständnislosem Blick an.

»Nein«, sagt sie, leise und beinahe zu sich selbst. »Das geht nicht.«

»Mutter«, sage ich eindringlich. »Wer war in Erlings Arbeitszimmer?«

»Es gibt wohl wieder Fisch. Bloß Quatsch.«

Ich sitze im Auto und atme. Einatmen und Luft anhalten, ausatmen und Luft anhalten. Bridget hat mir das nach einem dieser Kurse, die sie in Sandefjord besucht hat, beigebracht. *Den Fokus auf die Atmung lenken.* Es mutet wie eine zu einfache Lösung an, hilft aber trotzdem ein wenig.

Es ist jemand gegangen, denke ich. Durch die Doppelflügeltür, in Erlings Arbeitszimmer. Ich erinnere mich ja an die Episode beim Osteressen, dass sie im Haus war, dass ich sie zu den anderen auf die Veranda hinausgeleitet habe. Fehlte zu diesem Zeitpunkt jemand auf der Veranda? Bridget stand dort, erinnere ich mich, und ich glaube, Lise hat etwas gesagt. Erling war auch da, aber sonst? Kann ich ganz sicher wissen, dass alle anderen dort waren? Oder kann einer von ihnen im Haus gewesen sein, hinter der Doppelflügeltür, im Arbeitszimmer?

Ich vermisse Erling. Es brodelt in mir nach oben, drückt gegen meinen Hals, sodass ich keine Luft bekomme, gegen meine Augen, sodass ich sie zukneifen muss. Ich vermisse seine Sicherheit, seine Ruhe. Die lange, leicht nach vorn geneigte Gestalt, immer noch schlank wie ein junger Mann. Vermisse, wie er zuletzt war, mit silbergrauen Haaren und dunklen Augenbrauen. Vermisse seine physische Form, den Körper, den ich fast fünfzig Jahre neben mir hatte, der Wind und Wetter abgehalten hat.

Das Brummen meines Handys lässt mich zusammenfahren. Meine Hände zittern, als ich es hervorkrame, einatmen und Luft anhalten, es liegt unten in der Tasche, ich bekomme es zu fassen, habe aber meine Hände nicht richtig unter Kontrolle, sodass das glatte Gehäuse zweimal aus ihnen herausrutscht, bis ich es hochholen kann und Edvards Namen auf dem Display sehe. Ausatmen und Luft anhalten.

»Hallo«, sage ich.

Meine Stimme besteht fast nur aus Luft.

»Hallo, Evy«, sagt Edvard. »Ist alles in Ordnung?«

»Ich weiß nicht«, flüstere ich.

»Wo bist du?«

Eine halbe Stunde später sitze ich ihm gegenüber in der Bibliotheksbar des Hotels Bristol. Er trägt einen Anzug, kommt direkt von der Arbeit, und selbst in meinem kläglichen Zustand fällt mir auf, dass ihm das steht. Edvard hat eine sanfte und professionelle Ausstrahlung. Wenn ich juristische Probleme hätte, würde es mich beruhigen, ihm gegenüberzusitzen.

Er bestellt zuerst, und als er ein Mineralwasser zum Essen nimmt, schließe ich mich ihm an.

Der Kellner zieht sich zurück, und Edvard sagt: »Also.«

»Also«, wiederhole ich.

Er lächelt, und ich bekomme Lust, über etwas anderes zu reden. Ich möchte gern hier mit ihm sitzen, in diesem Raum mit den zahlreichen Büchern, den vielen gedämpften Menschenstimmen, all dem Essen, und mich dabei in die Idee einhüllen, dass wir uns außerhalb von Zeit und Raum befinden, ein eigener Satellit sind.

»Ich war bei Grüne Agenten«, sage ich stattdessen. »Ich habe ein paar Sachen von ihm abgeholt, mir seinen Platz angesehen.«

»Aha.«

»Den Schreibtisch, auf dem die Lampe stand, die einen Kurzschluss hatte. Offenbar war die Polizei da und hat sie mitgenommen.«

Ich erzähle ihm, dass sich jemand einige Tage vor dem Kurzschluss mit Erlings Schlüsselkarte Zutritt zum Büro verschafft hatte und dass für seinen Todestag ein privater Termin im Kalender eingetragen war. Edvard nickt nachdenklich, unterbricht mich aber nicht, bis ich den neuen Anwalt erwähne.

»Das ist seltsam«, sagt Edvard. »Wusste Olav etwas über den Inhalt des neuen Testaments?«

»Nein, nichts. Was denkst du?«, frage ich, plötzlich ängstlich. »Muss ich mir deswegen Sorgen machen?«

Ich spüre den Knoten im Magen, der sich jedes Mal zusammenzog, wenn ich vorhatte, Olav aufzusuchen: Wer ist dieser junge Anwalt mit der eifrigen Stimme, was für eine Nachricht wird er uns übermitteln?

»Ich weiß ja nicht, worum es geht, aber es muss kein Grund zur Beunruhigung sein. Es ist vor ein paar Wochen unterzeichnet worden?«

»Ja. Olav hat gesagt, Erling habe ihn kurz nach Ostern angerufen.«

»Also unmittelbar nachdem er mir erzählt hat, dass es jemand auf ihn abgesehen hat. Als er sagte, er habe einen Weg gefunden, den Betreffenden unschädlich zu machen.«

In diesem Augenblick ist es, als senke sich eine Erkenntnis auf uns herab. Wir schauen uns an und teilen sie, wir wissen beide, was der andere denkt. Und trotz des Ernstes der Situation kribbelt es leicht in meinem Körper, als läge auch eine gewisse Spannung in ihr: Das haben wir gemeinsam, Edvard und ich. Ich fühle Wärme in meinen Wangen, Entschlossenheit in meiner Brust.

»Wir gehen morgen zu dem neuen Anwalt«, sage ich. »Dann werden wir erfahren, was in dem Testament steht.«

»Wenn du möchtest, trinke ich nach deinem Termin beim Anwalt gern einen Kaffee mit dir«, sagt Edvard. »Möglicherweise wäre es gut, über das zu sprechen, was dabei herauskommt«, setzt er hinzu. Er sei ja selbst Jurist. Aber er muss seine Einladung gar nicht rechtfertigen; ich nicke bereits, natürlich möchte ich ihn treffen.

Der Kellner kommt mit dem Essen und den Getränken, wir schweigen, während er alles vor uns auf den Tisch stellt.

Als er geht, sage ich: »Da ist noch etwas.«

»Ja?«

Beinahe atemlos berichte ich ihm, was Mutter gesagt hat. Edvard hört nachdenklich zu.

»Okay«, sagt er. »Also direkt vor dem Osteressen hat dieser Stromunfall, den er für einen Mordversuch hielt, Erling in Angst versetzt. Und unmittelbar darauf ändert er sein Testament. Das bringt einen ja ins Grübeln.«

»Ja.«

»Wer war noch gleich bei diesem Essen?«

»Erling und ich. Bård und Lise, Hanne und Ørjan, Silje. Meine drei Enkel. Olav und Bridget, und dann noch Mutter.«

»Nur die engste Familie.«

»Ja, das heißt, Synne war auch kurz da, aber sie stand nur draußen auf der Treppe.«

»Hm.«

»Das Ganze muss natürlich überhaupt nichts bedeuten, macht einen aber doch nachdenklich.«

»Das ist wahr.«

»Mutter ist ziemlich verwirrt.«

Eine Weile sagt keiner von uns etwas. Es ist kein unangenehmes Schweigen.

»Die Shrimps sind gut«, bemerkt er schließlich.

»Schon wieder ein belegtes Brot«, sage ich, was ihn zum Lachen bringt.

»Ja. Wenn man in Norwegen lebt, muss man sich auch verhalten wie die Norweger.«

»War sie Dänin, deine Frau?«, frage ich.

Etwas huscht über sein Gesicht. Nicht direkt Schmerz. Eher eine Art Verwunderung. Ich weiß nicht, warum ich frage, aber ich möchte gern mehr über sie wissen. Dass er nicht über sie spricht, macht mich bloß noch neugieriger.

»Dänisch wie Roggenbrot«, sagt er dann.

»Vermisst du sie?«

Wieder entsteht eine Pause.

»Ja.«

Jeder von uns nimmt einen Bissen, kaut einige Sekunden.

»Vermisst du Erling?«

»Ja«, sage ich und schlucke. »Ich vermisse seine Geräusche, seine Schritte im Haus, seine Gewohnheiten. Ich vermisse es, ihn da zu haben. Aber auf eine Art … Nein, puh, das hört sich furchtbar an.«

»Was?«

»Ich bin direkt aus meinem Elternhaus zu Erling gezogen. Ich habe nie allein gelebt.«

Er schaut mich prüfend an.

»Liegt darin auch eine gewisse Freiheit?«, vermutet er.

Ich zögere.

»Ich weiß nicht, ob Freiheit das richtige Wort ist. Oder ja, vielleicht ist es das. Eine Art Leichtigkeit jedenfalls. Wenn ich das Sofa austauschen will, ja, dann tue ich es einfach. Verstehst du?«

»Ja. Ich verstehe.«

»Glaub nicht, dass ich nicht traurig bin. Ich vermisse ihn unheimlich. Es schmerzt immer noch in jeder Faser meines Körpers, wenn ich an *jenen* Tag denke.«

Bei diesem Gedanken schließe ich die Augen.

Als ich sie wieder öffne, sagt Edvard langsam und nachdenklich: »Ich habe das noch nie jemandem erzählt, aber mir ging es genauso. Es ist kein Widerspruch zu dem Schmerz. Wirklich nicht, ich war am Boden zerstört. Aber zugleich ... Herr im eigenen Haus.«

Er hebt die Augenbrauen.

»Eine ganze Weile hatte ich Angst, dass etwas mit mir nicht stimmt, weil ich so dachte.«

»Und jetzt hast du keine Angst mehr?«

»Nein. Ich habe keine Angst mehr.«

FÜNFUNDZWANZIG TAGE DANACH

Jetzt ist alles bereit. Der Umschlag ist unter der Tischplatte befestigt, verborgen durch die Tischdecke. Daneben habe ich mein schärfstes Küchenmesser geklebt.
Die anderen Gegenstände habe ich verschwinden lassen. Das Fahrrad, die Tablettenschachteln und das Pillenglas. Das Stück Gasschlauch und die Überreste des Terminkalenders. Es war nicht leicht, sich dazu durchzuringen, aber es war notwendig. Nachdem es erst mal erledigt war, war es eine Erleichterung.

Mit langsamen Schritten begebe ich mich zurück in den Flur, öffne die Doppelflügeltür und gehe an den Ruinen des Arbeitszimmers vorbei zum Fenster. Der Nebel liegt grau über den Nachbargärten, aber durch den Dunst sehe ich, wie sich ein Paar parallele Scheinwerfer über den Nordheimbakken nähern. Ich weiß bereits, dass sie es sind. Ich kann ihre Fahrt verfolgen, sehen, wie sie langsamer werden und dort unten anhalten, bevor sie in meine Einfahrt einbiegen. Jetzt kommen sie.

VIERZEHN TAGE DANACH

Peter Bull-Clausens Kanzlei befindet sich im vierten Stock eines Bürogebäudes aus Glas und Metall. Bård hastet heran, während ich auf den Aufzug warte. Er schaut mich mit abwesendem Blick an, als wache er gerade auf und wüsste nicht, weshalb er hier ist. Dann lächelt er und sagt: »Hallo, Mama.«

Er umarmt mich, riecht nach Kaffee. Als er mich loslässt, ertönt das »Pling« der Aufzugstür.

»Dass wir jetzt hier sind«, sage ich.

»Ja«, erwidert er, wobei ich mir nicht sicher bin, ob er wirklich versteht, was ich damit meine.

Aber das macht nichts. Ich werfe ihm einen Blick von der Seite zu. Spüre im Herzen, dass er immer noch mein Junge ist. Sein Hemd ist adrett und frisch gebügelt, dazu trägt er dunkle Jeans und sportliche Schuhe. Über der Schulter hat er einen Rucksack, vermutlich steckt sein Laptop darin.

Bård arbeitet in der Grundstücksentwicklung. Soweit ich es verstehe, geht es dabei darum, Grundstücke billig aufzukaufen und sie anschließend an Investoren zu verkaufen, ohne viel mehr getan zu haben, als einige Rechtsfragen zu klären und diverse Schautafeln mit Grafiken anzufertigen, auf denen Zeichnungen von Bäumen und Sträuchern, Menschen mit Kaffeetassen und Kinderwagen sowie Bilder von modernen Gebäuden zu sehen sind. In der Regel ist das Ganze mit verkaufsfördernden Namen versehen, wie *Hoff Marina* oder *Lunden Gartenstadt*.

Allem Anschein nach arbeitet Bård fast in all seinen wachen Stunden. Beim Essen bei uns, auf dem Rasen bei der Hütte auf Tjøme oder wenn wir zu Hause bei ihm und Lise zu Besuch sind, immer ist er in sein Handy versunken, als würde er kontinuierlich Nachrichten schreiben und versenden, Antworten lesen und weiterleiten, hin und her zwischen den Tausenden von Punkten, die sein Netzwerk bilden. Er hat oft diesen müden, leicht überforderten Ausdruck im Gesicht: Welche Aufgaben wird mir die Welt jetzt wieder aufbürden?

»Geht es dir gut, Schatz?«, frage ich.

Ich streiche ihm über den Arm, wobei ich mir einen Moment lang wünsche, ihn zu halten wie damals, als er noch ein Kind war.

»Ja«, antwortet er überrascht. »Es geht mir gut.«

Die Mädchen sind schon da, wir treffen sie an der Rezeption. Hanne erhebt sich sofort. Silje steht hinter ihr und liest einen Aushang an der Wand. Sie sieht ebenfalls erschöpft aus, irgendwie bekümmert. Da ist ein Zug um ihre Augen, den ich bei ihr noch nicht gesehen habe, die Haut ist etwas aufgedunsen, etwas geschwollen.

»Wo hast du geparkt, Mama?«, fragt Hanne, nachdem sie mich umarmt hat.

»Ich bin mit der Bahn gekommen.«

»Oh«, sagt Hanne und wirft Bård einen vorwurfsvollen Blick zu. »Einer von uns hätte dich abholen können.«

»Das war kein Problem.«

Bård macht einen Schritt zur Seite und geht hinüber zu Silje, umarmt sie. Er geht Hanne aus dem Weg, denke ich. Hanne, die die Leitung übernimmt, die so viele Aufgaben zu verteilen hat. An ihn, der doch sowieso schon so viele hat.

»Zumindest kann ich dich nachher nach Hause fahren«, sagt Hanne.

»Das ist nicht nötig. Ich bin verabredet.«

»Ach? Mit wem?«

Jetzt schauen sie mich alle drei an, und ich spüre, dass meine Wangen warm werden, dass ich bestimmt rot werde. Und das ist dumm, denn dafür gibt es keinen Grund, und mir ist klar, wie das aussehen muss, was sie glauben müssen.

»Mit Edvard Weimer«, erkläre ich. »Du weißt schon, dieser Studienfreund von Papa. Den du bei der Beerdigung getroffen hast.«

»Ach der«, sagt Hanne und runzelt die Stirn. »Hast du nicht gesagt, ihr hättet ihn lange nicht gesehen?«

»Das stimmt. Aber nach Papas Tod haben wir uns ein paarmal getroffen.«

Ich sehe sie an, sehe ihre überraschten Gesichter, und fuge der Ordnung halber hinzu: »Er und Papa hatten ein wenig Kontakt. Es ist schön, jemanden zu treffen, der mit Papa befreundet war.«

Bård nickt. Hanne sieht immer noch skeptisch aus, wie ich aus den Augenwinkeln wahrnehme.

Peter Bull-Clausen ist klein und hat halblange blonde Haare, die er aus der Stirn gekämmt hat. Er ist gut gekleidet, seine Schuhe sind so spitz, dass er an einen Hofnarren aus alten Zeiten erinnert. Er holt uns persönlich an der Rezeption ab. Er gibt jedem von uns die Hand, stellt sich vor und hört uns unsere Namen sagen, während es ihm dabei auch noch irgendwie gelingt, ein lockeres Gespräch zu führen, ob wir gut hergefunden hätten, wie schön, dass wir einen passenden Tag gefunden haben, wo jetzt im Mai doch alle so beschäftigt seien.

Der Besprechungsraum ist zu groß für uns. Um den Tisch ist

sicher Platz für fünfzehn Personen, und wir knubbeln uns an einem Ende zusammen. Peter an der Stirnseite, Hanne und ich auf der einen Längsseite, Silje und Bård auf der anderen. Peter zaubert eine Mappe mit Papieren hervor und blättert darin.

»Ich habe Ihnen eine Übersicht erstellt«, sagt er. »Um es Ihnen etwas leichter zu machen, meinen Ausführungen zu folgen. Sie enthalten ja doch viel Juristensprache.«

Sein strahlendes Lächeln ist ein wenig entschuldigend, als er die Blätter verteilt. Ich schaue auf mein Exemplar, kann mich aber nicht darauf konzentrieren, die Buchstaben sind kleine schwarze Insekten auf dem weißen Papier. Auf der anderen Seite des Tischs sehe ich Bård den Nacken beugen und aufmerksam lesen, dasselbe gilt für Hanne neben mir. Silje sitzt einfach da und schaut mit leerem Blick vor sich hin, wobei ihre Finger abwesend über das Handout streichen.

»Zusammengefasst«, sagt Peter, »verhält es sich so, dass Erling einige Wochen vor seinem Tod das Eigentum an der Wohnimmobilie, also einem Haus im Nordheimbakken, an Evy übertragen hat. Darüber hinaus hat er in letzter Zeit ziemlich stark in diese Immobilie investiert, lassen Sie mich nachsehen …«

Peters Finger blättern in einigen Papieren.

»Ach, hier! Ja, also er hat eine halbe Million Kronen Vorschuss an einen Bauunternehmer gezahlt, der die Garage abreißen und eine neue mit einer Wohnung darüber bauen soll. Darüber wissen Sie sicher Bescheid, Evy.«

Ich starre ihn nur an. Die Garage abreißen? Eine Wohnung bauen? Peter sieht meine Verwirrung und sagt, wie um meinem Gedächtnis auf die Sprünge zu helfen: »Die Baugenehmigung wurde, mal schauen, Anfang März beantragt? Ende April erteilt? Tatsächlich wurde der Betrag für den Bauunternehmer nur wenige Tage vor Erlings Tod auf dem Konto bereitgestellt.«

Meine Kinder sehen mich an, alle drei. Ich schaue auf die Papiere vor mir. Dort stehen Begriffe wie *Erben* und *Erbmasse* und *Erbrecht*. Das ist Erlings Sprache, nicht meine. Es ist, als betrachtete ich uns von außen, als stünde ich am anderen Ende des riesigen Tischs und blickte auf diese traurige Versammlung: eine Mutter, ihre drei erwachsenen Kinder und der dauerlächelnde Peter Bull-Clausen.

»Wir haben nie darüber gesprochen«, sage ich.

»Vielleicht hast du es bloß nicht mitbekommen, Mama«, sagt Hanne und legt schnell ihre Hand auf meine.

»Aber Mama und Papa lebten doch in Gütertrennung«, sagt Bård, er ordnet die Papiere auf dem Tisch, blättert in ihnen und ordnet sie erneut. »Papa hat uns das erzählt, nicht wahr, Hanne? Hattest du vor deiner Heirat nicht auch so ein Gespräch mit ihm? Dass die Hütte an Mama gehen soll, während das Haus ihm gehört?«

Hanne antwortet nicht.

Peter Bull-Clausen nickt diensteifrig, als ginge es bloß darum, ein einfaches Missverständnis aufzuklären, und sagt: »Ja, so war es früher, aber mit diesen von ihm vorgenommenen Änderungen, mit denen er alles an Evy übertragen hat, stellt sich die Situation anders dar.«

Bård sieht aus, als hielte er das für reinen Wahnsinn.

Hanne wendet sich an den Anwalt und sagt: »Aber Mama kann doch wohl auf diesen Ausbau verzichten?«

»Der Vertrag ist bereits unterzeichnet«, sagt Peter mit einem entschuldigenden, etwas zu breiten Lächeln. »Dieser Ausbau war Erlings ausdrücklicher Wunsch. Er wollte in die Immobilie investieren.«

»Aber Papa besaß darüber hinaus ja noch andere nicht unbeträchtliche Vermögenswerte«, sagt Bård, während er in Peters Handout blättert. »Oder etwa nicht?«

»Nun, was das betrifft. Wie Sie schon gesagt haben, gehört die Hütte auf Tjøme Evy. Darüber hinaus haben Sie vor, mal sehen, zehn Jahren zusammen in eine kleine Wohnung in der Stadtmitte investiert?«

Ich nicke.

»Im April hat Erling Evy seinen Anteil überschrieben, sodass sie heute die alleinige Besitzerin ist.«

Wieder schauen mich alle drei an, und ich meine einen Vorwurf in Hannes Blick zu erahnen.

Zu meiner Verteidigung sage ich: »Aber Erling und ich leben in Zugewinngemeinschaft. Mit Ausnahme des Hauses und der Hütte.«

»Das gilt nicht für die Wohnung«, sagt Peter. »Die gehört nun Ihnen allein. Sie haben es unterschrieben am … 21. April.«

Er reicht mir ein Blatt Papier. Ich schaue darauf, die Buchstaben schwanken leicht hin und her, aber ich sehe es ja, dort steht mein Name, und ja, es sieht nach meiner Unterschrift aus. Datiert ist das Dokument auf einen Tag anderthalb Wochen vor *jenem* Tag, denke ich, das ist nicht viel.

»Das verstehe ich nicht«, sage ich und blicke hoch, sehe Hanne an. »Ich kann mich nicht daran erinnern.«

Hanne dreht sich zu Peter um und sagt: »Ist es denn gültig, wenn Mama sich nicht daran erinnert, es unterschrieben zu haben?«

Peter wendet sich mir zu und fragt freundlich: »Bestreiten Sie, dass das Ihre Unterschrift ist, Evy?«

Ich versuche, mich an den April zurückzuerinnern, finde jedoch keine Fixpunkte. Nur das Osteressen. Die Osterglocken, den gelben Punsch. Olav, der draußen auf der Terrasse drauflosredet. Erling, der mit skeptischer Miene zuhört.

»Erling ist mit einigen Papieren gekommen«, murmle ich.

»Wenn Sie nicht abstreiten, dass Sie das Dokument unterschrieben haben, dann ist es gültig«, sagt Peter.

Sein entschuldigendes Lächeln ist jetzt noch breiter, er scheint einer jener Menschen zu sein, die die Breite ihres Lächelns proportional zu dem Unbehagen steigern, das sie in einer bestimmten Situation empfinden.

Ich runzele die Stirn, betrachte die Blätter vor mir. Erling hat die Entscheidungen getroffen, ich habe mich nicht darum gekümmert. Wenn er gesagt hat, ich solle etwas unterschreiben, dann habe ich es einfach getan. Warum wollte er, dass ich das Haus besitze? Mein Schwiegervater hatte darauf bestanden, dass Erling der alleinige Besitzer sein sollte, und das haben wir all die Jahre respektiert. Erling hat mir immer versichert, ich sei durch die Hütte versorgt.

»Auch auf Tjøme wurden Investitionen getätigt«, fährt Peter fort. »Erling hat zwei Grundstücke neben der Hütte gekauft, die vorläufig noch unbebaut sind.«

»Aber«, schaltet sich Bård ein. »Hat Papa einen Kredit aufgenommen, oder was?«

»Er hatte einiges an Geld auf dem Konto«, sagt Peter.

»Also, was erben wir dann?«

Das Lächeln des Anwalts wird noch eine Idee breiter.

»Nun, was das betrifft, Evy ist wie gesagt die alleinige Besitzerin des Hauses, der Hütte, der neu erworbenen Grundstücke, der geplanten Garagenwohnung und der Wohnung in der Stadtmitte. Und Erlings sonstiges Vermögen, abgesehen von diesen Immobilien, soll unter Ihnen dreien aufgeteilt werden. Soweit ich sehe, geht es dabei in erster Linie um das Geld auf dem Konto, und, lassen Sie mich nachsehen, neben dem Girokonto hat er ein Sparkonto, auf dem sich ungefähr 58 000 Kronen befinden.«

Dieser Betrag fällt auf den Tisch. Es kommt mir vor, als könnte ich ihn dort, auf der blanken Tischplatte, zitternd liegen sehen. Eine Weile sagt niemand ein Wort, dann räuspert sich Bård.

»Sie wollen also sagen, dass Papa eine Summe von, ich weiß nicht, es muss die Rede von mehreren Millionen Kronen sein, auf dem Konto hatte? Doch ein paar Wochen vor seinem Tod hat er alles ausgegeben, mit Ausnahme von 58 000 Kronen?«

Peter schweigt einen Augenblick, dann sagt er: »Erling wollte in Immobilien investieren.«

»Die nun Mama allein gehören?«

»Ja.«

Hanne und Bård wechseln Blicke. Silje schaut immer noch mit diesem leeren Blick vor sich hin.

Bård sagt: »Ich glaube, ich spreche für uns alle drei, wenn ich sage, dass wir natürlich möchten, dass Mama genug Geld hat, um gut zu leben. Aber ich muss zugeben, dass es mich sehr wundert, dass Papa all das so kurz vor seinem Tod in die Wege geleitet hat. Ich meine, ist es vielleicht möglich, dass er nicht ganz zurechnungsfähig war? Die Idee mit der Garage ist ja total verrückt. Und dass er weitere Grundstücke auf Tjøme gekauft hat? Und alles gehört jetzt Mama, ohne dass sie sich darüber im Klaren war? Meiner Ansicht nach wirkt das, als hätte er da ein wenig die Übersicht verloren, und dann muss es doch möglich sein, es rückgängig zu machen, oder?«

»Leider nein«, sagt Peter. »Es handelt sich um bindende Verträge. Die Käufe sind bereits getätigt. Evy könnte eventuell verkaufen, aber das bleibt ihr überlassen.«

»Aber«, setzt Bård an, hält jedoch inne, als Hanne ihm einen Blick zuwirft.

»Vielleicht können wir später weiter darüber reden«, sagt

Hanne geschäftsmäßig an Peter gewandt. »Ich glaube, wir brauchen etwas Zeit, um das hier zu verdauen.«

Bei den Worten *das hier* nickt sie zu den Blättern hin, die er für sie kopiert hat, als müssten wir die verdauen. Ich stelle mir vor, wie wir sie in uns hineinstopfen und vertilgen.

»Natürlich«, sagt Peter generös.

»Das ist ja total verrückt«, murmelt Bård.

Er hat wieder diesen Gesichtsausdruck wie bei der Beerdigung: die Augen weit aufgerissen, die Stirn gerunzelt, sodass die Hautfalten wie auf ihr gestapelt wirken. Hanne steckt die Papiere mit raschen Bewegungen in ihre Tasche. Ihre Hände sind sorgfältig maniküert. Für einen Augenblick sehe ich das Bild vor mir, das sie kaufen will, Bilals loderden Baum.

»Ich finde, wir sollten einfach Papas Willen respektieren«, sagt Silje plötzlich mit klarer, lauter Stimme. »Er hat das offensichtlich aus einem bestimmten Grund getan. Es ist sein Geld, wir müssen akzeptieren, dass er es so haben wollte.«

Einen kurzen Moment ist es vollkommen still, dann sagt Peter: »Das ist eine gute Einstellung.«

Es klingt falsch, wie wenn ein Erwachsener die Kritzeleien eines Kindes lobt, das alt genug ist, es besser zu können.

Wir erheben uns von unseren Stühlen.

»Setzen Sie sich einfach mit mir in Verbindung, wenn weitere Fragen auftauchen«, sagt Peter.

Wenn ich mich konzentriere, kann ich mich daran erinnern, dass Erling mich gebeten hat, etwas zu unterschreiben. Wann kann das gewesen sein? Vielleicht ein paar Wochen vor seinem Tod. Er kam ins Wohnzimmer getappt, wo ich mit einem Glas Wein saß und mir einen albernen Western anschaute, der gerade seinen Höhepunkt erreichte. Er hielt mir einige Papiere hin und holte zu Erklärungen aus, die ich an mir vorbeirauschen ließ, er wollte ein paar Dinge in Bezug auf unsere Immobilien ändern, alles ein bisschen schlauer regeln.

Habe ich unterschrieben? Das muss ich wohl getan haben. Ich erinnere mich nur, dass ich der Meinung war, Erling störe mich bei meinem Film, belästige mich mit Details zu Dingen, die seine Domäne waren. Und dann erinnere ich mich an das, was im Film passierte, das große Pistolenduell am Schluss. Etwas anderes bekomme ich nicht zu fassen.

Wir schweigen, als wir zur Rezeption gehen, und um die Stille zu durchbrechen, drehe ich mich um und frage Peter, der noch in der Tür des Besprechungsraums steht: »Wo finde ich die Toilette?«

Das Gesicht des jungen Mannes leuchtet auf, er ist sichtlich froh darüber, helfen zu können.

»Ganz hinten im Flur, auf der rechten Seite. Sie können sie nicht verfehlen.«

»Was du da erzählst, ist interessant«, sagt Edvard.

Er lehnt sich über den Tisch zu mir. Während meines Berichts hatte er konzentriert die Stirn gerunzelt.

»Aber Erling war so sparsam«, sage ich. »Warum in aller Welt wollte er eine Wohnung über der Garage? Und was sollen wir mit zwei zusätzlichen Grundstücken auf Tjøme?«

Ich ziehe den Atem ein, halte ihn in der Brust. Erinnere mich an den Putzanfall im Arbeitszimmer, an die Spülhandschuhe und das Bankräubertuch.

»War er vielleicht im Begriff, verrückt zu werden?«, frage ich.

Ich denke an Mutter, die frühen, schleichenden Anzeichen: kleine Unverständlichkeiten, eine eigene Logik, die ihr offenkundig erschien, während sie uns ganz und gar nicht einleuchtete.

»Hat der Anwalt einen Grund genannt?«, fragt Edvard.

»Investitionen.«

Das Restaurant, in dem wir sitzen, ist klein und liegt versteckt in einer Seitenstraße in der Nähe des Youngstorget. Das Essen ist von der französischen Küche inspiriert und, wie Edvard versprochen hatte, köstlich. Ich esse Hähnchen, *poulet à la provençale*. Der Kellner ist offenbar Franzose, aber ich traue mich nicht, meine Sprachkenntnisse zu testen, es ist so viele Jahre her, seit ich diesen Kurs in Paris besucht habe, und außerdem habe ich ihn nicht beendet.

»Eine mögliche Sichtweise wäre«, sagt Edvard nachdenklich, »dass er dir Handlungsspielraum geben wollte. Wenn ihr in Gütertrennung gelebt habt, hätte für dich nicht die fortgesetzte Zugewinngemeinschaft gegolten. Und hätte er versucht, alles in eine Zugewinngemeinschaft umzuwandeln, wären deine Möglichkeiten, nach Belieben mit dem Vermögen zu verfahren, trotzdem noch eingeschränkt gewesen. Aber jetzt hast du das volle Verfügungsrecht über alles.«

»Ja.«

Ich weiß nicht recht, was ich davon halten soll. Einerseits empfinde ich es als Verantwortung, für die ich möglicherweise nicht bereit bin. Andererseits hat es auch etwas Berauschendes: Jetzt bin ich diejenige, die auf dem Geld sitzt.

Nach dem Anwaltstermin waren die Kinder aufgebracht. Als ich von der Toilette zurückkam, hörte ich sie miteinander reden. Meine Schritte waren auf dem Teppichboden nicht zu hören, und ein Wandschirm in gedeckten Farben verbarg mich vor ihren Blicken.

»Ich gebe dir recht, dass es verrückt wirkt«, war Hannes Stimme zu vernehmen. »Aber zuallererst müssen wir herausfinden, wie wir damit umgehen sollen. Und am besten, ohne Mama zu beunruhigen.«

»Ich verstehe einfach nicht, dass das *erlaubt* ist«, sagte Bård. »Ich hätte nicht übel Lust, Onkel Olav zu fragen.«

Keines der Mädchen antwortete darauf.

»Was *mich* beunruhigt, ist dieser Edvard«, sagte Hanne. »Er taucht direkt nach Papas Tod aus dem Nichts auf und gibt sich als enger Freund aus. Und jetzt verabredet er sich mit Mama zum Essen. Fast wie bei einem *Date*.«

Einer von den anderen beiden lachte ein wenig darüber, es

klang nach Bård, und es versetzte mir einen Stich. Ist der Gedanke wirklich so lächerlich? Zugleich spürte ich ein Flattern in der Magengegend, als Hanne *Date* sagte. Ist es *das*?

»Ich meine es ernst«, fuhr sie fort. »Papa hat Mama sein gesamtes Vermögen überschrieben, und dann stirbt er, und plötzlich ist dieser Kerl überall, wo man sich hinwendet. Wir haben noch nie zuvor von ihm gehört, aber er und Papa standen sich angeblich *so* nahe. Und Mama ist ja jetzt reich. Diese Grundstücke auf Tjøme, wie viel mögen sie wert sein? Zusammen mit der Hütte und unserem Grundstück? Vom Haus gar nicht zu reden, und dann noch eine zusätzliche Wohnung über der Garage in Montebello. Ich habe bei der Beerdigung auch mit diesem Edvard gesprochen, was für ein schleimiger Typ. Dem steht *Glücksritter* auf der Stirn geschrieben. Und Mama hat erzählt, dass die Polizei da war und im Haus herumgeschnüffelt hat.«

Das traf mich wie ein Schlag. Sah es von außen wirklich so aus? Ich stand hinter dem Wandschirm und sah Edvards sanfte, ruhige Augen vor mir.

»Was willst du damit sagen?«, fragte Bård. »Dass Mama im Begriff ist, Opfer eines kriminellen Superverführers zu werden?«

Wieder war da ein Lachen in seiner Stimme, was mich ein wenig verletzte.

»Warum nicht?«, entgegnete Hanne. »Ich finde, wenn man diese Dinge zusammen betrachtet, zuerst Papas Transaktionen, und dann Edvard, der plötzlich auftaucht und mit Mama ausgeht, dann besteht Grund zur Sorge.«

»Nun ja«, sagte Bård. »Aber was können wir dagegen tun?«

Offenbar antwortete niemand darauf. Dann sagte Silje:

»Ich kann mir nicht vorstellen, dass Mama zu einem *Date* mit einem Mann gehen würde. Papa ist gerade mal zwei Wochen tot.«

»Jetzt bist du echt naiv, Silje«, sagte Hanne. »Mama ist schließlich ziemlich oft ziemlich egoistisch gewesen.«

In mir zitterte es, was meinte sie damit?

Bård sagte: »Die Sache ist die, dass wir – und hier gehe ich davon aus, dass wir uns da alle drei im Großen und Ganzen einig sind – das Erbe gerade jetzt sehr gut hätten gebrauchen können. Ich hatte mir ausgerechnet, dass Papa vermutlich einiges an Geld auf dem Sparkonto hätte, und ich hatte geglaubt ...«

Einer von ihnen bewegte sich, sodass seine Stimme für einen Moment nicht zu hören war. »Oder um es so zu sagen«, fuhr er fort. »Hat jemand was dagegen, dass ich Onkel Olav kontaktiere?«

Ein Weilchen blieb es still, dann sagte Silje: »Meinetwegen kannst du das machen.«

Wieder schwiegen sie. Vielleicht wurden Blicke und Gesten gewechselt.

»Nur zu«, sagte Hanne dann. »Ja, das kannst du gern tun, Bård. Aber halte uns bitte auf dem Laufenden.«

»Selbstverständlich.«

»Und du weißt, Onkel Olav kann etwas ...«

Sie ließ den Satz in der Luft hängen.

»Ja klar.«

»Jetzt müssen wir aufhören, darüber zu reden«, sagte Hanne. »Mama könnte kommen.«

Auf dem Weg zum Restaurant, wo ich mit Edvard verabredet war, dachte ich über das nach, was gesagt worden war. Über die Sache mit dem Geld, natürlich, über Bårds Frustration darüber, dass er das Erbe offenbar brauchte, aber in erster Linie über das, was Hanne über Edvard gesagt hat. So beunruhigend es auch ist, es macht mir keine Angst. Im Gegenteil, ich denke: Könnte sie recht haben? Ist Edvard an mehr interessiert? Ist er an *mir* interessiert?

Als ich neunzehn war, stand Edvard in der Tür zu meinem Zimmer und fragte: Willst du mitkommen? Und dieses Mal entscheide ich selbst, dachte ich, dieses Mal kann weder Erling noch Hanne noch sonst wer in meinem Namen ablehnen.

Zuerst reden wir nicht über den Anwaltstermin. Edvard erzählt mir von einem Strafverfahren, das er bei Gericht verfolgt, es ist nicht sein Fall, sondern der eines Kollegen. Ich höre ihm konzentriert zu, bringe eigene Sichtweisen ein, die Edvard ernst nimmt, ja, sagt er, so kann man durchaus argumentieren, das ist ein vernünftiger Gedanke, aber soll ich dir sagen, was die Verteidigung dazu sagen würde? Eine Weile ist es fast so, als wäre ich seine Kollegin. Eine Kollegin mit weniger Fachwissen, versteht sich, aber immerhin eine Stimme, die es wert ist, gehört zu werden. Ich bin nicht so dumm, dass ich das Ganze nicht auch von außen betrachte und mich selbst frage, ob Hanne möglicherweise recht hat, ob Edvard mir nach dem Mund redet, um bei mir zu landen. Aber ganz so ist es nicht, denn er setzt mir etwas entgegen, ist nicht bei allem, was ich sage, meiner Meinung. Nein, mich berührt ganz einfach, dass er zuhört. Meine Ansichten ernst nimmt, sich die Mühe macht, mir ordentlich zu antworten. Hat Erling das nicht getan? Ich weiß es nicht, ich kann mich nicht erinnern, wann wir zuletzt in ein Gespräch vertieft waren.

Haben wir überhaupt miteinander geredet, Erling und ich? Die letzten Jahre haben wir geschwiegen. Wir haben zwar über alltägliche Ereignisse gesprochen, über die Berichterstattung in der Zeitung, über die Schranktür mit dem lockeren Scharnier oder darüber, wie wir den Tag verbracht haben. Wir haben Informationen ausgetauscht, einander durchaus zugehört. Aber wie viel weiß ich darüber, was er dachte? Die beunruhigenden Vorfälle in der letzten Zeit, über die ich nichts wissen wollte: der Sturz mit dem Fahrrad, der Tag, an dem er mit einem Mundschutz das ganze Arbeitszimmer von oben bis unten geputzt hat. Zudem hatte er ein Notfalllager mit Konserven im Keller eingerichtet, und sein Jobwechsel kam so plötzlich; eines Tages verkündete er beim Nachhausekommen einfach, er werde seine Stelle beim Straßenbauamt kündigen und bei Grüne Agenten anfangen.

»Warum in aller Welt?«, fragte ich.

Ich machte Vorschläge. Langweilte er sich bei der Arbeit? War wenig zu tun, oder lag es an dem neuen Chef? Erling schaute mich bloß an.

»Ich kann mir nichts Wichtigeres vorstellen als den Klimaschutz«, sagte er mit seiner trockenen, sachlichen Stimme. »*Alle* sollten mit ihrer aktuellen Tätigkeit aufhören und anfangen, für die Umwelt zu arbeiten. Umgehend.«

Im Stillen dachte ich, es ginge um die Angst vor dem Ruhestand, vor dem Alter. Vor den vielen langen Tagen zu Hause mit mir. Aber inwieweit habe ich nachgefragt? Ich glaube, ich habe es einfach akzeptiert. Okay, jetzt ist es so.

Erst als das Essen auf dem Tisch steht, erzähle ich von dem Treffen bei dem Anwalt. Edvard hört aufmerksam zu, während ich rede, sagt nichts, bis ich fertig bin.

»Wenn ich versuchen wollte zu verstehen, was jemand, der so etwas tut, sich dabei gedacht hat«, sagt er und legt behutsam seine Gabel ab. »Dann wäre es eine naheliegende Frage, ob der Betreffende sichergehen wollte, dass sein Vermögen nicht den Erben in die Hände fällt.«

»Ich weiß nicht. Warum sollte er das tun?«

Er schweigt einen Moment und sagt dann: »Ich habe keine Kinder, sodass ich mir nicht vorstellen kann, wie das sein muss, Evy. Aber wie die Dinge nun mal liegen: Besteht die Möglichkeit, dass es sich bei der Person, vor der Erling Angst hatte, um eines von ihnen handelt?«

»Um eines der Kinder?«

»Ja. Eventuell auch eines eurer Schwiegerkinder?«

Die sechsjährige Hanne, die sich an mich klammerte, als ich aus Paris heimkam, die mich hielt und hielt und nicht loslassen wollte. Bård mit seinen acht Jahren, der dastand und mich mit großen, ernsten Augen aus einiger Entfernung betrachtete. Silje, neugeboren und feuerrot. Und die zwei Schwiegerkinder. Lise, die rührige Ärztin für Allgemeinmedizin, die mit Bård zusammenkam, als sie beide neunzehn waren. Ørjan, der Hoferbe aus Nord-Trøndelag, mit den blonden Locken und seinem Engagement für nachhaltige und faire Lebensmittel.

Nein, Edvard weiß nicht, was er sagt. Er hat recht, er kann es sich nicht vorstellen.

Eine Weile essen wir schweigend. Edvard denkt über etwas nach, das kann ich sehen, seine Augenbrauen sind heruntergezogen, sein Blick ist abwesend.

»Woran denkst du?«, frage ich ihn schließlich.

Seine Augenbrauen heben sich wieder, und er lächelt.

»Lass uns über etwas Erfreulicheres sprechen. Aber bevor wir das Thema verlassen: Was hältst du davon, wenn wir beide mal zu dieser Hütte auf Tjøme fahren? Uns deine neuen Grundstücke anschauen, nachsehen, ob wir dort etwas finden, woraus wir klüger werden? Vielleicht schon diese Woche.«

Ich spüre ein Flattern in meinem Bauch.

»Das hört sich nach einer ausgezeichneten Idee an. Ich habe Zeit.«

NEUNUNDDREISSIG JAHRE DAVOR

Die Mähne des Rektors war wohl einmal kräftig gewesen, aber jetzt war sie im Begriff, vom Scheitel her zu verwittern. Er trug eine unförmige Tweedjacke mit einem zerknitterten Hemd darunter, und etwas an ihm, vielleicht die langsame Art, mit der er uns Kaffee einschenkte, sagte mir, dass er einer von den Menschen war, die nicht in der Lage sind, sich zu beeilen, die schlicht und einfach nicht auf Stress reagieren, sondern den Dingen einfach die Zeit geben, die sie brauchen. Sein Büro war unordentlich, die Pflanzen auf der Fensterbank litten unter Vernachlässigung.

»Herzlich willkommen bei uns, Eva«, sagte er.

»Evy«, korrigierte ich, woraufhin er einen Moment verwirrt aussah, sich auf dem Schreibtisch nach dem richtigen Blatt Papier umschaute und dann, als er es nicht fand, sagte: »Evy, ja natürlich. Herzlich willkommen.«

Es war meine erste Stelle. Ich war schwanger geworden, bevor ich mein Lehramtsstudium abgeschlossen hatte, und Bård war etwas mehr als ein Jahr alt, als ich mit Hanne schwanger wurde.

Mir gefiel die Zeit mit den Kindern ja. Wenn jemand fragte, sagte ich: »Gibt es einen wichtigeren Job, als den Kleinen einen sicheren Start zu geben?« Aber ich hatte mich hierauf gefreut. Loszulegen. Mich hübsch anzuziehen, Verantwortung zu bekommen, meine Fachkenntnisse anzuwenden.

»Es wird laufen wie geschmiert«, sagte der Rektor. »Sie werden Klassenlehrerin der 4b. Das ist eine nette Truppe, glaube ich, lebhaft und lernwillig.«

Ich lächelte. 4b. Fünfundzwanzig Zehnjährige. Offene Köpfe, Bücher in Schutzhüllen. Der Rektor erhob sich. Von einer streng aussehenden Sekretärin wurde mir ein Schlüsselbund ausgehändigt, und dann gingen wir hinaus auf den Flur. Um uns herum wuselten die Kinder, Baseballkappen, Turnschuhe und Zöpfchen, Gelächter und hohe, durchdringende Stimmen. Ihre Intensität verblüffte mich. Die physische Unruhe, das Schubsen und Knuffen. Aber das war die Pause. Im Klassenzimmer würde es anders sein.

»Ellen«, rief der Rektor und winkte einer jungen Lehrerin mit blondem Pferdeschwanz zu. »Das ist Evy, heute ist ihr erster Tag. Können Sie ihr bitte das Klassenzimmer der 4b zeigen?«

Ellen führte mich in einen langen Flur, in dem es etwas ruhiger zuging. Sie war einen Kopf kleiner als ich und auch jünger. Nicht so viel, vielleicht drei oder vier Jahre, aber es muss ausgesehen haben, als gehörten wir verschiedenen Generationen an. Ich gut angezogen in Faltenrock und Lackschuhen. Sie in Latzhose und Turnschuhen wie die Jugendlichen im Einkaufszentrum. Das Hemd, das sie unter der Latzhose trug, war sogar ungebügelt. Sie erwähnte den Unterschied zwischen uns mit keinem Wort. Wie schön, dass ich da sei und die Klasse übernehmen könne, sagte sie bloß, denn das Schuljahr habe ja schon angefangen, ich müsse also auf einen fahrenden Zug aufspringen, aber das werde schon klappen. Sie lächelte freundlich, zeigte mir ihre Grübchen. Ob ich das Studium gerade abgeschlossen hätte?

»Nein. Ich bin schon sechsundsiebzig fertig geworden, habe aber direkt nach dem Studium Kinder bekommen.«

Ein paar Jungen jagten an uns vorbei, und Ellen rief ihnen zu:

»Markus, im Flur *gehen* wir, erinnerst du dich?« Einer von ihnen schaute sie grinsend an, ehe er das Tempo zu etwas drosselte, das man mit sehr viel gutem Willen als Gehen bezeichnen konnte. Ellen verdrehte die Augen, aber sie lächelte, und als die Jungen an uns vorbeikamen, wuschelte sie Markus durch die Haare.

»Das ist einer Ihrer Schüler«, sagte sie, als die Jungen an uns vorbei waren. »Ich rate Ihnen, ihn im Auge zu behalten. Er ist ein netter Junge, aber ein Wildfang. Man muss richtig mit ihm umgehen.«

Sie öffnete die Tür zum Klassenzimmer, und da war er: ein offener Raum, fünfundzwanzig Stühle und fünfundzwanzig Pulte. Ein Lehrerpult mit Bürostuhl. Die Tafel groß und leer, unbeschrieben.

Die 4b ergoss sich wie ein wilder Fluss aus Schmelzwasser ins Klassenzimmer, sie platschten und spritzten überall herum, das Gesumme der Stimmen war wie das Brüllen eines Wasserfalls. Ich musste mehrmals *Ruhe* rufen, bevor sie still waren.

»Ich bin Evy. Eure neue Lehrerin.«

Einige der Mädchen in der Fensterreihe drehten sich zueinander um. Ich schrieb meinen Namen an die Tafel, und als ich mich wieder umdrehte, waren zwei Schüler aufgestanden und liefen herum. Ich rief sie zurück, und sie schauten mich an, alle beide. Nur einer setzte sich, und es brauchte einiges an Überredungskunst, den anderen zurück an sein Pult zu bekommen.

Ich erzählte, dass ich verheiratet sei und zwei Kinder hätte. Einige nickten. Ein Mädchen in der ersten Reihe fragte, wie meine Kinder hießen, und während ich antwortete, flammte die Unruhe wieder auf. Um sie im Keim zu ersticken, forderte ich die Klasse auf, die Norwegischbücher herauszuholen. Das Geräusch der Hände, die in den fünfundzwanzig Tornistern herumwühlten, war viel überwältigender, als es die gewünschte Handlung eigentlich verlangte.

In der nächsten Stunde hatten wir Mathematik. Ich versuchte, die Multiplikation mit zweistelligen Zahlen zu erklären. Jedes Mal, wenn ich mich zur Tafel drehte, bebte hinter meinem Rücken das Chaos. Markus zerbrach den Bleistift eines der Mädchen, es heulte und fuchtelte mit den Armen, und während ich versuchte, den Streit zu schlichten, war die halbe Mittelreihe zum Fenster gelaufen.

Als ich gerade mein Bestes tat, sie wieder auf ihre Plätze zurückzubekommen, ging die Tür auf. Da stand Ellen in ihrer Latzhose. Ich versuchte, ihr einen ironischen Blick zuzuwerfen, spürte jedoch, wie die Verzweiflung in meinem Kiefer, meinen Lippen und meinem Hals pulsierte.

»He«, brüllte Ellen in voller Lautstärke. »Jetzt setzt ihr euch hin, alle miteinander!«

Der Ruf gellte durch die Kakofonie. Es wurde still. Die Mittelreihe schlurfte zurück auf ihre Plätze.

»Jon Ivar, nimm die Kappe ab«, sagte Ellen. »Marianne, du setzt dich auf deinen eigenen Platz, *nein*, ich will nicht hören, warum, geh einfach und setz dich hin, jetzt *sofort*, und Markus, du *weißt*, dass es nicht erlaubt ist, das Pult zu bemalen. Noch ein Mal, und du gehst sofort zum Rektor.«

Eine Art Stille legte sich über den Raum. Ellen stand schweigend da und behielt die Klasse im Blick. Alle Schüler schauten zu ihr auf.

»Jetzt benehmt euch Evy gegenüber ordentlich.«

Ich wand mich, sie wies meine Klasse an, nett zu mir zu sein. Ich kam mir so töricht vor, in meinem Rock und dem schönen Wollpullover.

Ende Oktober fragte ich Erling, was er davon halten würde, wenn ich meine Stunden bei der Arbeit reduzierte.

»Ich denke an die Kinder«, sagte ich. »Hanne ist ja noch so klein. Und ich glaube, Bård wirkt etwas niedergeschlagen. Ich dachte mir, es wäre vielleicht gut für sie, weniger bei der Tagesmutter zu sein.«

Erling ließ sich auf die Diskussion ein. Ich argumentierte: Die Kinder seien nur so wenige Jahre klein. Es wäre dumm, wenn sie fast den ganzen Tag ohne uns verbringen müssten. Außerdem hätte ich einige Zweifel in Bezug auf die Tagesmutter, sagte ich. Ich legte mein Gesicht in ernste Falten und drückte mich vorsichtig aus, nichts laufe wirklich schief, die Kinder seien dort gut aufgehoben, davon sei ich überzeugt, aber war das vom fachlichen Standpunkt aus betrachtet genug? Hanne sei ja extrem von ihren Stimmungen geprägt, die so schnell wechselten. Und Bård sei sehr sensibel, er brauche Erwachsene, die ihm Beachtung schenkten.

Erling gab mir recht. Er sei im Grunde genommen von Anfang an dieser Meinung gewesen, sagte er, also nicht, dass die Betreuung durch eine Tagesmutter notwendigerweise ein Problem darstelle, aber es sei nun einmal so, dass es Kindern bei ihren Eltern am besten ginge. Er verdiene gut, wir hätten einen niedrigen Hauskredit und sehr überschaubare Ausgaben. Wir hätten uns klug eingerichtet. Jetzt zahle sich das aus. Wir könnten uns frei entscheiden. Wenn wir jetzt der Meinung seien, es wäre am besten für die Kinder, dass ich jeden Tag zu Hause sei, hätten wir tatsächlich die Möglichkeit dazu.

Erleichterung wallte in mir auf. Die unruhige Klasse, all die Kämpfe gegen den Lärm. Es kam vor, dass ich morgens unter der Dusche weinte. Erling sagte ich nichts davon. Ich lehnte bloß den Kopf gegen die Fliesen und spürte das Gewicht all dieser Kämpfe, ich trug sie täglich aus, und oft verlor ich sie.

Natürlich würde ich später wieder arbeiten. Meine Ausbildung nutzen, meine Kräfte. Aber alles zu seiner Zeit.

»Ja, es ist schade, dass es so gekommen ist«, sagte der Rektor.
Es war mein letzter Tag, ich saß wieder in seinem Büro. Er trug dieselbe unförmige Tweedjacke.
»Ja, ich wäre gern geblieben«, sagte ich. »Wissen Sie, ich habe meine Klasse so gern. Aber ich habe ja eigene Kinder, und mit dieser Tagesmutter hat es nicht so gut funktioniert.«
»Ja, genau. Nun, Ingeborg übernimmt die 4b bis Weihnachten, und für die Zeit danach gibt es mehrere Bewerber für die Stelle, da findet sich also eine Lösung.«
Er schaute gewissermaßen durch mich hindurch. War fertig mit mir, bereits dabei, das nächste Halbjahr zu planen. Ich hatte ihn enttäuscht. Er hat keine Ahnung, dachte ich hitzig, er kann nicht verstehen, wie das ist. Für ihn ist es leicht zu denken, alle müssten so sein wie Ellen.
»Vielleicht komme ich zurück. In ein paar Jahren, wenn meine Kinder größer sind.«
»Ja, ja«, sagte er, ohne mich anzuschauen. »Ja, bewerben Sie sich dann einfach.«
Ich spürte den Blick der Sekretärin im Rücken, als ich sein Büro verließ. Sie sagte nichts, und ich ebenfalls nicht.

VIERZEHN TAGE DANACH

»Hallo, Evy«, sagt Miriams warme Stimme am Telefon.

Sie hat meine Nummer gespeichert, denke ich verblüfft, sie weiß, dass der Anruf von mir kommt.

»Entschuldigen Sie die Störung«, sage ich außer Atem.

Ich rede beim Laufen. Eigentlich bin ich auf dem Weg zur U-Bahn, aber das Mittagessen mit Edvard schwirrt in meinem Kopf herum, und meine Füße handeln selbsttätig, sie schlagen einen Weg ein, der nicht der kürzeste ist. Ich kann mir nicht sicher sein, dass das Zufall ist.

»Kein Problem«, sagt sie.

»Ich habe da eine Frage.«

Ich bleibe stehen. Jetzt befinde ich mich vor dem Gemüseladen. Nein, es war kein Zufall, dass ich ausgerechnet hierhin gelaufen bin. Im Hörer schweigt Miriam, sie wartet darauf, dass ich etwas sage, und ich platze heraus: »War Erling im Begriff, verrückt zu werden?«

»Verrückt?«

»Ja. Hatten Sie den Eindruck, dass er den Verstand verliert?«

Sie atmet ein. »Nein. Nein, den Eindruck hatte ich nie.«

»Sie haben ihn bei der Arbeit erlebt«, sage ich, weil ich das Gefühl habe, eine Erklärung liefern zu müssen. »Vielleicht haben Sie etwas anderes gesehen als ich. Denn ich denke … Ich weiß nicht. Er hat zuletzt ein paar ziemlich seltsame Dinge getan.«

Am anderen Ende ist es still. Während Miriam nachdenkt, blicke ich ins Schaufenster, betrachte die Gemüsekisten. Außerdem sehe ich, dass die junge Frau, die hinter der Ladentheke steht, etwas auf ihrem Handy liest.

»Er wirkte ganz normal bei der Arbeit«, sagt Miriam schließlich. »Vielleicht etwas, wie soll man es nennen, abwesend? Nur in den letzten Wochen. Als wäre er wegen irgendetwas besorgt. Aber mehr nicht. Er war glasklar im Kopf, soweit ich das feststellen konnte.«

»Danke«, sage ich, ich entlasse den Atem in einem Seufzer, lasse die Erleichterung meine Stimme füllen.

»Evy, jetzt mache ich mir ein wenig Sorgen. Ist alles in Ordnung?«

»Ja«, sage ich, wobei ich die rustikalen Kisten voller Gemüse und die helle Theke aus Naturholz mustere. »Es ist alles in Ordnung. Vielen Dank.«

Während ich das Telefonat beende, greife ich nach der Klinke und betrete den Laden.

Die junge Frau hinter der Theke schaut hoch. Sie trägt ihre langen braunen Haare in einem zerzausten Zopf über der Schulter und einen Goldring in der Nase.

»Kann ich Ihnen helfen?«, fragt sie mich.

»Ja«, sage ich, neben einigen Körben mit Brokkolini aus Hadeland stehend. »Ist Ørjan da?«

»Er ist im Lager. Einen Moment bitte.«

In ihrer Abwesenheit schaue ich mich um. Der Laden ist ordentlich. Das Gemüse liegt in Kisten, die alle mit kleinen Tafeln versehen sind, auf denen in akkurater Handschrift Sorte und Preis notiert sind. Die Preise sind unverschämt. An die Fensterbank sind weiße Bretter genagelt, vor denen Stühle stehen, wo man sich mit Kaffee und Gebäck hinsetzen kann. Es sind keine anderen Kunden im Laden.

»Hallo, Evy«, sagt Ørjan, als er den Raum betritt. »Wie schön, dich zu sehen.«

Er legt seine Arme um mich und drückt mich. Mit Umarmungen, die bei ihm fest und lang sind, ist er großzügig. Er bietet mir Kaffee an, fordert mich auf, mich zu setzen.

Ich betrachte ihn, während er uns Kaffee einschenkt. Er ist groß und schlank, hat schöne blaue Augen und dazu blonde Locken, die sein Sohn von ihm geerbt hat. Als ich ihn zum ersten Mal getroffen habe, dachte ich, er wäre zu sanft für Hanne. Ihre früheren Freunde waren ehrgeizige, starke Männer gewesen. Mehrere von ihnen haben ihr das Herz gebrochen. Kurz nachdem es mit dem letzten von ihnen vorbei war, kam sie mit Ørjan nach Hause. Um ihr gebrochenes Herz zu heilen, dachte ich. Nicht um zu heiraten und Kinder zu bekommen.

Bisweilen habe ich mich gefragt, wie die Ehe ihr bekommt, und auch ihm, sie sind so verschieden. Aber vielleicht funktioniert es gerade deshalb. Wenn es denn funktioniert. Hanne vertraut sich mir nicht an. Obwohl wir, sie und ich, ziemlich oft telefonieren, herrscht keine tiefe Vertrautheit zwischen uns. Ich konnte zwar über Erlings Jobwechsel klagen oder seufzen, wenn ich keinen Ersatz für ein kaputtes Möbelstück bekam, *du weißt ja, wie Papa ist*. Hanne beschwert sich gelegentlich über ihre Arbeit, die Angestellten im Kindergarten oder irgendetwas, das in ihrer Wohnung nicht funktioniert, aber ich habe noch nie gehört, dass sie sich über Ørjan beklagt hätte.

Vielleicht liegt es gar nicht an mangelnder Vertrautheit, denke ich. Vielleicht sind sie ganz einfach glücklich miteinander.

»Hier«, sagt er und stellt die Tasse auf eines der weißen Bretter, ehe er sich neben mich setzt. »Der Kaffee ist aus Guatemala.

Von einem Bauern angebaut, mit dem wir in Kontakt stehen. Am liebsten verkaufen wir ja norwegische Produkte, aber Kaffeebohnen lassen sich in Vestfold nun mal schlecht kultivieren.«

Eine Weile sitzen wir schweigend nebeneinander und schauen nach draußen auf die Straße. Es wird mir bewusst, dass wir, er und ich, uns selten richtig miteinander unterhalten. Wenn Hanne dabei ist, spricht sie für die Familie, Ørjan begnügt sich damit, zuzustimmen oder zu ergänzen. Vielleicht ist das mein Fehler. Vielleicht wende ich mich immer an sie, behandele ihn wie ein Anhängsel.

»Wie geht es dir, Ørjan?«, frage ich.

»Ach ja, gut. Man schlägt sich so durch. Es ist viel zu tun, sowohl hier als auch zu Hause.«

Er lacht. Er lacht oft, denke ich, ist ein heiterer und fröhlicher Mensch. Hanne ist schwieriger. Ich frage mich, ob er sie fröhlicher macht oder ob sie ihn herunterzieht.

»Max wird größer«, sage ich. »Und schläft jetzt vielleicht besser?«

»Ja schon, aber du weißt ja, es ist trotzdem alles ziemlich viel. Treffen mit Freunden, sonstige Aktivitäten. Und all das, was er lernen muss.«

»Und Hanne? Geht es ihr gut, was meinst du?«

»Ach ja.«

»Ist sie traurig, weil sie ihren Vater verloren hat?«

»Ja«, sagt Ørjan mit ernsten Augen. »Das ist sie schon. Und außerdem setzt dieses Hausprojekt sie unter Druck.«

Ich atme ein. Hausprojekt? Ich suche einen Haken, an dem ich dieses Wort festmachen könnte, aber es taucht keiner auf. Ørjan erzählt: Da gäbe es ja diese geplanten Zweifamilienhäuser in Kjelsås, ich hätte doch bestimmt den Prospekt gesehen? Hanne habe den Tipp von einer Freundin bekommen, die einen

Anteil gekauft hat. Man kaufe sich mit einer Kaution in das Projekt ein, die Häuser sollten in einem Jahr fertig sein. Es seien nur noch zwei Einheiten übrig, erklärt Ørjan, und Hanne werde mit jeder, die verkauft werde, nervöser.

Ich nicke und nicke, als wäre ich voll und ganz darüber informiert, während ich versuche, seinen Bericht mit den Telefongesprächen in Einklang zu bringen, die ich in den letzten Wochen mit Hanne geführt habe. Ich kann mich nicht daran erinnern, dass sie das jemals erwähnt hat.

»Die Bank sagt, wir bräuchten mehr Eigenkapital, um einen Kredit zu bekommen. Und Hanne hat sich aufgeregt, als Erling meinte, dass ihr uns nicht unterstützen könnt. Ja, ich für meinen Teil, ich verstehe euch ja. Ich habe zu Hanne gesagt, dass wir so etwas nicht erwarten können, aber du weißt, wie sie ist, wenn sie sich etwas in den Kopf gesetzt hat.«

Er lacht ein wenig. Ich versuche, ebenfalls zu lachen. Hat Hanne uns um Geld gebeten? Und Erling gefragt, nicht mich? Warum hat mir keiner von ihnen etwas gesagt?

Ørjan wird wieder ernst, runzelt die Stirn.

»Es muss schwer für sie sein, dass das ihr letztes Gespräch war«, sagt er. »Sie hing unglaublich an ihm. Es war ihr sehr wichtig, was er von ihr dachte.«

Damit hat er wohl recht. Vor zehn Jahren hat sie ihren jetzigen Job angetreten, bei einer Kioskkette. Sie stürzte sich mit Feuereifer hinein. »Habt ihr gesehen, wie die Leute über ihre Handys gebeugt in der Straßenbahn sitzen?«, fragte sie beim Sonntagsessen über den Tisch hinweg. »Die Forschung zeigt, dass die Konzentrationsfähigkeit sinkt, wir müssen uns bei Facebook ausloggen und wieder auf Papier lesen!« Hanne wollte die Illustrierten zum Trend machen. »Mögen Sie Architektur und Kunst? Hier sind stylische ausländische Zeitschriften! Sind Sie intellektuell?

Bitte schön, Wochenzeitungen mit Essays zu Gesellschaftsthemen! Interessieren Sie sich für Mode? *Vogue*, *Elle*, *Cosmopolitan*, wir haben sie alle!«

Erling zuckte mit den Schultern, hielt das für überkandidelt.

»Was hast du gesagt, wann sie zum letzten Mal miteinander gesprochen haben?«, frage ich.

»Sie hat ihn ein paar Tage vor seinem Tod angerufen«, sagt Ørjan, wobei er nachdenklich die Stirn runzelt. »Vielleicht hat sie ihn auch getroffen, das weiß ich nicht. Ich glaube, es herrschte ein etwas angespannter Ton zwischen ihnen. Hanne reagiert ja leicht ein bisschen gereizt, wenn die Dinge nicht so laufen, wie sie will.«

Ich sage: »Weißt du, ich höre zum ersten Mal von diesen Zweifamilienhäusern in Kjelsås. Erling hat die Angelegenheit mir gegenüber mit keinem Wort erwähnt, und Hanne auch nicht.«

»Hm«, sagt Ørjan und schaut aus dem Fenster.

»Ich verstehe nicht, warum sie mir nichts davon gesagt haben.«

»Tja, das weiß ich auch nicht.«

Ørjan hat mir nicht alles gesagt, denke ich, als ich in der U-Bahn nach Hause sitze. Er hat den Blick abgewendet, etwas zurückgehalten.

Ich habe dasselbe Gefühl wie vorhin, als ich hinter dem Wandschirm stand und meine Kinder über mich reden hörte, ja, und auch wie an dem Tag, als Hanne und Silje in Erlings Arbeitszimmer darüber diskutierten, dass sie sich um mich kümmern müssten, ohne mich gefragt zu haben, was ich will. Warum beziehen sie mich nicht in diese Gespräche ein? Genauso Erling, der in seinen uralten Pantoffeln ins Wohnzimmer schlurfte, während ich mir einen Film ansah: »Evy, kannst du das bitte unterschreiben?«

Aber er hatte auch früher schon merkwürdige Einfälle gehabt. Je mehr er sich in der Klimaliteratur verlor, desto stärker wurde seine Überzeugung, dass die Welt, wie wir sie kennen, kollabieren würde. Vor einigen Jahren stellte er eine Überlebensausrüstung zusammen, bestehend aus Sturmkocher, Lebensmitteln und Bargeld, und versteckte sie in einem Tresor im Keller. Feierlich präsentierte er sie mir und den Kindern: »Wenn es eine Krise gibt, haben wir genug, um eine Weile zurechtzukommen. Der Klimawandel wird zu einem Zusammenbruch der Gesellschaft führen.«

Es sei nur eine Frage der Zeit. Die Lebensmittelpreise würden steigen, die Erde werde allmählich immer unbewohnbarer werden. Es komme darauf an, vorbereitet zu sein.

Diese Schätze, die uns bei der bevorstehenden Apokalypse retten sollten, wurden sorgfältig eingeschlossen. Die Öffnungsprozedur war ausgeklügelt: Der erste Schlüssel lag hinter dem Stapel Apfelkisten im Keller in einer kleinen geblümten Blechdose und schloss eine Schublade im Schrank mit der Leinenwäsche auf. Der Schrank mit der Leinenwäsche war ganz hinten in einem anderen Kellerraum verborgen, sodass wir uns durch Berge alter Gartenstühle und kaputter Lampen arbeiten mussten, um zu ihm zu kommen. In einer Schublade befand sich ein Schmuckkästchen mit einem weiteren Schlüssel. Mit dem konnte man schließlich zum Tresor gehen, wenn man denn wusste, dass der Tresor in genau *diesem* Raum stand, versteckt hinter einem kaputten Babyreisebett und einem riesigen Radioschrank aus den Fünfzigerjahren. Und wenn man zudem noch den Code kannte, konnte man ihn aufschließen und an die Herrlichkeiten gelangen: Konserven, von denen Erling meinte, sie würden so wertvoll werden, Flaschen mit sauberem Wasser, Brennspiritus für den Sturmkocher, Packungen mit Nudeln, Instantlebensmittel und

Beef Jerky, das er bei einer Verkaufsaktion des Heeres erstanden hatte, und eine alte Geldkassette mit siebzigtausend Kronen in bar. So sollten wir uns durch die Apokalypse retten. Erling schärfte uns das System ein, allen vieren, er ließ es uns wiederholen: der Stapel Apfelkisten, der Schrank mit der Leinenwäsche, das Kästchen mit dem Vorhängeschloss, der Tresor. Hinter seinem Rücken wechselten wir resignierte Blicke, vielleicht auch ein nachsichtiges Lächeln. Das war ein gutes halbes Jahr, bevor er seine Stelle beim Straßenbauamt kündigte, und schließlich blickte ich mit immer mehr Sorge und immer weniger Humor auf seine Vorkehrungen für den Weltuntergang zurück: Was geschieht hier gerade mit Erling?

Verfolgte er mit der Wohnung, die er über der Garage bauen wollte, eine ähnliche Absicht? Oder mit dem Grundstückskauf auf Tjøme? Innerlich rase ich vor Wut: Er hat mich wie ein Kind behandelt. Hat mich nicht respektiert, nicht nach meiner Meinung gefragt. Vielleicht tut es deshalb so gut, mit Edvard zusammen zu sein. Weil ich ausgehungert danach bin, dass mir jemand zuhört.

Ich krame mein Mobiltelefon hervor und schreibe an Edvard: *Hast du Zeit, morgen nach Tjøme zu fahren?*

VIERUNDDREISSIG JAHRE DAVOR

Das Zimmer, das ich gemietet hatte, gehörte zu einem Appartementhotel in der Rue de Paris. Zwischen der Metrostation und dem Hotel lag ein Bar-Tabac, und jeden Tag, wenn ich nachmittags aus der Schule kam, saß dort eine Gruppe Männer, die tranken und sich unterhielten. Wenn ich vorbeiging, wurde oft in meine Richtung geschaut und gelacht, und es wurden Dinge in einem bestimmten Tonfall gesagt, das machte mir Angst, weil ich meinte, eine gewisse Boshaftigkeit darin wahrzunehmen, aber ich beherrschte die Sprache nicht gut genug, um genau zu verstehen, was sie sagten.

Mein Zimmer hatte eine Küchenecke und eine Toilette in einem kleinen separaten Raum. Morgens aß ich ein paar Bissen Baguette und trank Kaffee, den ich auf einer Kochplatte zubereitete, es gab keinen Kühlschrank, daher aß ich das Brot mit Marmelade oder trocken. Anschließend packte ich meine Sachen zusammen und lief die Rue de Paris hinunter zur Metro, vorbei an dem Bar-Tabac, in dem morgens nur Leute beim Kaffee saßen. In den langen verschlungenen Gängen unter der Erde folgte ich den Schildern zu einer Linie, danach zu einer anderen, ich quetschte mich zwischen Anzug tragende, ungeduldige Pariser und kämpfte mich am Saint-Placide ins bleiche Februarlicht hinauf, eine knappe Stunde, nachdem ich mich unter die Erde begeben hatte.

Als ich die Reise zu Hause in unserem Schlafzimmer geplant hatte, während Erling im Erdgeschoss vor dem Fernseher saß, war es mir ideal vorgekommen, dass der Französischkurs nur vier Stunden Unterricht am Tag vorsah. Ich hatte mir ausgemalt, wie ich zur Mittagszeit aus der Schule schreiten würde, bereit, das anzuwenden, was ich gelernt hatte, und die Nachmittage wollte ich in Museen und Galerien verbringen, in eifriger Diskussion mit Kunstkennern und Bohemiens, *mais comme elle est belle, cette peinture!* Ich war nicht darauf vorbereitet gewesen, wie müde man von vier Stunden mit Regeln zum *subjonctif* und *passé simple* wird. Der Unterricht endete um ein Uhr, da war mein Gehirn Brei, und ich suchte mir ein billiges Café in der Nähe, bestellte Suppe mit Brot, die ich schnell in mich hineinschlang. Danach ging ich zur Metro und ließ mich zurück in die Rue de Paris rütteln, wobei ich dicht an dicht mit Menschen mit leeren Gesichtern stand.

Es war abgesprochen, dass ich samstags zu Hause anrufen sollte. In der Hotelrezeption gab es ein Münztelefon, und ich steckte ein paar Franc in den Schlitz. Bård war wortkarg, wurde verlegen und antwortete größtenteils mit Ja und Nein. Je mehr ich fragte, desto schweigsamer wurde er. Manchmal hörte ich, wie Erling im Hintergrund Instruktionen gab: »Erzähl doch von der Schule, Bård.«

Hanne schwankte zwischen Reden und Quengeln hin und her, fragte wieder und wieder, wann ich nach Hause käme und wie lange es bis dahin noch dauern würde.

Am Ende jedes Gesprächs wechselten Erling und ich ein paar Worte. Dabei nahm ich etwas Unbekanntes in seiner Stimme wahr, einen unsauberen, zitternden Klang. Er fragte, wie es mir gehe und ob ich Spaß hätte. Ja natürlich, plapperte ich fröhlich, ich sei im Louvre gewesen und habe mir Kunst angeschaut, ob er wisse, wie klein die »Mona Lisa« in Wirklichkeit sei? Er hatte panische Angst, das war mir klar, aber ich war nicht bereit, mich damit auseinanderzusetzen. Ich war zum ersten Mal allein, ohne jemandem Rechenschaft ablegen oder Verantwortung für andere übernehmen zu müssen. Zählte das etwa nicht? Ging es hier nicht um ein wichtiges Erlebnis, eine Erfahrung fürs Leben?

Ein Haushalt mit zwei berufstätigen Partnern hat vermutlich die Wahl zwischen vielen verschiedenen Möglichkeiten, sich zu organisieren, aber bei uns lag die eheliche Arbeitsteilung auf der Hand: Er verdiente den Unterhalt für die Familie, meine Aufgabe bestand darin, für deren Wohlergehen und einen reibungslosen Ablauf des Alltags zu sorgen. Das ergab sich ganz natürlich, fühlte sich hin und wieder aber ein bisschen ungerecht an: Erling arbeitete von neun bis halb fünf, bekam bezahlten Urlaub und hatte das Recht, Überstunden abzufeiern. Meine Arbeit endete nie.

Das Haus auf der Hügelkuppe im Nordheimbakken gehörte ihm, er hatte es als Vorschuss auf sein Erbe erhalten. Die Forderung nach Gütertrennung erschien durchaus berechtigt, als sie auf die für die Familie Krogh typische, unsentimentale Art vorgebracht wurde, aber sie hinterließ ein schales Gefühl bei mir. Es gehörte ja nicht mir, dieses Haus, das ich instand hielt. Ich hatte keinen Anspruch darauf, kam mir vor wie eine Haushälterin. Alle zwei Wochen ging ich mit Wasser und Seife in Erlings Arbeitszimmer und kniete mich vor den Schreibtisch. Dieses Möbelstück war eine Monstrosität aus Tropenholz, die Erling von seinem Vater geerbt hatte, es hatte Schnitzereien an den Kanten, verschlungene Blumen, Blätter und Spiralen. Die Staubkörner versteckten sich ganz tief in den geschnitzten Mustern, man musste sehr kräftig reiben, um sie herauszubekommen. Wenn ich damit beschäftigt war, stellte ich mir manchmal meine Schwiegermutter, die formidable Inga Krogh, vor, wie sie auf der dunkelgrünen Auslegware kniete und versuchte, winzige Staubpartikel aus den Schnitzereien herauszuzwingen, als handele es sich dabei um eine ehrenvolle Tradition bei den Frauen der Familie Krogh, eine Tradition, die wir stolz von Generation zu Generation weitergaben.

Erling empfand keinerlei Verantwortung dafür, dass sein Haus sauber und der Kühlschrank voll war oder dass die Kinder satt und ausgeruht waren und saubere Kleidung trugen. Wenn er von der Arbeit nach Hause kam, setzte er sich in seinen Sessel. Bat ich ihn einmal darum, den Tisch zu decken oder die Geschirrspülmaschine auszuräumen, benahm er sich, als erwiese er mir einen Dienst.

Doch wo ist das Problem? In den größten Häusern in Montebello waren fast alle Frauen zu Hause, und wir waren uns einig darin, dass das einer Berufstätigkeit vorzuziehen war. »Was für ein Glück, das Aufwachsen seiner Kinder aus nächster Nähe verfolgen zu können! Wer will da schon mit seinem Mann tauschen«, sagten wir nicht selten zueinander. Ich dachte an meine kläglichen Monate als Klassenlehrerin. Es bedeutet Sicherheit für die Kinder, wenn die Mutter zu Hause ist. Auch für die Mutter bedeutet es Sicherheit. Es ist ein Privileg, Geld zu haben.

Die einzige häusliche Aufgabe, die Erling übernahm, war die Kontrolle der Familienfinanzen. Die nahm er dafür äußerst ernst. Er erstellte ein monatliches Haushaltsbudget, bewilligte Geld und führte Buch. Auf mich wirkte diese Regelung altmodisch. Meinen Nachbarinnen standen großzügig bemessene Konten zur Verfügung, über die sie nach Belieben verfügen konnten, aber bei uns gehörte Sparsamkeit zu den ehrenvollsten Tugenden. Erling verachtete Verschwendung. Ausgaben, die über das ganz Alltägliche hinausgingen, mussten daher mit ihm besprochen werden. Auf den Lohnzetteln stand sein Name, also war es an ihm, zu genehmigen oder auch nicht.

»Zweihundert Kronen pro Karte«, sagte er beispielsweise, wenn ich vorschlug, mit den Kindern ins Theater zu gehen. »Dazu Süßigkeiten in der Pause, Gebühr für die Garderobe sowie das Parken in der Stadt, und, ja, du brauchst ja auch eine Karte. Das beläuft sich schnell auf einen Tausender für einen einzigen Nachmittag. Ich weiß nicht, Evy, ist es das wert?«

Wenn ich die Kraft dazu aufbrachte, argumentierte ich: Ihre Freunde gehen hin, das ist Kultur, es trägt zur Allgemeinbildung bei. Daraufhin konterte er etwa mit der Skiausrüstung, die wir angeschafft hatten, die habe einen großen Teil des Postens Extrakosten im Monatsbudget verschlungen; wäre es nicht ebenso gut, das Buch zu kaufen, wie die Vorstellung zu besuchen?

»Das Leben kostet Geld«, sagte er gern und zählte dann die Ausgaben auf, in die ich wenig Einblick hatte: Strom, Tilgungsraten für die Kredite für Hütte und Auto, Versicherungen. »Und du weißt, wir haben nur ein Einkommen.«

Wenn ich eine Ausgabe wirklich für wichtig hielt, konnte ich sie in der Regel durchsetzen, aber die Diskussionen kosteten Kraft. Immer öfter brachte ich es nicht über mich, den Kampf aufzunehmen. Wenn er anfing, die Ausgaben zusammenzurechnen, und dabei diesen Gesichtsausdruck bekam, der Mund enttäuscht, die Stirn gerunzelt, die Augen schräg, gab ich gewöhnlich nach. Zugleich brannte die Demütigung im Magen: Ich war eine erwachsene Frau, die um Erlaubnis bitten musste, mit den Kindern ins Theater zu gehen.

Ich war nicht unglücklich. Es war nun einmal so, wie es war, und vielen ging es viel schlechter. Aber ich war erschöpft. Egal, wie viel ich arbeitete, ich wurde nie mit der Arbeit fertig.

Mein Vater starb an einem ganz gewöhnlichen Dienstag. Er war gesund und rüstig, noch keine siebzig, und eines Nachmittags, als er mit meiner Mutter im Supermarkt war, brach er über der Tiefkühltruhe zusammen. Dieser Verlust war so sinnlos, kam so plötzlich. Es war mir nicht in den Sinn gekommen, dass es jetzt passieren könnte. Ich hätte ihm alles Mögliche sagen sollen, von dem ich wollte, dass er es weiß, solange ich noch die Gelegenheit dazu hatte, hätte ihn um Rat bitten sollen, wie das Leben gelebt werden sollte. Aber ich hatte es nicht getan, und jetzt war es zu spät. Ich war dreißig und fühlte mich verloren, verwaist.

Synne sagte: »Komm doch mit ins Hochgebirgshotel!« Über die Arbeit konnte sie einen guten Preis bekommen. Wir könnten Freitag losfahren und bis Sonntag bleiben. Gut essen, tanzen, das Traurige vergessen. Erling sagte: »Wir können nicht einfach mit Geld um uns werfen.« Er redete von Konjunktur und Zinssätzen, beschrieb die Herausforderungen, denen sich die norwegische Wirtschaft gegenübersah. Für wen ich mich eigentlich halte, dass ich ankomme und von Tanzfläche und Frühstücksbüfett fasele? Ob ich denn nicht begreife, was es bedeute, der Alleinversorger der Familie zu sein, welche Verantwortung auf ihm laste?

Ja, ich begriff. Seine Argumente waren mir nur allzu vertraut. Ich rief Synne an und lehnte ab.

Unmittelbar darauf begann die erste von drei Runden mit Magen-Darm-Infekt. Ich wischte Erbrochenes auf und tröstete, zuerst bei Bård, dann bei Hanne. Ich klaubte halb verdaute Spaghettireste vom Korridorteppich im ersten Stock, bis ich mich selbst übergeben musste. Ich stand nachts für kranke Kinder auf, während es mir selbst schlecht ging, versuchte Zuwendung zu geben, während ich mich über der Toilette krümmte. Erling schlief auf einer Matratze im Arbeitszimmer, damit er sich nicht ansteckte.

Ich glaube nicht, dass er irgendetwas an dieser Regelung für gefühllos oder grausam hielt. Ich glaube auch nicht, dass irgendjemand in unserem Umfeld dieser Ansicht war, und ich bin mir ziemlich sicher, dass noch nicht einmal ich selbst es so sah. Ich gehe davon aus, dass wir, er und ich, einfach dachten, es müsse nun einmal so sein. Der Zweck unserer Ehe war es, Erling in die Lage zu versetzen, jeden Tag arbeiten zu gehen, damit Geld hereinkam und die Familie Bestand hatte. Unsere Arbeitsteilung war vernünftig. Vermutlich wäre Erling aufrichtig erstaunt gewesen, wenn jemand etwas anderes behauptet hätte.

Als mein Vater starb, erbte ich ein wenig Geld. Wie es sich gehört, zahlte ich den Autokredit ab und trug zu den Ausgaben der Familie bei, aber ich behielt etwas für mich selbst. Von einer Messe vor einigen Jahren hatte ich eine Broschüre über Französischunterricht in Paris mitgebracht, die ich nun aus der Schublade holte. *Apprendre le français à Paris!* stand in lustigen bunten Buchstaben darauf. Ein Bild gab es auch, von jungen Leuten, die auf einer Rasenfläche saßen und sich miteinander unterhielten. Sie sahen so fröhlich aus, so frei. Sie sprachen sicher Französisch, leicht und ungezwungen, redeten darüber, was sie heute unternehmen wollten, wo sie essen wollten, *soup à l'oignon*, vielleicht vorher einen kleinen *apéritif*. Und ich wollte dort mit ihnen sitzen.

Flug, Unterkunft und Französischkurs, dazu das Geld für den Aufenthalt. Das Erbe von meinem Vater würde es decken. Ich hatte Geld, konnte die Entscheidung selbst treffen.

»Ich wollte schon immer Französisch lernen«, sagte ich zu Erling.

Ich hatte mir den Kopf darüber zerbrochen, wie ich auf das

Thema zu sprechen kommen sollte. Schließlich hatte ich beschlossen, es beiläufig zu erwähnen, wenn wir einmal nett beisammensaßen. Ich entschied mich für einen Freitagabend, drei Wochen vor Kursbeginn. Wir saßen jeder mit einem Glas Wein vor dem Fernseher, die Comedyserie, die auf NRK lief, war ziemlich unterhaltsam, und Erling hatte gute Laune.

»Hm«, sagte er, ohne die Augen vom Fernseher abzuwenden.

»Ja«, fuhr ich fort. »Ich glaube, ich würde es hinbekommen. Ich habe ein gutes Sprachgefühl, weißt du, das hat mein Englischlehrer am Gymnasium gesagt.«

»Ja, dann musst du einfach mit dem Lernen anfangen.«

Er nahm einen Schluck aus seinem Glas. Ich betrachtete ihn eingehend, allerdings aus den Augenwinkeln, damit er es nicht sah.

»Es gibt eine Schule in Paris. So einen Konversationskurs, in dem man die Grundlagen lernt. Vor einiger Zeit ist mir eine Broschüre in die Hände gefallen, und in der steht, dass man innerhalb von drei Wochen ein *akzeptables Konversationsniveau* erreichen kann, wenn man genug Vorkenntnisse hat.«

Er schaute mich verwirrt an, als versuche er, sich darüber klar zu werden, ob diese scheinbar irrelevanten Informationsbrocken, die ich ihm servierte, einen Sinn ergaben.

»Gar nicht davon zu reden, dass man ja in Paris lebt«, plapperte ich schnell und munter weiter. »Das wollte ich immer schon mal. Du weißt, die Stadt der Lichter.«

Mein Lächeln war zu breit, das merkte ich, konnte es aber nicht ändern. Mir war so an seinem Einverständnis gelegen.

»Willst du damit sagen, dass du nach Frankreich reisen willst?«, fragte er verblüfft.

»Ja«, antwortete ich und beeilte mich hinzuzufügen: »Nur für ein paar Wochen. Drei, oder lieber vier.«

»Allein?«

»Ja.«

Einen Augenblick starrte er mich mit einem Blick an, als wäre ich verrückt, und dann brach er in Gelächter aus. Es war eigentlich kein höhnisches Lachen. Er wirkte eher aufrichtig amüsiert, als wäre mein Ansinnen ein Witz, den ich mir ausgedacht hatte, um ihn zum Lachen zu bringen.

»Du willst allein nach Paris«, sagte er immer noch lachend. »Du bist doch noch nie allein irgendwo gewesen. Du kannst ja kaum Karten lesen; wenn wir mit dem Auto in Dänemark Urlaub machen, finden wir ja immer nur mit Mühe den Weg.«

Er lachte mir offen ins Gesicht, als lüde er mich zum Mitlachen ein: Ja, du hast recht, was für ein lächerlicher Gedanke, dass ich dazu in der Lage wäre. Das brachte das Fass zum Überlaufen, dachte ich im Nachhinein, dass sein Lachen so einladend war. Hätte er mich verspottet oder mir aktiv Widerstand geleistet, wäre ich vielleicht eingeknickt. Aber er fand das Ganze so komisch, dass ihm nicht einmal in den Sinn kam, dass ich es ernst meinen könnte.

Und ich dachte: Ich bin schließlich erwachsen. Ich habe eine Ausbildung. Zwar habe ich nicht sonderlich viel mit ihr angefangen, aber ich *habe* sie, und ich hatte gute Noten, *das* hatte ich doch geschafft. Ich habe Geld auf der Bank und Verstand im Kopf, ich kann für mich selbst sorgen. Immerhin organisiere ich diesen Haushalt, erhalte uns alle am Leben, ohne andere Unterstützung als das Geld, das ich aus ihm herauswringe. Glaubt er etwa, ich käme nicht zurecht? Glaubt er etwa, ich würde mit eingezogenem Schwanz nach Hause gekrochen kommen?

»Es handelt sich um einen dreiwöchigen Kurs«, sagte ich, jetzt mit etwas härterer Stimme. »Eine Wohnung kann man über die Schule mieten.«

Das Lachen erstarb auf Erlings Gesicht, und er betrachtete mich mit gerunzelter Stirn. Dabei hatte er das Lächeln eines Mannes aufgesetzt, der mit einer vollkommen absurden Idee konfrontiert wurde. Und dann, langsam, sodass ich sehen konnte, wie es passierte, schlich sich ein Element von Hohn in dieses Lächeln.

»Ach«, sagte er. »Und wo sollen wir deiner Meinung nach das Geld dafür herbekommen? Drei Wochen Kurs, Hin- und Rückflug und eine Wohnung in Paris? Wir haben bloß ein Einkommen, weißt du.«

Als wäre ich sein Besitz. Der Abdruck von den tausend Diskussionen um Geld saß in meinem Körper, und jetzt spürte ich eine prickelnde Schadenfreude unter der Haut: Er glaubte, ich würde von seiner Gnade leben, doch er hatte keine Ahnung.

»Mach dir darüber keine Gedanken«, sagte ich, wobei ich mich so leicht, fast schwerelos fühlte. »Ich habe Geld, ich bezahle alles selbst. Ich denke, ich werde in vierzehn Tagen abreisen.«

Ich glaube, er rechnete nicht damit, dass ich es durchziehen würde. Ich glaube, er konnte sich einfach nicht vorstellen, dass ich es hinbekommen würde. In den nächsten Tagen sprachen wir nicht darüber, und möglicherweise dachte er, ich hätte geprahlt, ich hätte es gesagt, um ihm Angst zu machen.

Den Kindern erzählte ich es erst einen Tag vor meiner Abreise. Ich weiß nicht, ich hielt es wohl für das Beste. Sie fingen beide an zu weinen.

»Das wird prima«, sagte ich tröstend. »Papa ist ja da.«

Unser Französischlehrer hieß Laurent. Er hatte verwuschelte dunkelbraune Haare, trug eine randlose Brille und redete ungezwungen, sagte Du und nicht Sie, redete uns mit dem Vornamen an. Er war in meinem Alter. Aus dem, was er uns in informativen Sätzen, die mit Blick auf den maximalen Lerngewinn formuliert waren – *je m'appelle Laurent, j'habite dans un appartement vers Porte de Lilas* –, über sich erzählte, schloss ich, dass er keine Kinder hatte. Wahrscheinlich lebte er allein, obwohl sich ihm bestimmt genug Gelegenheiten boten, diesen Zustand zu ändern. Etwas an seinem leicht schluderigen Stil führte vermutlich dazu, dass Frauen sich seiner annehmen wollten. Ich bemerkte das bei einigen in der Klasse und war selbst auch nicht gänzlich unempfänglich.

Manchmal sah ich ihn in der Metro, in der frühen Morgenlinie von Châtelet nach Saint-Placide. Die ersten Male blieb ich einfach stehen und betrachtete ihn. Er saß über ein Buch gebeugt da, so von seiner Lektüre in Anspruch genommen, dass er nichts von dem, was um ihn herum geschah, mitbekam. Als ich ihn zum dritten Mal traf, fürchtete ich, er würde das Aussteigen vergessen, denn die Metro rollte am Bahnsteig der Haltestelle Saint-Placide ein, und er saß wie in Trance da, machte keine Anstalten aufzustehen.

»*Bonjour*«, sagte ich und ging zu ihm hinüber.

Er schaute verwirrt auf, und dann lächelte er mich hinter seiner randlosen Brille an.

»*Bonjour*, Evy.«

Aus seinem Mund klang mein Name anders. Als wäre das die richtige Aussprache, mit Betonung auf dem y. Als hätten alle anderen ihn falsch ausgesprochen.

Eines Nachmittags traf ich ihn zufällig auf der Straße, direkt vor der Schule. Er sagte Hallo und küsste mich auf beide Wangen, woraufhin ich dachte: Betrachtet er mich als Freundin?

»Hast du was vor?«, fragte er.

»Nach Hause gehen und Essen kochen«, sagte ich.

»Wollen wir etwas trinken gehen?«

Wir setzten uns in ein Café nicht weit von der Schule. Er klagte über ein Problem in seiner Wohnung, eine Undichtigkeit, *mais bon*, er hatte sie gerade reparieren lassen, obwohl es teuer geworden war. Ich nickte. War so erfreut darüber, hier zu sitzen, in einem Café in Paris, im Gespräch mit einem gut aussehenden jungen Franzosen. Vor etwas mehr als einem Monat hatte ich kniend halb verdaute Spaghettireste vom Boden geklaubt, und sieh mich nun an. Ich stellte mir eine frühere Version meiner selbst draußen vor dem Fenster vor: Sie schaute hinein und traute ihren Augen nicht.

Als unsere Drinks serviert wurden, liefen ein paar andere Schüler aus dem Kurs vorbei. Sie erblickten Laurent, winkten und lächelten, und kurz darauf schneiten sie ins Café. Erst als sie an unserem Tisch waren, bemerkten sie mich. Einer von ihnen, ein junger Amerikaner namens Tim, lächelte ein wenig fragend, als wäre er sich nicht sicher, ob wir vielleicht ein Rendezvous hatten.

»Setzt euch«, sagte Laurent. »*Venez.*«

Rob und Tim waren seit ihrer Kindheit befreundet, sie besuchten den Kurs schon seit mehreren Wochen. Sie hatten einen

Freund dabei, der Eric hieß und aus Wisconsin zu Besuch gekommen war. Rob war der Lauteste von ihnen. Tim mochte ich lieber, er konnte arrogant sein, hatte zugleich aber etwas Nettes an sich. Eric redete am meisten. Er erzählte, dass er durch Europa reise, er wolle weiter nach Spanien, sich einen Stierkampf ansehen und wie Hemingway leben. Laurent nickte auf eine höfliche, sehr französische Art. Nach zwanzig Minuten entschuldigte er sich, sagte, er müsse weiter. Er küsste mich auf beide Wangen, gab den jungen Männern die Hand und hatte das Café verlassen, bevor ich richtig registriert hatte, dass er gegangen war.

Die Amerikaner wollten woandershin und fragten, ob ich mitkommen wolle. Alle drei blickten mich an, mit jungen offenen Gesichtern. Tim war ziemlich attraktiv, Eric auch, aber es wurde langsam spät. Die frühere Version meiner selbst, die auf der Straße stand, die Frau, die hineinschaute und mich hier in Paris von einem Freundesgrüppchen zum nächsten wechseln sah, war beeindruckt, sah aber auch auf die Uhr. Sollte ich mich nicht langsam auf den Heimweg machen? Wer konnte schon sagen, wie es wäre, nachts an den Männern im Bar-Tabac vorbeizumüssen? Außerdem musste ich morgen früh die Kinder anrufen.

Aber dann sah ich Edvard vor mir, wie er im Røaveien an meine Zimmertür klopfte und mich zum Mitkommen einlud. War der Zweck von alledem hier, dieser Stadt, der Schule, der Rue de Paris, nicht genau der, keine anderen Pläne zu haben, wenn jemand anklopfte?

In der ersten Bar war es ziemlich ruhig. Allmählich fand ich Eric unterhaltsamer. Die Amerikaner waren jünger als ich, sie versuchten, weltgewandt zu erscheinen, machten aber offensichtlich bei fast allem, was sie sahen, große Augen vor Bewunderung. Es nahm mich für sie ein, dass sie jung und stark waren und dass sie sich nach vorn lehnten, wenn ich redete, mich mit ihren Blicken festhielten. Erics Augen hingen an mir, was mich unruhig machte und zugleich irgendwie ansportnte.

Die zweite Bar war als Diskothek zu betrachten. Ich tanzte mit Eric. Er legte seine Arme um mich. Obwohl er jung und unbeholfen war, führte er gut. Es war lange her, dass ich so getanzt hatte, mit einem starken Männerarm um die Taille.

Ich habe ein Bild im Kopf, dass wir tanzen, dass ich lächle, ausgelassen fröhlich bin, während sich direkt über meinem Kopf eine Diskokugel dreht. Ich kann mir nicht hundertprozentig sicher sein, dass es genau so war, aber so sehe ich es vor mir: ein ekstatischer Tanz und danach nichts.

Als ich aufwachte, lag ich in einem Bett in einem Schlafzimmer, halb unter einer Decke. Neben mir schlief Eric. Zwischen den Gardinen war ein Spalt, das Licht zeichnete einen Streifen auf die Decke und weiter die Wand hinter uns hinauf. Ich setzte mich auf.

Mein Kopf war schwer, mein Mund trocken und pelzig, ich musste vor allem etwas trinken. Ich schaute mich um. Betrachtete den schlafenden jungen Mann neben mir. Sein Mund stand offen, ein feiner Speichelfaden war in seinem Mundwinkel angetrocknet, und ich dachte: Könnten wir …? Wir haben doch wohl nicht …?

Zumindest war ich angezogen. Jedenfalls halb – die Strumpfhose war weg, und ich konnte sie auf dem Boden nirgends entdecken, aber mein Slip war da, wo er hingehörte. Der Rock knubbelte sich um meine Taille, aber ich hatte ihn immerhin an. Eric trug Pullover und Unterhose. Zumindest waren wir nicht nackt.

Trotzdem tat mir der Bauch weh. Das konnte doch wohl nicht passiert sein, was hatte ich mir nur gedacht?

Ich stand auf, wankte durchs Zimmer. Mein Körper fühlte sich komisch an. Als würde ich ihn nicht ganz wiedererkennen. Waren das meine Hände? Waren das meine Füße? Ich suchte meine Strumpfhose, durchwühlte auf allen vieren die Unordnung auf dem Boden – zusammengeknüllte Hosen, dreckige einzelne Socken, ein Rucksack, ein Fußball, Französischbücher –, aber sie war unauffindbar. Ich ging ins Wohnzimmer. Die Tür zum Schlafzimmer war jedenfalls nicht geschlossen. Das musste doch wohl bedeuten, dass alles in Ordnung war? Wenn etwas passiert wäre, hätten wir sie doch sicher nicht offen stehen lassen?

Tim schlief auf der Wohnzimmercouch. Rob sah ich nicht. Ich schaute mich in ihrer unordentlichen, schmutzigen Wohnung um. Dachte: Ich habe keinerlei Erinnerung. Wie bin ich hierhergekommen? Haben wir die Metro genommen oder ein Taxi? Habe ich die Wohnung durch die Tür dort drüben betreten? Das Letzte, woran ich mich erinnerte, war die Diskokugel.

In der Diele fand ich meine Stiefeletten, meinen Mantel und meine Tasche. Meine Hände waren eiskalt, als ich die Tasche öffnete, aber es war alles da, mein Metroticket lag darin ebenso wie die hundert Franc, die ich am Tag vorher abgehoben hatte. Auf der Couch bewegte sich Tim, und ich konnte ihn stöhnen hören, woraufhin eine Säule der Panik aus meinem Magen aufstieg, um nichts in der Welt wollte ich ihm jetzt begegnen. Ich steckte meine nackten Füße in die Stiefeletten, zog den Mantel um mich, warf die Tasche über den Arm und schloss die Wohnungstür leise hinter mir. Dann eilte ich die Treppen hinunter und hinaus in die Februarkälte, ließ die Haustür zuknallen und lief, so schnell ich konnte, die Straße entlang. Erst als ich mehrere Blocks entfernt war, blieb ich stehen, um mich zu orientieren.

Es gelang mir nie, dieses Nicht-Geschehen in Worte zu fassen. Ich weiß immer noch nicht, worum es sich dabei handelte und wie man davon erzählen könnte. Ich kann es noch nicht einmal mir selbst gegenüber zur Sprache bringen. Daher habe ich es nie über mich gebracht, Erling etwas davon zu sagen, und auch Synne nicht.

Denn man gerät doch wohl nicht gänzlich unverschuldet in so eine Situation. Etwas muss ich falsch gemacht haben. Aber ich bin mir unsicher, was genau. Worin bestand mein eigentlicher Fehltritt? Dass ich Laurents Einladung, etwas trinken zu gehen, angenommen habe? Dass ich nicht aufstand und ging, als er sich verabschiedete? Hätte ich mit ihm gehen sollen? Oder warten, bis er draußen war, und dann gehen? War es falsch, dass ich mich nicht vor dem Café von den jungen Amerikanern verabschiedete, sondern mich mit ihnen ins Taxi setzte, mit ihnen weiterzog? Vielleicht war alles völlig okay, bis ich zustimmte, mit ihnen in diesen Club zu gehen. Bestand mein Fehltritt darin, dass ich trank, oder darin, dass ich tanzte?

Und wollte ich nicht selbst flirten? Hielt ich Erics Blick nicht besonders lange, deutete ich nicht an, dass etwas passieren könnte? Aber wollte ich mit in ihre Wohnung gehen? Kann ich wissen, dass ich Ja gesagt habe oder dass ich überhaupt gefragt worden bin? Andererseits: Kann ich sicher sein, dass es nicht mein Vorschlag war?

Was soll ich über die jungen Amerikaner denken, welche Rolle spielten sie bei dem Geschehen? Nutzten sie eine Frau aus, die zu viel getrunken hatte, oder nahmen sie mich mit, weil ich zu betrunken war, um allein nach Hause zu kommen? Wenn etwas passiert ist, lässt es sich auf viele Arten deuten. Version eins: einvernehmlicher Sex. Version zwei: eine betrunkene Frau und ein Mann, der auf die Situation reagiert. Version drei: dass er (oder alle drei? Besteht diese Möglichkeit? Ich ertrage es kaum, es mir vorzustellen) einen Plan hatte, bereits im Café. Kann mir jemand etwas ins Glas geschüttet haben, und wenn ja: wer? Die jungen Amerikaner oder jemand anderes? Haben sie sich an mir vergangen oder haben sie mich gerettet?

Und ich weiß nicht, ob überhaupt etwas passiert ist. Es gibt Anzeichen, die dafür sprechen: ein Gefühl im Unterleib an jenem Tag, eine Art Wundsein. Das Gefühl, meinen Körper nicht wiederzuerkennen. Und ich lag ja halb nackt neben ihm im Bett. Andere Zeichen sprechen für etwas anderes: Ich hatte schließlich meine Unterwäsche an, die Tür zum Wohnzimmer stand offen. Was wiegt schwerer? Ich weiß es nicht.

Menschen reden über Dinge, die ihnen passiert sind, darüber, was ihr schlimmstes oder schönstes Erlebnis war, aber immer handelt es sich um Dinge, die tatsächlich *passiert* sind. Und das Allerschlimmste an dieser Nacht in Paris ist, dass ich das nicht weiß.

Da ist noch etwas anderes. Nachdem ich, unmittelbar nach diesem Vorfall, nach Hause zurückgekehrt war, stellte ich fest, dass ich schwanger war. An dem Tag, als ich den Test machte, hörte ich das Ticken der Großvateruhr bis hinauf ins Badezimmer im ersten Stock, hörte ihren Rhythmus, während ich dasaß und zu mir selbst sagte: Nein. Nein, nein, *nein*.

Ein weiteres Kind war kein Problem für uns, das war nicht der Punkt. Erling und ich hatten darüber gesprochen, auch wenn es schon eine Weile her war. Und selbst wenn in dieser Wohnung in Paris etwas passiert sein sollte, war es trotzdem sehr unwahrscheinlich, dass es zu so etwas geführt hatte. In den Wochen nach meiner Heimkehr konnte Erling seine Finger nicht von mir lassen. Es war viel wahrscheinlicher, dass er der Vater war.

Auch rein mathematisch betrachtet: Wenn man die Tage zählte, wurde Silje vermutlich gegen Ende meiner ersten Woche zu Hause empfangen.

Aber ausschließen konnte ich es nicht. Technisch gesehen bestand die Möglichkeit. Mir graute vor der Geburt. Ich stellte mir vor, das Kind wäre eine Kopie von Eric, eine winzige Version des Jungen, der wie Hemingway leben wollte. In den ersten Tagen, die ich allein mit Silje im Krankenhaus verbrachte, beugte ich mich andauernd über ihr Bettchen und fahndete in ihrem Gesicht nach Spuren von anderen. Aber Silje war stark und wütend, ihr Gesichtchen war ihr eigenes. Ich dachte: Ich werde abwarten und beobachten. Es wird sich schon herausstellen.

Später kam es vor, dass ich sie ansah und dachte: Wo hat sie genau *das* her? Eine markante Denkerfalte, einen Hang, sich so in Dingen zu verlieren, dass sie Zeit und Raum vergaß, eine immense Wut, die plötzlich in ihr aufwallen konnte und die ich nicht kannte, weder von Erling noch von mir selbst. Doch dann redete sie manchmal mit Erlings Kompromisslosigkeit oder setzte eine Miene auf, die der ihres Vaters so zum Verwechseln glich, dass ich dachte: Wie konnte ich jemals zweifeln?

Es gab lange, im Laufe der Jahre immer länger werdende Phasen, in denen ich diese Nacht in Paris weggelegt, in denen ich sie zusammengefaltet und in einer Schublade verstaut habe, die ich schloss und nicht wieder öffnete. Aber es lässt sich nicht wegdiskutieren, dass Silje, die sich hinsichtlich ihrer Einstellung zum Leben so sehr von ihren Geschwistern unterscheidet, dasjenige unserer Kinder ist, das Erling am meisten liebte.

»Ich habe dich nicht genug wertgeschätzt«, sagte Erling an dem Abend, als ich nach Hause kam.

Ich hatte die Heimreise vorgezogen, verließ Paris eine Woche früher als geplant. Hanne klammerte sich von meiner Ankunft zu Hause bis zum Einschlafen an meinen Körper, weigerte sich loszulassen. Bård war reservierter, er hielt Distanz, taute erst auf, als ich die Geschenke hervorholte.

Nachdem die Kinder ins Bett gegangen waren, saßen Erling und ich im Wohnzimmer auf dem Sofa, jeder von uns hatte ein Weinglas vor sich, wir wollten reden. Erling drehte seinen Ehering, schaute beim Reden auf seine Hände, er sei vielleicht nicht der beste Ehemann gewesen, aber er würde sich bessern, alles sollte nun besser werden.

»Du tust so viel für uns, Evy«, sagte er. »Die Kinder lieben dich mehr als alles andere, beide, und ich ...«

Er warf mir einen raschen Blick zu und sagte mit dünner Stimme: »Ja, ich auch.«

Dann sah er wieder auf seine Hände hinunter. Drehte und drehte den dünnen Goldring, der seit dem Tag unserer Hochzeit an seinem Finger saß.

»Aber Evy ... Du darfst uns nie wieder auf diese Weise verlassen. Verstehst du? Das darfst du einfach nicht mehr machen.«

Der Tonfall, die Stimme, die gegeneinandergepressten Hände, sie hätten mir offenbaren sollen, was ihm das Ganze abverlangt hatte. Aber ich war zu weit entfernt. Ein Teil von mir war in dieser unordentlichen Wohnung in Paris geblieben, und es fühlte sich an, als betrachtete ich die Welt durch eine Fensterscheibe.

Ich war einfach so unendlich erschöpft. Draußen war es dunkel, aber das Licht auf der Veranda leuchtete, und hier drinnen war es warm. Und ich war entkommen. Das dachte ich: Ich war wieder zu Hause, und jetzt würde alles gut werden.

FÜNFZEHN TAGE DANACH

Edvard parkt vor dem Holzschild, auf dem in Erlings akkurater Pinselführung und weißen Buchstaben KROGH steht. Während der Fahrt habe ich Edvard von meinem Gespräch mit Ørjan erzählt. Wir haben darüber diskutiert, was es zu bedeuten hatte, und auch die Frage gestreift, warum Erling mir nichts von Hannes Bitte um Geld gesagt hatte. Jetzt schweigen wir. Ernsthaftigkeit ist an die Stelle der Aufgeregtheit getreten, die ich gestern beim Mittagessen verspürt habe. Vom Parkplatz aus muss man einem kleinen Pfad folgen, über einen Hügel, zwischen zwei größeren Hütten hindurch, die Aussicht auf den Fjord haben. Heute ist es bedeckt, die Luft ist schwer und drückend.

»Hier«, sage ich, als wir aus dem Wäldchen auf die Lichtung kommen, auf der die Hütte steht.

Sie ist klein und rot, hat weder Strom noch fließendes Wasser. Um sie herum ist eine nicht sonderlich große Rasenfläche, hinter der wieder der Wald aufragt. Bis zum Bootsanleger hinunter sind es fünfhundert Meter, aber man kann den Fjord von hier aus nicht sehen, im besten Fall lässt er sich in Form eines kurzen Aufleuchtens zwischen den Kiefern erahnen, wenn die Sonne scheint und das Wasser zum Glitzern bringt. Wir bleiben nebeneinander stehen, schauen zu der kleinen, rot angestrichenen Hütte hinüber.

»Hübsch«, sagt Edvard.

»Sie könnte eine Modernisierung vertragen«, antworte ich.

Das ist meine Hauptwahrnehmung, wenn ich sie betrachte. Wir haben sie einundachtzig gekauft, schon damals war sie alt, und beinahe alle Reparaturen, die durchgeführt worden sind, hat Erling selbst erledigt. Es gibt keine Terrasse, keinen Anbau. Dafür Öllampen und einen Gasherd, und Wasser muss aus einem Brunnen geholt werden, der zehn Minuten Fußweg von hier entfernt ist, oder an der Tankstelle an der Straße gezapft und dann in schweren Kanistern über den Pfad geschleppt werden, der vom Parkplatz hierherführt. Allein das Kochen ist eine Strapaze.

Wir überqueren den Rasen, gehen zu der gemauerten Treppe vor der Eingangstür. Das Schloss ist ziemlich neu, denn Erling legte Wert darauf, abschließen zu können, und er hat den Besitz nicht vollständig verfallen lassen. Er vertrat die Ansicht, man müsse pfleglich mit seinem Eigentum umgehen. Aber die Hütte ist kein Luxus. Für jemanden wie Edvard, der das gute Leben schätzt, muss sie kümmerlich aussehen.

»Der Standard ist einfach«, sage ich beim Aufschließen und höre selbst, dass es wie eine Warnung klingt.

Ich stemme die Schulter gegen die Tür, schiebe sie auf.

»Gemütlich«, sagt Edvard diplomatisch, als wir im Wohnraum stehen, und setzt hinzu: »Sehr typisch für Erling.«

Letzteres ist unbestreitbar wahr. Es fühlt sich seltsam an, unter diesen Umständen hierherzukommen, an einem Frühlingstag, unmittelbar vor der Saison. Ich schaue mich um. Das uralte Sofa, das wir von meinen Eltern geerbt haben, die geklöppelten Gardinen meiner Großmutter, die kleinen, niedrigen Fenster. Der unebene Holzboden. Die winzige Küchenecke mit Gasherd und Tank, dazu ein Bottich für den Abwasch, darüber eine Öllampe für die Arbeit am Abend, und dann die Türen zu den beiden Schlafzimmern, in denen selbst geschreinerte Etagenbetten stehen. Als wir die Hütte kauften, fand ich sie idyllisch. Jetzt kommt sie mir heruntergekommen und kläglich vor. Ich frage mich, was sich mehr verändert hat, die Hütte oder ich.

»Was ist das für ein Geruch?«, fragt Edvard.

Es riecht stark und unangenehm, ich schnuppere. Als hätte jemand hier drin seine Notdurft verrichtet.

»Ich weiß nicht. Vielleicht eine Ratte, die in der Wand verendet ist.«

»Riecht das so?«

Ich sehe ihn an, seine Augenbrauen sind nach oben gezogen, seine Stirn ist gerunzelt.

»Wir hatten schon mal Probleme mit Nagetieren«, sage ich.

Die Betten in den Schlafzimmern sind ordentlich gemacht, wie wir sie verlassen haben, als wir die Hütte letzten Sommer abschlossen, Erling und ich. Jetzt gehört die Hütte mir allein, ebenso wie die beiden Nachbargrundstücke, die sich bis hinunter zum Wasser erstrecken. Was soll ich mit all dem Land? Die Hütte wurde nie zu dem Ort, den ich mir erhofft hatte, als wir sie kauften, ich habe mich hier nie wohlgefühlt. Die Sommer waren lang. Anstrengend und tödlich langweilig zugleich.

Im Wohnraum steht Edvard und blättert im Hüttenbuch, das auf dem Wohnzimmertisch liegt.

»Seit letztem Jahr war niemand hier?«

»Es ist eine Sommerhütte. Sie ist nicht isoliert. Die Saison beginnt Ende Mai und dauert bis Ende August.«

Er blättert langsam. Mein Kopf ist schwer, ich fühle mich schläfrig. Letzte Nacht habe ich nicht gut geschlafen, aber es ist mir gelungen, auf meine Schlaftablette zu verzichten. Der Grund war diese Fahrt mit Edvard. Ich wollte nicht lügen müssen, wenn er mich fragen sollte, ob ich Tabletten nehme. Die anderen haben mir wichtige Dinge verschwiegen, sie haben mich behandelt, als wäre ich unzuverlässig. Ich will nicht, dass er es ebenso macht. Dann bin ich lieber ein bisschen müde. Ich atme tief ein, fühle, wie meine Augenlider herabsinken. Ich kann auf dem Heimweg im Auto schlafen.

»Für tote Ratten riecht es ziemlich stark«, sagt Edvard.

»Ja«, sage ich teilnahmslos, wende mich ihm langsam zu. Sein Gesicht gleicht einer Maske, die Haut ist blass, die Augen sind weit aufgerissen.

Und er hat recht, der Geruch ist stark. Ich schnuppere wieder. Es ist schwer, ihn zu bestimmen, mein Kopf arbeitet so langsam. Ich schaffe es nicht, mich richtig zu konzentrieren. Edvard legt den Arm vor Mund und Nase, die Bewegung wirkt träge, obwohl er ängstlich aussieht, als wäre Eile geboten.

»Wir müssen raus, Evy«, sagt er, seine Stimme ist leise und eindringlich. »Komm!«

Ich will antworten, aber ich habe weiche Knie, und zugleich klirrt zerbrochenes Glas, denn Edvard hat sich einen der Messingkerzenhalter vom Wohnzimmertisch gegriffen und ihn durch die Scheibe geworfen. Er stakst unsicher zur Eingangstür, öffnet sie sperrangelweit und macht dann einige Schritte zurück, fasst mich hart am Arm und zieht mich mit sich nach draußen. Als mir gerade schwarz vor Augen wird, schlägt mir die Frühlingsluft ins Gesicht. Ich taumele die Treppe hinunter. Meine Knie geben nach, ich sinke auf dem Rasen zusammen und schnappe nach Luft, während Edvard sich nach vorn beugt und mit tiefen, panischen Zügen einatmet.

Der Feuerwehrmann, der mit uns redet, steht breitbeinig da. Er spricht mit einer so strengen, maskulinen Stimme, als wären wir ungebärdige Rekruten, denen er den Ernst der Lage einschärfen muss. Ja, erklärt er, es habe sich tatsächlich um ein Gasleck gehandelt, das Butangas aus dem Behälter unter der Arbeitsplatte sei mit der Zeit entwichen und habe die gesamte Hütte gefüllt. Im Prinzip sei ziemlich viel Gas nötig, um gesundheitliche Schäden zu verursachen, sodass man es selten mit schwerwiegenden Unfällen dieser Art zu tun habe.

»Die Hütte ist erstaunlich dicht«, sagt er und heftet seinen klaren graublauen Blick nacheinander auf Edvard und mich, als könnte man uns das in irgendeiner Weise vorwerfen.

Auf dem Rasen um uns herum wimmelt es von geschäftigen Einsatzkräften. Auch in der Hütte halten sich mehrere von ihnen auf, sie tragen Gasmasken. Vor einer Weile hat mich eine ernst dreinblickende Frau in den Dreißigern gebeten, mit ihr durchzugehen, was genau von unserer Ankunft bei der Hütte bis zu unserem Anruf bei der Feuerwehr passiert ist. Währenddessen stand Edvard mit einem Mann auf der anderen Seite der Lichtung; ich nahm an, man stellte ihm die gleichen Fragen. Ich bin immer noch müde, und mein Kopf schmerzt. Ein junger Mann mit rotem Overall und Warnweste hat mich vorhin untersucht, er gehörte zur Besatzung des Krankenwagens, glaube ich, aber ich weiß nicht, wo er jetzt ist. Die Öffentlichkeit hat die Hütte übernommen, sie zu ihrem Eigentum gemacht.

Zudem gebe es strenge Kontrollen für Gasbehälter, sagt der breitbeinige Feuerwehrmann. Besonders für solche wie den unseren, der ziemlich alt sei.

»Mein Mann hat die meisten Reparaturen selbst durchgeführt«, erkläre ich. »Vielleicht hat er einen Fehler gemacht. Wissen Sie, er war ziemlich gut in diesen praktischen Dingen, aber trotzdem …«

»Man muss sehr vorsichtig sein, wenn man Gasanlagen selbst instand hält«, sagt der Feuerwehrmann tadelnd. »Das hätte viel schlimmer ausgehen können. Sie haben Glück gehabt.«

Edvard und ich nicken ernst. Der Feuerwehrmann berichtet, dass das Leck dort entstanden sei, wo der Gasschlauch mit dem Behälter verbunden ist, aber das allein wäre nicht so gefährlich gewesen.

»Was mich in diesem Fall überrascht, ist, dass der Schlauch porös und kaputt ist«, sagt der Feuerwehrmann. »Er wirkt uralt.«

»Erling war ein Freund von Wiederverwertung«, sage ich mechanisch.

»Okay«, antwortet der Feuerwehrmann. »Aber diese Dinge werden ja recht streng kontrolliert. Wie ich schon sagte, so etwas kann richtig ins Auge gehen. Unfälle sind selten, weil man die Anlagen inspiziert. Und ich sehe, dass dieses System erst vor einem Jahr überprüft worden ist. Stimmt das?«

»Ich weiß nicht. Um solche Dinge hat sich mein Mann gekümmert.«

»Und Ihr Mann ist verstorben, richtig?« Er räuspert sich. »Es wäre gut, wenn Sie sich mit der Anlage vertraut machten. Wir empfehlen, dass alle im Haushalt sich mit dem System auskennen und wissen, wie es kontrolliert wird.«

Einen Moment frage ich mich, ob er bei sich zu Hause auch so ist. Ich stelle ihn mir vor einer Schar blauäugiger Kinder vor, denen er erläutert, wie man mit einem Sicherungskasten oder einer Wärmepumpe umgeht.

»Nun, hier steht, dass bei der Inspektion vor einem Jahr der Schlauch ausgetauscht, also ein ganz neuer eingebaut wurde. Und dieser Schlauch hier, der ist viel älter als ein Jahr. Ich weiß also nicht, was ich davon halten soll. Es gibt doch absolut keinen Grund, einen nagelneuen Schlauch durch einen alten, porösen zu ersetzen?«

»Ich weiß nicht«, flüstere ich. »Mir fällt keiner ein.«

Neben mir sagt Edvard: »Evy ist sicher erschöpft. Sie hat in der letzten Zeit viel durchgemacht. Was den Tod ihres Ehemanns betrifft, ist die Osloer Polizei involviert, nicht wahr, Evy? Ich glaube, es wäre sinnvoll, wenn sie auch über den Vorfall hier informiert würde. Ich kann Ihnen den Namen des verantwortlichen Ermittlers geben, wenn Sie wollen.«

Er dreht sich zu mir um, fasst meine Schultern.

»Evy«, sagt er freundlich. »Wenn du müde bist, kannst du dich gern schon mal in mein Auto setzen. Ich komme in ein paar Minuten nach. Wir müssen wohl noch kurz zum ärztlichen Bereitschaftsdienst in Tønsberg, und dann fahre ich dich nach Hause. In Ordnung?«

»Ja.«

Es ist so wohltuend, ihn alles regeln zu lassen. Mein Kopf ist schwer und ausgelaugt, und ich gehe langsam, ganz langsam den Pfad hinauf, zwischen den beiden großen Hütten hindurch, über den Hügel und zum Parkplatz. Dort schließe ich Edvards Auto auf und setze mich hinein. Ich bin beinahe eingeschlafen, als er kommt.

Die Heimfahrt von Tønsberg verläuft ruhig. Ich sage fast nichts, lehne den Kopf gegen das Fenster und verbringe den ganzen Weg im Halbschlaf. Manchmal werfe ich Edvard einen Blick zu. Er sitzt ruhig da, wirkt nachdenklich. Seine Stirn ist gerunzelt, sein Gesicht konzentriert. Ich erinnere mich daran, wie er während Hannes Rede bei der Beerdigung ausgesehen hat, als lauschte er einer Reihe von Prämissen, denen er skeptisch gegenüberstand, denen er aber folgte, um die Schlussfolgerung beurteilen zu können.

Als wir die Stadtgrenze erreichen, sage ich: »Jemand könnte den Schlauch des Gasbehälters ausgetauscht haben.«

Er lässt einige Sekunden verstreichen, ehe er antwortet: »Ja. Das ist möglich.«

»Wir sind die Einzigen, die einen Schlüssel für die Hütte haben. Ich und die Kinder.«

Er streckt die Hand aus, legt sie auf meinen Arm.

»Das alles tut mir so leid, Evy. So unheimlich leid.«

Wir fahren eine Weile schweigend, dann fragt er: »Wie geht es dir damit, jetzt nach Hause zu fahren? Meinst du, du bist sicher in deinem Haus?«

»Na ja«, erwidere ich. »Wo sollte ich sonst wohnen?«

Ein paar Sekunden ist es still, als ob er zögere, und dann sagt er: »Ich habe ein Gästezimmer. Ich will mich nicht aufdrängen. Aber wenn es dir sicherer erscheint, bist du mir jederzeit willkommen.«

Mir ist, als könnte ich das schwere Ticken der Großvateruhr im Wohnzimmer bis hierher hören, das Mahlen der Sekunden, diesen langsamen Rhythmus, der mich in seinen Bann zieht. Die schweren, dunklen Möbel meiner Schwiegereltern, all das Alte, Unfreundliche, was mich im Haus in Montebello erwartet. Aber was würden die Leute sagen?

Und dann ist da noch etwas. Eine kleine Unregelmäßigkeit, die ich nicht verstehe, surrt in meinem Hinterkopf.

»Ich sollte besser zu mir nach Hause fahren. Jetzt Angst davor zu haben, mich in meinem eigenen Haus aufzuhalten, wäre doch wohl keine gute Idee.«

Die Zahnbürste fühlt sich rau auf dem Zahnfleisch an. Die Schachtel im Schrank lockt mich, nur eine kleine Pille, etwas zum Schlafen, etwas, das mich ausknockt und den Adrenalinstoß stoppt, das Gefühl von Gefahr ausschaltet. Ich öffne die Schranktür, betrachte die Schachtel. *Evy Krogh, gegen Schlaflosigkeit und Unruhe.* Aber was wäre, wenn jemand käme? Ich habe die Sicherheitskette innen vor die Tür gelegt, doch die Verandatür könnte man mit einem Gartenstuhl einschlagen, das wäre ganz einfach. Wenigstens sollte ich nicht betäubt sein, wenn jemand einbricht, also lasse ich die Tablettenschachtel liegen.

Der Platz, an dem Erlings Tabletten gelegen haben, ist leer. Die Medikamente, die sein Herz schützen sollten. Warum hat er sie nicht genommen? An *jenem* Tag, als er auf dem Asphalt lag und der weiße Rand in seinem Auge sichtbar war. Kollabiert, aber noch am Leben. Ich male mir aus, wie ich seinen Helm abnehme und er mit den Augen blinzelt. Wie er sie öffnet, sterbend seinen Blick auf mich richtet. Und wie ich mit ihm rede, wie es mir gelingt, ihn mit meinen Fragen zu wecken, ihn zurück ins Leben zu ziehen. Hast du deine Medikamente genommen? Wann hast du Edvard Weimer zuletzt getroffen? Wem gehört das Haus, wem gehört die Hütte? Und – und das wage ich kaum zu denken – wen hattest du im Verdacht, dir schaden zu wollen?

Aber ich habe es nicht geschafft, und einige Minuten später ist er gestorben.

Ich bürste meine Haare mit langsamen Bewegungen. Dabei betrachte ich mein Gesicht im Spiegel. Ich war ja einmal hübsch. Oder etwa nicht? Nicht auf die Art, wie Synne es war, auch nicht wie Bridget. Aber süß. Was haben die Jahre mit meinem Gesicht gemacht? Die Haut hängt lockerer, die Augen sind etwas eingesunken, und ich habe wohl etwas zugenommen. Aber so schlecht sehe ich doch nicht aus? Es ist so lange her, dass ich etwas in der Art gedacht habe, mich zum Spiegel gedreht und mich gefragt habe: Was würde ein Mann sehen, wenn er mich anschaut?

Als ich die Bürste an ihren Platz lege, neben die Tablettenschachtel, denke ich an das, was sich in mir regte, als Edvard fragte, ob ich in seinem Gästezimmer schlafen wolle, an das, was in meinem Hinterkopf surrt, seit wir vor der Hütte auf dem Rasen standen: Er sagte zu dem Feuerwehrmann, er könne ihm den Namen des verantwortlichen Ermittlers bei der Osloer Polizei geben.

Aber woher weiß er den? Ich habe ihm nur erzählt, dass die Polizei da war. Gundersens Namen habe ich nicht erwähnt. Und den kleinen Zettel mit der Telefonnummer, den Gundersen mir gegeben hat, hatte ich bei den Treffen mit Edvard nicht dabei. Nein, der liegt auf Erlings Schreibtisch. Und soweit ich weiß, hat Edvard nie einen Fuß in Erlings Arbeitszimmer gesetzt.

VIER TAGE DAVOR

Ich bin davon wach geworden, dass er sich aus seinem Bett erhob. Zuerst dachte ich, er müsse auf die Toilette, aber etwas an seinen Bewegungen sagte mir, dass etwas nicht stimmte, sie waren abrupt, unruhig. Schlaftrunken setzte ich mich auf.

»Erling?«

Ich hörte seine Schritte draußen im Korridor. Kurz kam mir der Gedanke, wieder zurückzusinken, weiterzuschlafen, aber ich verwarf ihn. Dachte ich an die gelben Spülhandschuhe, das Tuch vor Erlings Gesicht? An die seltsamen Dinge, die er in der letzten Zeit getan hatte, oder an seine Unfälle? Ich stand auf und folgte ihm.

Auf der Treppe war niemand, doch ich hörte ihn unten und ging runter. Ich erahnte seine Gestalt im Korridor, aber es war dunkel, ich konnte ihn nicht richtig sehen. Nur seinen Umriss, ein hochgewachsener Mann im Dunkeln. Eine Stufe knarrte unter meinem Fuß, und der dunkle Schatten fuhr herum, stürzte auf mich zu. Mir entschlüpfte ein Schluchzer, als etwas meinen Arm streifte, mich zu Boden schubste.

War ich so unsicher auf den Beinen, dass ich von einem leichten Knuff umfiel, oder war ich fest gestoßen worden?

Vor mir sah ich Erlings Gesicht, zu einer Grimasse verzerrt, die ich nicht verstand: die Augen aufgerissen, der Kiefer hervortretend und die Haut wie das Fell einer Trommel darübergespannt. In den Händen hielt er den Schrubber, mit dem hatte er mich gestoßen. Er hielt ihn wie eine Waffe.

Dann veränderte sich sein Gesichtsausdruck. Das Verbissene, Verängstigte war plötzlich weggewischt, seine eigenen Züge kehrten zurück.

»Evy?«, fragte er.

»Was machst du da?«, flüsterte ich.

»Ich dachte, ich hätte jemanden gehört.«

Er wandte mir wieder den Rücken zu. Ich stand auf. Mit zögernden Schritten folgte ich ihm. Er schien mich vergessen zu haben, fokussierte seine ganze Aufmerksamkeit nach vorn.

Die Tür zum Arbeitszimmer war angelehnt. Er schlich in diese Richtung. Die Dunkelheit umfing ihn erneut, ich sah seine Konturen, den Schrubber, den er wie eine Waffe hielt. Er näherte sich der Tür. Schob sie vorsichtig auf.

Dann ging er hinein. Ich ebenfalls. Das Zimmer war leer. Erling blieb mitten im Raum stehen. Stand da in seinem Schlafanzug, auf den Schrubberstiel gestützt. Er drehte mir das Gesicht zu. Die grauen, bald weißen Haare. Die dunklen Augenbrauen. Er war sowohl vertraut als auch unvertraut, zugleich rührend und unheimlich. Mondschein fiel herein, malte einen Streifen auf die Tischplatte. Die nagelneue Tastatur, den geschlossenen Terminkalender.

»Hier drin ist jedenfalls keiner«, sagte er.

Seine Stimme war heiser, zittrig. Ich zitterte ebenfalls. Ich schaute ihn an. Mir fiel nichts ein, was ich hätte sagen können. Er sah sich im Raum um. Schaltete keine Lampe ein. Es war düster, aber die Augen gewöhnten sich schnell an die Dunkelheit.

»Evy«, sagte Erling.

Zögernd.

»Ja?«

»Hast du das Fenster hier drin aufgemacht?«

»Nein.«

Ich schaute zum Fenster. Es stand einen Spalt offen. Erling ging zu ihm hinüber, drückte gegen die Glasscheibe. Das Fenster schwang auf, es war nicht festgesetzt worden. Er sah mich an, ich sah ihn an, und so standen wir lange Sekunden, starrten einander an.

SIEBENUNDZWANZIG JAHRE DAVOR

Vernissage stand ganz oben auf dem Brief. Er war auf dickes, edles Papier gedruckt, und mein Name und meine Adresse prangten handgeschrieben auf dem Umschlag. Eine elegante Schrifttype lud mich zur Eröffnungsfeier von Bilals neuer Ausstellung *Imagine* ein, die in einigen Wochen in einer Galerie in Frogner stattfinden sollte. *Mit Begleitung* hieß es. Von der Wohnzimmertür aus sah ich Erling in verschlissenen Pantoffeln auf dem babyblauen Sofa sitzen. Ich dachte: Ihn frage ich nicht. Aber vielleicht hat Synne Lust.

Er hatte als Aushilfe auf Abruf in Siljes Kindergarten gearbeitet. Die Mütter redeten über ihn: »Habt ihr seine Kleidung gesehen – er sieht aus wie ein Gangster, und wer weiß, was er in dem Rucksack versteckt, den er immer dabeihat. Habt ihr gehört, wie er redet? Er klingt wie einer von denen, die unter der Vaterlandsbrua herumhängen, wenn sie für die Hauptnachrichtensendung interviewt werden. Und habt ihr gehört, er ist angeblich Flüchtling. Wer weiß, was er erlebt hat. Ganz zu schweigen davon, was er womöglich getan hat. Es ist ja traurig, dass er in seinem Leben Besatzung und Unterdrückung erfahren hat. Das alles ist furchtbar schlimm. Aber trotzdem! Solche Dinge verändern Menschen ja. Sie lassen sie abstumpfen und erhöhen die Toleranz für das Leiden anderer. Nicht, dass man Bilal seine Traumata zum Vorwurf machen kann. Aber man muss sich ja fragen: Wollen wir, dass eine solche Person auf unsere Kinder aufpasst?«

Er muss damals Anfang zwanzig gewesen sein, und es stimmte, dass eine Spur von Wachsamkeit an ihm zu beobachten war, die ihm als harter und abweisender Ausdruck ins Gesicht geschrieben stand. Soweit ich es mitbekommen habe, war er nie grob zu den Kindern, allerdings auch nicht sonderlich freundlich. Tatsächlich wirkte es so, als interessierten sie ihn nicht weiter. Der Aushilfsjob war ziemlich einfach, dafür brauchte er keine besonderen Qualifikationen. Das galt für alle Aushilfen, die auf Abruf einsprangen, aber nur gegen ihn gab es Einwände.

In der Regel war Bilal am Zeichentisch zu finden. Dort saß auch Silje häufig. Sie zeichnete gut und vergötterte ihn; jeder Tag, an dem er arbeitete, war ein guter Tag für sie. Als ich einmal früh kam, um sie abzuholen, blieb ich stehen und betrachtete sie heimlich, teilweise hinter einem Bücherregal verborgen. Der große Mann mit dem harten Gesicht hielt den Buntstift so behutsam zwischen den Fingern. Er saß auf einem winzigen Kinderstuhl, wobei er den Körper zwischen den zur Seite ragenden Knien nach vorn beugte, und konzentrierte sich vollständig auf sein Blatt.

Das kleine Mädchen mit den blonden Zöpfchen neben ihm zeichnete auf einem eigenen Blatt, warf ihm jedoch die ganze Zeit Blicke zu, beobachtete, was er machte. Versuchte, seine Arbeit auf dem eigenen Papier nachzuahmen.

An dem Tag hatte ich Zeit. Ich ging hinüber und setzte mich zu ihnen. Silje zeigte mir, was sie gezeichnet hatte. Andauernd spähte sie zu Bilal hinüber; sah er sie, hörte er, was sie sagte? Seine Zeichnung zeigte ein Mädchen mit Zöpfchen. Es war Silje, ganz eindeutig. Sie streckte die Hand aus, und ein Schmetterling war auf ihrer Handfläche gelandet. Bilal hatte ihr große, überraschte Augen gezeichnet und ihr kleines rundes Kinn perfekt eingefangen.

»Sie zeichnen gut«, sagte ich.

Er gab keine Antwort, sondern stellte bloß die Zeichnung fertig, signierte sie mit seinem Namen und überreichte sie ihr.

»Hier.«

Er ist mürrisch, dachte ich. Aber nicht wirklich feindselig. Er ist einfach nicht sonderlich redegewandt. Und ich ließ mich nicht von den Müttern aus der Nachbarschaft beeinflussen, von all dem, was sie zu sagen hatten. Ich wusste es besser.

»Illustrieren Sie auch Geschichten?«, fragte ich ihn.

Mein Ton war scherzhaft. Er schaute mich ausdruckslos an und zuckte mit den Schultern. Aber etwas war doch in seinem Blick. Er hatte so tiefe dunkelbraune Augen, sie deuteten an, dass sich viel in ihm bewegte.

»Es geht um ein Märchen, das ich Silje gern erzähle«, sagte ich. »Es handelt von einem kleinen Mädchen, das Martine heißt, und eines Tages freundet sich Martine mit einer Maus an.«

Ich tat mein Bestes, um Silje eine präsente Mutter zu sein. Bård und Hanne wurden allmählich groß. Hanne ging in die siebte Klasse. Bård war bald mit der Mittelstufe fertig, und obwohl ich versuchte, Paris hinter mir zu lassen – das, was diese Reise der Familie abverlangt hatte, was sie mir abverlangt hatte –, stand es immer noch zwischen uns: Einmal hatte ich sie verlassen, und als ich zurückkam, war etwas verändert. Keiner von uns konnte das vergessen. Und die Ungewissheit, was in dieser Wohnung in Paris geschehen war, war allein meine, ich musste mit ihr leben, ohne sie mit jemandem teilen zu können.

Ich tat, was ich konnte, um diese Gedanken zu unterdrücken. In gewissem Maße tat ich Buße bei Silje. Vielleicht hatte ich ihre

Geschwister verlassen, plötzlich und ohne ausreichende Erklärung, aber für sie wollte ich greifbar sein, zugänglich sein, mich selbst anbieten. Ich versuchte, auch bei den beiden Älteren Buße zu tun, aber sie waren groß geworden, ließen mich nicht richtig an sich heran. Zu Silje hatte ich Zugang. Also saß ich auf dem Boden und spielte mit ihr, in Bastelläden kaufte ich Buntstifte und schönes Papier, ich zeichnete, schnitt aus und klebte, und jeden Abend las ich ihr Märchen vor oder dachte mir welche für sie aus. Silje war mein kleines Mädchen, bei ihr hatte ich noch eine Chance.

Bilal zeichnete, während ich erzählte, und als wir fertig waren, gab er mir die Zeichnungen. Noch am selben Abend, als Erling im Wohnzimmer saß und fernsah, legte ich sie im Schlafzimmer auf die Tagesdecke. Es waren vier Stück, kleine Kunstwerke, gezaubert mithilfe von Fett und Bleistiften. Martine hatte weiche Locken, runde Pausbacken und große staunende Augen. Die Maus hatte eine feuchte Schnauze, feine Schnurrhaare und ein Fell, so lebensecht, dass man sehen konnte, wie weich es wäre, wenn man mit dem Finger darüberstriche. In den kommenden Tagen schrieb ich meine Geschichte auf, und an einem Freitagabend, an dem Erling und ich uns eine Flasche Wein geteilt hatten, sodass ich leicht beschwipst war und es in meinem Kopf blubberte, holte ich mir einen Umschlag aus dem Arbeitszimmer, steckte meinen Text und Bilals Zeichnungen hinein, suchte die Adresse eines der großen Verlage aus dem Telefonbuch heraus und schrieb sie darauf.

Am nächsten Tag kam es mir lächerlich vor, wie ein alberner Traum. Ich klebte keine Briefmarken auf den Umschlag. Stattdessen versteckte ich ihn in meiner Unterwäscheschublade. Erling gegenüber erwähnte ich das Ganze mit keinem Wort. Trotzdem fühlte ich mich leicht ums Herz, wenn ich an den Umschlag dachte: Ich hatte ein Geheimnis. Wenn der Alltag zu lähmend wurde, gab es einen Ausweg.

Und schließlich schickte ich den Umschlag ab.

Überraschenderweise war Bilal am schwersten zu überreden. Den Verlagsleuten gefiel die Idee, sie fanden die Geschichte hübsch und waren begeistert von den Zeichnungen. Ich sprühte vor Eifer und konnte mich kaum bremsen, aber Bilal nahm es erstaunlich übel auf, dass ich seine Zeichnungen eingeschickt hatte, ohne ihn zu fragen.

»Aber sie gefallen ihnen«, sagte ich zu ihm.

»Trotzdem«, gab er zurück.

Sein Gesicht war ausdruckslos, er wandte sich ab.

Ich wusste nicht sonderlich viel über ihn. Wusste bloß das, was in den Gerüchten, die über ihn in Umlauf waren, verbreitet wurde: Er habe Umgang mit Kriminellen, er habe Drogen konsumiert, er habe einen Mann getötet. Man soll nicht auf Gerüchte hören, sie mussten nicht notwendigerweise stimmen, aber ein Teil von mir begriff, dass er Erfahrungen gemacht hatte, die außerhalb meines Fassungsvermögens lagen. Vermutlich waren meine Probleme klein und selbstbezogen im Vergleich zu seinen.

Und dennoch gelang es mir nicht, so zu denken, denn ich wollte dieses Buch so sehr, ich *brauchte* es. Ein richtiger Verlag interessierte sich für meine Geschichte, ich würde mich Autorin nennen können. Das war in Reichweite, es könnte meinem nicht besonders imponierenden Lebenslauf hinzugefügt und auf Partys erzählt werden, bei denen man gefragt wird, was man so macht. Es wäre eine Rechtfertigung für die langen Stunden, in denen man tagsüber zu Hause ist und in denen nichts passiert. Ich könnte diese Person werden, aber es hing von Bilal ab. In diesem Punkt war man beim Verlag eindeutig, sie wollten uns beide. Also flehte ich ihn an, mit mir zu einem Treffen beim Verlag zu gehen. »Zumindest *das* können Sie doch tun«, sagte ich. Ich bot ihm an, ihn abzuholen, ihn anschließend wieder nach Hause zu bringen, bei der Kindergartenleitung durchzusetzen, dass er einen bezahlten Urlaubstag dafür bekam. Wochenlang drängte ich ihn, und schließlich sagte er widerwillig Ja.

Bei dem Treffen sprach er wenig. Anna, die das Buch als Lektorin betreuen sollte, redete am meisten, und ich redete ebenfalls viel, plapperte drauflos, hatte das Bedürfnis, die Stille zu füllen. Ich war diejenige, die Bilal hintergangen hatte, die die Zeichnungen eingeschickt hatte, ohne ihn zu fragen. Ich versuchte, es wiedergutzumachen. Lobte ihn über den grünen Klee. Irgendwann sagte Anna etwas, das ich nicht ganz mitbekam, das aber zu ihm durchdrang, und einige Minuten lang unterhielten sie sich angeregt miteinander über die Auswahl des Materials für die Zeichnungen. Etwas in seinem Gesicht wurde zum Leben erweckt. Als wir das Büro verließen, war ich immer noch nicht ganz sicher, was gesagt worden war. Aber er hatte den Vertrag unterzeichnet.

Das erste Buch verkaufte sich gut. Das zweite wurde ein kleiner Erfolg. Bilal hatte sich selbst übertroffen, die Zeichnungen waren unheimlich lebensecht. Meine Geschichte fand auch Anerkennung, ich wurde zum Vorlesen in Schulen und Bibliotheken eingeladen. Manchmal brachten die Kinder die Bücher zu den Lesestunden mit, sie zeigten mir, welche Zeichnungen ihnen am besten gefielen, und die Eltern baten mich, die Bücher zu signieren.

Und ich machte meine Sache gut. Ich las gern vor, es machte mir Spaß, mit den Kindern zu reden. Ich konnte anwenden, was ich im Pädagogikstudium gelernt hatte, und in dieser Situation gab es keinen Druck, keine Probleme, die Kinder ruhig zu halten. Zudem verdiente ich etwas Geld, konnte meinen Beitrag zu den Familienfinanzen leisten. In dieser Zeit kauften wir das babyblaue Sofa, und ich schaffte mir eine Stereoanlage an. Ich ging mit den Kindern ins Theater und in den Vergnügungspark, bezahlte selbst.

Die Zeichnungen für das dritte Buch ließen auf sich warten. Die Veröffentlichung wurde um ein halbes Jahr verschoben, weil Bilal nicht lieferte. Er arbeitete nicht mehr im Kindergarten, sondern hatte andere Zeichenaufträge bekommen. Anna erwähnte nebenbei, dass er ein anderes Kinderbuch für den Verlag illustrierte. Im Kindergarten wurde von einem Kalender mit Bilals Zeichnungen erzählt. Das dritte Buch, *Martine und die Rehfamilie*, würde er dennoch fertigstellen, er brauchte nur etwas Zeit. Ich wartete, hätte es aber gern gesehen, wenn das Buch sofort erschienen wäre. Wegen der Leseaufträge, wegen des Geldes. Silje sagte, sie könne für mich zeichnen, und ich wuschelte ihr durch die Haare und sagte: »Danke, mein Schatz.« Es gelang mir nicht, enthusiastisch genug zu sein, als sie mir ihre Zeichnungen zeigte.

Glücklicherweise lieferte Bilal schließlich. Mehrere Wochen nach der neuen Frist, aber immerhin erschien das Buch. Ein halbes Jahr, bevor ich die Einladung zu der Vernissage in der Post hatte, stand es in den Läden.

Synne begleitete mich. Sie fuhr, ich saß auf dem Beifahrersitz. Ich redete nicht viel, sondern dachte über die Idee zu einem vierten Buch nach, über einen Vogel mit gebrochenem Flügel, dem Martine helfen musste. Ich sah die Zeichnung des kleinen Vogels mit Schiene und Gips vor mir, malte mir aus, wie Bilal etwas absolut Bezauberndes hervorbringen würde, wie die Kinder ganz vorn auf der Kante ihrer kleinen Stühle sitzen und hoffen, inständig hoffen würden, dass das kleine Tier gesund werden würde.

»Bilal«, sagte Synne und rümpfte die Nase. »Das ist doch ein komischer Name, findest du nicht?«

Die Galerie befand sich in einer alten Villa in Frogner. Davor war ein kleiner Vorgarten mit einem von würfelförmigen Steinen und kleinen Fackeln gesäumten Weg. Das Innere des Hauses war größer, als es von außen wirkte, es gab mehrere offene weiße Räume. Bilals Zeichnungen und Gemälde bedeckten alle Wände. Ich nahm mir ein Glas Sekt von einem Tablett, und Synne und ich begannen unseren Rundgang.

An einer Wand hingen Zeichnungen von einer kleinen Familie, von einer Mutter mit gütigen Augen und langem, welligem Haar und ihren zwei Kindern, einem Jungen und einem Mädchen, beide mit weichen Locken. Bilal hatte sie in verschiedenen Situationen gezeichnet, in einem Boot, in einem Bett, draußen unter einem Strauch sitzend. Der Blick der Mutter war warm und liebevoll, wenn sie ihre Kinder ansah, aber es lag auch Schmerz darin, eine Art Vorbote künftiger Ereignisse, der ein Kribbeln unter der Haut hervorrief.

An der nächsten Wand war die Mutter verschwunden, die Kinder waren allein. Der Junge passte auf das jüngere Mädchen auf. Beide hatten ängstliche Augen, die des Jungen waren auch wütend. Diese Dualität in seinem Blick, Angst und Wut in Kombination, war herzzerreißend gut dargestellt. An der Schmalwand hingen Bilder von Vögeln im Flug, sie waren wunderschön, graziös. Das letzte Bild an dieser Wand zeigte einen toten Vogel an einem Strand.

Im folgenden Raum war der Junge mit den lockigen Haaren zu einem Teenager geworden. Wir sahen ihn an Soldaten vorbeilaufen, mit einem Kapuzenpullover über den Locken und immer mehr Wut im Blick. Er war größer geworden, härter, bedrohlicher. Wir sahen, wie er in einer dunklen Nacht allein aus der Stadt floh – was aus seiner Schwester geworden war, ließ sich nicht feststellen, von einem Bild zum nächsten war sie verschwunden, und diese plötzliche Abwesenheit wirkte auf eine Art stärker, als wenn eine Zeichnung erklärt hätte, was passiert war, wie wenn alle, die der Junge liebte, jederzeit verschwinden könnten, ohne Spuren zu hinterlassen. Der Junge versteckte sich in einem Lkw, er wurde verprügelt, er saß allein in einem Heim auf einem Bett und hörte Musik. Er hielt ein Messer vor sich, bedrohte eine unsichtbare Person, bei der es sich genauso gut um uns, die Betrachter des Bildes, handeln konnte.

An der letzten Wand hingen wiederum Bilder von Vögeln. Auf dem allerletzten Bild stand die Schwester des Jungen, als Kind, mit einem Vogel in den Armen. Sie presste die Nase in die weichen Federn. Es war das größte Bild, bestimmt zwei Meter hoch, mit präzisen, schönen Pinselstrichen gemalt.

»Meine Fresse«, sagte Synne, als wir davorstanden, ihre Stimme klang belegt.

Ich dachte an den Vogel, den ich von ihm für das Martine-Buch gezeichnet haben wollte. Ihn darum zu bitten, fühlte sich unmöglich an, nachdem ich dieses Bild gesehen hatte.

Zu Beginn war das Stimmengesumm leise und andächtig, aber allmählich tat der Wein seine Wirkung, und die Besucher gewöhnten sich an die tragische Geschichte, zumindest so weit, dass sie sich trauten, laut zu sprechen. Die Leute warfen mit Etikettierungen um sich, das bekam ich aus Bruchstücken der Gespräche um mich herum mit. Das Wort *Genie* wurde ein paarmal benutzt, *Talent* war ständig zu vernehmen. Synne war ungewöhnlich still, und dann platzte sie mit einer Geschichte darüber heraus, wie sie vor einigen Jahren auf einem Flug gearbeitet hatte, bei dem ein junger Flüchtling in ein unsicheres Herkunftsland abgeschoben worden war, er hatte während des ganzen Flugs vor Verzweiflung geschrien. Ihre Augen wurden feucht. Ich schaute weg, wollte nichts davon hören.

Anna stand bei dem Bild mit der Schwester und dem Vogel.

»Ist es nicht fantastisch?«, sagte sie zu mir. »Ich versuche, Bilal dazu zu bewegen, die Bilder auch in Buchform herauszugeben, das könnte so kraftvoll werden. Er ist skeptisch, aber das war er beim letzten Mal ja auch, wie Sie sich bestimmt erinnern.«

Sie lächelte verschwörerisch. Und ich glaube, das war der Moment, in dem mir klar wurde, dass es kein viertes Martine-Buch geben würde. Bilal war mir entwachsen. Alle konnten es sehen, er selbst, Anna und jeder einzelne Besucher in dieser Galerie. Bloß ich hatte es nicht erkannt.

Auf der Heimfahrt im Auto spürte ich, wie die letzten Gläser Sekt in meiner Hirnrinde brausten. Ich sah das Bild vor mir, auf dem der Junge das Messer gegen das Publikum richtete. Fachkundig, dachte ich. Als wüsste er, was er tut.

SECHZEHN TAGE DANACH

Wie kommt ein Mensch zu Schaden? Welche Unfälle kosten Leuten das Leben? Früher habe ich andersherum gedacht: *Geht im Dunkeln nicht ohne Reflektoren nach draußen*, habe ich zu den Kindern gesagt. *Schwimmt nicht so weit raus, passt auf, wenn ihr die Straße überquert.* Aber angenommen, es wäre umgekehrt. Angenommen, man legt es darauf an, dass jemand zu Schaden kommt. Oder präziser: Angenommen, man will jemandem schaden.

Jemandem, der auf Wiederverwertung schwört, der alte Geräte besitzt, der selbst repariert: alte Schreibtischlampe, altes Fahrrad, alter Gasherd. Angenommen, man macht sich an diesen Geräten zu schaffen, provoziert einen Unfall.

Es ist fünf Uhr morgens, und ich stehe in der Küche. Ich habe heute Nacht kaum geschlafen, was auch egal ist, jetzt bin ich wach. Mein Rachen brennt, in meinem Kopf dreht es sich. Ganz am Rande meines Gesichtsfelds sprühen Funken. Angenommen, man legt es darauf an.

Erling war nicht unvorsichtig. Trotz seines Wiederverwertungsdogmatismus war ihm Sicherheit wichtig. Er hielt sich an die Bestimmungen, zog Fachleute hinzu, wenn es vorgeschrieben war. Einen Unfall bei uns zu provozieren, wäre nicht leicht, denn Erling hatte alle Angriffspunkte beseitigt. Man müsste geduldig sein. Und vielleicht würde der Geduldsfaden reißen. Vielleicht würde man zu der Überzeugung gelangen, dass schwerere Geschütze aufgefahren werden müssten.

Und wohin wendet man sich dann? Ein Gasherd ist ein naheliegendes Ziel, denn Gasunfälle *kommen vor*. Zwar selten, aber doch hin und wieder. Und dann muss man sich einfach überlegen: Welche anderen Unfälle können Menschen zustoßen? Fehlmedikation, Fahrradunfälle? Brände? Ertrinken? Elektrischer Schlag? Vergiftung?

Den Toaster haben wir von meinen Eltern übernommen, er ist uralt. Erling hat ihn ein paarmal repariert, an dem Gerät herumgeschraubt. Einen Augenblick stehe ich mit dem Toaster in den Händen da und erinnere mich daran, wie mein Vater sich, als ich noch ein Kind war, über ihn gebeugt und die geröstete Brotscheibe herausgefischt hat. Aber dann erinnere ich mich an das Gefühl in der Hütte, an die Übelkeit, die Gleichgültigkeit, die sich in mir breitmachte. An Edvards Hand, die meinen Arm packte und mich hinauszog. Mein Puls schlägt schnell, und ich nehme einen Müllsack, werfe den Toaster hinein.

Aber das ist nicht alles. Denn was ist mit den Trockenlebensmitteln im Schrank? Wie leicht wäre es doch, etwas in die Kaffeedose oder das Mehl zu mischen und dann abzuwarten? Ich räume die Lebensmittel aus dem Küchenschrank. Zucker, Nudeln, Reis, alles muss weg.

Mein Puls beruhigt sich, während ich arbeite, denn jetzt handele ich, jetzt versuche ich, mich selbst zu retten. Angenommen, jemand hat der Marmelade Rattengift zugesetzt? Alle Gläser wandern direkt in den Müllsack. Angenommen, jemand hat das Besteck mit Gift bestrichen? Ich fülle kochend heißes Wasser in die Spüle, kippe eine halbe Flasche Spülmittel hinein. Während ich dort stehe und schrubbe, nehme ich mein Spiegelbild im Küchenfenster wahr. Ich begegne meinem eigenen wahnsinnigen Blick. Hier stehe ich um fünf Uhr morgens im Nachthemd und bin dabei, den Inhalt aller Schränke heiß abzuwaschen.

Und ich sehe Erling vor mir, wie er sein Arbeitszimmer von oben bis unten putzte, sehe die vollkommen funktionsfähige Tastatur, die er weggeworfen hat. Die Nacht, als Erling mit dem Schrubber als Waffe ins Erdgeschoss hinunterging. Damals dachte ich, er wäre im Begriff, den Verstand zu verlieren, doch jetzt weiß ich es besser.

Aber die Frau im Spiegelbild sieht verrückt aus. Keiner würde mir glauben, wenn ich etwas davon erzählte. Nicht die Polizei, nicht meine Kinder oder mein Bruder. Nur Edvard. Ja, denke ich. Edvard würde mir glauben. Aber da ist diese Sache mit Gundersens Telefonnummer, dieser Zettel mit seinem Namen. Das, was Edvard nicht wissen kann, und dennoch weiß.

Die Sprechstundenhilfe sieht mich skeptisch an, als ich meinen Namen nenne, bin ich etwa ohne Termin in die Praxis gekommen? Nur mit Mühe lässt sie sich überreden, Lise anzurufen und ihr zu sagen, dass ich hier bin. Ich höre an ihrer Stimme, dass sie erwartet, Lise werde sie bitten, mich wegzuschicken. Sie wirkt fast ein wenig enttäuscht, als sie angewiesen wird, mich warten zu lassen. Ich nicke und begebe mich ins Wartezimmer, suche mir einen Platz.

Ich weiß nicht recht, was ich mir hiervon verspreche, es war eine Eingebung. Ørjan hat mir etwas über Hanne erzählt, dachte ich, was kann Bårds Frau mir über meinen Sohn erzählen? Heute Morgen hat Edvard mir eine Nachricht geschrieben und sich erkundigt, wie es mir geht. *Wenn du Zeit hast, würde ich in den nächsten Tagen gern mit dir essen gehen*, schrieb er weiter. Ich habe noch nicht geantwortet. Es gibt wohl eine einfache Erklärung, aber woher kennt er den Namen des Polizisten, der bei mir war?

»Hallo, Evy«, sagt meine Schwiegertochter.

Sie kommt aus ihrem Sprechzimmer und desinfiziert sich die Hände.

»Hallo. Ich hoffe, ich störe nicht?«

»Aber nein«, sagt sie müde, in einem Tonfall, der mir klarmacht, dass ich genau das tue. »Willst du hereinkommen?«

Die anderen Patienten schauen von ihren Handys auf. Sie

scheinen sich zu fragen, was ich wohl für Privilegien habe, dass ich vor ihnen drankomme und mit Vornamen begrüßt werde.

Lises Sprechzimmer ist klein und eng, es hat ein Fenster, das auf einen Parkplatz hinausgeht. Im Zimmer steht eine mit Papier bedeckte Liege, auf die die Patienten sich legen können, vielleicht wenn sie ihnen in den Unterleib gucken muss, und daneben befindet sich ein Regal mit Büchern und dem Modell eines Beckens. Über der Liege hängt eine Zeichnung von einem Menschen ohne Haut, dessen Muskeln, Sehnen und innere Organe freiliegen. Lise setzt sich an ihren Schreibtisch und bietet mir den Stuhl neben sich an.

»Wie geht's dir?«, fragt sie.

»Den Umständen entsprechend«, antworte ich.

Das ist eine Halbwahrheit, im besten Fall. Vor meinem nächtlichen Koller hatte ich fast nicht geschlafen, und danach habe ich auch keinen Schlaf mehr bekommen, sondern nur gedöst. Am Morgen traute ich mich nicht, Kaffee aus einer meiner Tassen zu trinken. Ich fuhr in den Laden und kaufte Brot und Belag, wagte nicht, etwas von dem zu essen, was nach der nächtlichen Putzaktion noch übrig war, denn was wäre, wenn ich etwas übersehen hätte?

Aber darüber kann ich nicht sprechen. Also gebe ich die Frage an Lise zurück: Wie geht es ihr?

»Ach ja. Gut. Viel zu tun.«

Sie sieht erschöpft aus, denke ich. Als sie Bård kennenlernte, waren sie beide in der Oberstufe. Sie kamen kurz vor dem Abitur zusammen, da war sie neunzehn, süß und lächelnd, bis über beide Ohren in meinen Sohn verliebt. Da war keine Spur von Müdigkeit an ihr zu bemerken gewesen. Erling und ich hatten zueinander gesagt, dass sie bestimmt das richtige Mädchen für Bård sei. Zuverlässig, besonnen. Bereit anzupacken.

Jetzt trägt sie ihre Haare in einem Pferdeschwanz. Sie ist ausgesprochen uneitel, begegnet beispielsweise Hannes Hang zu teuren Stiefeletten und eleganten Ledertaschen mit totalem Unverständnis. Irgendwie scheint sie die Art von Mensch zu sein, der jung heiratet. Jemand, dem es vor allem darauf ankommt, sich ein Leben aufzubauen, und der keine besondere Freude an der Jagd nach dem Partner findet, mit dem man es aufbauen will. Erling war auch so, denke ich jetzt. Aber bin ich so?

Und ist Bård so? Es fällt mir schwer, mir vorzustellen, wie mein Sohn sich sein Leben wünschen würde, wenn er sich noch mal entscheiden könnte, aber wenn ich darüber nachdenke, habe ich den Eindruck, dass er immer etwas unpässlich wirkt, als hätte er einen Pullover an, der nur beinahe passt, und als würde er unablässig an dessen Seiten herumzupfen, den Bund herunterziehen, versuchen, ihn dazu zu bringen, so zu sitzen, wie er ihn haben will.

»Viel zu tun bei der Arbeit?«, frage ich sie.

»Ja. Und zu Hause auch.«

Einen Moment lang erscheint es so, als wolle sie noch etwas sagen, vielleicht darüber, dass sie Vertreterin des Elternbeirats der Klasse und Mannschaftsbetreuerin beim Fußball und Handballtrainerin ist. Aber sie massiert bloß ihre Augenpartie.

»Du weißt ja, wie das ist«, sagt sie.

Aber das weiß ich eben nicht.

»Und Bård«, sage ich, wobei ich versuche, einen verschwörerischen Ton anzuschlagen, so unter uns Frauen. »Hilft er dir?«

»Ach, Bård«, seufzt sie. »Er ist bei der Arbeit so eingespannt. Da kriselt es ja gewaltig, er tut sein Bestes, um alles am Laufen zu halten.«

Dazu nicke ich, Wissen heuchelnd, während ich denke: Es kriselt?

»Deshalb hat er euch um dieses Darlehen gebeten, weißt du. Ich verstehe gut, dass ihr es ihm nicht geben konntet, und wie ich ihm schon gesagt habe, es ist ja nicht eure Aufgabe, ihm aus seinen Problemen herauszuhelfen. Aber er hat es selbst nicht ganz so gesehen.«

Ich nicke wieder. Ahne die Konturen dessen, was sie sagt. Nun gut, Bård also auch.

»Daher macht er jetzt bei allen möglichen Investoren die Runde«, seufzt Lise. »Versucht, seine Wohnprojekte an den Mann zu bringen. *Schöner wohnen im Hafenpark.*«

Sie wirft mir einen Seitenblick zu und fährt fort: »Nicht dass ich ihn nicht unterstütze. Das tue ich ja immer. Aber ich habe zu ihm gesagt, dass es möglicherweise an der Zeit ist, sich von dieser Geschäftsidee zu verabschieden. Er macht schon seit Jahren Verlust. Das ist auf lange Sicht einfach nicht tragfähig. Außerdem ist es eine Belastung für die ganze Familie. Und mit der Renovierung werden wir auch nie fertig.«

Sie reibt sich die Augen, und als sie hochschaut, hat sie ein freundliches Lächeln aufgesetzt.

»Aber hier jammere ich über meine Probleme«, sagt sie heiter und unbeschwert. »Was du gerade durchmachst, ist ja viel schlimmer. Wie geht es dir wirklich, Evy?«

Hanne ruft an, als ich vor der Praxis auf der Straße stehe.

»Hallo, Mama, wie geht's dir?«, fragt sie.

Ich schaue mich um. Die Straßenbahn rumpelt vorbei und hält an der Haltestelle Tinghuset, Menschen laufen hierhin und dorthin, und alle sind zügig unterwegs, alle haben es eilig, alle haben Dinge zu erledigen, sicher auch wichtige Dinge, denn sie sprechen laut in ihre Handys, bewegen sich mit zielgerichteten Schritten, wissen, wo in der Welt sie sich befinden, wohin sie müssen. Ich stehe still zwischen ihnen, presse mein Telefon ans Ohr. Ich weiß nicht, wohin ich von hier aus gehen soll.

»Ach«, sage ich. »Gut.«

Es ist halb zwölf. Ich könnte nach Hause fahren. Zu dem Haus in Montebello mit den leeren Küchenschränken, mit all den Dingen, an denen herummanipuliert worden sein könnte.

»Schön. Ich habe gehört, dass du vorgestern bei Ørjan vorbeigeschaut hast?«

Ihre Stimme ist hell, aber ungeduldig. Hanne versteht das nicht, denke ich. Ich hatte Ørjan noch nie zuvor aufgesucht, warum also habe ich es jetzt getan?

»Ja, ich bin an dem Laden vorbeigekommen, und da dachte ich, ich sehe mal, wie es ihm geht.«

»Ja, das ist nett.«

Einen Moment ist es still. Zwischen uns hängt das, wovon Ørjan mir erzählt hat, als wir an dem weißen Brett in seinem

Laden saßen: das Zweifamilienhaus in Kjelsås. Das Geld, um das Hanne offensichtlich gebeten hat. Das Darlehen, um das auch Bård gebeten hat, wie ich jetzt weiß. Beide sind zu ihrem Vater gegangen. Keiner von ihnen hat mir gegenüber etwas erwähnt. Nicht zuletzt: Ørjans ausweichender Blick, als ich ihm sagte, dass ich nichts davon gewusst habe.

Hier ist ein Ansatzpunkt. Ich taste mich an den Umrissen der ganzen Geschichte entlang, versuche zu verstehen. Das Haus, das Erling mir überschrieben hat. Die Grundstücke, die er gekauft hat. Vergiss das Gasleck in der Hütte, vergiss die Schreibtischlampe, konzentrier dich ausschließlich auf Folgendes: Warum hat Erling mir all sein Geld vermacht? Warum hat er seinen Kindern die Darlehen verweigert? Und warum habe ich nichts davon gewusst?

»Du«, setzt Hanne an. »Ich habe mitbekommen, dass Ørjan das Haus erwähnt hat, das wir uns angesehen haben, und auch, dass ich mit Papa darüber gesprochen habe.«

»Ja«, sage ich.

»Also, ich wollte nur sagen: Ich habe es bloß erwähnt, quasi nebenbei. Es ist keine große Sache. Ich wollte nur die Möglichkeit durchspielen, seine Meinung dazu hören.«

»Okay.«

Warum hast du nicht mich gefragt?, denke ich. Wir haben mehrmals die Woche miteinander telefoniert. Über alle möglichen Trivialitäten gesprochen. Warum hast du nicht erwähnt, dass ihr nach einem Haus sucht?

»Wir ziehen es in Erwägung«, erklärt Hanne weiter. »Eigentlich wollte ich vor allem Papas Rat.«

Einen Moment lang denken wir beide an das Treffen mit dem Anwalt. Keine von uns sagt etwas, aber ich weiß, dass sie genau daran denkt, weiß, wie ihr Kopf arbeitet. Da ist ein Druck in meiner Brust, Hanne und ich, die wir so oft die falschen Dinge zueinander sagen. Es ist nicht ihre Schuld. Sie gibt sich alle Mühe, das weiß ich. Es ist auch nicht meine Schuld. Ehrlich gesagt, weiß ich nicht, wie es dazu gekommen ist. Immer wenn ich sie jetzt im Erwachsenenalter im Umgang mit Freundinnen beobachte, kann ich sehen, wie leicht die Unterhaltung dahinfließt. Etwas Schweres, Trauriges rührt sich da in mir. Diese jüngeren Frauen, die zusammen lachen, so unkompliziert und ohne Spitzen. Kein doppelter Boden, keine Codes, die entschlüsselt werden müssen.

Und ich erinnere mich an sie an ihrem Hochzeitstag, in dem schulterfreien Brautkleid. Ihre beste Freundin hielt eine Rede. *Wenn Hanne eine Party ausrichtet, dann wird sie ein voller Erfolg*, sagte die Freundin, *und zugleich gibt es niemanden, mit dem ich lieber reden würde, wenn ich Probleme habe, denn Hanne sagt immer die richtigen Dinge.* Hanne lächelte gerührt, wischte eine Träne weg. Saß da, zwischen ihrem schweigsamen Schwiegervater und ihrem frisch angetrauten Ehemann, und war so wunderschön. Auch so fröhlich, so unverhohlen glücklich. Wie ihre Freundin gesagt hat: *Hanne sagt immer die richtigen Dinge.*

Aber vielleicht sind wir zu verschieden, sie und ich. Vielleicht ist es nur das. Als Max noch ein Säugling war, ist sie einmal auf unserem babyblauen Sofa eingeschlafen. Ich hatte in der Küche Kaffee aufgesetzt, kam wieder ins Zimmer und sah sie dort liegen, zusammengerollt, den Kopf auf die Armlehne gebettet. Ihr Mund war halb offen, ihr Atem ging schwer und gleichmäßig. Ich strich ihr übers Haar, über diese Locken, die die gleiche Farbe haben, wie meine eigenen sie einmal hatten. Spürte einen Schmerz in meinem Herzen: die erschöpfte, frischgebackene Mutter, meine Tochter. Ich würde mir so aus tiefster Seele wünschen, dass wir uns ändern, sodass wir nicht länger Anklagen und Vorwürfe hören, wo ein Kompliment oder eine vertrauliche Mitteilung beabsichtigt war.

»Ich habe nichts zurückgehalten oder so«, sagt sie. »Wenn es so gewirkt haben sollte.«

»Nein, nein«, antworte ich, wobei ich versuche, beruhigend zu klingen.

»Ich möchte nur nicht, dass du glaubst, wir würden etwas verbergen.«

Aber genau das tut sie ja. Das Gleiche gilt für Bård – und für Erling. Aber gilt es auch für Silje? Ich denke nach. Die beiden Schwestern im Arbeitszimmer, der Terminkalender hat dort gelegen.

Während die Leute auf dem Bürgersteig an mir vorbeihasten, versuche ich, mir Erlings Gesicht zu vergegenwärtigen. Es erschreckt mich ein wenig, dass mir das nicht gelingt. Es ist, als könnte ich ihn im Vorbeigehen vor mir sehen oder als Teil einer Gruppe, aber wenn ich versuche, mich auf ihn zu fokussieren, ihn heraufzubeschwören, wie er für mich war, allein, am Küchentisch oder im Wohnzimmer sitzend, dann lösen sich seine Züge auf, er wird undeutlich. Wer war Erling? Ich habe fünfundvierzig Jahre mit ihm zusammengelebt, und jetzt bin ich mir nicht mehr sicher.

Hanne atmet ein.

»Eigentlich rufe ich an, um zu fragen, ob du morgen mit mir zu Mittag essen möchtest. In der Nähe meiner Arbeit gibt es ein gemütliches Café.«

Als wir auflegen, habe ich das Gefühl, dass ich dringend mit Silje sprechen muss. Hanne wird sie bestimmt anrufen. Hat es vielleicht schon getan. Sie wird auch Bård anrufen, und vielleicht hat Bård bereits mit Lise gesprochen, vielleicht weiß er, dass seine

Frau mir von dem Darlehen erzählt hat, um das er Erling gebeten und das Erling verweigert hat.

Jetzt besitze ich das Vermögen. Wenn sie Geld wollen, müssen sie mit mir reden. Und das wissen sie. Mir wird es auch langsam bewusst. Ich weiß nicht, was es für Konsequenzen haben wird, werden sie mehr oder weniger offen sein, wird unsere Beziehung einfacher oder schwieriger? Aber ich weiß, dass es alles verändert. Das ist unvermeidlich. Jetzt habe ich Macht über sie, und das können sie nicht ignorieren.

Es ist gut möglich, dass sie unterwegs ist, denke ich, während die Türklingel läutet. Es ist nicht sicher, nicht einmal besonders wahrscheinlich, dass sie mittwochs um die Mittagszeit zu Hause ist. Eine Weile hatte sie ein Atelier in Kværnerbyen, ich weiß nicht, ob das noch der Fall ist. Ich rechne damit, keine Antwort zu erhalten, daher bin ich überrascht, als ich ihre Stimme höre.

»Ja, bitte?«

»Hier ist Mama. Kann ich reinkommen?«

»Ja.«

Die Tür summt, und ich gehe hinauf.

Silje wohnt im zweiten Stock. Die Wohnung hat sie mit unserer Hilfe gekauft, wir gaben ihr einige Hunderttausend Kronen als Vorschuss auf ihr Erbe. Erling besaß ein unerschütterliches Vertrauen in die Bedeutung von Immobilienbesitz, und Silje lebt von Stipendium zu Stipendium, erledigt hier einen Auftrag, verkauft dort einige Bilder. Mit unregelmäßigem Einkommen und ohne Partner war es wenig wahrscheinlich, dass sie es ohne Hilfe schaffen würde. Während ich die Treppen zu ihr hochsteige, frage ich mich, wie Bård und Hanne zu der Unterstützung stehen, die Silje erhalten hat, und zu der Tatsache, dass ihnen nie eine vergleichbare Hilfestellung angeboten worden war. Ob sie es als ungerecht empfunden haben und, falls ja, ob es Einfluss auf die Beziehung zwischen den dreien hatte. Wie sie es jetzt sehen, nach unserem Treffen mit Peter Bull-Clausen.

Es war Erlings Entscheidung, Silje zu helfen, aber ich war involviert, dieser Entschluss wurde nicht hinter meinem Rücken gefasst. Wie lange ist das her? Vielleicht fünf Jahre. Und ich denke: *Damals* hat er mich einbezogen, *damals* hat er mich nach meiner Meinung gefragt.

Sie steht in der Tür. Ihre Haare hängen zerzaust herunter, und sie trägt eine Jogginghose mit einem großen, weiten T-Shirt darüber. Ihre Augen sind verquollen, ihre Gesichtshaut ist schlaff.

»Hast du geschlafen?«, frage ich sie, nachdem wir uns begrüßt haben.

»Ja. Ich habe die Nacht schlecht geschlafen.«

»Denkst du an Papa?«

Sie antwortet nicht, zuckt mit den Schultern. Sie sieht so verletzlich aus. Silje, Papas Mädchen.

Das Wohnzimmer ist der größte Raum der Wohnung, es ist offen und hell. Drei große Leinwände lehnen an den Wohnzimmerwänden, sie sind auf Holzrahmen gezogen. Das Zimmer ist mit einem Sofa, einem Sessel und einem Wohnzimmertisch möbliert. Auf dem Sofa liegt eine zerwühlte Decke, dort hat sie bestimmt gelegen.

»Möchtest du Kaffee?«, fragt sie.

»Ja, bitte.«

Während sie in die Küche schlurft, betrachte ich ihre Leinwände. Die erste zeigt eine Frau mit einem grotesk verzerrten Gesicht. Die Frau umarmt sich selbst, und die Farben sind so verschwommen, dass es eine Weile dauert, bis mir klar wird, dass sie ihren Bauch umarmt. Sie ist schwanger, umarmt ihr Kind da drin. Silje hat auch den Fötus gemalt, als dunkelroten, blutigen Klumpen in einem durchsichtigen Bauch. Die Frau mit dem grotesken Gesicht ist von Schatten umgeben, ich weiß nicht recht, was sie darstellen, vielleicht Bäume, vielleicht Menschen. Rasch gehe ich weiter zur nächsten Leinwand.

Auf ihr sind mehrere Figuren zu sehen, die ineinander verschlungen sind, Arme und Beine. Zuerst meine ich, dass sie stehen, dann erkenne ich, dass sie liegen. Die Farbpalette ist die gleiche, und die zwei Gesichter, die man sehen kann, sind genauso verzerrt wie das Gesicht der Frau mit dem Bauch. Ich sehe Brüste, etwas, das ich als Penis identifiziere, und dann begreife ich, dass sie Sex miteinander haben, dass das Bild eine Art Orgie darstellt. Ich bin mir noch nicht einmal sicher, wie viele Personen es sind. Das eine Gesicht gehört einer Frau, und je länger ich es ansehe, desto mehr verfestigt sich der Gedanke, dass ich einen Übergriff betrachte. Ich schaue mir ihren Körper genau an, versuche, ihn von den Körpern der anderen zu unterscheiden, und nehme eine dunkelrote Schattierung ganz unten auf ihrem Bauch wahr. Etwas steigt in mir hoch, ein Aufstoßen, ein Würgen. Ist das die Empfängnis des Kindes?

Auf dem letzten Bild ist das Kind geboren. Dieses Bild ist das am wenigsten vollendete, nur die Figuren sind gemalt, aber es ist deutlich, dass es sich um dieselben Personen handelt und dass die Farben den Farben der anderen Bilder entsprechen werden. Das Kind, ein Mädchen, steht in der Mitte des Bildes, es hält sich den Kopf. Hinter ihm steht die Mutter, genauso verzerrt wie auf den vorherigen Bildern, und starrt es an. Das Kind ist durch die Nabelschnur immer noch mit der Mutter verbunden, und das kleine Mädchen wirkt verzweifelt. Die Mutter kann ihm nicht helfen. Sie will es auch nicht, denke ich. Das Mädchen muss von ihr loskommen. Ich atme angestrengt. Silje kommt wieder ins Zimmer, stellt die Kaffeekanne auf den Wohnzimmertisch.

»Er muss noch etwas ziehen«, sagt sie.

»Sind das deine aktuellen Arbeiten?«

Ich versuche, meine Stimme unbefangen klingen zu lassen, nett und interessiert zu sein, aber ich habe das Gefühl, einen stachligen Ball im Magen zu haben, und mein Atem geht immer noch schwer, als hätte sich etwas um die Luftröhre gelegt.

»Ja. Sie sind für eine Ausstellung im Herbst. Zumindest hoffe ich das.«

»Sie sind ...«, setze ich an.

Sie sagt nichts.

»Bin ich das?«, platzt es aus mir heraus.

Jetzt atme ich hörbar, schwer, flach.

»Was?«

»Die Frau da?«

Ich zeige auf das letzte Bild, die Mutter mit dem bösen Gesicht, das kleine Mädchen, das sich den Kopf hält.

»Bin ich die Mutter?«

Silje schaut mich bloß an.

»Denkst du so von mir?«, frage ich, und jetzt ist meine Stimme ängstlicher, verzweifelter.

Sie reicht mir eine Tasse Kaffee. Schenkt sich selbst nichts ein.

»Nein, du bist das nicht«, sagt sie dann. »Herrgott, Mama, nicht alles dreht sich um dich.«

»Wer ist es dann?«

»Das ist wirklich eine etwas persönliche Frage.«

»Ich bin deine Mutter, Silje«, rufe ich aus. »Ich darf dir eine persönliche Frage stellen.«

Darauf reagiert sie mit einem tiefen Seufzen. Ich starre sie an, frage mich, wie viel ich eigentlich über meine jüngste Tochter weiß. Silje war anders als die Kinder in unserer Nachbarschaft, schon von klein auf. Sie nähte ihre eigene Kleidung, bemalte ihre Jeans, schnitt sich die Haare selbst, färbte sie in grellen Farben.

Trotzdem wurde sie gemocht. Es war etwas Kompromissloses an ihr. Sie war sie selbst, stutzte keine ihrer Seiten. Andere respektierten das.

Ich bin mir nicht sicher, ob das immer leicht für sie war, aber ich kann mich nicht daran erinnern, dass sie je weinend nach Hause kam, weil sie sich mit Freunden gestritten hatte, wie es bei ihren Geschwistern der Fall war. Sie hatte eine eigene Art zu reden, war unnachgiebig, wich keinen Zoll zurück. Ich sinnierte oft darüber, wie unähnlich sie mir war, und ich verstand ihre kompromisslose Stärke nicht, wusste nicht, wie ich damit umgehen sollte. Hin und wieder fragte ich mich, ob sie das von einem unbekannten Amerikaner in Paris hatte.

Und jetzt dieses Empfängnisbild: als hätte Silje etwas gemalt, von dem sie überhaupt nichts wissen kann. Nein, es ist unmöglich, ich weiß es ja noch nicht einmal selbst, und ich habe ihr weiß Gott nie davon erzählt. Als hätte sie es trotzdem gespürt und es gemalt. Ich betrachte das verzerrte Gesicht der Frau, die zwischen den Männern liegt, die sie betatschen.

»Das bin ich«, sagt Silje schließlich. »Das heißt, nicht mein *Ich*-Ich, sondern eine Version von mir. Eine mögliche Version.«

Ich starre sie an.

»Ich wünsche mir ein Kind«, sagt sie schlicht. »Ich denke schon eine Weile darüber nach. Dass ich gern Mama wäre.«

Das verwirrt mich. Ich bleibe stumm stehen, mit der unberührten Kaffeetasse in der Hand. Versuche, es zusammenzubringen. Zwischen uns ist es lange Zeit still.

»Aber hast du denn einen Freund?«, frage ich schließlich.

»Ich brauche doch keinen Freund, um ein Kind zu bekommen.«

Sie verschränkt ihre dünnen, knochigen Arme vor der Brust, schaut trotzig drein.

»Eigentlich bin ich der Meinung, dass Männer einem sehr wenig bringen«, sagt sie. »Alle Freunde, die ich hatte, waren so verdammt überzeugt davon, wie die Dinge zu sein hatten. Es laugt mich total aus, mit jemandem zusammenzuleben, der mich ständig kritisiert.«

Dann holt sie Luft, denkt nach und fügt hinzu: »Und außerdem mag ich ihren Geruch nicht. Männer schwitzen so viel, ist dir das schon mal aufgefallen? Der Gestank verbreitet sich im ganzen Haus.«

Sie streicht sich mit den Händen durchs Haar, setzt eine entschlossene Miene auf, mit hochgezogenen Augenbrauen und vorgeschobenem Kinn.

»Also denke ich, dass ich wohl Single bleiben werde. Aber ich möchte trotzdem gern ein Kind. Ich glaube, das wäre etwas völlig anderes.«

Dann wirkt es, als ändere sich das Licht in der Wohnung. Als wiche das Dunkle, Erschreckende, das über ihren Bildern lag, zurück, und das Sonnenlicht draußen gewänne die Oberhand. Wie sie da steht, sieht sie selbst wie ein Kind aus, altklug und entschieden. Ich muss mich beherrschen, um ihr nicht mit der Hand über die Wange zu streichen.

Aber da ist noch eine andere Sache. Ich sehe, wohin das führt.

»Du möchtest allein ein Kind haben«, sage ich langsam, ich rede, während ich denke. »Dann willst du möglicherweise in eine Klinik im Ausland reisen. Und das kostet sicherlich Geld?«

»Mindestens fünfzigtausend Kronen, wenn man die Medikamente und die nötigen Arztgespräche mitrechnet. Mit den Reisen nach Dänemark, Hotelaufenthalten und so weiter ist man schnell bei siebzigtausend, und das setzt voraus, dass es beim ersten Versuch klappt. Also sollte ich wohl am besten mehr als hunderttausend haben, vielleicht hundertfünfzigtausend.«

»Und du hast Papa nach einem Kredit gefragt.«

Silje schaut mich mit dem trotzigen Blick an, den sie immer dann bekommt, wenn sie der Meinung ist, dass ihre Umwelt falsche Annahmen über sie hegt und dass wir alle, die wir mit ihr zu tun haben, wohl etwas schwer von Begriff sind, weil wir immer noch nicht eingesehen haben, dass wir sie nicht kennen.

»Natürlich nicht. Das ist mein Projekt. Ich erwarte nicht, dass er es finanziert. Erzählt habe ich ihm davon. Aber ich laufe nicht zu Papa und bettle um Geld.«

Das Letzte sagt sie verächtlich. Ich frage mich, was ihre Geschwister ihr von ihren eigenen Kreditansuchen erzählt haben. Ihr Ton könnte darauf hindeuten, dass sie zumindest davon weiß.

»Und was hat Papa gesagt?«, frage ich.

Sie zuckt mit den Schultern.

»Er war nicht gerade begeistert. Du weißt ja, dass er der Ansicht war, Überbevölkerung sei ein Problem für die Umwelt.«

Ich nicke langsam. Dabei sehe ich ein einjähriges Kind hier drinnen herumstolpern. In ihre Malutensilien grapschen, mit Händen, die mit Banane und Leberwurst verschmiert sind, gegen die Leinwände patschen. Und später ein trotziges dreijähriges, ein aufbrausendes sechsjähriges und schließlich ein renitentes präpubertäres Kind. Sie will also nicht mit jemandem zusammenleben, der sie kritisiert, sagt sie? Sie findet das auslaugend?

Aber sagt sie die Wahrheit, wenn sie behauptet, sie habe Erling nur von ihrem Kinderwunsch erzählt, sie habe ihn nicht um Geld gebeten? Silje lebt seit Jahren von Projekt zu Projekt. Sie hat hier und da Geld bekommen, hat einige Bilder verkauft. Aber sie besitzt, soweit ich weiß, kein gut gefülltes Konto, das sie anzapfen kann, wenn sie einige Hunderttausend braucht.

»Hast du denn das Geld dafür?«, frage ich sie.

»Das ist meine Sache«, sagt sie und hebt das Kinn.

Nur ich halte eine Tasse in der Hand, das wird mir jetzt bewusst. Ich habe noch keinen Schluck zu mir genommen. Ich spüre, wie mir das Unbehagen im Nacken kribbelt, das Gefühl von Müdigkeit und Atemnot, das ich auf Tjøme empfunden habe. Ist es sicher für mich, zu trinken? Ich stelle die Tasse auf dem Wohnzimmertisch ab.

Direkt hinter Silje, an der Wand über dem Sofa, hängt ein kleines gerahmtes Bild, die Zeichnung eines kleinen Mädchens mit Zöpfchen. Und ich erkenne die Zeichnung wieder. Den Strich, die großen Augen, die Signatur. Bilals Porträt von Silje, gezeichnet an dem Tisch im Kindergarten, unmittelbar bevor er die ersten Skizzen von Martine anfertigte. Ich runzele die Stirn. Es ist lange her, dass ich bei Silje zu Besuch war, aber ich kann mich nicht erinnern, dass die Zeichnung damals schon hier hing.

»Silje, warum hast du mir nichts davon gesagt?«

»Ich glaube, das weißt du.«

Etwas an ihrem Ton überrascht mich, er ist verschlossen, abweisend. Als würde sie mir etwas vorwerfen.

»Ich weiß gar nichts. Keiner von euch redet mehr mit mir. Ihr lauft zu Papa mit Dingen, die wichtig für euch sind, zu denen ihr einen Rat haben wollt. Und weder ihr noch er erzählt mir etwas davon. Und ich begreife nicht, wieso. Ganz ehrlich, ich begreife es nicht.«

Ihre Augen werden schmal, sie schaut mich an.

»Dann denk doch mal nach.«

»Das tue ich. Ich habe nicht die leiseste Ahnung. Ich verstehe es nicht.«

Wieder seufzt sie tief. Als müsste sie mir etwas Selbstverständliches erklären, etwas, das alle wissen.

»Du trinkst ziemlich viel, Mama«, sagt sie dann.

Das verschlägt mir die Sprache.

»Im letzten Jahr warst du fast jedes Mal betrunken, wenn ich dich getroffen habe. Manchmal warst du schon voll, wenn ich morgens mit dir gesprochen habe. Entweder das oder benebelt von deinen Angstpillen. Du hast wirklich ein ziemlich großes Problem. Papa hätte etwas unternehmen sollen, aber er hat es nicht getan. Hanne und Bård sind der Meinung, dass es uns nichts angeht, aber wir können in dieser Familie ja nicht einfach umeinander herumtrippeln, verdammt noch mal.«

Sie verschränkt die Arme wieder vor der Brust, umfasst sich selbst. Sieht mich mit festem Blick an.

»Ich glaube, du brauchst Hilfe, Mama. Es gibt Unterstützung. Aber zuerst musst du einsehen, dass du ein Problem hast.«

Ich habe das Gefühl, als verflüssige sich der Boden unter meinen Füßen, als versänke ich, als schlüge ich um mich nach etwas, an dem ich mich festhalten kann, und ich finde etwas, einen Zweig, dünn und klein, an den ich mich klammere, und sage:

»Aber ich verstehe das nicht, Silje. Ich habe doch nicht *so* viel getrunken? Und seit Papas Tod habe ich keine einzige Tablette genommen.«

»In den letzten Wochen scheint es besser geworden zu sein«, räumt sie ein. »Und wer weiß, vielleicht hat der Schock geholfen. Vielleicht kannst du an dieser Krise wachsen.«

Dann streckt sie die Hand aus, berührt meinen Arm.

»Aber Mama. Die wenigsten schaffen das allein. Du solltest dir Hilfe suchen. Das ist keine Schande.«

Ihre Hand auf meinem Arm wiegt eine Tonne.

»Ich möchte doch nur, dass es dir besser geht«, sagt sie.

ACHTZEHN TAGE DAVOR

In einer weißen Vase auf dem Esszimmertisch prangten Osterglocken. Ihr Gelb erhellte den Raum und versetzte mich in eine fröhliche Stimmung. Auf dem Verandatisch stand die Schüssel mit dem Punsch, den ich aus Orangensaft, Rum und Wodka zusammengemischt hatte. Während ich ihn zubereitete, hatte ich davon probiert, das musste schließlich sein, der Geschmack muss ja stimmen. Beim Essenkochen habe ich auch ein oder zwei Gläser Wein getrunken. Nicht mehr. Allerdings habe ich die großen Gläser benutzt.

Olav und Bridget kamen als Erste, sie hatten Mutter dabei.
»Wie schön«, sagte Bridget, als sie die Osterglocken sah.
Ich reichte ihr ein Glas Punsch, sie lehnte ab, wollte den alkoholfreien. Olav lächelte mich an, drückte mich weniger kräftig, als es sonst seine Gewohnheit war.
»Kari«, sagte Mutter. »Bist du das?«
»Nein, Mutter«, antwortete ich. »Ich bin's, Evy.«
Ich lachte laut und lustig. Mir kam plötzlich in den Sinn, dass die Demenz eine gewisse Komik hatte, als ob irgendetwas an mir an Mutters Schwester erinnern würde. Ich drehte mich zu meinem Bruder um, doch der lachte nicht. Er schaute mich bloß fragend an.

Hannes Gesicht war starr. Weil Max geschrien hatte? Sie wirkte peinlich berührt, drückte mich leicht, sah mir nicht in die Augen. Danach kamen Lise und Bård. Lise konnte nur eine Stunde bleiben, dann musste sie Henrik zu einem Spiel fahren.

»Am Karsamstag?«, fragte ich verblüfft.

Lise warf mir einen resignierten Blick zu.

»Das haben wir doch mehrfach gesagt, Mama«, sagte Bård.

Hanne seufzte, sie und ihr Bruder wechselten Blicke, was mich ärgerte: Warum mussten sie so penibel sein, warum war es gleich ein Problem, wenn man hin und wieder etwas vergaß?

»Nun ja, dann sagst du es eben noch mal.«

Ich lachte, aber niemand lachte mit. Erling schaute in den Garten, sagte nichts.

Silje kam als Letzte. Ich reichte ihr ein Glas Osterpunsch. Sie schaute mich an, dann das Glas und wieder mich.

»Was ist da drin?«

Nicht du auch noch, dachte ich. Sei nicht so kleinlich, misch dich nicht in alles ein, kritisier nicht alles, was ich tue. Siehst du nicht, dass er gelb ist? Die Osterfarbe? Dann ist es doch wohl in Ordnung? Verstehst du nicht, dass wir ein bisschen Spaß haben wollen?

»Alles biologisch«, sagte ich. »Da kannst du wirklich ganz beruhigt sein.«

Erling schlug an sein Glas.

»Es ist so schön, dass ihr heute alle kommen konntet«, sagte er. »Evy hat fast bis zum Umfallen gearbeitet, um alles so gut hinzubekommen.«

Niemand sah mich an, als er das sagte. Ich lachte. War doch nicht erschöpft.

»Aber es sieht so aus, als würde das Osterlamm so, wie es sein soll«, fuhr er fort. »Es verspätet sich etwas, wird aber bald fertig sein, glaube ich, sodass ich hoffe, dass alle noch genug Zeit zum Essen haben werden.«

»Dann gehe ich mal nachschauen«, sagte ich, wobei ich militärisch salutierte. »Wenn der Chef es sagt.«

Erling lachte nicht, und auch keiner der anderen.

Aber das Lamm wurde nicht fertig. Es musste am Herd liegen. Vielleicht hatte ich ihn falsch eingestellt. Das Bratenthermometer steckte im Fleisch, aber das erreichte nicht die richtige Kerntemperatur. Ständig musste ich raus auf die Veranda und sagen: »Es dauert noch etwas, aber bald ist es fertig.«

Zumindest war die Stimmung gut, denke ich. Olav redete laut und freundlich, machte Späßchen. Aber war das Lächeln auf allen Gesichtern nicht etwas steif? Hin und wieder ging ich hinaus und schenkte den anderen Punsch nach. Mir selbst auch.

Die Türklingel zerhackte die Luft.

»Ich mache auf«, rief ich.

Keiner der Gäste draußen sagte etwas. Synne stand mit Tulpen in den Händen auf der Treppe. Eine ihrer Hände schoss vor, fasste meinen Arm.

»Ist alles in Ordnung, Evy?«

»Ja, ja«, sagte ich. »Ich bin bloß mit dem Essen beschäftigt.«

Sie sah skeptisch aus. Sie und ich, die wir immer so viel Spaß gehabt hatten.

Als ich Mutter wieder hinaus auf die Veranda führte, stolperte sie auf der Schwelle. Oder war ich das? Keine von uns konnte sich auf den Beinen halten. Bridget hielt uns fest.

»Das geht doch nicht, Evy«, seufzte sie.

Verdammtes zugeknöpftes Vorstadtfrauenzimmer, dachte ich, von Bridget hatte ich nichts anderes erwartet. Ich begab mich in die Küche, sah nach dem Braten und ging wieder hinaus.

»Das Essen ist gleich fertig«, sagte ich.

»Fragt sich bloß, ob wir noch essen können, bevor wir fahren müssen, Henrik«, bemerkte Lise.

»Das macht doch nichts«, beschwichtigte Bård mit verlegenem Gesicht.

Hanne sagte: »Ich schau mal nach.«

Mit harten, zackigen Schritten ging sie in die Küche.

Später saßen wir alle zusammen am Tisch, mit Ausnahme von Lise und ihrem Sohn. Ich erinnerte mich nicht an den Wortlaut des Tischgebets, das Mutter zu Ostern gewöhnlich sprach, *Vater unser, der du der Himmel bist, lass deinen Samen heilig gehalten werden, lass deinen Willen strömen*, oder war es etwas mit *Reich*, ha, ha, das ist ja dasselbe. Ich stammelte mich hindurch. Lachten die anderen? Ich erreichte das Ende, hob das Glas und prostete ihnen zu.

»Mama«, sagte Hanne mit heller, entschiedener Stimme. »Jetzt warst du so lange auf den Beinen. Willst du dich nicht etwas hinlegen?«

»Nein«, sagte ich. »Ich bin kein Kind.«

Sie blieben nicht lange. Zumindest war es nett, dachte ich. Ich habe es wohl auch gesagt, mehrmals: Ist das nicht schön, die Familie zu versammeln?

Aber Erling sah nachdenklich aus. Er schien über etwas nachzugrübeln, und den Rest des Abends sprach er sehr wenig.

SECHZEHN TAGE DANACH

Die Großvateruhr tickt schwer, während ich Edvard schreibe und ihm mitteile, dass ich keine Zeit habe, mit ihm essen zu gehen. Ich wäre jetzt zwar gern mit ihm zusammen. Es wäre so wohltuend, sich von seiner Aura aus Ruhe und Freundlichkeit einhüllen zu lassen, wo alles in Ordnung ist und ich mich für nichts schämen muss. Aber ich habe Angst, dass man es mir ansieht. Ich will von ihm nicht auf diese Weise gesehen werden, will auf keinen Fall in seiner Achtung sinken.

Wenn er es mir nicht bereits angesehen hat. Wie gut habe ich es verborgen? Ich bin mir nicht sicher. Vorher habe ich nicht auf diese Weise gedacht. Nun, ich bin mir ja darüber im Klaren, dass ich mir gern ein Gläschen genehmige. Das habe ich auch schon gemacht, als ich jünger war, als die Kinder im Teenageralter waren. Ich erinnere mich daran, dass wir darüber gesprochen haben. Erling und ich. Er war der Meinung, es sei etwas zu viel. Ich fand das äußerst übertrieben, reduzierte jedoch meinen Konsum, das war kein Problem. Und es hat seitdem ganz prima funktioniert. Ganz, ganz prima.

Aber vielleicht ist es in letzter Zeit etwas viel geworden. Das räume ich ein. In den letzten Jahren, vielleicht. Wir haben weniger Kontakt zu anderen Leuten gehabt. Nach dem Streit zwischen Erling und Synne besuchte Synne uns nicht mehr. Erst da wurde mir bewusst, dass sie fast die einzige Freundin war, die ich noch hatte. Olav und Bridget kommen nur ausnahmsweise, und ansonsten besuchen uns bloß noch die Kinder. Und Erling wurde eigensinniger, immer reizbarer. Vielleicht habe ich angefangen, das Rotweinglas etwas häufiger vollzuschenken. Also habe ich den kleinen Rausch wohl gebraucht, um die Situation abzumildern. Es hat sich sicher gut angefühlt, wie an einer Stelle am Rücken gekratzt zu werden, die man selbst nicht erreichen kann. Vielleicht habe ich den Juckreiz etwas zu oft gestillt.

Und die Tabletten, die habe ich doch von meiner Ärztin bekommen. Sie hat entschieden, dass ich sie brauche, um zur Ruhe zu kommen, um schlafen zu können. Wer bin ich, dass ich ihr Fachwissen überprüfen könnte? Vielleicht habe ich ein wenig zu viele genommen, habe mir hier und da einige zusätzlich organisiert. Einen Blister aus dem Medizinschrank meiner Mutter genommen, wenn sich die Gelegenheit bot, zu meiner Ärztin gesagt, ich hätte eine Packung verloren, oder mir bei einem anderen Arzt ein Rezept erschlichen. Aber es handelt sich doch um Heilmittel. Ihre Bestimmung ist es doch zu heilen. Wie falsch kann es sein zu spüren, dass sie helfen, dass sie den Nutzen bringen, für den sie hergestellt worden sind? Ist das denn nicht gut? Zu spüren, dass es besser wird? Dass man schläft, aufwacht, ruhig ist?

Und seit Erlings Tod habe ich keine Pille genommen, ich habe die kleine Schachtel im Badezimmerschrank nicht angerührt.

Und *warum* habe ich es nicht getan? Jemand hat sich an Erlings Tabletten zu schaffen gemacht. Könnte das auch bei meinen der Fall sein? Und ich will nachts nicht abgestumpft sein, will nicht benebelt sein. Will in der Lage sein, schnell auf die Beine zu kommen. Auch mit dem Weintrinken habe ich es ruhig angehen lassen. Nein, ich glaube nicht, dass Edvard etwas gemerkt hat.

Es sei denn, er *weiß* es. Es sei denn, Erling hat ihm davon erzählt, hat ihm bei ihren Essensverabredungen sein Leid geklagt.

Wieder hätte ich gern diesen Terminkalender, würde gern zurückblättern können, sehen, wann Treffen mit Edvard eingetragen sind. Wenn er sie denn notiert hat. Ich sehe das Kästchen in dem Kalender vor mir, den Miriam mir gezeigt hat: privater Termin.

Er hat Edvard doch wohl getroffen? Edvard wird doch wohl nicht lügen? Er wird doch wohl keine enge Freundschaft erdichtet haben, jetzt, wo Erling es nicht mehr abstreiten kann? Edvards freundliche Augen, die Ruhe, die ich in seiner Gegenwart empfinde. Nein, nichts von der ganzen Misere kann Edvards Schuld sein. Und trotzdem kann ich meinen Kopf nicht stoppen: Edvards Blumen kamen vier Tage nach *jenem* Tag, jemand hatte sie zu meiner Tür gebracht. Ein Blumenbote oder er selbst? Möglicherweise war die Tür nicht abgeschlossen. Dann kann er ins Arbeitszimmer gegangen sein und sich den Terminkalender vom Schreibtisch geschnappt haben. Und diese Person, die Mutter am Karsamstag gesehen hat, muss es sich bei ihr notwendigerweise um ein Familienmitglied gehandelt haben? Nichts von dem, was sie gesagt hat, beweist mit Sicherheit, dass es einer von uns war. Ich glaube nicht, dass ich die Haustür abgeschlossen habe, nachdem Synne vorbeigeschaut hatte. Der Rest der Familie stand im Garten, auf der anderen Seite des Hauses, nur Mutter und ich waren hier drin – die eine schwer dement, die andere ziemlich betrunken.

Aber kann Edvard Erlings Medikamente ausgetauscht haben? Kann er den Schlauch des Gasbehälters auf Tjøme ausgewechselt haben? Das ist eher unwahrscheinlich.

Und ein Teil von mir kann nicht glauben, dass ich das überhaupt denke, kann nicht glauben, dass ich imstande bin, Edvard Weimer zu verdächtigen. Aber es ist so schwierig, das Ganze aufzudröseln. Der Vorfall auf Tjøme kann nur als Mordversuch aufgefasst werden. Das denke ich jetzt, in einem Moment ungewöhnlicher Klarsicht: Jemand *muss* den Schlauch zwischen der Gasflasche und dem Herd ausgetauscht haben, den gerade kontrollierten Schlauch entfernt, einen alten und porösen eingebaut haben. Mit der Absicht, Schaden anzurichten. Wenn man es so betrachtet, ergibt sich als nächste Frage: Wurde der Schlauch vor oder nach Erlings Tod ausgetauscht? Mit anderen Worten: War das Gasleck auf Tjøme ein Versuch, Erling zu töten? Oder war der Verursacher des Lecks hinter mir her?

Fast unmittelbar nachdem ich Edvard die Nachricht mit meiner Absage geschickt habe, beginnt mein Handy zu brummen. Zuerst glaube ich, dass er anruft, um mich zu überreden, doch zu kommen. In diesem Fall würde ich mich nicht lange bitten lassen, denn ein warmes Gefühl steigt aus meinem Bauch empor und breitet sich in mir aus: Vielleicht hat er sich darauf gefreut, mich zu sehen. Aber im Display steht der Name meines Bruders.

»Hallo«, sage ich.

Fast sofort bereue ich, den Anruf angenommen zu haben. Das Osteressen kommt mir in den Sinn. Mutter, die mich *Kari* nennt, die mich für ihre Schwester hält. Ich, die ich mich lachend zu meinem Bruder umdrehe. Olav, der mich mit ausdruckslosem Gesicht ansieht.

»Hallo, Evy. Wie geht's dir?«

»Ach ja. Und dir?«

»Ach, gut.«

Er räuspert sich. Er hat etwas auf dem Herzen.

»Du, ich habe mit Bård gesprochen«, sagt er. »Und wie ich höre, hat Erling vor seinem Tod ein paar, nun ja, etwas überraschende Schritte hinsichtlich seines Vermögens unternommen.«

»Ja.«

Ich schaue zum Esstisch hinüber, wo Bård und ich an dem Tag gesessen haben, als er den Hähnchen-Wok mitgebracht hatte. Ich denke: Morgen fahre ich zu meinem Sohn. Bevor ich mich mit Hanne treffe, besuche ich Bård bei der Arbeit. Sehe ihn mit eigenen Augen, spreche mit ihm über diese Angelegenheit.

»Nach dem zu urteilen, was Bård erzählt hat, wirkt das Ganze ziemlich verrückt«, sagt Olav. »Und ich habe ihn so verstanden, dass du nichts davon gewusst hast?«

Olav wartet auf mich, wartet darauf, dass ich es bestätige. Einen Augenblick ist es vollkommen still. Ich denke: Kann ich meinem Bruder vertrauen? Und kann ich Bård vertrauen? Trotz des allzu breiten Lächelns scheint mir Peter Bull-Clausen meine sicherste Karte zu sein. Peter ist der Mann, den Erling ausgewählt hat: ein Fremder, ohne Interessen oder Bindungen an unsere Familie.

Langsam sage ich: »Erling hat mich einige Papiere unterschreiben lassen. Dabei ging es um eine praktischere Lösung in Bezug auf die Eigentumsform der Hütte, hat er gesagt. Du weißt ja, wie es bei uns zuging. Um solche Dinge hat er sich gekümmert. Ich bin immer davon ausgegangen, dass er die richtigen Entscheidungen trifft.«

Jetzt schweigt Olav. Ich kann hören, wie er schwer atmet.

»Ja, okay. Deine Kinder wundern sich allerdings ein bisschen. Gütertrennung bei gemeinsamem Besitz ist ja ziemlich ungewöhnlich. Und dass dir jetzt alles gehört, wo das Haus doch von Erlings Familie vererbt worden ist. Da kann man sich schon so seine Gedanken machen.«

»Ja, kann man.«

Wieder atmet Olav schwer.

»Ist alles in Ordnung mit dir, Evy?«, fragt er.

Aber er benutzt nicht meinen Kosenamen. *Kleine*, so hat er mich im vertraulichen Gespräch immer genannt.

»Nun«, sage ich schnell und zornig. »Ich habe gerade meinen Ehemann verloren, die Polizei steht auf der Matte, und gestern wäre ich durch ein Gasleck in der Hütte auf Tjøme fast gestorben, also was glaubst du wohl?«

»Was sagst du da?«

»Ich war gestern auf Tjøme«, sage ich hart. »Und als wir den Wohnraum betreten haben, fühlten wir uns auf einmal schlapp, und dann stellte sich heraus, dass der Behälter wochenlang lebensgefährliches Gas in den Raum abgegeben hat, sodass die Hütte randvoll davon war. Glücklicherweise sind wir noch herausgekommen. Der Mann von der Feuerwehr hat gesagt, es hätte richtig schiefgehen können.«

»Ist das wahr?«, sagt Olav. »Wann ist das passiert, sagst du?«

»Gestern. Ich finde also, ich habe das Recht, mich etwas angeschlagen zu fühlen.«

»Meine Güte. Davon höre ich zum ersten Mal ... Wissen deine Kinder davon?«

»Nein. Aber sie vertrauen mir ja auch nicht so viel an. Mindestens zwei von ihnen haben Erling um Geld gebeten, und keines ist auf die Idee gekommen, dass sie mich hätten fragen können.«

Olav räuspert sich zustimmend, und ich bremse mich selbst. Denn ich weiß nicht, ob ich ihn so tief in diese Angelegenheit einbeziehen sollte. Ich überlege: Auch er war Karsamstag hier. Und er war am Tag nach Erlings Tod hier. Er hätte die Tablettenschachteln, das Fahrrad, den Terminkalender nehmen können. Außerdem war er viele Male in der Hütte auf Tjøme. Wie leicht wäre es doch für ihn gewesen, dieses Leck zu verursachen?

»Die Sache ist die. Deine Kinder denken darüber nach, die Überschreibung der Immobilien an dich anzufechten. Irgendwie macht es ja den Eindruck, als hätte Erling zuletzt ein wenig den Überblick verloren. Mit seinem Engagement für die Umwelt und all dem. Er wirkte ja ein wenig neben der Spur. Also hatte er vielleicht nicht mehr alle fünf Sinne beisammen, als er diese Kapriolen veranstaltet hat. Es kann den Versuch wert sein, das überprüfen zu lassen.«

Ich schlucke ein paarmal.

»Und wie sollen wir das überprüfen?«

»Nun. Es gibt ja einen Obduktionsbericht. Aber am einfachsten wäre es vielleicht, wenn wir uns auf sein Verhalten stützen. Bei diesem Osteressen war er etwas seltsam, weißt du. Bridget und ich haben auf dem Nachhauseweg im Auto darüber gesprochen. Dass er nicht ganz er selbst war.«

»Und wie war ich, deiner Meinung nach?«

Er schweigt.

»Aber Fvy«, sagt er schließlich.

Und das ist im Grunde genau die Bestätigung, die ich brauche. Natürlich haben sie sich auf dem Nachhauseweg im Auto über uns unterhalten. Aber sie haben nicht über Erling geredet. Nein, sie haben über mich geredet. Darüber, wie betrunken ich war, wie ich mich blamiert habe. Alles, was sie über Erling gesagt haben, muss in Verbindung mit mir geäußert worden sein: wie peinlich es ihm gewesen sein muss und so weiter.

Jetzt, im Nachhinein ist es etwas anderes. Jetzt, wo es sich für sie – für die Kinder, aber vielleicht auch für Olav – lohnen kann zu denken, *Erling* wäre das Problem gewesen, *Erling* wäre neben der Spur, wäre im Begriff gewesen, den Verstand zu verlieren und etwas Übereiltes zu tun.

Ich sage: »Erling war nicht dabei, verrückt zu werden. Was er getan hat, hat er bei vollem Bewusstsein getan und aus einem Grund.«

»Ich verstehe bloß nicht, welcher Grund das sein könnte.«

Ich denke an das, was Edvard gesagt hat, in dem französischen Restaurant, darüber, dass es fast den Anschein haben könnte, als wollte Erling sicherstellen, dass seine Kinder ihr Erbe nicht bekommen. Doch ich erwähne es nicht.

»Ich bin mir nicht ganz sicher, aber ich versuche, es herauszufinden.«

»Aha.«

Etwas an seinem Tonfall verrät mir, dass er nicht sonderlich daran glaubt, dass meine Untersuchungen zu irgendeiner Form von Klarheit führen werden.

»Wie dem auch sei«, fährt er fort und holt Luft. »Es liegt ja in deiner Macht, einen Teil davon rückgängig zu machen. Zum Beispiel, indem du den Besitz auf Tjøme verkaufst und den Erlös unter den Kindern aufteilst. Du hast diesen Ort nie gemocht, Evy, und ich kann mir nicht vorstellen, dass du ihn sonderlich viel nutzen wirst, jetzt, wo du allein bist. Dann bekommen sie ein väterliches Erbteil, und du kannst im Nordheimbakken wohnen bleiben.«

Die Doppelflügeltür steht offen, was den dunklen Korridor hinter ihr unanständig bloßlegt. Ich schaue hinein. Die Tür zu Erlings Arbeitszimmer ist angelehnt.

»Ich verstehe. Aber das entspricht ja nicht Erlings Wunsch.«

»Wie meinst du das?«

»Ich meine«, sage ich langsam, »dass Erling ziemlich weit gegangen ist, um mir die volle Kontrolle zu geben. Ich wüsste gern, warum er das getan hat.«

»Aber spielt das denn eine Rolle? Ist es nicht wichtiger, dass es der Familie gut geht? Dir, den Kindern, den Enkelkindern?«

Der dunkle Korridor übt einen Sog auf mich aus. Das Arbeitszimmer, die Kellertreppe.

»Weißt du, Olav, ich finde es befremdlich, dass ich erst *jetzt* gefragt werde, was ich möchte. Erst jetzt, wo ich bestimme.«

Wieder wird es still zwischen uns. Von seiner Seite höre ich ein Pfeifen, als zöge er den Atem tief in seinen mächtigen Körper, als ließe er die Luft aus dem ihn umgebenden Raum seine Lunge, seinen Brustkorb füllen.

»Okay«, sagt er schließlich. »Ich wollte dir bloß erzählen, was Bård und ich besprochen haben. Ich hielt es für richtig, dass du es erfährst.«

»Gut«, erwidere ich. »Danke.«

Sobald ich es ausgesprochen habe, bereue ich es. Wofür danke ich ihm? Inwieweit hatte er bei diesem Gespräch mein Interesse im Sinn, inwieweit war Fürsorge für mich sein Motiv?

»Ach, übrigens«, sagt er dann. »Wer war mit dir zusammen? Dort auf Tjøme?«

»Was meinst du?«

»Du hast ›wir‹ gesagt. Du hast gesagt, ›wir‹ sind noch herausgekommen.«

»Oh ja.«

Am liebsten hätte ich nichts dazu gesagt. Hätte das »wir« zurückgenommen, nur von mir selbst gesprochen. Aber es ist zu spät, und es hat keinen Sinn zu lügen. Wahrscheinlich steht es auch im Bericht der Feuerwehr. Es kann leicht ans Licht kommen.

»Edvard Weimer«, sage ich.

»Hm.«

Aber es ist keine Überraschung in Olavs Antwort zu hören. Die Kinder haben ihm wohl auch davon erzählt.

»Evy, wenn ich dir einen Rat geben darf. Sei etwas vorsichtig in Bezug auf Weimer.«

»Was meinst du? Was stimmt nicht mit ihm?«

Er schweigt. Ich höre ihn atmen.

»Er wirkte immer schon ein bisschen suspekt. Und er scheint sich sehr für die ganze Sache zu interessieren. Ich halte es für das Beste, wenn wir ihm nicht so viel erzählen. Wir lösen das unter uns, in der Familie. Das ist meine Meinung.«

»Danke für den Rat«, sage ich und beende das Gespräch.

SECHSUNDZWANZIG JAHRE DAVOR

Mir war es herzlich egal, dass Bilals Kunst überall zu sehen war. Es kümmerte mich wirklich nicht, dass der Verlag ihn mit einer anderen Autorin in Kontakt gebracht hatte, die Texte zu seinen Bildern schrieb, oder dass dieses Buch an der Spitze aller Bestsellerlisten stand, in allen Buchhandlungen lag. *Darum* war es mir ja nie gegangen. Ich musste keine Schriftstellerin sein. Ich hatte es bloß unterhaltsam gefunden, etwas anderes zu tun, zu sehen, dass es mir gelang. Ich war nicht traurig deswegen, hatte anderes, worum ich mich kümmern musste. Mein Gott, ich war Mutter zweier Teenager und einer Siebenjährigen, ich hatte mehr als genug zu tun.

Aber die Nachmittage wurden lang. Vormittags war ich beschäftigt. Der Frühstückstisch musste abgeräumt, die Hausarbeit erledigt werden. Nach dem Mittagessen wurde es ruhiger. Das Haus war leer. Die Kinder kamen nicht vor drei nach Hause, und häufig gingen sie nach der Schule zu Freunden. Also lief ich nur ziellos durchs Haus. Manchmal trank ich ein Glas Wein. Nicht exzessiv, nicht so, dass ich betrunken gewesen wäre. Bloß genug, um das Gefühl zu bekommen, dass das Leben auch anders sein konnte. Dass es Verschnaufpausen in der Langeweile gab. Manchmal zog ich mich gut an, holte Seidenbluse und Rock hervor, Perlonstrümpfe und Schuhe mit hohen Absätzen. Irgendwie machte die Hausarbeit dann mehr Spaß. Hin und wieder hörte ich Musik mit der Stereoanlage, die ich nach dem zweiten Martine-Buch gekauft hatte. Ansonsten benutzten wir sie nicht oft.

Mit hochhackigen Schuhen und Seidenbluse ging ich in Bårds Zimmer, einen Korb mit sauberer Wäsche in den Händen. Hier drin herrschte Unordnung, es stank nach dreckigen Socken. Die saubere Kleidung, die ich in die Kommode legte, war ordentlich zusammengefaltet. Morgen früh würde er mit seinen Pfoten darin herumwühlen und in blinder Hast auf der Suche nach etwas zum Anziehen alles zusammenknüllen. So war meine Arbeit, vergeblich und vergänglich, aber zumindest hatte ich mich gut angezogen, zumindest fühlte ich mich schön. Und eigentlich gefiel es mir ja, das Haus in Ordnung, das Räderwerk der Familie in Gang zu halten. Produktionsdruck, drängelnde Lektoren und Bibliotheken mit Scharen kleiner Kinder, mit so was war ich fertig. Ebenso mit Klassenzimmern voller lärmender Schüler. Ich legte die zusammengefalteten Unterhosen meines Sohnes in die Schublade.

Auf der Kommode lag der tragbare CD-Player, den er sich von seinem Konfirmationsgeld gekauft hatte, umgeben von CD-Stapeln. Metallica, Korn, Rage Against the Machine, diese Bands kannte ich nicht. Ich hätte ihn gern danach gefragt. Nicht nur herumgemeckert, dass er daran denken soll, seine schmutzige Wäsche in den Korb zu legen. Ich hätte gern mit ihm über Musik gesprochen, ihm gezeigt, dass seine Mutter sich ein wenig auskannte. Das, was er hörte, das baute doch sicher auf dem auf, was ich in den Siebzigern gehört hatte? Läuft es nicht so? Alles baut auf etwas anderem auf, bezieht Inspiration daraus und führt es weiter, entwickelt sich zu etwas Neuem, aber trägt das, was gewesen ist, in sich. Etwas in der Art hätte ich zu ihm sagen können. Ich nahm eine der CDs. Das Cover war schwarz-weiß, zeigte einen Mann in Flammen. Ich legte sie in den leeren Wäschekorb.

Unten im Wohnzimmer legte ich die CD ein, wählte einen Track und drückte auf Play. Ein Gitarrenriff durchbrach das Ticken der Uhr, und ich drehte die Lautstärke hoch, ließ es das Wohnzimmer erfüllen. Eine Männerstimme stöhnte, und dann legte die Band mit Gitarren los, schuf einen satten, lärmenden Klang. Völlig verschieden von dem, was ich in meiner Jugend gehört hatte, aber es gefiel mir. *Now you do what they told ya*, sang der Mann in der Stereoanlage, wieder und wieder. *Now you do what they told ya*. Ich lachte über mich selbst, als ich mich dabei ertappte, wie ich die Hüfte dazu schwang, denn war es nicht eigentlich ganz schön, dass Bård und ich uns so begegnen konnten, über die Jahrzehnte hinweg, die unsere Jugendjahre trennten?

Der Sänger ging zum Schreien über, war reiner Protest und Raserei, und ich trat meine Schuhe weg, tanzte durchs Wohnzimmer und schrie mit ihm: *Fuck you, I won't do what you tell me! Fuck you, I won't do what you tell me!* Der Song hämmerte durch meinen Körper, vibrierte in Beinen und Armen. Die sechzehnjährige Evy hätte das auch toll gefunden. Sie wäre auf und ab gehüpft, neben dem sechzehnjährigen Bård, hätte aus vollem Hals mitgebrüllt. Und war dies nicht der Klang jugendlicher Wildheit und Auflehnung, fühlte es sich nicht verdammt *gut* an?

Dann hörte ich ihn über die Musik hinweg.

»Mama!«

Ich drehte mich um. Er stand zwischen zwei Schulfreunden. Der eine von ihnen verbarg den Mund hinter seiner Hand, es sah aus, als grinste er. Aber vielleicht war er auch ein wenig beeindruckt? Würde *seine* Mutter das tun, zu Rage Against the Machine tanzen? Der andere Freund schaute zu Boden. Bård sah mich mit brennenden Augen an. Ich eilte zur Stereoanlage und stellte sie aus.

»Ich habe deine CD gefunden«, sagte ich lachend zu ihm. »Sie gefällt mir.«

Mein Weinglas stand auf dem Wohnzimmertisch. Die hochhackigen Schuhe lagen auf dem Boden, direkt vor den Füßen der drei Jungen.

»Das ist *meine*«, sagte Bård. »Gib her!«

Ich drückte auf den Knopf, der CD-Einschub schoss aus dem Apparat.

»Ich mag den Rhythmus«, sagte ich.

Ich versuchte, etwas Sachkundiges über die Musik zu sagen, über den Text und das Arrangement, aber Bård hörte nicht zu. Ich reichte ihm die CD, und er riss sie an sich, machte auf dem Absatz kehrt und verschwand die Treppe hinauf. Seine Freunde folgten ihm, und dann waren sie fort. Ich räumte das Weinglas und die Stöckelschuhe weg.

SIEBZEHN TAGE DANACH

Als ich komme, sitzt er an seinem Schreibtisch. Die Dame am Empfang hat mich hereingelassen und mir den Weg zu seinem Büro gezeigt. Sie hat nicht genug Zeit gehabt, um mich anzukündigen, trotzdem sieht er nicht überrascht aus.

»Hallo, Mama«, sagt er.

Ich schließe die Tür hinter mir. Das Büro ist klein, lediglich eine Zelle, und sein Schreibtisch nimmt die Hälfte des Raums ein. Hinter ihm ist ein Fenster, von dort sieht man den Hinterhof und das Gebäude auf der anderen Seite. Vor sich hat er seinen PC und eine Tasse Kaffee. *Weltbester Papa*, steht auf der Tasse.

»Ich war in der Gegend«, sage ich.

»Ja«, sagt er mit einem schwachen Lächeln. »Ich hatte mir schon gedacht, dass ich jetzt möglicherweise an der Reihe bin.«

Ich lächle zurück. Er sieht gut aus, mein Junge. Groß und schlank wie sein Vater, und er kleidet sich gut. Aber er hat diese erschöpfte Ausstrahlung. Wenn ich ihn jetzt so sehe, denke ich, dass er seit Jahren erschöpft ist.

Oder hat das mit mir zu tun? Ist seine Mattigkeit in erster Linie eine Reaktion auf mich? Wieder ist da dieser Anflug von Selbstwahrnehmung, wie bin ich aufgetreten, was habe ich getan? Vielleicht ist er sonst vital und energisch, im Umgang mit Kollegen, Familie und Freunden.

Jetzt, im Erwachsenenalter, habe ich ihn nicht oft mit Freunden gesehen. Ich erinnere mich an die Freunde, die auf seiner

Hochzeit waren. Da er jung geheiratet hat, waren die ziemlich kindlich, noch richtige Jungs. Sie hatten offene, glatte Gesichter, lachten laut, langten beim Wein tüchtig zu. In einer Rede kamen ein paar Einfälle zur Sprache, die Bård bei Partys gehabt hatte. Etwas über den Sprung von einer Veranda in Hemsedal, über einen Vorfall in einer Diskothek auf Korfu, in den einige Mädchen und Drinks involviert gewesen waren. Die Jungs lachten anzüglich. Lise lächelte nachsichtig. Bård wurde rot. Lachte, denn das musste er ja, aber er war peinlich berührt. Er warf Erling und mir ein oder zwei Blicke zu. Besonders seinem Vater. Dabei beugte er den Nacken wie ein Schuljunge in Erwartung einer Standpauke.

»Ja«, sagt er, als ich mich hinsetze. »Ich weiß, dass du die Runde machst und uns alle fragst, in was für eine Art von finanzieller Bredouille wir geraten sind, also kann ich ebenso gut auf der Stelle gestehen. Das Geschäft läuft nicht gerade gut.«

Er reibt sich mit den Händen durchs Gesicht, sieht wieder erschöpft aus.

»Momentan laufen zwei große Projekte. Der Hafenpark und die Røa Gartenstadt. Der Verkauf hat länger gedauert, als wir einkalkuliert hatten, und in Røa waren wir gezwungen, in Verbesserungsmaßnahmen zu investieren, um das Projekt verkaufsfähig zu machen. Deshalb bin ich zu Papa gegangen und habe um dieses Darlehen gebeten.«

Ich nicke. Erinnere mich daran, wie selbstverständlich Lise über das Darlehen gesprochen hatte, sie war einfach davon ausgegangen, dass ich Bescheid wusste. Bei Ørjan war es das Gleiche gewesen. Mir kommt der Gedanke: Das sollte mir etwas sagen. Nicht meine Schwiegerkinder haben mir Informationen vorenthalten. Für die Heimlichtuerei sind meine eigenen Kinder verantwortlich.

»Nun«, sagt er, wobei er eine ausholende Bewegung mit den Armen macht und auf die gleiche jungenhafte Art lächelt wie als Kind, wenn er vergessen hatte, seine Hausaufgaben zu machen oder seine dreckigen Socken wegzuräumen. »Ich brauche einige Hunderttausend. Nur um uns bis zum Ende des Sommers über Wasser zu halten. Wir haben einige Interessenten, wir stehen in Verhandlungen, aber so etwas braucht Zeit. Aktuell haben wir ein Liquiditätsproblem. Wie ich zu Papa gesagt habe, könnte ich das Darlehen zurückzahlen, sobald der Verkauf des Hafenparks unter Dach und Fach ist. Und wir *werden* ihn verkauft bekommen. Wenn nicht vor dem Sommer, dann auf jeden Fall direkt danach.«

»Aber Papa hat Nein gesagt«, sage ich.

Bård seufzt.

»Er war der Meinung, ich müsse allein zurechtkommen. Und wer weiß, vielleicht hatte er sogar recht. Auch wenn ich ihn nie so habe reden hören, wenn es um Silje ging.«

In seinem Ton liegt eine Spur von Bitterkeit. Es waren strenge Ansprüche, die an ihn und Hanne gestellt worden waren, nicht explizit, aber als Erwartungen, denen sie gerecht werden sollten: tüchtig sein, gute Leistungen in der Schule erbringen, sich solide, respektable Leben aufbauen. An sie beide, aber vielleicht besonders an ihn, den Erstgeborenen. Den Jungen. Erling war altmodisch, sah nicht die Bedeutung von fantasievollem Spiel und kreativer Betätigung. Hanne und Bård buhlten um seine Anerkennung, er zuckte nur mit den Schultern.

Aber war ich nicht großzügig, mit Liebkosungen ebenso wie mit Aufmerksamkeit? Das einzige Problem ist, dass ich einige Jahre vielleicht etwas abwesend war, mich möglicherweise in dem Vakuum nach Paris verloren hatte. Und deshalb kann ich mir nicht in Gänze vorstellen, wie es für Bård oder für Hanne gewesen sein muss, dass der Enthusiasmus, den sie so unermüdlich bei ihrem Vater suchten, ihrer kleinen Schwester so bereitwillig geschenkt wurde, die noch nicht einmal darum gebeten hatte.

»Aber mich hast du nicht gefragt«, sage ich. »Du hast noch nicht einmal erwähnt, dass du Geld brauchst.«

Er schaut mich an. Ich habe den Eindruck, dass er mich abschätzt. Er kneift die Augen zusammen, betrachtet mich eingehender, als er es gewöhnlich tut.

»Papa hätte das nicht gefallen«, antwortet er.

»Du warst der Ansicht, dass es nichts nützen würde. *Das* ist es, was du eigentlich meinst. Du dachtest wohl, dass ich bloß sagen würde, du solltest trotzdem mit Papa sprechen.«

»Ja. Der Gedanke ist mir gekommen.«

Bård ist so tüchtig, er arbeitet so hart, das habe ich immer über ihn gedacht. Ich erinnere mich, wie er als Kind dasaß, den Kopf in die linke Hand gestützt, während er in sein Matheheft schrieb, wobei sich seine Locken um die kleinen Finger ringelten. Es schmerzte in der Brust, mein Junge, der sich auf das vorbereitete, was das Leben von ihm verlangen würde.

Ich habe ihn wohl immer so gesehen, auf dem Weg fort von mir, hinaus in die Welt. Mutterliebe ist asymmetrisch, sie wird in solchen Mengen verschenkt, dass eine Vergeltung durch das Kind überhaupt nicht intendiert ist. Aber man hofft ja trotzdem, dass die Kinder einen ebenfalls lieben. Jetzt schaue ich ihn an, die ergrauenden Locken, die allmählich ausfallen. Habe ich genug für ihn getan? Habe ich ihm möglicherweise unbeabsichtigt geschadet, auf eine Weise, die ich nicht überblicke?

»Und du warst vielleicht der Meinung, dass ich etwas zu viel getrunken habe«, sage ich.

Seine Augen werden schmal, und in seinem Gesicht macht sich ein Anflug von Fürsorge bemerkbar.

»Wie ich sehe, hat Silje die Karten auf den Tisch gelegt.«
»Aber warum hast du nichts gesagt, Bård?«
Er zuckt mit den Schultern.

»Ich dachte, du wüsstest das, Mama. Ich meine, wie lange brauchst du für einen Drei-Liter-Karton? Ich fand nicht, dass wir dich darauf hinweisen müssen, dass es nicht ganz okay ist, vor dem Mittagessen Wein zu trinken.«

Jetzt wallt Mitleid in mir auf. Mir kommt jener Nachmittag in den Sinn, an dem ich zu seiner Musik getanzt habe. Damals habe ich es nicht für so schlimm gehalten, aber jetzt wird mir klar, wie peinlich es gewesen sein muss. Ich war bestimmt betrunken, weit weniger glamourös als in meiner Vorstellung. Ich hatte mich aufgebrezelt, mit meinem kürzesten Rock, und vor seinen Freunden getanzt. Und ich habe nie ein Wort darüber verloren. Ich habe mich danach nicht bei ihm entschuldigt. Vielmehr ließ ich es auf sich beruhen, und es kam zu der Sammlung der Dinge, über die wir nicht sprachen. Kann ich ihm vorwerfen, dass er jetzt nicht mit mir redet, wenn ich selbst ihm dieses Verschweigen beigebracht habe?

»Es war sicher nicht leicht mit mir, Bård«, sage ich. »Ich glaube, das verstehe ich erst jetzt richtig.«

Ich denke an Silje, die mich gebeten hat, mir Hilfe zu suchen. Und an Erling bei dem Osteressen, nachdenklich und mit gerunzelter Stirn. Erling hat mich nie auf meinen Alkoholkonsum angesprochen. Aber vielleicht hat er das Problem nicht in seinem ganzen Ausmaß erkannt. Für ihn war ich immer das fleißige Schulmädchen aus dem Røaveien.

»Ist schon in Ordnung, Mama«, sagt er und blickt starr geradeaus. »Für dich war es wohl auch nicht immer so einfach.«

Dann schweigen wir eine Weile. Sein Telefon liegt stumm auf der Schreibtischplatte, was mich traurig macht. Müssten sie ihn nicht anrufen, all diese Interessenten? Müssten sie nicht darum betteln, sich in seine Projekte einkaufen zu dürfen, sich gegenseitig überbieten? Oder zumindest über Kaufpreis und Abnahme verhandeln? Bård hat die Firma gegründet, zusammen mit einem Freund, den er später ausgezahlt hat. Ich kann hören, wie er bei gemeinsamen Essen zu Hause im Nordheimbakken von der Arbeit zu erzählen pflegte. Häufig an mich gewandt, aber mit kurzen Seitenblicken zu Erling.

Sehnte er sich noch immer nach der Aufmerksamkeit seines Vaters? Und weigerte Erling sich, sich beeindrucken zu lassen? Wie er sich geweigert hatte, sich von ihren Zeichnungen, ihren Skipokalen und Wettkampferfolgen oder ihren Ausbildungen begeistern zu lassen? Erhielt bloß Silje, die ihre eigenen Wege ging und sich für genau das Gegenteil von dem entschied, was Erling für allein selig machend hielt, die Bewunderung ihres Vaters?

»Olav hat mich gestern angerufen«, sage ich.

»Ich weiß«, antwortet Bård.

»Du willst also das Testament anfechten?«

Er seufzt. Das Jungenhafte ist völlig verschwunden, plötzlich sieht er alt aus.

»Ich weiß nicht, was ich sonst tun soll. Was Papa da gemacht hat, wirkt ja völlig verrückt. Und Olav sagt, dass du nicht bereit bist, die Angelegenheit in Ordnung zu bringen. Das könntest du, Mama, weißt du. Mit dem Verkauf des Besitzes auf Tjøme könntest du das ganze Schlamassel beheben.«

Ich nicke langsam. Sehe Bård an Peter Bull-Clausens Tisch vor mir. Wenn ich meinen Sohn anschaue, verstellt mir meine Zärtlichkeit den Blick, so war es schon immer. Ja, ich verstehe es jetzt: Bård war zu dem Treffen bei dem Anwalt gekommen in dem Glauben, er werde reich. In dem Glauben, er werde das Haus bekommen, werde seinen Teil der Millionen bekommen, die Erling seiner Schätzung nach besitzen musste. Er hatte mit dem Geld gerechnet. Hatte bestimmt eine Datei angelegt und Berechnungen angestellt, mit seiner Frau gesprochen, wie sie seinen Anteil verwenden wollten. Dann hatte er an diesem Besprechungstisch gesessen und sich betrogen gefühlt. Als hätte Erling ihm etwas weggenommen, das ihm rechtmäßig gehörte. Ja, mein Sohn ist nicht frei von Gier. Es fällt mir nur so schwer, das zu erkennen, weil ich eine solche Schwäche für ihn habe.

»Ich weiß nicht recht, was ich tun soll«, sage ich. »Aber ich muss ja versuchen zu verstehen, warum Papa so gehandelt hat.«

»Aber die Zeit vergeht«, sagt Bård. »Ich brauche Geld, und Hanne ebenfalls. Und Silje, nicht zu vergessen. Während du versuchst zu verstehen, verpassen wir unsere Gelegenheiten. Begreifst du das nicht?«

Ich schaue ihn an.

»Erbe ist ein Geschenk, Bård«, sage ich. »Es ist nicht dein Geld.«

Da verschließt sich etwas in seinem Gesicht, etwas Dunkles legt sich über seine Augen, und dann zieht er sich zurück.

»Natürlich«, sagt er förmlich. »Es ist deine Entscheidung. Ich versuche lediglich, dir die Situation klarzumachen.«

Hanne ist schon da, als ich komme. Ich sehe sie, bevor sie mich entdeckt, bemerke den ungeduldigen Blick, den sie zur Tür wirft, aber auch etwas Ernstes und Ungewohntes in ihrem Gesicht, etwas Erwachsenes. Wenn ich an sie denke, erscheint sie mir jugendlich, aber sie ist letzten Winter vierzig geworden.

Sie erblickt mich. Es vergehen ein oder zwei Hundertstelsekunden, ehe sie lächelt, und in diesem kurzen Moment starrt sie mich nur an. Dann setzt sie ein Lächeln auf und winkt.

Als ich ihren Tisch erreiche, umarme ich sie, und während ich sie festhalte, nehme ich den Geruch ihres Parfüms wahr. Sie hat immer glatte Haare, trägt immer saubere und frisch gebügelte Kleidung. Ich erinnere mich an die ersten Monate nach Max' Geburt, als er nicht schlief und nicht aß, sondern bloß schrie, daran, dass Hanne ungeschminkt, mit fettigen Haaren und rot um die Augen in einem von Ørjans abgelegten Pullovern in ihrer Wohnung saß, mich über den vollgestellten Küchentisch hinweg anstierte und sagte: »Ich gehe die Wände hoch, Mama.« Aber dann schlief das Baby besser, und diese Version von Hanne, das ungepflegte Urweib, verschwand in den Schatten.

»Ich habe nur eine halbe Stunde«, sagt sie und schaut auf die Uhr. »Um eins habe ich einen Termin mit einem Zulieferer, und ich sollte vorher besser noch sein Angebot durchlesen.«

»Kein Problem«, sage ich und setze mich ihr gegenüber.

»Gut«, sagt sie unbekümmert und heiter. »Ich habe übrigens

schon bestellt, damit wir noch Zeit zum Essen haben. Bist du einverstanden mit Quiche?«

»Ja«, sage ich, ohne darüber nachzudenken. »Wie geht's dir, mein Schatz?«

»Gut. Du weißt schon, traurig wegen Papa. Aber ansonsten gut. Und du warst bei Bård, habe ich gehört?«

Was für eine rege Telefonaktivität muss zwischen ihnen im Gang sein, zwischen ihr, Bård und Silje und vielleicht auch Olav. Alle wissen zu jeder Zeit alles, was ich zu den anderen gesagt habe. Das ist alles in allem vielleicht nicht so verwunderlich, aber mir gefällt es nicht. Ist überhaupt etwas von dem, was ich zu einem von ihnen sage, vertraulich? Behält sie etwas von dem, was ich ihr anvertraue, für sich, oder sind sie ein vielköpfiges Ungeheuer, verschiedene Ausprägungen ein und desselben Geschöpfes?

»Ja«, sage ich. »Es war doch am sinnvollsten, mit euch allen zu sprechen.«

»Ja. Das war es wohl.«

Ich betrachte sie. Sie lächelt mir flüchtig zu und sieht sich nach der Bedienung um. Irgendwie ist sie mit ihrer Aufmerksamkeit immer woanders. Unsere Telefongespräche gehen in der Regel von ihr aus, sie ruft aus der Straßenbahn oder dem Auto an, während sie zum Kindergarten eilt oder ihren Einkauf erledigt. Man könnte leicht auf die Idee verfallen, dass sie nicht mitbekommt, was man sagt, aber dann läuft man auch Gefahr, sie zu unterschätzen, denn sie ist klug.

»Also«, sagt sie und schaut mich wieder an. »Willst du mich nicht fragen?«

»Was denn?«

»Zu dem Geld. Oder dem *Darlehen*, wenn du so willst. Um das ich Papa gebeten habe.«

Ihr Tonfall ist ironisch. Sie und Bård haben wohl auch darüber gesprochen, welche Begriffe sie benutzen wollen, wenn sie über ihr an Erling herangetragenes Ersuchen sprechen.

»Nun, du hast mir ja davon erzählt. Gestern am Telefon.«

»Ja. Aber nur in groben Zügen, damit du schon mal Bescheid weißt. Ich habe Papa also gebeten, uns beim Eigenkapital zu helfen, damit wir in der Lage wären, uns in dieses Zweifamilienhaus in Kjelsås einzukaufen.«

Sie seufzt, ihre Augen werden schmal.

»Es wäre so perfekt«, sagt sie inbrünstig. »Die Familie von Max' bestem Freund hat die andere Hälfte gekauft. Wir würden Wand an Wand wohnen. Die Jungs könnten auf Socken zum anderen hinüberlaufen. Und es hat eine herrliche Lage, mit Aussicht über Maridalsvannet. Wir können nicht ewig in unserer kleinen dunklen Wohnung leben. Max wird nächstes Jahr eingeschult, wir müssen jetzt umziehen. Und es geht um Max, darum, wie er aufwächst. *Mir* ist es egal, wo ich wohne. Ich möchte bloß, dass mein Kind die bestmöglichen Voraussetzungen im Leben hat. Ich begreife einfach nicht, dass Papa das nicht verstanden hat.«

Dann holt sie Luft, seufzt.

»Als ich das letzte Mal mit ihm gesprochen habe, ist es vielleicht etwas hitzig zugegangen«, sagt sie. »Also, wir haben das Gespräch schon im Guten beendet, aber du weißt ja, wie stur er sein konnte. Und ich war wohl etwas aufgebracht. Das Ganze bedeutet mir viel. Wegen Max.«

»Wann war das?«, frage ich sie. »Das letzte Mal, dass du mit Papa gesprochen hast, wann war das?«

Sie schaut mich an, wobei sich etwas in ihrem Blick verändert. Sie überlegt, warum ich frage, denke ich. Sie wird wachsam.

»Nun«, sagt sie leichthin. »Wann mag das gewesen sein? Eine

Woche vor seinem Tod vielleicht. Plus/minus ein paar Tage. Ich erinnere mich nicht genau.«

»Warst du zu Hause in Montebello?«

»Ja, ich bin mal vorbeigekommen. In der Woche davor. Du warst nicht zu Hause, ich glaube, du warst bei Oma. Und dann habe ich ein oder zwei Tage später noch mal mit ihm telefoniert.«

»Wie wirkte er da?«, frage ich.

»Papa? Wie immer. Außer, dass er sich geweigert hat, mir zu helfen.«

Wir sehen uns an, dann lacht sie angestrengt und sagt: »Oder vielleicht war das auch wie immer.«

»Hanne, warst du an dem Tag, als er gestorben ist, mit ihm verabredet?«

»Nein.«

Ihre Antwort kommt fragend. Aber sie ist auf der Hut. Wir schätzen einander ab, und einen Moment ist es vollkommen still zwischen uns.

»Ist das hier etwa ein Verhör?«, fragt sie.

Sie stößt so etwas wie ein Lachen aus, es klingt gekünstelt.

»Natürlich nicht«, sage ich mit trockener Kehle. »Es hat mich bloß interessiert.«

Als ich damals aus Paris zurückgekommen war, wollte Hanne mich fast nicht loslassen. Wochenlang hing sie an meinem Rockzipfel, wollte hochgehoben, getragen, festgehalten werden. Sie war ein bisschen zu groß dafür. Ein bisschen zu schwer, und auch ein bisschen zu alt. Aber ich fand mich damit ab. Ich hatte ein schlechtes Gewissen, weil ich weggefahren war. War auch so abwesend. Ich ließ sie auf mir herumklettern und war taub, fühlte so wenig.

Eine Weile haben sie erbittert um mich gekämpft, Bård und Hanne. Er ärgerte sich darüber, dass sie die ganze Zeit auf meinem Schoß saß, nannte sie Wickelkind. Hanne weinte an meinem Hals, *Mamaaaa*.

Ich war freigiebig mit Zuneigung, zumindest vor Paris. Aber vielleicht schenkte ich sie Bård ein wenig öfter als ihr. Und wenn Erling Silje gegenüber am großzügigsten war, stellt sich ja die Frage, wie Hanne sich dabei gefühlt hat. Es ist leicht vorstellbar, dass sie sich das Ungleichgewicht nicht anmerken ließ, sie, die immer so souverän, so robust war. Aber man darf ihre Feinfühligkeit nicht unterschätzen, das denke ich jetzt, als ich sie anschaue.

Sie erwidert meinen Blick, scheint mich über den Cafétisch hinweg zu taxieren. Eine junge Kellnerin kommt mit unseren Tellern, beide mit Quiche und Salat. Während wir bedient werden, schweigen wir mit einem steifen Lächeln.

»Und«, sagt Hanne nach dem ersten Bissen. »Hast du dir überlegt, was du mit dem Besitz auf Tjøme machen willst?«

Das ist bloß Show. Sie hat mit Olav gesprochen, hat mit Bård gesprochen. Daher weiß sie gut, dass ich mich nicht dazu habe drängen lassen, in den Verkauf einzuwilligen.

»Nein«, sage ich.

»Nicht?«

Ich kaue umständlich. Die Quiche ist nicht sonderlich gut, der Boden ist trocken.

»Ich muss erst darüber nachdenken.«

»Natürlich«, sagt sie. »Es ist sehr wichtig, dass du in dieser Sache nichts Übereiltes tust. Nicht wahr, wir müssen hier eine Lösung finden, mit der alle leben können.«

Nachdenklich schmecke ich ihrer Formulierung nach.

»Mit der alle leben können«, wiederhole ich.

»Ja«, bestätigt sie. »Was Papa da gemacht hat, ist schon etwas komisch. Aber er konnte ja etwas komisch sein. Und wir haben ihn so gerngehabt, alle miteinander. Im Grunde sind wir ja eine einander eng verbundene Familie. Wir müssen das zusammen durchstehen. Wir müssen großzügig zueinander sein.«

Das hat sie geübt, denke ich. Das Wort *großzügig*. Ich kann mir vorstellen, wie sie es zu Bård, zu Silje gesagt hat. Ich nehme noch einen Bissen von der Quiche, fühle, wie deren Hülle meine Mundhöhle austrocknet, zerbröselt und zu Staub zerfällt.

»Was mich betrifft«, fährt Hanne fort, »stehe ich auf dem Standpunkt, wenn wir, Ørjan und ich, bei dem Eigenkapital für dieses Haus etwas Hilfe bekommen könnten, dann ist das alles, was ich brauche. Der Rest des Erbes kommt dann, wenn er kommt. Aber es ist einfach so unglaublich wichtig, dass wir uns *jetzt* einkaufen können, bevor uns jemand anderes das Haus wegschnappt. Das verstehst du doch, Mama. Möchtest du nicht, dass ich Max eine solche Kindheit bieten kann, wie wir sie hatten? Mit einem großen Zimmer, eigenem Garten und einem sicheren Schulweg?«

Ich kaue und kaue, antworte ihr nicht. Ich spüre, wie sich das Nein in mir aufbaut. Spüre die Wucht der Wut, mit der sie es aufnehmen wird, bereits jetzt.

»Also wenn wir ein bisschen Hilfe bekommen könnten. Vielleicht fünf-, höchstens siebenhunderttausend. Es reicht nicht, wenn du für uns bürgst, verstehst du, die Bank sagt, wir brauchen tatsächlich vorhandenes Kapital. Und Ørjan kann da nicht so viel beisteuern, denn seine Eltern können ja nicht einfach ihren Hof verkaufen. Also wenn du uns ein wenig helfen könntest, dann könnten wir das Haus kaufen. Mehr brauche ich dann nicht. Und ich bin auch gern bereit, mit Bård und Silje zu reden, sodass wir uns alle vier einig werden.«

»Hanne«, sage ich. »Siehst du deine Kindheit wirklich so? Als etwas, das du an Max weitergeben möchtest?«

Sie sieht mich mit großen Augen an. Die Weinkartons, denke ich. Das matte Gefühl vollständiger Leere, während ihre kleinen Hände mich anstupsten, mit meinen Haaren spielten, mich an den Armen, am Kinn zogen, *schau da, Mama, komm schon, Mama*. Aber ihr ist keine Spur von Bitterkeit anzumerken.

»Natürlich«, sagt sie bloß. »Es war doch alles prima. Wir hatten viel Platz, einen Schulweg ohne Autos und Freunde im Nachbarhaus. Genau das wünsche ich mir für Max.«

DREIUNDZWANZIG JAHRE DAVOR

Die Reaktion auf das Buch traf mich wie ein Schock. Das hätte nicht der Fall sein dürfen, denn es hatte nicht an Hinweisen gemangelt, und im Nachhinein, als ich tagsüber zu Hause saß, die Füße auf dem Tisch und ein Glas in der Hand, fragte ich mich selbst, ob ich es nicht doch gewusst hatte. Ob ich es geahnt und etwas in mir gearbeitet hatte, um mich für das zu stählen, was kommen würde. Als ob mein Bewusstsein auf zwei Ebenen operiert hätte, sodass ich das Projekt ganz aufrichtig für eine ausgezeichnete Idee hielt und mich gleichzeitig auf die Niederlage vorbereitete. Ich spürte dieser Frage nach, fühlte mich aber einfach nur hohl.

Der erste Hinweis war Bilal gewesen. Ich suchte ihn mehrmals auf. Rief seine Agentin an, denn so sah es mittlerweile aus, man kam nicht ohne Weiteres zu ihm durch, man musste herausgefiltert werden. Die Agentin sicherte zu, ihn zu fragen. Später rief sie zurück und sagte, er habe keine Zeit. Ich versuchte es erneut, schrieb Briefe, rief noch mal an. Schließlich ging ich zu einer weiteren Vernissage. Dieses Mal war ich nicht eingeladen, aber ich hatte den Zeitpunkt erfahren. Die Ausstellung fand wieder in der Galerie in Frogner statt, und ich kam spät, die Einlasskontrolle war lasch. In Bilals Bildern war das Kriegerische diesmal expliziter, mit Panzern und Bombenflugzeugen, imponierend und furchteinflößend zugleich.

Bilal stand in einer Ecke und unterhielt sich mit ein paar Leuten. Ich betrachtete ihn aus der Ferne. Er war einige Jahre älter geworden, musste um die dreißig sein.

Seine Haare waren kürzer, die Locken waren abgeschnitten, er wirkte erwachsener.

Er hatte auch etwas zugenommen, etwas von der Härte seines Gesichts war verschwunden, aber er schien weiterhin schweigsam zu sein und denen, die um ihn herumstanden, das Reden zu überlassen.

Es war fast elf, als ich schließlich zu ihm hinüberging.

»Hallo, Bilal«, sagte ich mit einem breiten Lächeln.

Er runzelte die Stirn, als könnte er mich nicht auf Anhieb einordnen. Dann nickte er. Noch immer vermittelte sein Blick eine Ahnung von den dahinter liegenden Abgründen, die er in Gesprächen so entschlossen verborgen hielt, in seinen Bildern aber offenbar hemmungslos preisgab. Ich fragte mich, ob er bemerkte, dass ich nicht eingeladen war. Aber er hatte jetzt wohl Leute, die ihm seine Gästelisten erstellten.

»Die Ausstellung ist fantastisch«, sagte ich.

Er nickte zögernd, erwiderte nichts. Um das Schweigen zu überbrücken, malte ich die Qualitäten aus, die mir aufgefallen waren: Die Strichführung! Die Farbwahl! Die Symbolik! Ich trug dick auf.

»Aber was ich noch mit dir besprechen wollte«, sagte ich dann. »Ich habe eine Idee für eine neue Martine-Geschichte, und ich glaube, sie könnte wirklich gut werden. Martine ist mit ihrer Familie auf einem Waldspaziergang, sie verläuft sich und freundet sich mit einer Gruppe Bären an.«

Bilal nickte langsam. Er wirkte nicht gerade enthusiastisch, doch er unterbrach mich auch nicht, und angefeuert davon, dass er mich reden ließ, fuhr ich fort. Ich erzählte ihm die ganze Geschichte, die ich mir ausgedacht hatte. Machte sogar Vorschläge für die Illustrationen. Dabei betonte ich, dass er da natürlich völlig freie Hand habe, regte jedoch an, dass er den kleinsten Bären vielleicht mit einem Anflug von Teddybär versehen könne, ihn rund und weich zeichnen, mit großen Augen.

Während ich redete, trat eine energische junge Frau zu uns. Sie hatte gebleichte Haare und trug einen knallroten Lippenstift. Vielleicht war sie die Agentin, die abweisende Frau, mit der ich telefoniert hatte. Der Blick, mit dem sie mich fixierte, war ungeduldig, und sie warf Bilal kurze Seitenblicke zu, aber solange er nichts sagte, tat sie es auch nicht, und ich fuhr fort, redete und redete, bis mir nichts mehr einfiel.

»So, das war's«, sagte ich schließlich. »Ich glaube, das könnte gut werden, aber was meinst du?«

Es blieb eine ganze Weile still. Bilal schien seine Gedanken zu sammeln. Es sah aus, als würde er in sich hineinschauen, als wäre sein leerer Gesichtsausdruck eine Art Testbild, das er der Welt gegenüber aufsetzte. Die junge Frau mit dem Lippenstift machte den Eindruck, als hätte sie viel auf dem Herzen, aber sie hielt sich zurück, wartete auf das Wort des Künstlers. Ich wünschte sie weg, wollte mit ihm allein sein.

»Ich glaube nicht«, sagte Bilal schließlich.

Er schaute mich an, sein Blick war fest und unerschütterlich.

»Nun komm schon«, sagte ich. »Die Bücher bedeuten den Kindern eine Menge, du hast bei den Kleinen so viele Fans.«

»Nein, ich bin fertig damit.«

Ich atmete ein, um ein Gegenargument zu mobilisieren, aber das Mädchen mit dem Lippenstift kam mir zuvor, ich müsse Bilals Entscheidung respektieren, sagte sie, und diese Konfrontation sei wirklich ziemlich aufdringlich, er habe meinen Vorschlag bereits mehrfach abgelehnt, was ich mir eigentlich einbilde?

Eine Woge von Enttäuschung und Wut wallte in mir auf, und ich schlug zurück, wie könne sie es wagen? Und er, was falle ihm ein, mich so zu behandeln? Sei ich nicht diejenige gewesen, die ihn entdeckt habe? Wenn ich nicht gewesen wäre, würde er bestimmt immer noch im Kindergarten am Zeichentisch sitzen. Die Leute in unserer Nähe drehten sich um und gafften uns an.

Doch Bilal wandte den Blick ab. Seine Antwort war endgültig.

»Ich glaube, Sie sollten jetzt gehen«, sagte die Lippenstiftfrau, und etwas anderes konnte ich wohl auch nicht tun.

Niemand begegnete meinem Blick, als ich zur Tür ging, aber ich spürte im Rücken, dass sie mich ansahen.

Den zweiten Hinweis gab die Lektorin. Ein paarmal traf ich mich im Verlag mit ihr auf einen Kaffee. Sie war verhalten interessiert, ja, sagte sie, es könne vielleicht funktionieren, aber was meine Bilal? Als ich einräumen musste, dass er nicht zur Verfügung stünde, sank ihr Interesse.

»Die Illustrationen waren ja ein Hauptbestandteil der Bücher«, sagte sie. »Außerdem sind die Kinder, die mit Martine aufgewachsen sind, jetzt wohl groß.«

Also fuhr ich unverrichteter Dinge heim, heim in die großen dunklen Zimmer in Montebello. Heim zu meinen Kindern. Zum neunzehnjährigen Bård, der bald seinen Wehrdienst antreten würde. Zu Hanne, die mit siebzehn der Meinung war, ihre bevorstehende Abiturientenzeit mit den obligatorischen Partys sei *absolut entscheidend* für ihr weiteres Leben. Zu Silje, die ihre eigenen Bücher illustrierte und mit Fettstiften und Wasserfarben grauenvolle Monster malte. Zu den langen, leeren Stunden allein im Haus, zu den vollen Rotweingläsern.

Einige Monate später fuhr ich wieder zum Verlag. Ich hatte

eine neue Idee: Martine als Teenager! Ein Buch für die Fans. Das Probleme schilderte, die an das Alterssegment angepasst wären, in dem sie sich jetzt befanden. Gruppendruck in Bezug aufs Rauchen und die Klamotten! Liebeskummer!

»Will wirklich jemand lesen, dass Martine anfängt zu rauchen?«, fragte die Lektorin.

»Das sind Probleme, in denen sich Jugendliche in dem Alter wiedererkennen«, sagte ich überzeugt. »Und weil man ihnen mehr Text zumuten kann, brauchen wir keinen Illustrator.«

Sie ließ sich überreden, oder genauer gesagt, sie schlug vor, ich solle nach Hause gehen und anfangen zu schreiben, dann würde sie das Manuskript lesen und mir Rückmeldung geben, wenn ich fertig wäre. Am Ende gab sie den Text allerdings an eine jüngere Kollegin weiter, eine junge Frau in den Zwanzigern, mit bauchfreiem Top und Nabelpiercing, die der Ansicht war, die Idee sei *echt spannend*, aber am Text müsse gearbeitet werden.

Es verlangte mir enorm viel ab, ihn druckreif zu bekommen. Der Enthusiasmus des Mädels mit dem Nabelpiercing schwand mit jedem Durchgang. Das war der dritte Hinweis, der mich dazu hätte bringen sollen, das Projekt aufzugeben, aber zu diesem Zeitpunkt hatte ich bereits zu viel investiert.

Ich konnte also nicht behaupten, dass ich gänzlich unvorbereitet auf die Rezeption des Buches war. Außerdem war sie zum größten Teil nicht existent, eine aufdringliche, ohrenbetäubend stille Nicht-Reaktion auf die harte Arbeit. Die Bibliotheken riefen nicht an, auch die Schulen nicht, und in den Buchhandlungen konnte ich das Buch nicht entdecken. Wochenlang rumorte die Frage in mir: Müsste es nicht hoch hergehen? Und als ich gerade im Begriff war, mich an den Status quo zu gewöhnen, erschien die einzige Rezension, die Martine Nr. 4 erhielt.

Sie wurde in einer landesweit erscheinenden Zeitung publiziert und war gnadenlos. *Um ein erfolgreiches, aber begrenztes Konzept zu melken, hat die Autorin eine geschmacklose und völlig unnötige Aktualisierung der Martine-Bücher vorgenommen,* meinte der Rezensent. Er verwendete Begriffe wie *zynisch* und *bar jeder literarischen Qualität,* und unterstellte durchgehend, ich hätte das Buch einzig und allein verfasst, um Geld zu verdienen. Am Schluss schrieb er, Bilals Illustrationen seien das Beste an den vorangegangenen Büchern gewesen. Ohne Bilal sei damit nichts zu holen.

Ich gewöhnte mir an, später aufzustehen. Oft waren Bård und Hanne schon aus dem Haus, ehe ich mich aus dem Bett gearbeitet hatte, und ich kam lediglich noch dazu, Silje einen Kuss auf den Kopf zu geben und sie zu fragen, ob sie sich die Zähne geputzt hatte, bevor sie ebenfalls losmusste. Es fiel mir schwerer, schlafen zu gehen, ich blieb bis tief in die Nacht auf, las Bücher, schaute mir Filme im Fernsehen an. Abends, ehe es zu spät wurde, rief ich Synne an.

»Weißt du noch, wie wir in meinem Zimmer gesessen und Bowie gehört haben?«, fragte ich, oder: »Weißt du noch, wie wir vor meiner Hochzeit überlegt haben, durchzubrennen und nach Stockholm zu fahren? Weißt du noch, wie ich allein nach Paris gefahren bin?«

»Du musst diese Geschichte hinter dir lassen, Evy«, sagte sie.

»Erinnerst du dich daran, wie es war, als Håvard dich verlassen hat?«, fragte ich. »Wie leicht ist es dir gefallen, das hinter dir zu lassen?«

Sie seufzte, tief und schwer.

»Nicht leicht. Aber ich habe es geschafft. Du brauchst etwas, für das du deine Energie nutzen kannst. Such dir einen Job oder übernimm ein Ehrenamt. Und heb dir die Weinflaschen fürs Wochenende auf.«

»Weißt du noch, wie wir in den Ruderklub auf Bygdøy gegangen sind?«, fragte ich.

Sie antwortete: »Ich glaube, das haben wir vielleicht ein einziges Mal zusammen gemacht. In der Regel hast du mit Erling zu Hause gehockt.«

Zwei Wochen nach dem Abdruck der niederschmetternden Rezension schrieb dieselbe Zeitung über Bilals neueste Ausstellung. *Colours of spring* hieß sie. Der Journalist war hin und weg vor Begeisterung, die Ausstellung sei *wichtig* und *erschütternd*. Bilal besitze *eine besondere Fähigkeit, die tiefsten Gefühle zu vermitteln*. Ich tobte. Zugleich wusste ich, dass ich nichts an der Situation ändern konnte. Ich hätte es schon bei der ersten Vernissage erkennen müssen. Dass ich es nicht tat, darin bestand meine Niederlage.

ACHTZEHN TAGE DANACH

»An dem Tag, als er starb, hat Erling mir etwas erzählt«, sage ich. »Beim Frühstück hat er über ein Problem gesprochen, das er endlich in Angriff genommen und gelöst hatte.«

Edvard nickt. Wir sitzen uns am Esstisch in seiner Wohnung gegenüber. Er wohnt in einem alten Stadthaus in Skillebekk, doch seine Wohnung ist saniert und gepflegt, sodass man beinahe vergisst, dass das Gebäude hundert Jahre alt ist. Das Licht ist gedämpft, die Möbel sind modern und schlicht; der Esstisch ist aus hellem Holz, auf den Stühlen liegen bequeme Kissen aus Wollstoff in gedeckten Farben.

»Ich bin die ganze Zeit davon ausgegangen, dass es um die Grünen Agenten ging«, fahre ich fort. »Aber ich glaube nicht, dass er das wirklich gesagt hat. Es kann sich genauso gut auf den privaten Termin bezogen haben, den er später noch hatte, den Termin, den Miriam mir gezeigt hat.«

Ich habe versucht, mich an den Morgen *jenes* Tages zurückzuversetzen. Und heute früh saß ich dann am Küchentisch und habe es vor meinem geistigen Auge gesehen: Wir hatten genau da gesessen, Erling und ich, einander gegenüber. Er holte sich eine Tasse aus dem Schrank. Putzte sie ab. Damals dachte ich, er hätte ein Staubkörnchen weggerieben, weil er meinte, ich würde beim Abwasch schludern, aber so denke ich nicht mehr.

Wir saßen uns dort also gegenüber. Ich starrte auf die lackierte Kiefernplatte des Küchentischs und versuchte, die Übelkeit in den Magen zurückzudrücken. Erling sprach vom Wochenmeeting der Agenten, auf der Tagesordnung stehe die Medienstrategie. Er schnaubte, *Medienstrategie*.

»Und danach werde ich mich mit jemandem treffen«, sagte er. »Erinnerst du dich daran, dass ich dir erzählt habe, ich müsse etwas in den Griff bekommen? Eine Unregelmäßigkeit, die mir aufgefallen ist?«

Selbst jetzt fällt es mir noch schwer, das, was er gesagt hat, zu greifen. Es ist wie bei den aus Klecksen bestehenden Bildern, die man manchmal in Museen sieht. Geht man nahe heran, zerfließt alles. Doch bleibt man in einiger Entfernung stehen und schaut mit entspanntem Blick hin, tritt das Motiv hervor.

Erling erzählte von der Unregelmäßigkeit. Es sei ziemlich unschön, sagte er. Er könne nicht fassen, dass es so weit gekommen sei. Es sei geradezu gefährlich. Aber nur für ihn, glücklicherweise, und jetzt habe er eine Lösung gefunden. Er werde es in Ordnung bringen. Habe es tatsächlich schon getan. Er müsse nur noch diese eine Person treffen, sie informieren. Darum gehe es bei dem Treffen nach dem Meeting bei den Agenten.

»Ich weiß, was ich tun muss«, hatte er gesagt und hinzugefügt: »Wenn ich nach Hause komme, ist es erledigt.«

Edvard kommentiert meinen Bericht mit einem nachdenklichen Nicken. Eine Person treffen, sie informieren. Eine Bewegung huscht über sein Gesicht, Besorgnis oder Unbehagen, aber er sagt nichts. Schont er mich? Oder hält er etwas zurück?

Eine Weile essen wir schweigend, dann sagt er: »Ich bin deinem Hinweis zu dieser Schlüsselkarte nachgegangen. Du hast erzählt, Miriam habe dich darauf aufmerksam gemacht, dass Erling in der Woche, in der es den Kurzschluss in der Lampe gab, abends ins Büro gekommen ist? Ich habe einen Ausdruck gesehen, der zeigt, dass die Schlüsselkarte zweimal in den Abendstunden benutzt wurde. Das letzte Mal am Abend vor dem Kurzschluss.«

»Oh«, sage ich.

»Ja. Und zwar spätabends. Laut Registrierung wurde das Büro kurz vor Mitternacht betreten.«

Erling ging gewöhnlich früh zu Bett, er war ein Morgenmensch, stand mit den Hühnern auf. Früher bin ich spät schlafen gegangen, aber in den letzten Jahren wurde ich zeitig müde. War abends wohl auch etwas benebelt. Angenommen, jemand wollte sich die Schlüsselkarte ausleihen. Angenommen, dieser Jemand wollte, dass das unbemerkt blieb. Hätte er sich spätabends Zugang zu unserem Haus verschaffen, die Karte stehlen und im Laufe der Nacht wieder zurücklegen können? Hätten wir das bemerkt?

»Edvard«, sage ich, wobei ich immer noch an die Schlüsselkarte denke. »Wie hast du Einblick in diese Listen bekommen?«

»Welche Listen?«

»Die Listen, die dokumentieren, wer das Büro der Grünen Agenten betreten hat.«

Er zögert einen Moment mit seiner Antwort, aber als ich ihn ansehe, lächelt er.

»Ich habe freundlich gefragt«, sagt er und fügt hinzu: »Sie ist in Ordnung, diese Miriam.«

Wir sitzen eine Weile schweigend da, lauschen der Musik.

»Du hast es schön hier«, sage ich schließlich.

»Ich bin hier aufgewachsen. Hatte ich das schon erzählt? Meine Eltern haben diese Wohnung unmittelbar nach dem Krieg gekauft. Nach dem Tod meines Vaters habe ich sie komplett renovieren lassen.«

»Tatsächlich? Du bist also hier über den Boden gekrabbelt?«

Wir schauen beide auf den Boden.

»Ja«, sagt er. »Hier bin ich über den Boden gekrabbelt.«

Ich bleibe nicht lange. Denn ich habe Angst, mehr zu trinken, als ich sollte, zu impulsiv und anstrengend zu werden. Mir liegt viel daran, dass meine Beziehung zu Edvard unkompliziert bleibt. Bevor ich gehe, umarmt er mich. Er hält mich einen Augenblick länger fest, als es üblich ist, und in diesen Hundertstelsekunden wirkt es, als läge etwas darin. Als frage er mich wie damals: Willst du mitkommen?

Doch dann lässt er mich los und sagt, das Taxi sei bestimmt schon da, woraufhin ich hinaus in den Flur und die Treppe hinuntergehe. Er schließt die Tür nicht sofort, das höre ich. Ohne mich umzudrehen, weiß ich: Er hält die Tür auf, schaut mir nach.

Während die Stadt draußen vor dem Autofenster vorbeizieht, wird mir bewusst, dass ich in der Wohnung kein einziges Bild von Edvards Frau gesehen habe. Weder Porträts einer Frau im passenden Alter noch Fotos von ihnen beiden, die gerahmt an der Wand hingen oder auf dem Kaminsims standen. Wenn man sich seine Wohnung ansieht, entsteht der Eindruck, sie hätte nie existiert.

Als ich nach Hause komme, steht ein Polizeiauto in der Einfahrt. Von dem Anblick alarmiert, beschleunige ich meinen Schritt. Gundersen lehnt an der Motorhaube, die Hände in den Taschen.
»Hallo«, sagt er. »Waren Sie aus?«
»Ist alles in Ordnung?«, frage ich.
»Ich fand, wir müssten uns noch mal unterhalten. Passt es Ihnen jetzt?«
Eigentlich nicht, denke ich. Es ist halb elf, ich habe zwei Gläser Wein getrunken – zwar kleine Gläser, die Edvard mir eingeschenkt hat, aber trotzdem zwei. Und ich bin müde, möchte einfach nur ins Bett. Aber dieser Mann hat etwas Zwingendes an sich. Er hat sich jetzt aufrecht hingestellt, ragt groß und energisch vor mir auf. Und ich weiß nicht, ob ich überhaupt die Option habe, Nein zu sagen. Vielleicht fragt er nur anstandshalber, ob es passt. Ich bin nicht sonderlich erpicht darauf, mir von ihm sagen zu lassen, dass er mir dieses Gespräch aufnötigen kann.
»Ja«, sage ich daher. »Kommen Sie herein.«

Wir setzen uns ins Wohnzimmer. Hier sieht es jetzt unordentlicher aus als beim letzten Mal. Die Decke, die ich gewöhnlich über die Armlehne des Sofas drapiere, wo der Stoff verschlissen ist, ist heruntergerutscht. Erlings Pantoffeln stehen nachlässig am anderen Ende des Sofas, weil ich es nicht über mich bringe, sie wegzuräumen, zugleich aber ständig über sie stolpere und gegen sie trete. Ich ahne, dass Gundersen all das registriert. Ich frage mich, ob er meinen Hang, mir ein oder zwei Gläschen zu genehmigen, bemerkt hat. Es würde mich nicht überraschen, obwohl ich bei seinem letzten Besuch stocknüchtern war.

Sicherheitshalber sage ich: »Ich war bei einem Freund zum Essen eingeladen und habe zwei Gläser Wein getrunken.«

»Kein Problem«, sagt er unerschütterlich.

Wie beim letzten Mal setzt er sich in den Sessel. Seine Knie ragen auch diesmal wieder hoch und zur Seite. Seine Beine sind dünn, stelle ich fest, seine Arme ebenfalls. Aber er ist vermutlich stark und zäh, ist wahrscheinlich stur. Bestimmt vertritt er seine Meinung, ohne nachzugeben. All das reime ich mir auf Basis einer einzigen Tatsache zusammen: Er hat den gleichen Körperbau wie Erling.

Seine Hand fischt etwas aus der Jackentasche, das er dann auf den Tisch legt.

»Das ist ein Diktiergerät«, sagt er. »Ist das okay?«

»Ja«, sage ich hilflos.

Er drückt einige Knöpfe, und auf dem Display erscheinen kleine Zahlen, die hoch- oder runterzählen und anzeigen, dass das Gespräch für die Nachwelt konserviert wird.

»Also, ich habe gehört, dass Sie vor ein paar Tagen ein unschönes Erlebnis hatten. Auf Tjøme?«

»Ja«, antworte ich. »Ja, ich war mit einem Freund dort draußen. Edvard Weimer. Bei ihm war ich heute Abend auch zum Essen.«

Ich merke, dass ich, ohne es zu wollen, rot werde, als ich das sage. Gundersen kommentiert es nicht, auch wenn es ihm mit Sicherheit auffällt.

»Die Feuerwehr schreibt, der Schlauch zwischen Gasbehälter und Herd sei uralt und spröde gewesen«, sagt er. »Obwohl der

Tank ein Jahr zuvor kontrolliert worden war und der Schlauch zu diesem Zeitpunkt nagelneu war.«

»Ja«, bestätige ich. »Das haben sie mir dort auch gesagt.«

»Und was ist Ihre Theorie dazu?«

Ich zucke mit den Schultern. Fühle mich müde.

»Es wirkt wie Sabotage.«

»Ja, vorsichtig ausgedrückt«, sagt er. »Es drängt sich einem der Gedanke auf, dass jemandem damit Schaden zugefügt werden sollte.«

Darauf antworte ich nicht. Ich schaue zu der Großvateruhr. Wie lange wird er weitermachen, ehe ich ins Bett gehen kann?

»Wann waren Sie das letzte Mal auf Tjøme?«, fragt er.

»Hm, letzten Herbst, denke ich. Wir hatten die Hütte noch nicht für den Sommer klargemacht.«

»Und Erling?«

»Auch, glaube ich.«

Etwas taucht in meinem Bewusstsein auf, als wäre ich für einen Moment wieder zurück in Peter Bull-Clausens Besprechungsraum. Ich möchte es eigentlich nicht ansprechen, weil es alles zusätzlich komplizieren wird, aber ich halte es auch nicht für richtig, es zu verschweigen.

»Erling hat dort wohl zwei Grundstücke gekauft«, sage ich daher. »Unmittelbar vor seinem Tod. Es wäre möglich, dass er hingefahren ist, um sie sich anzusehen. Falls es so war, weiß ich nichts darüber.«

»Ja«, sagt Gundersen mit einem Nicken. »Ich habe gehört, dass es beim Testament Überraschungen gegeben hat.«

Zu meiner Verwunderung geht er nicht weiter darauf ein.

Stattdessen fragt er: »Wer hat sonst noch einen Schlüssel zur Hütte?«

»Wir haben hier zwei. Und jedes der Kinder hat einen.«

»Also haben ihre Schwiegerkinder auch Zugang?«

»Ja. Und unsere eigenen Schlüssel hängen dort drüben am Haken, also ja, wer in unserem Haus war, könnte ja …«

Ich stoppe mich selbst. So weit ist es also schon gekommen, so denke ich also mittlerweile.

»Wer hat denn Ihrer Meinung nach den Schlauch ausgetauscht?«, fragt er, irgendwie treuherzig.

»Ich weiß es nicht«, antworte ich. »Du meine Güte, ich habe keine Ahnung. Ich begreife gar nichts.«

Mir fallen fast die Augen zu, ich bin so schläfrig.

Gundersen fragt: »Wann haben Sie das letzte Mal mit Bilal Zou gesprochen?«

»Wie bitte?«

»Bilal Zou. Haben Sie nicht vor zwanzig, dreißig Jahren zusammen ein paar Kinderbücher veröffentlicht?«

»Doch, das haben wir.«

Ich blinzele mehrmals, bin fast wieder wach.

»Entschuldigen Sie, ich bin bloß etwas überrascht. An Bilal habe ich nicht gedacht, seit, ich weiß nicht, bestimmt mehreren Jahren.«

»Ich habe heute mit ihm gesprochen, wissen Sie«, sagt Gundersen, ebenso treuherzig wie zuvor. »Und er hat mir erzählt, dass Sie zuletzt 1995 miteinander geredet haben, im Zusammenhang mit einer Ausstellung seiner Bilder.«

»Ja, das ist gut möglich.«

»Sie seien zur Eröffnungsfeier gekommen, hat Bilal gesagt, obwohl sie nicht eingeladen waren. Und sie hätten Streit mit ihm angefangen.«

Zwischen meinen Augen macht sich ein Druckgefühl bemerkbar, Kopfschmerzen schleichen sich an.

»Ich würde es nicht gerade Streit nennen«, sage ich.

»Bilal behauptet, Sie hätten ihm gedroht«, fährt Gundersen fort. »Seiner Darstellung nach haben Sie gesagt, er könne etwas erleben, wenn er Ihr Buch nicht illustrieren wolle. Er sei Ihnen das schuldig, und Sie pflegten dafür zu sorgen, dass die Leute ihre Schulden bezahlen.«

»Das ist aus dem Zusammenhang gerissen. Das war nicht so gemeint.«

»Bilal hat Angst bekommen. Er hat die Drohung sehr ernst genommen.«

»Ich war bloß ein wenig enttäuscht. Ja, vielleicht habe ich ein paar Dinge gesagt, die ich nicht hätte sagen sollen, aber ich habe ihn nicht bedroht.«

Ich schließe die Augen. Dort stand er, in der Galerie, zwischen all den Bildern von Panzern und Bombenflugzeugen. Wie viele Gläser Sekt hatte ich getrunken, ehe ich meinen Mut zusammennahm und zu ihm hinüberging? Zwei, drei? Mehr? Wieder wird mir bewusst, wie demütigend die ganze Geschichte war. Ich war ungebeten gekommen und bettelte ihn an. Und er wies mich mit so wenig Freundlichkeit ab. Danach schickten sie mich weg, er und die Agentin mit dem Lippenstift. Der Spießrutenlauf zur Tür, während alle Gäste den Blick abwandten. Ja, ich war aufgebracht, aber ich war nicht bedrohlich. Da bin ich mir ganz sicher.

»Ein paar Wochen später hat jemand eine selbst gebaute Brandbombe in die Galerie geworfen«, sagt Gundersen. »Wussten Sie das?«

»Nein«, sage ich mit geschlossenen Augen.

Ich lausche auf das Ticken. Wünsche mir inständig, dass er geht.

»Eins seiner Bilder wurde zerstört. Die Bombe war nicht sonderlich funktionstüchtig. Es handelte sich um einen sogenannten Molotowcocktail. Die sind ziemlich einfach herzustellen, aber es ist schwierig, maximale Wirkung mit ihnen zu erzielen. Der Umfang des Schadens war nicht so gewaltig, ein zerbrochenes Fenster, eine verbrannte Gardine und dieses Bild. Aber ja. Es hat ihm Angst eingejagt.«

»Das kann ich mir vorstellen.«

Ich fühle mich der ganzen Situation seltsam entrückt. Als stünde ich an der Terrassentür und schaute zu uns herüber.

»Die Polizei hat die Angelegenheit damals nicht so gründlich untersucht, niemand wurde verhaftet. Bilal war enttäuscht. Er hatte ein paar Theorien dazu, wer hinter der Sache steckte. Wussten Sie das?«

»Nein.«

»Er hat tatsächlich Ihren Namen genannt. Als ich heute mit ihm gesprochen habe.«

»Das ist absurd. Was weiß ich über den Bau von Brandbomben?«

»Man muss nicht viel wissen, um so eine zu basteln«, sagt Gundersen. »Schon gar nicht eine, die so schlecht funktioniert.«

»Wollen Sie damit sagen, dass Sie glauben, ich hätte einen früheren Geschäftspartner angegriffen?«

Aber ich stelle die Frage ohne jede Spur von Entrüstung. Ich frage träge, teilnahmslos.

»Ich sage nur, dass Ihr Geschäftspartner selbst das glaubt. Und damit gebe ich Ihnen die Gelegenheit zu erzählen, was Sie darüber wissen.«

»Ich weiß gar nichts«, antworte ich leise. »Wirklich nicht.«

»Sind die Tablettenschachteln wieder aufgetaucht?«

»Was?«

»Erlings Tablettenschachteln. Die verschwunden sind. Haben Sie sie wiedergefunden?«

»Nein.«

»Und das Fahrrad?«

»Werfen Sie mir irgendetwas vor?«, frage ich. »Denn wenn dem so ist, können Sie es genauso gut direkt sagen.«

Gundersen lehnt sich vor, stützt die Arme auf die Knie. Er hat einen durchbohrenden Blick, denke ich. Mit all der Energie in seinem hochgewachsenen Körper wirkt er mitunter rastlos und unruhig, doch wenn es darauf ankommt, besitzt er die Präzision und Geduld eines Scharfschützen. Dann hält er den Blick, ohne auszuweichen. Ja, denke ich, in dieser Hinsicht ähnelt er Erling ein bisschen. Man kann leicht glauben, man hätte ihn durchschaut. Genauso leicht kann man ihn unterschätzen.

»Mit Brandbomben oder Medikamenten und Gas zu spielen, ist gefährlich, Evy«, sagt Gundersen. »Damit ist nicht zu spaßen. Wenn Sie etwas wissen, sollten Sie mir das sagen, jetzt sofort.«

Erling an jenem Morgen. Das Problem, das er gelöst hatte, die Person, die er am Nachmittag treffen wollte. Aber so weit ist er nicht mehr gekommen.

»Ich weiß nichts«, sage ich mit geschlossenen Augen. »Kann ich jetzt schlafen gehen?«

ZWEIUNDZWANZIG JAHRE DAVOR

Colours of spring stand auf dem Banner draußen vor der Galerie. Es war mitten in der Nacht, kein Mensch zu sehen. Die braven Bürger in der Nachbarschaft schliefen jetzt wohl in ihren Betten. Ich fühlte mich leicht wacklig auf den Beinen, denn ich hatte ein paar Schlucke von Erlings Whisky getrunken. Trotzdem war mein Bewusstsein glasklar. War vielleicht nie zuvor so klar gewesen.

Er wollte mir also nicht helfen? Ich war ihm also nicht gut genug? Er, der für Kleinkinder in Windeln gezeichnet hatte, als ich ihn traf. Jetzt war er sich zu fein dafür? Brauchte mich nicht mehr, wo die Leute Schlange standen, um mit ihm arbeiten zu dürfen. Brauchte keine kindischen Geschichten *bar jeder literarischen Qualität*. Nicht er, der er *eine besondere Fähigkeit, die tiefsten Gefühle auf herzzerreißende Weise zu vermitteln,* besaß. Colours of Spring? Was für ein Stuss.

Das Prinzip eines Molotowcocktails besteht darin, ein Stück Stoff als Lunte zu verwenden. Man muss es ganz in die Brennflüssigkeit tauchen. Anschließend muss man die Flasche zuschrauben. Das hatte ich in einer Zeitschrift gelesen, aber es war auch vollkommen logisch: Wenn man sie nicht zuschraubt, läuft sie aus, wenn man sie wirft. In vielen Fällen über die werfende Person selbst, sodass sie Feuer fängt. Wenn man die Flasche über dem durchtränkten Stück Stoff gut zugeschraubt hat, kann man es anzünden. Und dann wirft man. Erst dann. Aber man muss wissen, wohin man werfen will. Man darf nicht darauf vertrauen, dass die Flasche selbst die Arbeit erledigt.

Der schmale Weg, der durch den Vorgarten zur Tür der Galerie führte, war von kleinen würfelförmigen Steinen gesäumt. Zu allem Überfluss waren sie locker. Ich musste bloß einen von ihnen aufnehmen und ihn durch die Fensterscheibe werfen. Dabei kam es darauf an, entschlossen zu zielen, nicht zu zögern. Das Fenster klirrte, die Hälfte des Glases fiel heraus, der Alarm heulte. Das war genau der Moment, um die Flasche zu werfen. Das Stück Stoff ließ sich problemlos anzünden. Ich hob den rechten Arm, holte Schwung. Es war ein ordentlicher Wurf, mit Selbstvertrauen, kein schwacher Unterhandwurf. Ich zielte auch gut. Die Flasche mit dem brennenden Stofffetzen segelte lautlos durch das klaffende Loch im Fenster.

Dann drehte ich mich um und ging. Ich holte Erlings Fahrrad, das ich ein paar Blocks weiter abgestellt hatte. Mit einiger Mühe fuhr ich nach Hause. Wenn mich jemand anhielte, würde ich sagen, ich hätte auf einer Party bloß etwas zu viel getrunken. Aber niemand hielt mich an. Ich schloss so leise wie möglich unsere Haustür auf. Als ich mich ins Bett legte, nahm ich wahr, dass Erling sich bewegte und im Halbschlaf stöhnte, doch er sagte nichts. Ich lag still da, zählte seine Atemzüge. Wartete darauf, dass er aufwachen und fragen würde, wo ich gewesen sei, aber das tat er nicht.

Am nächsten Tag fühlte sich das Ganze unwirklich an. Fast als könnte ich nicht glauben, dass ich das getan hatte. Ja, ich war aufgebracht, es quälte mich, dass Bilal mit Lob überschüttet wurde, die verletzende Abweisung nagte noch immer an mir, aber ich konnte doch wohl nicht auf so eine Idee verfallen sein. An dem Morgen las ich die Zeitung nicht und richtete es so ein, dass ich die Küche aufräumte, während sich Erling die Nachrichten im Fernsehen ansah. Wenn ich einen Großbrand ausgelöst haben sollte, würde ich es ja sowieso erfahren. Als ich nichts hörte, ging ich davon aus, dass die Geschichte kein Nachspiel haben würde.

Vor mir selbst schrieb ich sie um: Eines Abends, als ich etwas zu viel getrunken hatte, fuhr ich mit dem Rad in die Stadt, zur Galerie. Frustriert warf ich die Flasche weg, aus der ich getrunken hatte. Das war alles, Verschmutzung fremden Eigentums. Nicht schön, aber noch lange kein Verbrechen. Danach radelte ich wieder heim und wurde ein besserer Mensch.

NEUNZEHN TAGE DANACH

Mutter sitzt vor dem Fernseher, als ich hereinkomme. Diesmal schaut sie Snooker, gut gekleidete Männer bewegen sich langsam und konzentriert um einen Tisch, sie zielen, nehmen Maß und schätzen ab. Mutter verfolgt ihr Tun gebannt. Sie trägt Jogginghose und Strickjacke. Ihre dünnen wirren Haarsträhnen stehen an mehreren Stellen vom Kopf ab. Heute ist nicht mein üblicher Besuchstag. Wissen die Pflegekräfte das? Geben sie sich an den Tagen, an denen sie nicht mit meinem Kommen rechnen, weniger Mühe?

»Hallo, Mutter«, sage ich.

Sie antwortet nicht. Hält den Blick unverwandt auf die Männer auf dem Bildschirm, auf deren Spiel, gerichtet. Ich nehme den Plastikstuhl, schiebe ihn zu ihrem Sessel. Mir fällt auf, dass die Windelklammer aus Mutters Hosenbund ragt, und ich nehme den Ausdruck wahr, der in ihr Gesicht getreten ist, eine Mischung aus Skepsis und Wut. Oft bringt er mich fast zum Weinen. Es ist zehn Jahre her, dass sie krank wurde, und da habe ich etwas verloren, eine Stütze im Leben, die ich gut hätte gebrauchen können. Besonders jetzt.

Aber im Augenblick bin ich sowieso auf mich allein gestellt. In meiner derzeitigen Situation hätte sie mir ohnehin nicht helfen können, nicht mehr als Olav, nicht mehr als Edvard.

»Mutter«, sage ich und sehe sie eindringlich an. »Mutter, hör mir zu. Erinnerst du dich an das Osteressen?«

Es kommt ein leiser Laut aus ihrer Kehle, sie murmelt etwas, sieht mich aber nicht an. Es könnte genauso gut eine Reaktion auf das Spiel sein.

»Mutter«, sage ich nochmals. »Dieses Essen, weißt du noch? Als alle bei uns im Nordheimbakken waren. Erinnerst du dich daran?«

Sie wirft mir einen Blick zu. In ihren Augen ist ein ärgerlicher Ausdruck, es sind nicht ihre eigenen.

»Was für ein Scheiß«, sagt sie.

»Mutter. Erinnerst du dich nicht?«

Ich nehme die Fernbedienung, die auf dem Tisch vor ihr liegt, und stelle den Fernseher aus. Das hatte sie nicht erwartet, sie schaut mich fragend an.

»Wir waren alle zusammen da«, sage ich beschwörend. »Erling, Olav, Bridget. Meine Kinder mit ihren Familien. Erinnerst du dich? Wir haben gelben Punsch getrunken.«

»Pissgelb?«, fragt sie.

»Vielleicht«, sage ich. »Jemand ist durch die Doppelflügeltür bis in Erlings Arbeitszimmer gegangen.«

Sie nickt fragend, und ich spüre eine Welle von Befriedigung an meinem Brustbein, sie erinnert sich, ich bekomme es hin.

»Wer ist da hineingegangen, Mutter?«

»Kari«, sagt sie.

»Kari ist tot, Mutter. Wer ist beim Osteressen ins Arbeitszimmer gegangen?«

»Aber Kari, was sagst du denn da?«

Ich beiße mir auf die Lippe, ändere die Strategie.

»Mich interessiert bloß, wer in dieses Zimmer gegangen ist«, sage ich. »Bei Evy.«

»Evy«, sagt Mutter, und dann: »Es war viel besser, bevor sie da … sie da …«

Sie schaut zum Fernseher. Betrachtet den ausgeschalteten Bildschirm, als wäre dort immer noch ihr Spiel zu sehen.

»Pissgelb«, sagt sie wieder.

»Ja«, sage ich. »Pissgelber Punsch.«

Laut sagt sie: »Haakon hätte nie König sein dürfen.«

Ich weiß nicht, was ich dazu sagen soll. Also fasse ich ihre Hände, sie sind klein und hart, knochig. Als sie meine ebenfalls fassen, sind sie unerwartet stark.

»Es war Evy«, sagt sie. »Evy ist dort hineingegangen.«

Ich halte den Atem an.

»Evy?«

Sie schaut mich an, starrt mir angestrengt in die Augen und sagt: »Evy. Flittchen.«

»Nein«, sage ich, etwas zu laut, etwas zu zittrig. »Nein, Mutter, wer war es?«

»Flittchen.«

»Wer war es?«

Ich schreie. Halte ihre Hände genauso fest, wie sie meine hält, und schreie sie an: »Wer ist in das Zimmer gegangen? Wer war es, Mutter?«

Jetzt sieht sie verängstigt aus. Ihre Augen sind weit geöffnet, ihr Mund ist angespannt. Dann hebt sie eine Hand und schlägt mir ins Gesicht.

Es geht so schnell, dass ich erst begreife, was geschehen ist, als sie es getan hat. Der Schlag war nicht fest, dazu fehlt ihr die Kraft ebenso wie die Präzision. Trotzdem tut es weh. Sie hat mich noch nie geschlagen. Ich halte meine Hand gegen die Wange.

Mutter sieht mich an, ihre Augen sind aufgerissen, sodass das Weiße um die ganze Iris herum zu sehen ist, und dann ruft sie: »Hilfe! Hilfe!«

»Mutter«, sage ich, dem Weinen nah. »Mutter.«

»Hilfe!«

Fast sofort steht ein Pfleger in der Tür.

»Ist hier alles in Ordnung?«

Mit Tränen in den Augen drehe ich mich zu ihm um.

»Ja«, sage ich atemlos. »Alles in bester Ordnung.«

Synne ruft an, als ich im Auto sitze, der Motor ist noch ausgeschaltet. Der Parkplatz ist fast leer, und ich lege den Kopf aufs Lenkrad, fühle den Abdruck von Mutters Hand auf meiner Wange und weine so heftig, dass meine Schultern beben, was habe ich getan, was habe ich nur getan? Wie komme ich dazu, eine wehrlose, demente Frau anzuschreien? Brandbomben zu werfen? Zu saufen und meine Kinder zu vernachlässigen, alle, die ich kenne, des Mordes zu verdächtigen? Ich versuche, Mutter bei diesem Osteressen vor mir zu sehen, wie sie in Leggins und Bluse, Kleidung, zu der sie keinen Bezug mehr hat, in meinem Haus herumstolpert. Von der Veranda hinein ins Wohnzimmer. An der Tür zur Küche, wo ich mich betrinke, vorbei, durch die Doppelflügeltür und in den Korridor. Richtung Arbeitszimmer. Dessen Tür steht halb offen. Und es ist jemand dort drin. Es *ist* jemand dort. Nicht Erling, aber wer dann?

Ich stelle mir vor, dass ich es bin. Dass ich dort stehe und in seinem Terminkalender blättere. Ich stelle mir vor, dass ich mich oben im Badezimmer an den Tabletten zu schaffen mache. Oder draußen in der Garage mit der Kneifzange an den Drähten herumhantiere, die zu den Bremsklötzen seines Fahrrads führen.

Aber er hat *mir* das ganze Geld hinterlassen. Er hat mir erzählt, dass er das Problem gelöst habe. Er hat nicht mich verdächtigt.

Für ihn war ich für alle Zeit die Gymnasiastin aus dem Røaveien, die junge Braut mit dem Fliederstrauß. Vor Kurzem hatte er noch zu mir gesagt, er habe sich gegenüber den Kindern in ihrer Kindheit und Jugend vielleicht zu hart verhalten, und es sei gut gewesen, dass sie mich gehabt hätten. *Ein Glück*, hat er es sogar genannt. Obwohl er meinen Alkoholkonsum gesehen haben muss, war er also dieser Meinung, bis ganz zuletzt. Denn das Ganze ist höchstens ein paar Wochen her. Tatsächlich kann es sich auch erst wenige Tage vor seinem Tod abgespielt haben.

»Wie geht es dir?«, fragt Synne.
Ich versuche, mich zusammenzunehmen.
»Ach. Gut.«
Aber ich schniefe. Ich schluchze, habe Atemnot. Mein Körper bebt, es gelingt mir nicht, das Weinen aus meiner Stimme zu halten.
»Wo bist du?«, fragt sie.
»Am Hovseterheim. Auf dem Parkplatz.«
Dann flüstere ich direkt ins Telefon: »Ich glaube, ich bin kurz vorm Zusammenbruch.«
»Bleib, wo du bist. Ich komme.«

Sie fährt mich zu sich nach Hause. Ich sitze von Weinkrämpfen geschüttelt auf dem Beifahrersitz, aber so etwas bringt Synne nicht aus der Fassung. Sie war zwei Jahrzehnte Kabinenchefin auf Interkontinentalflügen, hat Flugangst, die Ausfälle Betrunkener, Zusammenbrüche und Tobsuchtsanfälle in den Griff bekommen, hat Erbrochenes und Tränen weggewischt, die Wütenden ebenso wie die Ängstlichen beruhigt und die Panischen getröstet.

Seit sie und Karsten in die Wohnung in Røa gezogen sind, habe ich sie nicht mehr oft gesehen. Das war kurz vor dem Essen bei uns, als Synne und Erling aneinandergeraten sind. Da stand ich wohl auf seiner Seite, oder nein, ich weiß nicht. Ich glaube, ich habe nicht Partei ergriffen. Vielleicht hat Synne gedacht, der Spagat wäre zu schwierig für mich. War es nicht auch damals, dass ich wieder mit dem Trinken anfing, langsam, aber sicher, je einsamer wir wurden, in dem dunklen Haus in Montebello?

Doch in Synnes Wohnung ist es hell und warm. Karsten sei auf Geschäftsreise, sagt sie, er komme erst morgen heim, ob ich nicht bei ihr übernachten wolle? Das würde sie sehr freuen. Einen Moment sehe ich sie vor mir, wie sie an jenem Ostertag auf meiner Treppe steht, einen Moment kommt mir in den Sinn, dass sie weiß, wo in unserer Garage der Schlüssel liegt, sie weiß, wo auf Tjøme unsere Hütte ist, und so weiter, aber ich wische es weg, denn ich kann nicht mehr, ich bin erschöpft.

Sie schickt mich in die Badewanne. Gibt mir ein Glas Eistee mit, trägt mir auf, mich zu entspannen, während sie sich um das Essen kümmert.

Aber was würde sie sagen, wenn sie wüsste, wie ich bin? Erling hatte sich ein für alle Mal eine Meinung von mir gebildet; für ihn war ich das fleißige Mädchen, das er zu küssen beschloss, die Frau, die er heiratete und zu einer guten Ehefrau, einer warmherzigen, fürsorglichen Mutter machte. Andere würden mich jedoch anders beurteilen. Wer war Erling?, habe ich mich gefragt, doch eine ebenso gute Frage ist: Wer bin ich? Einst war ich eine blutjunge Lehramtsstudentin in einem preiswerten Brautkleid. Was ist aus mir geworden?

Synne hat Nudelsalat gemacht. Sie hat Weißwein in unsere Gläser geschenkt, und ich ergreife das Glas, das sie mir hinhält. Heute Abend werde ich die Kontrolle behalten. Silje meint, ich solle mir Hilfe suchen, aber ich werde es ihr zeigen. Ich bin ausgezeichnet in der Lage, mich zu beherrschen, das ist doch wohl kein Problem.

»Erzähl«, fordert mich Synne auf.

Ich schaue sie an.

»Was erzählen?«

Sie macht eine ausladende Bewegung mit den Händen.

»Alles.«

»Es ist doch wohl nicht verwunderlich, dass ich nach Erlings Tod außer mir bin«, sage ich.

»Natürlich nicht«, antwortet sie. »Das fehlte noch. Aber etwas passiert mit dir.«

Sie legt ihre kleinen Hände auf den Tisch. Sie sind mit Ringen besetzt, die Nägel sind scharlachrot lackiert.

»Meinst du nicht, dass du mit jemandem reden solltest, Evy? Mit jemandem außerhalb der Familie?«

Und dann erzähle ich alles. Ich berichte vom Besuch der Polizei, vom Obduktionsbericht, aus dem hervorging, dass Erling seine Medikamente nicht genommen hatte, und von dem Fahrrad mit den defekten Bremsen. Ebenso gebe ich Edvards Aussage wieder, dass Erling um sein Leben gefürchtet habe, und räume ein, dass Erling ihre Freundschaft mir gegenüber nie erwähnt hat. Ich erzähle von dem kaputten Gasschlauch und von dem Treffen bei dem Anwalt, von Erlings überraschenden Transaktionen und Edvards Meinung dazu. Auch, dass Gundersen noch einmal bei mir war, erwähne ich, sage aber nichts über den Molotowcocktail in Bilals Galerie. Ferner verschweige ich, dass meine Kinder um Geld gebeten haben und der Meinung sind, ich würde zu viel trinken. Aber ich berichte, dass Olav angerufen hat und dass meine Kinder planen, das Testament anzufechten. Ich rede mich warm und spüre, dass das guttut, denn Synne hat ja recht: Je mehr ich erzähle, desto tiefer sinken meine Schultern, desto weniger angespannt fühle ich mich. Als wäre diese Redeorgie ein Weinkrampf, eine gänzlich physische Reaktion, die meinen Körper entspannt.

»Du meine Güte«, sagt Synne.

Sie schenkt mir noch ein Glas Wein ein. Ich bemerke es und denke, ich sollte lieber darauf verzichten, aber ich sage nichts, und schließlich trinke ich einen Schluck.

»Aber du«, sagt sie und lehnt sich vor, legt ihre dünnen Unterarme auf die Tischplatte und lächelt. »Erzähl mir doch ein bisschen mehr von Edvard.«

Erling hielt sie für *unvernünftig*, sein härtestes Verdikt. Und es stimmt, dass sie sowohl impulsiv als auch energisch ist, eine Kombination, die zu zwei gescheiterten Ehen und mehreren abrupt beendeten Beziehungen geführt hat. Ich bin mir nicht sicher, ob ich werden will wie sie, oder nein, ich weiß, dass ich das nicht will, das liegt mir nicht. Aber eine Spur von dem, was sie hat, hätte ich schon gern. Das denke ich, als ich ihr von Edvard erzähle. Wenn ich wie Synne wäre, würde ich versuchen, ihn mir zu schnappen. Nicht notwendigerweise jetzt, so kurz nach Erlings Tod. Aber auch nicht zu lange warten. Und nicht darauf verzichten, weil ich nicht weiß, was er fühlt, was er sich wünscht oder worauf er hofft. Im Verzicht liegt ja Selbstschutz. Wer nicht fragt, kann nicht abgewiesen werden. Aber wer nicht fragt, bekommt vielleicht auch nie ein *Ja* zu hören, und wer weiß, was einem da entgeht?

»Wie oft warst du eigentlich so verliebt, dass du Schmetterlinge im Bauch hattest, Evy?«, fragt Synne. »Wenn du ganz, ganz ehrlich bist?«

Was soll ich darauf antworten? Als Erling mich zum ersten Mal geküsst hat, in meinem Zimmer im Røaveien, da waren Schmetterlinge, aber was wäre gewesen, wenn ich gewusst hätte, dass es mein einziger erster Kuss sein würde? An dem Tag, als ich als Braut vor dem Altar stand, mit dem weißen Flieder im

Arm, waren da Schmetterlinge? Und habe ich mich ansonsten mit Brotkrumen zufriedengegeben? Was hat Erling an Liebkosungen erübrigen können, wie nahe ist er mir gewesen?

Was wäre gewesen, wenn ich mich damals anders entschieden und Edvards Frage bejaht hätte, mitgegangen wäre in den Ruderclub, mich in Gesellschaft begeben, Jungs getroffen hätte? Für einen Augenblick sehe ich eine alternative Wirklichkeit vor mir, Edvard und ich in jungen oder mittleren Jahren Hand in Hand den Strøget in Kopenhagen entlangschlendernd, vertieft in ein Gespräch. Ich blinzele, und sie ist wieder weg. Es kam mir vor, als musste mein Leben notwendigerweise so werden, wie es geworden ist, aber es hatte einmal andere Möglichkeiten gegeben. Und haben die Treffen mit Edvard in den letzten Wochen mich nicht froh gestimmt? Habe ich mich nicht etwas sorgfältiger zurechtgemacht, einen Blick in den Spiegel geworfen, bevor ich das Haus verließ?

Und dann der Moment, als ich mich gestern von ihm verabschiedet habe. Als er mich umarmt hat, mich eine Idee länger festgehalten hat, als es üblich ist. Lag eine Möglichkeit darin? Was wäre passiert, wenn ich mir ein Herz gefasst und ihn geküsst hätte?

»Du musst es tun«, kichert Synne.

Wir haben die Weinflasche leer getrunken, aber sie hat noch eine im Kühlschrank.

»Ich weiß nicht«, sage ich errötend und plötzlich unsicher. »Was werden die Leute sagen?«

»Scheiß auf das, was die Leute sagen. Lass die Nachbarn reden, und Schluss.«

»Und wenn ich es vollkommen missverstanden habe? Wenn er es überhaupt nicht so meint?«

»Dann hast du es eben missverstanden. Dann kann er sich für

einen tollen Hecht halten, weil du ihn magst, und damit ist es gut. Aber du hast es nicht missverstanden. Das fühle ich. Da ist etwas. Niemand kümmert sich so engagiert um die Witwe eines Freundes, nur weil er Mitleid mit ihr hat.«

Sie schenkt mein Glas voll.

»Okay«, sage ich. »Ich mache es. Was soll's.«

Während sie mir über die Schulter schaut, schreibe ich ihm: *Hallo! Könnten wir uns vielleicht morgen zum Essen treffen?* Wir sitzen noch am Tisch, als er antwortet: *Sehr gern, ich freue mich und reserviere einen Tisch für 19 Uhr.*

»Oh, Herr Rechtsanwalt Weimer«, quiekt Synne. »Sie haben ja keine Ahnung, was Sie erwartet!«

FÜNFUNDZWANZIG TAGE DANACH

Jetzt sind sie hier. Ich stehe im Korridor und kann ihre Schritte im Splitt knirschen hören. Das Knirschen hört auf, direkt vor der Haustür. Nun sind ihre Stimmen zu vernehmen, nicht, was sie sagen, aber dass sie miteinander reden. Hastig, gedämpft. Als ob sie sich beraten.

Gleich werden sie klingeln. Meine Hände zittern leicht, was mich überrascht, denn ich fühle mich ruhig. Ich habe den ganzen Tag keinen Alkohol getrunken, und ich werde auf Wein zum Essen verzichten. Ich muss klar sein. Wenn ich das hier hinbekommen will, darf ich nicht ins Wanken geraten.

Jetzt ist es bald so weit. Ich atme ein, und im selben Moment schlägt die Großvateruhr acht. Die Schläge sind lang gezogen, klagend. Als sie verstummen, ist es vollkommen still. Ich zähle eine Sekunde, zwei Sekunden. Dann zerhackt die Türklingel die Luft.

ZWANZIG TAGE DANACH

Die Wände des Restaurants sind mit Tapete verkleidet. Goldbordüren verlaufen parallel zu den Fußleisten, und dünne glitzernde Rillen ziehen sich zur Decke. Die Stühle sehen bequem aus, und auf den weißen Damasttischdecken stehen kleine Lampen, als wäre jeder einzelne Tisch eine Insel für sich. An einem von ihnen sitzt er und wartet auf mich.

Er ist gut angezogen. Ist nicht mit seinem Handy beschäftigt wie die meisten anderen Leute. Er sitzt bloß da und schaut zum Fenster, mit einem Glas Wasser auf dem Tisch vor sich. Ich habe die Gelegenheit, ihn einen Moment zu betrachten, ehe er sich umdreht und mich sieht, und es gefällt mir, ihn so zu sehen, als einen Mann, der wartet. Es behagt mir zu wissen, dass ich diejenige bin, auf die er wartet. Als er mich bemerkt, lächelt er so, dass sein ganzes Gesicht sich mir öffnet. Ich gehe zu seinem Tisch hinüber, und er steht auf und umarmt mich zur Begrüßung. Er riecht gut. Rasierwasser und Seife, und noch etwas anderes, etwas leicht Würziges.

»Schön, dich zu sehen«, sagt er.

»Ebenso«, antworte ich und meine es aus tiefstem Herzen.

Aber ich bin nervös. Mein Vorhaben ist weit entfernt von meinem sonstigen Verhalten. Ich bewege mich auf unsicherem Boden, es fühlt sich gefährlich an. Und, Grundgütiger, seit Erlings Tod sind erst zwanzig Tage vergangen, das ist gar nichts.

Ich bin nicht der Meinung, dass unbedingt *jetzt* etwas geschehen muss. Entscheidend ist, es zu sagen. Wie es ist. Ein Risiko einzugehen. In meinen Schläfen hämmert es hart und schnell, stell dir vor, so etwas zu tun, stell dir vor, so draufgängerisch zu sein.

Aber ich warte noch ein wenig. Zuerst essen wir, wobei ich erwähne, dass die Polizei noch einmal bei mir war. Ich berichte nicht viel darüber, was Gundersen gesagt hat, abgesehen davon, dass er den Vorfall auf Tjøme ebenfalls als ernst einstuft. Edvard nickt nachdenklich. Ich erzähle, dass die Kinder das Testament vielleicht anfechten werden und dass Olav daran beteiligt ist. Das kommentiert Edvard mit einem Heben der Augenbrauen.

»Aha«, sagt er. »Also schlagen sie diesen Weg ein.«

»Allem Anschein nach brauchen sie Geld, alle drei«, sage ich.

Ein Anflug von Wachsamkeit tritt in sein Gesicht, bemerkbar macht er sich in einer Anspannung der Stirn, im Ausdruck seiner Augen. Ich bereue, dass ich es zur Sprache gebracht habe, bereue, dass ich meine Kinder hineingezogen habe. Es ist mir ja bewusst, wie es aussehen muss. Olav hatte mich gebeten, Edvard nichts davon zu erzählen, und jetzt habe ich genau das getan. Und Edvard nimmt es ernst, das sehe ich.

»Aber Edvard, sie sind meine Kinder. Ich habe sie erzogen. Ich kann nicht so einen Verdacht gegen sie hegen.«

»Das verstehe ich.«

Doch seine Stirn ist immer noch angespannt. Er denkt über etwas nach.

Erst als das Dessert auf dem Tisch steht, fasse ich mir ein Herz. Ich habe nur ein Glas Wein getrunken, und ich habe es langsam getrunken. Ich bin vollkommen zurechnungsfähig.

»Ich würde dir gern etwas sagen«, beginne ich.

Ich zupfe an meiner Serviette herum. Wage kaum, ihn anzusehen, werfe aber einen flüchtigen Blick über den Tisch und sehe, dass er mir zuhört.

Während meine Finger die Serviette zerreißen, die beiden Hälften zusammenzwirbeln und eine Art Tau daraus machen, führe ich aus, dass es mir viel bedeutet, dass er in diesen Wochen für mich da war. Dass er sich um mich gekümmert hat, mit mir essen gegangen ist, mich nach Tjøme begleitet hat. Interesse für meine Sorgen gezeigt, mir geholfen hat. Und mehr als das: dass er mir ein Freund war. Dass er aufgetaucht ist, als ich ihn am meisten gebraucht habe. Ich werfe ihm wieder einen Seitenblick zu, sehe, dass er lächelt.

»Es war mir eine Freude«, sagt er.

Dann sitzen wir einen Moment so da. Die kleine Lampe beleuchtet die Tischplatte zwischen uns. Das Blut rast durch meine Adern, sodass ich es fast rauschen hören kann, und mein Magen dreht sich um, soll ich das hier wirklich tun, soll ich es wagen? Mein Mund wird trocken, der Atem liegt flach und hektisch in der Halsgrube, und ich sehe ihn an und denke, ja, ich tue es, okay, jetzt ziehe ich es durch.

»Nun«, sage ich und schaue wieder auf mein Serviettentau. »Und dann ist da noch etwas. Weißt du, du bist mir wichtig geworden. Als Freund. Aber vielleicht auch noch als mehr.«

Ich blicke zu ihm hoch und frage: »Verstehst du, was ich meine?«

Aber er lächelt jetzt nicht mehr so ungezwungen. Er sieht ernst aus. Nickt langsam. Seine Stirn ist wieder angespannt. Und von einer Stelle irgendwo in meinem Bauch breitet sich ein eisiges Gefühl aus, *oh nein*, ich habe das Ganze falsch gedeutet, *oh nein*, ich habe es missverstanden, ich bin ein Rindvieh, eine Idiotin. Wie konnte ich glauben, dass er etwas anderes in mir gesehen hat?

Sein Schweigen ist unerträglich, obwohl es sicher nur wenige Sekunden andauert, doch das eisige Gefühl kriecht unter meine Haut, ist überall in meinem Körper, überwältigt mich, sodass ich den Impuls verspüre, die Gabel, die neben meinem Teller liegt, zu nehmen und sie mir mit voller Kraft in die Hand zu rammen, hinein in Fleisch und Gewebe, sodass sie in der Tischplatte stecken bleibt und die Tischdecke mit Blut getränkt wird, bloß, damit ich etwas anderes fühle. Edvard atmet ein. Jetzt wird er mir antworten, aber ich will nicht hören, was er zu sagen hat, ich weiß bereits, dass nichts Gutes dabei herauskommen wird. Doch ich muss ihn wohl anhören, nachdem ich die Sache nun einmal begonnen habe. Ich habe keine andere Wahl. Also sitze ich da, ich starre auf die Gabel, stähle mich.

»Du machst mir damit ein Kompliment, Evy«, sagt er mit seiner sanften, angenehmen Stimme. »Aber ich kann es leider nicht annehmen. Weißt du, ich bin homosexuell.«

Jetzt bleibt die Welt stehen.

Edvard fährt fort: »Ich dachte, du wüsstest es. Ich hatte angenommen, Erling hätte es dir erzählt.«

Und dann stürzt das Restaurant um uns ein. Die Wände mit den Goldstreifen zerfallen zu Staub. Die Gäste vaporisieren, sodass nur noch er und ich hier sitzen bleiben. Und ich würde alles, wirklich alles, dafür geben, mit den anderen zu verschwinden. Zu Staub zu werden, mich in Luft aufzulösen und hier wegzukommen.

»Nein«, sage ich mit unsicherer Stimme. »Erling hat nie etwas davon gesagt.«

Meine Hand zittert, als ich nach meiner Tasche greife, ich sehe es, er sieht es ebenfalls. Meine Knie sind weich, als ich aufstehe.

»Evy, warte.«

Er streckt die Hand nach mir aus, aber ich habe mich bereits erhoben, ich bin bereits auf dem Weg, denn ich kann nicht sitzen bleiben, nein, das weiß ich, ich kann nicht eine Minute länger in diesem Restaurant verbringen. Es fühlt sich an wie eine Frage von Leben und Tod, wie es an diesem Tag in der Hütte auf Tjøme war: Mach, dass du rauskommst, oder geh zugrunde.

»Können wir nicht darüber reden?«, fragt er.

Doch das können wir nicht. Es gibt nichts mehr zu sagen, und ich will um Gottes willen nichts mehr hören. Mir gelingt es noch, ein *Bis bald* zwischen meinen trockenen Lippen hervorzupressen, ehe ich davontaumele, vorbei an den anderen lampenbeleuchteten Tischen und hinaus aus dem Restaurant, auf die Straße. Blind suche ich nach einem Taxi, das mir helfen, mich wegbringen, mich nach Hause schaffen kann.

Und ich denke: Zu Hause bei ihm gab es keine Bilder von seiner Frau. Aber da war das Bild eines Mannes. Es stand so harmlos auf der Anrichte im Wohnzimmer, zwischen den Fotos seiner Eltern. Und ich denke: Er hat nie *sie* gesagt. Mit keinem Wort hat er das Geschlecht seines an Krebs gestorbenen Partners offenbart. Ich habe es gemutmaßt.

Und während das Taxi, das ich schließlich finde, mich aus dem Stadtkern hinausbringt, hin zu dem düsteren Haus auf der Hügelkuppe, überlege ich: An jenem Tag in meinem Zimmer im Røaveien, Anfang der Siebzigerjahre, als er anklopfte, fragte, ob wir mitkommen wollten. Hat er da *mich* angesehen? Oder schaute er in Wahrheit über meine Schulter zu Erling?

So viele Male bin ich zu diesem Augenblick zurückgekehrt. Bestimmt habe ich ihm zu viel Bedeutung beigemessen, ihn als entscheidender betrachtet, als er es eigentlich war, aber so ist es nun einmal gewesen, ich habe gedacht, er würde etwas über mein Leben aussagen.

Und dabei habe ich alles missverstanden. Dieser entscheidende Augenblick hatte überhaupt nichts mit mir zu tun. Der gut aussehende Mann, der mich zum Mitkommen einlud, war eigentlich an meinem Freund interessiert. Nicht einmal *das* gehörte mir. Die Einladung, mit all dem Gewicht, das sie bekam, galt eigentlich jemand anderem, ich war bloß eine Nebenfigur.

EINUNDZWANZIG, VIELLEICHT ZWEIUNDZWANZIG TAGE DANACH

Ich liege auf dem babyblauen Sofa. Die Decke, mit der ich gewöhnlich den verschlissenen Bezug kaschiere, habe ich über mich gelegt, denn es ist ja egal. Ich sehe fern, wohl eine Seifenoper. Ich habe keine Ahnung, wovon sie handelt. Anscheinend sind die reichen, schönen Menschen auf dem Bildschirm zutiefst unglücklich, aber ich verstehe nicht, warum.

Zu guter Letzt habe ich die Tablettenschachtel geöffnet. Jetzt verdöse ich die Tage, eingepackt in süße Gleichgültigkeit. Was von alledem spielt schon eine Rolle?

Hanne hat angerufen. Vor einigen Stunden, glaube ich, aber es kann auch gestern gewesen sein, die Tage fließen ineinander. Sie wollte bloß reden. Oder vielleicht wollte sie mir etwas sagen. Ihre Stimme war reserviert.

»Hast du getrunken?«, fragte sie.

Ich erinnere mich nicht, was ich geantwortet habe. Allerdings glaube ich nicht, dass ich mir die Mühe gemacht habe zu leugnen. Wir haben nicht lange geredet. Das Telefon läuft jetzt wohl wieder heiß, sie hat sicher Bård angerufen, und auch Silje. Bård hat bestimmt Olav angerufen, der wiederum Hanne angerufen hat, und so weiter. Lass sie machen, denke ich. Warum sollte ich mich zusammennehmen? Die Kinder sind erwachsen, sie müssen allein zurechtkommen. Erling ist fort. Edvard ist jetzt auch fort, und Mutter ist im Begriff zu verschwinden. Mich braucht niemand mehr, und ich brauche nichts anderes als das hier: den Fernseher, das Sofa, meine Tabletten. Den Rotweinkarton. Den sanften Rausch, nichts hat Bedeutung.

Edvard hat angerufen. Ich bin nicht ans Telefon gegangen. Er hat eine Nachricht hinterlassen, aber ich habe sie nicht abgehört, sondern sofort gelöscht. Selbst in diesem Loch aus Gleichgültigkeit kann ich noch spüren, wie die Demütigung aus dem Restaurant unter der Haut brennt: Was muss ich für ein jämmerliches Bild abgegeben haben. Was hatte ich mir bloß eingebildet? Ich dumme Kuh, die ich in meinem Leben nichts vorzuweisen habe. Die ich *bar jeder literarischen Qualität* bin und es nie geschafft habe, einen Job zu behalten. Versoffen, mit einer Haut, die von der Trinkerei aufgedunsen ist, habe ich mein Leben vorbeiziehen lassen. Ich habe mich nicht um den Mann gekümmert, den ich hatte, nicht um meine Sachen und nicht um meine Kinder. Ich war noch nicht einmal in der Lage, auf mich selbst achtzugeben. Wieso sollte sich da jemand, der so attraktiv ist wie Edvard, so erfolgreich und ganz sicher auch begehrt, in mich verlieben? Das wäre ausgeschlossen, selbst wenn er sich für Frauen interessieren würde. Ich verstehe sie jetzt, meine Kinder. Wie sie über die ganze Idee grinsten. Hanne, die davon ausging, dass Edvard wegen des Geldes hinter mir her war, Bård, der es urkomisch fand, sich auch nur *vorzustellen*, dass sich jemand in mich verlieben könnte. Sie hatten ja recht. Nur ich hatte es nicht erkannt.

Dazu war ich offenbar zu beschwipst. Die ganze Sauferei hatte wohl Einfluss auf mein Gehirn, hat mich abgestumpft und selbstbezogen werden lassen.

Was kann ich also anderes tun, als weiterzutrinken? In diesen Wochen nach Erlings Tod bin ich so stark gewesen. Ich habe so gut wie keinen Alkohol getrunken. Habe meine Tabletten nicht angerührt. Und was hat sie mir gebracht, diese Stärke? Sie hat mich bloß in eine Situation hineinmanövriert, die schlimmer und schmerzhafter ist als meine Ausgangslage. Also kann ich sie ebenso gut in den Wind schießen. Ich kann mich ebenso gut in meinem Elend suhlen. Ist das nicht mein gutes Recht?

Synne hat auch angerufen. Ich bin nicht rangegangen. Aber ich habe ihr eine Nachricht geschrieben. *Edvard ist homosexuell.* Sie hat noch einmal angerufen, und als ich da wieder nicht rangegangen bin, schrieb sie: *Ist das wahr?? Aber dann hat es ja zumindest nichts mit dir zu tun.* Außerdem fragte sie, wie es mir ginge, und bat mich, sie anzurufen.

Schließlich stand sie vor der Tür. Ich machte ihr nicht auf, und den Ersatzschlüssel hatte ich hereingeholt, aber sie ging ums Haus zur Verandatür und klopfte an die Scheibe. Wie jetzt lag ich auf dem Sofa, sie sah mich durchs Fenster, sah, dass ich sie sah, und da hatte ich keine andere Wahl, als sie hereinzulassen. Sie redete, und ich ließ sie einfach plappern. Ich döste ein, während sie sprach. Ließ mich nicht in ihren Pseudofeminismus hineinlocken, *du brauchst keinen Mann, was für ein Trottel, dass er nicht von Anfang an ehrlich war.* Was spielt das für eine Rolle? Es sind bloß leere Worte, ist bloß schmeichlerischer und hohler Selbstbetrug. Ich wollte schlafen. Wollte, dass sie geht. Zu guter Letzt sagte ich ihr das: Kannst du bitte gehen? Kannst du mich in Ruhe lassen?

»Ich mache mir Sorgen um dich, Evy«, sagte sie.

»Mir geht es gut«, antwortete ich. »Ich möchte bloß allein sein.«

Schließlich ging sie. Was sollte sie auch sonst tun?

Seitdem herrschte Ruhe. Also mit Ausnahme von Hanne, die

anrief. War das vor oder nach Synne?, ich weiß es nicht. Sie hat nicht noch mal angerufen. Die anderen ebenso wenig.

Schließlich wird es draußen dämmrig. Ich weiß nicht, welchen Tag wir haben, bin mir auch nicht sicher, wie spät es ist, aber wenn es dunkel wird, ist es wohl Abend. Mit der Decke um die Schultern schleppe ich meinen Körper die Treppe hinauf. Was bin ich für eine schlappe Trine, wie schwer ich bin, wie träge. Ich zerknülle die Tablettenschachtel in meinen Händen. Es ist mir egal, ob sich jemand auch an meinen Tabletten zu schaffen gemacht hat, egal, ob ich sterbe. Lass mich einfach von der Bildfläche verschwinden, lass meine Kinder sich um das streiten, was zurückbleibt. Lass meinen Bruder versuchen, ihnen Einhalt zu gebieten, wo er doch so rechtschaffen ist. Ich gebe mich jetzt geschlagen, ich kann nicht mehr.

Aber mit meinen Tabletten scheint es kein Problem zu geben. Sie machen mich müde und gleichgültig. Lassen mich schlafen, lassen mich davongleiten.

DREIUNDZWANZIG TAGE DANACH

Ich erwache, halb nackt, und weiß, dass ich in dieser Wohnung in Paris bin. Es liegt jemand neben mir, doch ich schaue ihn nicht an. Trotzdem habe ich den Eindruck, dass ich weiß, wer es ist, und dass es ein anderer ist, als ich glaube. Aber ich wende nicht den Kopf, um es zu überprüfen. Stattdessen hefte ich den Blick auf die offene Tür. Sie führt ins Wohnzimmer, und sie ruft mich, saugt mich zu sich. Ich stehe auf. Auf wackligen Beinen gehe ich auf sie zu und hinaus ins Wohnzimmer.

Dieser Raum ist größer, offener, als ich ihn in Erinnerung habe. Es stehen Leinwände an den Wänden, auf einer von ihnen erahne ich eine Gestalt, hoch und aufrecht, mit starken Armen oder vielleicht Ästen. Niemand liegt auf dem Sofa. Ich wende mich zu dem Zimmer um, aus dem ich gekommen bin, aber es ist weg, die Tür ist verschwunden, dort ist nur eine Wand, und mir ist klar, dass ich nicht dorthin zurückgehen kann.

Aber es ist jemand in der Küche. Ich höre eine Stimme meinen Namen sagen, und ich denke bei mir: Es ist Edvard! Ich begebe mich zur Küchentür. Ich will ihn finden, mich in seine Arme werfen. Mich von ihm retten lassen.

Zu meiner Überraschung stelle ich fest, dass ich mich in der Küche in Montebello befinde. Ich sehe die alten Hängeschränke aus Kiefernholz, sehe die Wandfliesen meiner Schwiegermutter. An der Arbeitsplatte steht ein Mann. Er kehrt mir den Rücken zu. Es ist Edvard, denke ich und freue mich, jetzt bin ich gerettet. Aber dann dreht er sich um, und nun sehe ich, dass es Erling ist.

Dort steht Erling und schaut mich an, mit seinen stahlgrauen Augen. In ihnen ist eine Güte, die ich total vergessen hatte. Der liebe Erling, der immer mein Bestes wollte. Ich freue mich, ihn zu sehen. Ich möchte ihm etwas sagen, ihm etwas erzählen, doch dann sehe ich, dass seine Augen weit aufgerissen und voller Angst sind.

Er schaut mich an und sagt: »Lauf, Evy.«

Ich frage: »Aber willst du nicht mitkommen?«

Er schüttelt den Kopf, hebt die Stimme: »Lauf!«

Als ich wach werde, ist kein Ton zu hören, nichts piept oder heult, kein Alarm schrillt, und trotzdem schrecke ich aus dem Schlaf, betäubt wie ich bin. Als hätte mich wirklich Erling geweckt. Und mit einem Mal nehme ich den Geruch wahr.

Es ist ein scharfer, beißender Gestank. Wie Stahl, denke ich. Bekannt ist mir der Geruch nicht, aber ich weiß instinktiv, dass er eine Warnung ist, dass ich in Gefahr bin. Ich setze mich auf. Völlig benebelt fühle ich mich nicht, ich muss vergessen haben, die letzte Tablette zu nehmen, ich muss früher, als ich dachte, mit dem Trinken aufgehört haben.

Ich stehe auf. Übelkeit steigt mir bis zur Halsgrube, aber ich schlucke sie hinunter, stakse hinaus in den Korridor, taste mich am Treppengeländer entlang, und da sehe ich es. Ein unbekanntes Licht flackert an den Wänden des Treppenaufgangs. Ein stärkerer, dichterer Dunst wabert aus dem Erdgeschoss empor. Es knistert und knackt.

Unter meinen bloßen Füßen fühlt sich die Treppe hart an. Schon nach einigen Stufen schlägt mir die Hitze entgegen. Mein Atem geht schnell und flach, das hier geschieht wirklich, es ist ernst. Ich nehme die Treppe mit raschen Schritten. Ich laufe, genau wie Erling es mir im Traum nahegelegt hat. Durch den Türspalt zum Arbeitszimmer sehe ich es flackern, mit einem wachsamen Blick aus dem Augenwinkel schaue ich hinein: Hinter dem Schreibtisch haben die Gardinen Feuer gefangen, die Flammen züngeln vom Boden hoch, grell, orange.

Aber ich bleibe nicht stehen. Zögere keine Millisekunde. Nein, ich tue, wozu Erling mich aufgefordert hat: Ich laufe. Durch die Doppelflügeltür, an der Küche vorbei, ins Wohnzimmer. Ich schnappe mir das Telefon, das neben dem Whiskyglas auf dem Wohnzimmertisch liegt, schließe die Verandatür auf und stürze hinaus in den Garten.

Ich habe einmal gelesen, dass Rauchvergiftung die gängigste Todesursache bei Bränden ist. Dass einen in den meisten Fällen nicht die Flammen töten, sondern die Gase, die entstehen, wenn das Feuer das Zuhause verzehrt. Wie paralysiert stehe ich auf dem Rasen. Ich habe die Feuerwehr angerufen, sie ist auf dem Weg, wird in einigen Minuten hier sein. Sie haben mich gebeten zu warten, und was könnte ich auch sonst tun? Ich atme schnell, panisch. Auf der einen Seite des Hauses ist flackerndes Licht wahrzunehmen, doch ansonsten ist das Feuer von hier draußen kaum sichtbar. Die Flammen knistern und prasseln, abgesehen davon ist es still, ruhig.

Doch dann raschelt es in den Sträuchern hinter mir. Es kommt vom Fußweg hinter dem Haus. Dort bewegt sich jemand. Der Weg führt zwischen den Gärten und Hecken hinunter zum Morgedalsveien, und jetzt vibriert das Laubwerk. Ich denke: weil jemand Zweige beiseiteschiebt. Ich denke: weil dort jemand ist. Ich denke: weil die Person, die in meinem Haus war, über diesen Weg flüchtet.

Und dann wallt eine wahnsinnige Wut in mir auf, wie können sie es wagen! Das Haus gehört mir, Erling gehörte mir. Ich werde nicht passiv dastehen und das hier hinnehmen.

Mit blitzschnellen Schritten durchquere ich den Garten, laufe barfuß durch das kalte, feuchte Gras. Ich sehe das Arbeitszimmerfenster offen in den Angeln hängen, sehe den orangefarbenen, flackernden Schein der Flammen in dem Raum. Als ich auf den Fußweg gelange, erblicke ich die Gestalt.

Es geht so schnell, alles, was ich sehe, ist ein dunkler Schatten, der verschwindet, aber *gesehen* habe ich ihn. Ihn oder sie. Ich atme so heftig ein, dass es wehtut, ich habe diesen Menschen *gesehen*, es gibt ihn. Es handelt sich nicht nur um eine theoretische Person, das Produkt eines paranoiden Gehirns, sei es nun Erlings oder Edvards oder meins. Es handelt sich um eine reale Person. Eine Sekunde lang hat sich diese Person dort bewegt, und sie kam von meinem Grundstück, aus dem Garten am Haus, wo das offene Arbeitszimmerfenster in seinen Angeln baumelt. Mein Körper zittert, ich spüre das Adrenalin in den Armen und das Weinen, das in meinem Hals feststeckt, und dann folge ich der Person. Die Blätter sind nass vom Tau, sie schlagen gegen meine Arme, streichen an meinem Nachthemd vorbei.

Der Morgedalsveien ist jedoch leer. Ich verlasse den Fußweg, spähe die Straße hinauf und hinunter, aber es ist niemand zu sehen, der Morgedalsveien liegt einsam da. Ein Stück entfernt höre ich das Starten eines Automotors. Irgendwo in Makrellbekken bellt ein Hund. Keuchend stehe ich in meinem Nachthemd da, und alles ist so friedlich, so vollkommen normal und ruhig, während sich mein Atem in harten, schmerzhaften Stößen durch meinen Hals bewegt. Und dann höre ich die Martinshörner.

So was nenne man Molotowcocktail, sagt der nette junge Feuerwehrmann, mit dem ich rede.

Wir sitzen auf der Terrasse, wo die Familie einige Wochen vor *jenem* Tag zum Osteressen versammelt war. Die Kollegen meines Gesprächspartners trampeln in meinem Haus herum. Weniger lautstark jetzt, wie mir scheint. Der Feuerwehrmann erklärt mir, sie hätten den Brand gelöscht, und die Schäden seien nicht allzu umfangreich, trotzdem: Erlings Arbeitszimmer ist völlig zerstört, Boden und Wände sind verbrannt, das Mobiliar ist vernichtet, aber da die Tür fast geschlossen war, halten sich die Brandschäden im Korridor davor in Grenzen. Der Rest des Hauses ist anscheinend unbeschädigt, und glücklicherweise deutet nichts darauf hin, dass das Feuer sich schon in die tragende Konstruktion gefressen hat.

Die hinzukommenden Polizeibeamten sind jünger als Gundersen. Außerdem sind sie uniformiert. Der Mann, der mich befragt, ist engagiert, er beugt sich beim Reden eifrig vor und hat eine hohe, ein wenig aufgeregte Stimme. Ich weiß nicht, ob ich ihm seinen Enthusiasmus wirklich zum Vorwurf mache. Er ist sicher deplatziert, aber im Osloer Westen kommen ihm bestimmt nicht so oft Brandbomben unter. Wie der Feuerwehrmann es vorhergesagt hatte, fragt er, ob es jemanden gäbe, der mir möglicherweise schaden wolle. Ich zögere. Dann fällt mir ein, dass Gundersen mir bei unserer ersten Begegnung die gleiche Frage gestellt hatte, da aber in Bezug auf Erling. Damals hatte ich klipp und klar geantwortet, *niemand hat etwas gegen uns*. Der Gedanke erschien mir lächerlich. Das ist erst etwas mehr als zwei Wochen her.

Ich erzähle dem engagierten Polizeibeamten von Erlings Tod und von dem Gasleck. Zudem gebe ich ihm Gundersens Namen und fordere ihn auf, sich mit ihm in Verbindung zu setzen. Dabei krampft sich mein Magen zusammen: Gundersen wird ihm von Bilals Behauptung erzählen, der er offenbar Glauben schenkt. Dass ich in den Neunzigerjahren einen Molotowcocktail in Bilals Ausstellung geworfen habe. Jetzt hat jemand eine ähnliche Bombe in mein Haus geworfen. Wird das den Verdacht gegen mich entkräften? Oder eher erhärten? Vielleicht entsteht der Eindruck, ich hätte es selbst getan.

Könnte ich es denn getan haben? Seit einigen Tagen bin ich komplett hinüber. Ich kann nicht zuverlässig Rechenschaft über meine Handlungen ablegen. Wenn ich meine Augen schließe, kann ich die Nacht damals vor der Galerie in Frogner vor meinem geistigen Auge sehen. Gibt es in meinem Kopf Bilder von heute Nacht? Ich bin total erledigt ins Bett gefallen. Könnte ich wieder aufgestanden sein? Hinuntergegangen sein und das Arbeitszimmerfenster sperrangelweit aufgerissen haben? Könnte ich eine Whiskyflasche genommen, sie zur Hälfte mit Spiritus gefüllt und einen Putzlappen hineingetaucht haben? Bin ich dann mit einem Feuerzeug in der Tasche hinaus in den Garten und zum Arbeitszimmerfenster gegangen? Habe ich den Arm gehoben, die brennende Flasche geworfen und ihr dabei zugesehen, wie sie durch die Luft und durchs Fenster segelte, habe ich es klirren hören, als sie an Schwiegervaters Schreibtisch zerschellte? Und bin ich dann wieder hinaufgegangen und habe mich noch einmal hingelegt?

Hat mich der Traum deshalb geweckt? Wusste ich, dass ich in Gefahr bin? Kann ich so unzurechnungsfähig gewesen sein? Habe ich mich besinnungslos getrunken, im Suff Dinge getan, an die ich mich nicht mehr erinnere? Sind da schwarze Flecken in meiner Erinnerung?

Aber ich habe jemanden *gesehen*. Dort, auf dem Fußweg hinter dem Haus. Ich habe einen Menschen gesehen, einen schwarzen Schatten, der weggelaufen ist. Das kann ich doch wohl nicht erfunden haben?

Und dann fühle ich in meinem tiefsten Innern, wie allein ich bin. Ich fange an, unkontrolliert zu schluchzen, hier, vor dem engagierten Polizeibeamten. Niemand steht mir zur Seite. Nicht mein Bruder, nicht meine Kinder, nicht meine Mutter. Auch Edvard nicht, jetzt nicht mehr. Ebenso wenig Erling. Erling, den ich seit meiner Teenagerzeit bei mir hatte. Ich habe mich vielleicht nicht immer auf ihn gestützt, und auch er hat sich vielleicht nicht auf mich gestützt. Möglicherweise war sie nicht immer so gut, diese Ehe. Aber er war da. Nicht immer in der Lage, das Beste für mich zu tun, aber das war keine Frage des Willens. Gewollt hat Erling immer mein Bestes.

»Entschuldigung«, sage ich, zwischen den Schluchzern nach Luft schnappend, zu dem engagierten Polizeibeamten.

»Schon in Ordnung«, höre ich ihn sagen, während ich mich vornüberbeuge, merke, wie mir schwarz vor Augen wird, und mich über den Verandaboden übergebe.

Der Feuerwehrmann, der mich zehn Stunden später in mein Haus lässt, ist schon älter. Er spricht einen breiten ostnorwegischen Dialekt, streicht sich mit den Händen durch die grauen Locken.

»Im Prinzip ist das Haus bewohnbar«, sagt er. »Mit Ausnahme des Raums, in dem das Feuer ausgebrochen ist. Aber ich weiß nicht, ob ich hier im Moment wohnen wollen würde. Man weiß ja nie, was noch für Gase ausdünsten. Besonders in so einem alten Haus.«

Ich denke darüber nach. Heute Morgen habe ich ein paar Stunden geschlafen, im Gästezimmer von Synne und Karsten. Die Polizei hat mich so gegen fünf dorthin gefahren, Synne öffnete im Morgenmantel und überließ mir ihre überraschend bequeme Schlafcouch.

Meine Tabletten habe ich nicht angerührt. Alkohol werde ich heute auch nicht trinken, das ist sicher. Die Lage ist jetzt ernst. Ich kann mir keine Fehler mehr leisten.

»Danke«, sage ich zu dem Feuerwehrmann. »Aber es ist mein Haus. Hier wohne ich. Wo soll ich sonst hin?«

Er nickt nachdenklich. Hält mich wohl für verrückt, ist aber zu höflich, es zu zeigen.

»Weiter rein gehe ich nicht«, sagt er. »Das Arbeitszimmer ist abgesperrt, aber alle anderen Räume können Sie betreten.«

Er tritt auf die Treppe hinaus, und ich höre die Tür hinter ihm zuschlagen.

Oben im Badezimmer gibt es keine Tabletten mehr. Erlings sind weg, meine Schachtel liegt im Schlafzimmer. Ich nehme das Foto von den Kindern mit, das auf der Kommode in unserem Schlafzimmer steht. Bård ist vielleicht zehn, Hanne vielleicht acht. Silje sitzt auf Hannes Schoß, eine fröhliche, pummelige Einjährige. Daran will ich festhalten.

Dann gehe ich hinunter. Ich stähle mich, weiß, was ich tun muss. Ich passiere die Polizeiabsperrung am Arbeitszimmer. Begebe mich zur Kellertreppe, stecke den Schlüssel in die Tür und öffne sie. Sofort spüre ich, wie mir die modrige Luft von dort unten entgegenschlägt. Nachdem ich das Licht eingeschaltet habe, steige ich in den Keller hinab.

Die Treppe ist aus Stein, sie wurde vor achtzig oder neunzig Jahren beim Bau des Hauses errichtet. Der ganze Keller ist klamm, alles, was wir dort lagern, riecht nach Feuchtigkeit, wenn wir es wieder hervorholen, weshalb wir ihn lediglich für Gerümpel benutzen. Der Gestank von faulen Äpfeln vermischt sich mit dem Brandgeruch, ich verspüre Brechreiz, nehme mich aber zusammen.

Ich erinnere mich daran, wie Erling uns mit hier heruntergenommen hat. Es muss zwei oder vielleicht drei Jahre her sein, und es waren nur wir. Keine Schwiegerkinder, keine Enkelkinder. Wir fünf. Er ließ uns alles wiederholen, schärfte es uns ein. Es war ihm so wichtig. Die Kinder und ich wechselten Blicke, jetzt spinnt Papa total.

Hier unten gibt es drei Räume. Im ersten stehen Möbel. Im zweiten befinden sich die leeren Apfelkisten und die Sportausrüstung. Im letzten stapeln sich die kaputten Dinge, von denen Erling meinte, wir sollten sie aufheben, sie eventuell reparieren und möglicherweise eines Tages wiederverwenden: nicht funktionierende Elektrogeräte, alte Lampen, Sätze von Tassen und Gefäßen, die angeschlagen oder gesprungen sind. Und dann steht da noch der Tresor.

Seinen Anweisungen folgend, beginne ich im zweiten Raum. Ich bahne mir einen Weg zwischen Skiern und kaputten Kinderfahrrädern hindurch, sie sind schwer, beim Verrücken ziehe ich mir Kratzer zu. Eine Spinne stiebt hervor und verschwindet unter einigen alten Schlitten, als ich die Apfelkisten verschiebe. Ganz unten, hinter dem Kistenstapel, finde ich die kleine geblümte Blechdose mit dem Schlüssel.

Laut Instruktion muss man sich danach in den ersten Raum begeben. Der Schlüssel aus der Blechdose passt perfekt in das Schlüsselloch der untersten Schublade im Schrank mit Schwiegermutters Leinenwäsche. Das Schmuckkästchen, das sich dort befindet, ist weiß mit Goldbeschlägen und wirkt fragil und altmodisch, aber sein Vorhängeschloss ist von der Art, wie man es zum Abschließen von Spinden im Fitnessstudio benutzt, und funktioniert mit einem Zahlencode. Ich drehe die Rädchen auf die Zahl, die Erling uns eingeschärft hat: 1970. Das Jahr, in dem wir, er und ich, uns kennengelernt haben. In dem Kästchen liegt ein weiterer Schlüssel, der ist größer, wirkt solider. Ich umschließe ihn fest mit meiner Hand.

Der Tresor ist erst zu sehen, wenn man weit in den dritten Raum vorgedrungen ist, er ist hinter Gerümpel verborgen. Um ihn zu finden, muss man wissen, dass es ihn gibt. An seiner Vorderseite befindet sich ein Schloss mit acht Zahlrädern und einem Schlüsselloch. Zuerst stelle ich mit den Rädern den achtstelligen Code ein: das Geburtsjahr jedes unserer Kinder und wiederum 70 für das Jahr, in dem Erling und ich uns kennengelernt haben. Vielleicht betrachtete er es als so etwas wie das Geburtsjahr unserer Beziehung oder auch unserer Familie. Das ist ein tröstlicher Gedanke. Ich stecke den Schlüssel aus dem Schrank mit der Leinenwäsche in das Schlüsselloch und drehe ihn um. Etwas klickt im Innern des Schlosses, und dann springt die Tür ein wenig vor, sodass ich sie lautlos in ihren Angeln herausgleiten lassen und mir den Inhalt anschauen kann.

Da stehen die Konservendosen in Reih und Glied, die nach Erlings Überzeugung bei der unausweichlichen Klimaapokalypse so wertvoll für uns werden würden. Da sind die Wasserflaschen, der Sturmkocher und die Lebensmittel. Da liegt die alte Geldkassette aus Metall. Es ist so eine, wie man sie verwendet, wenn man bei Handballspielen Kaffee verkauft oder auf Trödelmärkten an der Kasse steht. Irgendwie weiß ich es bereits, aber noch besteht die Möglichkeit, dass ich mich irre, und meine Hände zittern, als ich die Kassette öffne.

Sie ist leer. Siebzigtausend Kronen in bar sind weg.

Weil jemand hier unten war und sie genommen hat. Vielleicht die Kellertür angelehnt gelassen hat, als er ging. Und es kann nur einer von uns fünfen gewesen sein. Wenn die Schwiegerkinder oder Olav von dem Tresor erfahren haben sollten, hätte es einer so ausführlichen Instruktion bedurft, sich Zugang zu verschaffen, dass auf jeden Fall einer von uns hätte involviert gewesen sein müssen. Und Erling ist tot, wir sind nur noch zu viert.

Beim Aufstehen stütze ich mich am Tresor ab. Meine Knie sind weich, ich schwanke einen Augenblick. Ich strecke die andere Hand aus, finde Halt am Lenker eines alten Fahrrads. Einen Moment bleibe ich so stehen und atme, gewinne das Gleichgewicht zurück. Ich schaue auf die Hand, mit der ich mich festhalte. Der Fahrradlenker kommt mir irgendwie bekannt vor. Die Griffe sind mit Klebeband umwickelt, ich berühre das Fahrrad, berühre das Klebeband. Dann wird es mir klar. Schnell und zugleich langsam: Das hier ist Erlings Rad. Das Fahrrad, auf dem er an seinem Todestag gesessen hat, das Fahrrad, das im Sondrevegen mit ihm zu Boden gefallen und mit in die Luft ragendem Rad liegen geblieben ist. Das vor meiner Garage stand, als ich an *jenem* Tag vom Krankenhaus zurückkam, und das danach verschwunden ist.

Ich lasse es los. Bleibe stehen und starre vor mich hin. Als wäre das Fahrrad gefährlich, als würde ich befürchten, dass es aus eigenem Antrieb gehandelt hat. Hier unten hat es gestanden, verborgen hinter all dem Plunder. Mein Atem geht wieder gleichmäßiger, und das Fahrrad steht vollkommen still da. Ich gehe in die Hocke, streiche mit den Fingerspitzen an den Bremsklötzen entlang.

Am Hinterrad liegt die Plastiktüte eines Supermarkts. Sie ist nicht voll, aber auch nicht leer, das Plastik beult sich hier und da aus. Ich ziehe die Tüte über den Boden zu mir. Öffne sie mit tauben Händen und bleichen Fingern. Ganz, ganz langsam schaue ich hinein. Es liegen verschiedene Dinge darin: zwei Tablettenschachteln und ein Pillenglas mit Erlings Namen. Ein Gummischlauch, der ohne Weiteres für die Durchleitung von Gas produziert worden sein kann, aus neuem Material in leuchtender Farbe. Und ein Terminkalender, aus dem alle Seiten herausgerissen worden sind.

VIERUNDZWANZIG TAGE DANACH

Diesmal sieht er mich sofort, als ich komme. Er blinzelt gegen die Sonne, steht auf und bleibt etwas unschlüssig vor der Bank stehen, er streckt die Hände nach mir aus, ansonsten bewegt er sich nicht, wodurch er etwas unbeholfen wirkt. Der Pfad, der den Hang hinaufführt, ist steil, ich spüre meinen Puls, aber das macht nichts, die Aussicht ist die Anstrengung wert. Von hier kann man die ganze Stadt überblicken. Synne hat mir diesen Platz gezeigt, vor über vierzig Jahren. Er befindet sich ganz oben auf einer Hügelkuppe am Vettakollen, mit Ausblick auf die Stadt.

»Liebe Evy«, sagt er, als ich nahe genug bin, um ihn zu hören. »Ich bin so froh, dass du angerufen hast.«

Ich komme wieder zu Atem, wende mich der Aussicht zu. Heute ist strahlendes Wetter. Das bisschen Dunst wird schnell von der Sonne vertrieben werden. Von hier oben sehen wir den Stadtkessel, alle Straßen und Gebäude, die unsere Stadt ausmachen. Das Hafenbecken, die Inseln, dunkelgrüne Hügel. Den silberblauen Fjordarm, der sich zum Meer erstreckt, unsere Ader nach Kopenhagen, Paris und zum Rest der Welt. Ich lächle Edvard zu. Und es ist nicht sonderlich schmerzhaft. Es fühlt sich unkompliziert an.

Wir setzen uns. Ich öffne meinen Rucksack, hole Thermosflasche und Tassen heraus. Schenke uns beiden ein.

»Ich möchte es dir so gern erklären«, sagt Edvard.

»Das musst du nicht«, antworte ich. »Ich glaube, ich verstehe es.«

»Trotzdem. Wenn du nichts dagegen hast.«

Er habe es fast von Anfang an gewusst, erzählt er. Aber in den Sechzigerjahren sei es natürlich etwas anderes gewesen als heutzutage. Von Informationsbroschüren in der Schule konnte da keine Rede sein, und hinzu kam, dass er aus einer sehr konservativen Familie stammte. Von ihm wurde erwartet, in die Fußstapfen seines Vaters zu treten, also dachte er, er könne nur das Beste daraus machen. Jurist werden, ein nettes Mädchen finden, ein paar Kinder in die Welt setzen. Es würde wohl Orte geben, die man aufsuchen könnte, um die andere Seite auszuleben. Man konnte ja diskret sein. Auf die Art würde es wohl laufen müssen.

Aber dann wurde er Student und fand neue Freunde. Und es trat Erling Krogh in sein Leben, groß, dunkelhaarig und gut aussehend. Ein wenig zurückhaltend, ein wenig schüchtern, aber klug und mutig, wenn es darum ging, seine Überzeugungen zu vertreten. Sie freundeten sich sofort an, und Edvard glaubte da auch noch etwas anderes zu spüren. In der Art, wie Erling mitunter seinen Blick hielt oder über einen Witz lachte, den nur sie beide verstanden. Für Edvard schien eine besondere Bedeutung darin zu liegen, und dann tat er, was er früher oder später tun musste: Er versuchte, Erling zu küssen.

»Erling hat es nicht gut aufgenommen«, sagt er mit einem verlegenen, traurigen Lächeln.

Über seine Mundpartie läuft ein Zittern. Diese über fünfundvierzig Jahre alte Zurückweisung. Er floh aus dem Land, um ihr zu entkommen, sie gab seinem Leben einen anderen Kurs. Noch immer nagt sie an ihm, das kann ich sehen, und es kommt mir vor, als würde ich eine Nacktheit erblicken, die zu betrachten unanständig wäre, weshalb ich den Blick abwende.

»Was ich erst später verstanden habe«, sagt er nach einer Weile, »und in ganzer Konsequenz vermutlich auch erst an diesem Abend im Restaurant, als mir wirklich hundertprozentig klar wurde, dass du es nicht wusstest, ist die Tatsache, dass Erling mein Geheimnis so strikt bewahrt hat, dass er es noch nicht einmal mit dir geteilt hat.«

Edvard schaut über den Fjord. Er streicht sich mit der Hand über den Kiefer, wischt das Zittern weg.

»Aber wenn du dachtest, ich wüsste es, warum hast du es nicht einfach gesagt?«, frage ich. »Du hast ja über ... deinen Partner gesprochen. Aber ich bin mir ziemlich sicher, dass du nie *er* gesagt hast.«

Eine leichte Unsicherheit rumort in mir: Kann ich mir sicher sein, hatte ich vielleicht getrunken?

»Wenn man aufwächst wie ich, entwickelt man so etwas wie einen sechsten Sinn«, erklärt Edvard, und jetzt lächelt er tatsächlich ein wenig. »In Situationen, in denen du dir nicht ganz sicher bist, gewöhnst du dir eine geschlechtsneutrale Sprache an. Auf diese Weise kannst du sagen, was du auf dem Herzen hast, und vollkommen aufrichtig sein. Ohne dich dabei zu verraten.«

Er hieß Søren, erzählt Edvard, war sieben Jahre älter, ebenfalls Jurist und betätigte sich als politischer Aktivist. Søren war laut und charismatisch, ziemlich unkultiviert, aber ausgesprochen unterhaltsam. Ihm gelang es, Edvard die Scham auszutreiben, ihm die konservativen Schrullen wegzustutzen. Edvard war zweiundzwanzig, als sie sich kennenlernten, er wurde mit Søren erwachsen.

»Als ich allein zurückblieb, war ich jünger, als du es jetzt bist«, sagt er. »Aber wenn ich das so sagen darf – und dabei will ich die große Liebe, die uns verbunden hat, in keiner Weise schmälern –, ich möchte diese Erfahrung nicht missen: zu lernen, allein zurechtzukommen.«

Und ich kann das verstehen. Eine Weile sitzen wir so da, trinken unseren Kaffee, genießen die Aussicht.

Dann fährt Edvard fort: »Als ich wieder in Oslo war, hat es einige Jahre gedauert, bis ich genug Mut gesammelt hatte, um Kontakt zu Erling aufzunehmen. Ich hatte keine Ahnung, was von ihm zu erwarten war, aber ich dachte, dass ich nicht damit leben wollte, es nie versucht zu haben.«

Erling nahm die Einladung an, und sie begannen sich zu treffen, nicht oft, aber regelmäßig. Sie redeten in erster Linie über Berufliches, aber erzählten einander auch von dem Leben, das sie führten. Edvard sprach über seinen Vater, Erling über mich.

»Was hat er gesagt?«, frage ich kleinlaut.

»Oh«, sagt Edvard lachend. »Was haben Männer wie Erling über ihre Ehefrauen zu berichten? Nur Lobesworte, natürlich.«

Ich lächle. Erling lobte mich hemmungslos, was für eine Ehefrau ich war, was für eine Mutter. Denn so stellte sich unser Familienleben in seinen Augen dar. Diese Sichtweise ist schön, aber zugleich ein wenig traurig: Wenn es um mich ging, war der alte Realist nie in der Lage, klar zu sehen.

»Darf ich dich etwas fragen? Du und Erling. Bei diesen Essen. Ist da jemals ... Du weißt schon. Mehr passiert?«

Einen Moment lang schaut er mich verblüfft an, dann bricht er in Gelächter aus.

»Entschuldige«, sagt er mit einem Lachen in der Stimme. »Aber Evy, kannst du dir vorstellen, dass Erling dich betrogen hätte? Mit *irgendwem*? Von mir überhaupt nicht zu reden?«

»Okay«, sage ich lächelnd. »Ich werte das als Nein.«

»Das kannst du getrost tun.«

»Aber dann verstehe ich nicht, wieso du mir das alles nicht einfach erzählt hast. Oder wieso er es nicht getan hat.«

»Was ihn betrifft, kann ich nur raten. Und auf die Gefahr hin, hier ein wenig direkt zu sein: Wenn du in unserer Jugend, du weißt schon, irgendwelche Gefühle für mich hattest, wollte er das Gespräch vielleicht lieber nicht auf mich bringen. Ich hatte den Eindruck, dass er sich deiner nicht ganz sicher war. Stimmt es, dass du ihn einmal verlassen hast? Ich glaube, das nagte immer noch an ihm.«

Ich erinnere mich daran, wie fest Erling mich bei meiner Heimkehr aus Paris umarmt hat. Er, der sonst sparsam mit Liebkosungen war. Er hielt mich lange, wollte mich nicht loslassen.

»Und was mich angeht«, fährt Edvard fort, »hielt ich es für besser, dir die Initiative zu überlassen. Es hätte ja sein können, dass du nicht gefragt hast, weil du nicht darüber reden wolltest. Vor dem Hintergrund des etwas rigiden Umgangs mit dergleichen, der in unserer Jugend üblich war.«

»Das wäre kein Problem für mich gewesen.«

»Trotzdem. Und wenn du es wirklich nicht wusstest, war ich mir nicht sicher, wie du es aufnehmen würdest, so kurz nach Erlings Tod. Ich weiß nicht. Ich wollte dir etwas Zeit geben. Ich konnte ja nicht wissen, dass du ...«

An dieser Stelle wirft er mir einen raschen Blick zu, ehe er wieder in seine Kaffeetasse schaut und hinzufügt: »... solche Gefühle gehegt hast.«

Die Scham, die ich an dem Abend im Restaurant empfunden habe, überspült mich wieder. Meine aussichtslose Liebeserklärung, die mich noch immer erröten lässt. Das gehört wohl dazu, wenn man die Einladungen annimmt, die das Leben einem bietet, aber niemand kann behaupten, dass es nicht wehtut.

Edvard räuspert sich und sagt: »Bei meinem letzten Treffen

mit Erling im April, also nur ein paar Wochen vor seinem Tod, als er den Verdacht äußerte, dass ihm jemand nach dem Leben trachte, da habe ich ihn gefragt, ob er glaube, du könntest es sein. Weißt du, ich musste mich einfach absichern. Und du hättest sehen sollen, wie er da den Kopf schüttelte, Evy. Ich habe noch nie jemanden etwas entschiedener abstreiten sehen. Nein, ich war sofort überzeugt, dass er nicht dich in Verdacht hatte. Aber er verdächtigte *jemanden*. Und im April richtete sich dieser Verdacht nur noch gegen eine einzige Person. Seiner Meinung nach hatte er sich etwas Cleveres ausgedacht, um diese Person unschädlich zu machen, aber er musste sich seiner Sache erst sicher sein. Was dann passiert ist, können wir ja bloß vermuten. Aber als ich mich an diesem letzten Abend von ihm verabschiedet habe, war ich doch ein bisschen besorgt. Und als Erling kurz darauf starb, rief ich einen alten Freund bei der Polizei an. Gunnar Gundersen Dahle, den du ja kennengelernt hast. Ich habe ihn gebeten, Nachforschungen anzustellen. Nicht notwendigerweise ein Ermittlungsverfahren einzuleiten, sondern einfach ein wenig genauer hinzusehen. Ich erklärte ihm, dass ich einen begründeten Verdacht habe.«

»Ja«, sage ich. »Aber ich glaube, Gundersen verdächtigt in erster Linie mich.«

Edvard denkt darüber nach.

»Die Polizei muss wohl ihre eigenen Schlüsse ziehen«, sagt er. »Und man kann wohl sagen, dass Gundersen unvoreingenommener ist als ich. Denn ich habe vollstes Vertrauen in das, was Erling mir erzählt hat. Er hat dich nicht verdächtigt, nicht eine Sekunde. Also tue ich es auch nicht.«

Er atmet tief ein, hält die Luft ziemlich lange an und entlässt sie dann in einem langen Seufzer. Eine Weile sitzen wir so da, schweigend nebeneinander, und schauen auf die Stadt. Der

Dunst zieht sich langsam zurück, die Sonne gewinnt die Oberhand.

»So, jetzt weißt du auch, was es über meine Rolle bei den Ermittlungen zu wissen gibt. Und es tut mir leid, dass ich dir das alles nicht früher erzählt habe.«

»Ist schon in Ordnung. Aber darüber wollte ich gar nicht mit dir reden.«

Er dreht sich zu mir. »Nicht?«

»Nein. Ich brauche deine Hilfe.«

Ich räuspere mich. Stelle die Kaffeetasse ab, wende mich ihm zu.

»Ich muss da etwas erledigen«, sage ich. »Und dabei musst du mir helfen.«

FÜNFUNDZWANZIG TAGE DANACH

Die Großvateruhr hat ihren achten Schlag beendet, als die Türklingel ertönt. Ich werfe einen letzten Blick auf den gedeckten Tisch. Streiche mit dem Finger über den Umschlag unter der Tischplatte, und mit äußerster Vorsicht berühre ich das Messer. Ich bürste unsichtbaren Staub von meiner Bluse und atme durch. Dann gehe ich öffnen.

Sie stehen auf der Treppe, alle drei. Sind zusammen gekommen, im selben Auto. Sie lächeln. Hanne sagt, es sei schön, dass wir so etwas machten, nur wir. Dann umarmen sie mich, einer nach dem anderen. Bårds Umarmung ist lasch, überhaupt ist das unser einziger Körperkontakt. Ansonsten herrscht in der Diele jedoch Eintracht. Als wüssten wir nicht, alle miteinander, dass sie mit meinem Bruder konspirieren, um mir wegzunehmen, was Erling mir hinterlassen hat. Aber man kann es uns nicht ansehen. Und keiner von ihnen spricht den Brandgeruch an, obwohl er in der Diele deutlich wahrzunehmen ist. Sie hängen ihre Jacken auf, reden freundlich.

»Hat es hier drinnen gebrannt?«, fragt Silje, als wir in die *Halle* kommen.

»Nein«, antworte ich. »In Papas Arbeitszimmer.«

Ich öffne die Doppelflügeltür. Jetzt schlägt uns der Geruch von den Nachlöscharbeiten entgegen, sauer und eklig. Hanne hustet und hält sich die Hand vor den Mund. Bårds Gesicht bekommt einen angespannten Zug. Silje zuckt zurück, geht aber trotzdem hinein. Die anderen beiden folgen ihr, ich gehe als Letzte. In der Tür zum ruinierten Arbeitszimmer bleiben wir stehen. Wir schauen hinein, auf die verbrannten Gardinen, die Reste des verkohlten Teppichs. Auf die Zerstörungen an Boden, Wänden und Decke.

»Du meine Güte«, sagt Hanne.

»Scheiße«, sagt Bård. »Aber der Großteil wird doch wohl von der Versicherung übernommen, oder?«

Silje sagt nichts. Sie starrt bloß auf die Verwüstung. Ich male mir aus, dass die Ruinen des Arbeitszimmers auf einer ihrer Leinwände auftauchen.

»Die Polizei meint, dass es Brandstiftung war«, sage ich.

Keiner erwidert etwas darauf.

»Wollen wir uns nicht setzen?«, rege ich an. »Das Essen ist fertig. Und im Esszimmer ist der Geruch nicht so stark.«

Auf dem Tisch liegt eine Damastdecke. In den Kerzenhaltern brennen die Kerzen.

»Das hast du aber schön gemacht, Mama«, lobt Hanne.

»Setzt euch bitte«, sage ich.

Ich stelle mich an meinen eigenen Platz, erhebe Anspruch auf ihn. Und die Kinder begeben sich alle folgsam auf den Platz, den sie als Kinder hatten. Hanne und Silje auf der einen Seite, Bård auf der anderen. Erling und ich an den Kopfenden. Vor Erlings leeren Stuhl habe ich eine Vase mit Blumen gestellt. Es ist Flieder. Maria Berger hat einen blühenden Strauch in ihrem Garten und enthusiastisch eingewilligt, als ich sie gefragt habe, ob ich ein paar Zweige abschneiden dürfe.

Hanne schaut zu Erlings Stuhl, Bård bemerkt es und folgt ihrem Beispiel, und dann sitzen wir da, alle vier, und sehen den Stuhl an.

»Puh«, sagt Hanne. »Irgendwie fühlt es sich an, als würden wir auf Papa warten.«

Silje sagt: »Das mit den Blumen ist eine hübsche Idee, Mama. Als wäre er trotzdem noch hier.«

Es ist wohl als Trost gemeint, aber für einen kurzen Augenblick hängt ihre Bemerkung zwischen uns, als würde Erlings Gespenst langsam durchs Esszimmer wandeln. Als wäre das Ticken der Uhr eine Manifestation seiner Schritte. Es dauert nur einen Moment, aber das Unbehagen zeichnet sich auf ihren Gesichtern ab.

»So«, sage ich so unbeschwert, wie ich kann. »Ich hole das Essen. Hoffentlich habt ihr Hunger mitgebracht.«

Ich lasse die Mahlzeit verstreichen, ohne anzudeuten, was geschehen wird. Das Hähnchen, das ich ihnen serviere, ist sorgfältig zubereitet. Richtig durchgebraten, trotzdem saftig. Alle greifen zu, doch niemand nimmt sich viel. Das Gespräch stockt ein wenig. Selbst bin ich still. Ich höre mir genau an, was sie sagen, bekomme alles mit. Aber es ist nicht zu leugnen, dass ich nervös bin. Ich bereite mich vor, könnte man sagen.

Hanne übernimmt die Gesprächsführung. Sie redet über eine Angelegenheit bei der Arbeit, einen Konflikt mit einer der Angestellten, die lange krankgemeldet war und jetzt verschiedene Ansprüche an die Firma stellt. Bård lässt sich aus der Reserve locken, denn für so etwas hat er kein Verständnis, seiner Meinung nach muss der Arbeitgeber Leistung einfordern dürfen. Silje, ihrer Gewohnheit treu, bezieht den entgegengesetzten Standpunkt: Ob denn niemand die Möglichkeit in Betracht gezogen habe, dass die Ansprüche der Angestellten völlig berechtigt sein könnten? Die beiden Ältesten wechseln Blicke, und Hanne versucht, ihrer kleinen Schwester mit ihrer liebenswürdigsten Stimme die Sachlage zu erklären. Silje lässt sich nicht belehren, und Hanne, die anscheinend möchte, dass das Essen friedlich verläuft, lässt das Thema auf sich beruhen. Es wird still.

»Das ist heute ein schöner, warmer Abend«, sagt Hanne schließlich.

Aus dem Wohnzimmer hören wir die Großvateruhr neunmal schlagen.

»Oh«, sagt Silje. »Das erinnert mich so sehr an unsere Kindheit.«

Bård sagt: »Ich habe diesen Klang immer als etwas düster empfunden.«

Als Nachtisch serviere ich eine Creme aus Moltebeeren, wie ich es, als sie klein waren, getan habe, wenn wir es uns gut gehen lassen wollten. Wie Mutter sie immer zu besonderen Anlässen aufgetischt hat: zu Weihnachten, Ostern und Geburtstagen. Ich kann mir nicht vorstellen, dass Bård oder Hanne ihren Sprösslingen diesen Nachtisch vorsetzen. Einige Traditionen sterben aus, und vielleicht muss das auch so sein.

Um den Tisch ist es jetzt ziemlich still, lediglich das Kratzen der Löffel in den Glasschälchen ist zu hören. Als die Frequenz abnimmt, räuspere ich mich. Sie wenden sich mir zu, alle drei. Als ob sie damit gerechnet hätten, dass etwas passieren würde.

Und ich sehe sie alle drei so deutlich. Ich sehe jedes einzelne Haar in Siljes zerzauster Mähne, sehe die Farbflecken auf ihren starken, männlich anmutenden Händen. Ich sehe den Schein der Kerzen in Hannes glänzenden, gut geföhnten Haaren, die die gleiche Farbe haben, wie meine eigenen sie einmal hatten. Ich sehe, wie die Zugluft von der halb geöffneten Verandatür in Bårds Nacken unter seinen ergrauenden Locken Gänsehaut hervorruft. Ich sehe, dass feine blonde Härchen seine Hände bis hinauf zum Handgelenk bedecken, wo er die Uhr trägt, die er von Erling und mir zum Studienabschluss bekommen hat.

»Also«, sage ich.

Meine Stimme ist erstaunlich fest. Auch wenn ich vielleicht nervös bin, bin ich bereit. Ich weiß, was ich zu tun habe.

»Wir müssen etwas besprechen.«

»Kurz bevor Papa gestorben ist«, sage ich, »hat er einem guten Freund erzählt, dass er fürchtete, jemand wolle ihm schaden. An dem Tag, als es passiert ist, hat er beim Frühstück zu mir gesagt, er habe ein schwieriges Problem gelöst und wolle die betreffende Person noch am selben Tag davon in Kenntnis setzen. Leider hat er das nicht mehr geschafft. Jetzt ist er tot, wobei er unter so verdächtigen Umständen gestorben ist, dass es denkbar ist, dass die Person, die es auf ihn abgesehen hatte, ihm zuvorgekommen ist.«

»Das ist ja total …«, setzt Bård an.

»Lass mich bitte ausreden. Ihr habt nachher die Gelegenheit, Fragen zu stellen, aber ich bitte euch, euch vorher anzuhören, was ich zu sagen habe.«

Das ist eine ganz basale Methode der Pädagogik: Lass die Schüler wissen, was du von ihnen erwartest, sorge für Vorhersehbarkeit. Mein Sohn klappt den Mund zu. Hebt die Augenbrauen, schüttelt den Kopf. Aber schweigt, hört zu.

»Seit seinem Tod sind gut drei Wochen vergangen«, fahre ich fort. »Und in diesen Wochen ist viel passiert.«

Für einen Moment schließe ich die Augen. Ich sehe das Restaurant mit der goldgestreiften Tapete vor mir, wo ich mich schamlos dem ersten Mann an den Hals geworfen habe, der mir etwas Aufmerksamkeit geschenkt hat. Im Ohr habe ich Siljes Stimme, höre, wie sie an dem Tag in ihrer Wohnung zu mir gesagt hat: *Du hast wirklich ein ziemlich großes Problem.*

»Wir haben alle gehört, was Papa mit seinem Besitz gemacht hat. Und zudem gab es zwei Vorfälle, die ich für Versuche halte, mich umzubringen.«

Alle drei ziehen scharf die Luft ein, was einen zustimmenden Laut erzeugt.

»Das Gasleck auf Tjøme *kann* gegen Papa gerichtet gewesen sein. Allerdings gehe ich davon aus, dass der Verantwortliche in diesem Fall alles so schnell wie möglich wieder in seinen Ausgangszustand versetzt hätte. Daher halte ich es für wahrscheinlich, dass ich das Ziel war. Und die Brandbombe, die am Donnerstag durch das Fenster geworfen worden ist, galt nicht Papa. Sie war ein gegen mich gerichteter Mordversuch. Und er hätte erfolgreich sein können. Es ist fast ein Wunder, dass ich in dieser Nacht wach geworden bin und entkommen konnte.«

Ich sehe Erling im Traum vor mir: *Lauf, Evy.*

»Ich glaube, Papa hatte einen von euch in Verdacht«, sage ich. »Ich glaube, er war der Meinung, einer von euch versuche, ihn zu töten.«

Hanne atmet scharf ein. Ich werfe ihr einen strengen Blick zu, und sie bremst sich, sagt nichts.

»Ihr braucht Geld, alle drei. Papa war der Ansicht, die Person, die er verdächtigte, sei bereit, ihn umzubringen, um an das Erbe zu gelangen.«

»Aber Mama«, sagt Hanne, sie kann sich nicht länger zurückhalten.

»Aber ihr seid seine Kinder. Und Eltern beschützen ihre Kinder. Papa konnte nicht zur Polizei gehen, er wollte nichts unternehmen, was euch hätte schaden können, um sich selbst zu retten. Ich glaube, die Lösung, die er sich ausgedacht hat, besteht in den Vorkehrungen, die uns sein Anwalt präsentiert hat: Er hat es so eingerichtet, dass niemand von euch von seinem Tod profitiert. Wie ich es sehe, war das seine Methode, die Person, die er verdächtigte, unschädlich zu machen. Wenn er es noch geschafft hätte, sie über seine Maßnahmen zu informieren, hätte sie gewusst, dass sie aus seinem Tod keinen Nutzen mehr schlagen kann. Offenbar ist es ihm nicht in den Sinn gekommen, dass diese Person auf die Idee kommen könnte, *mir* zu schaden. Er hat wohl gedacht, dass ihr ein engeres Verhältnis zu mir hättet als zu ihm, und deshalb angenommen, dass der oder die von ihm Verdächtigte ausschließlich für ihn selbst eine Gefahr sei. Aber ich sehe das anders. Ich glaube, dass dieser Mensch auch versucht hat, mich umzubringen.«

Ich schaue sie der Reihe nach an. Sie schweigen jetzt. Bård hat immer noch diesen ungläubigen Ausdruck in den Augen. Silje sitzt mit halb offenem Mund und hohlen Wangen da, sie starrt mich vollkommen verständnislos an. Hanne mustert mich mit gerunzelter Stirn und schmalen Augen, als glaube sie, ich verlöre den Verstand.

»Ich nehme an, dass Papa diese Person am Nachmittag des Tages, an dem er gestorben ist, treffen wollte«, setze ich meine Ausführungen fort. »Um ihr mitzuteilen, was er in die Wege geleitet hatte. Das war meiner Ansicht nach der letzte Schritt in seiner Absicherungsprozedur. Aber wie wir wissen, ist er nicht mehr so weit gekommen. Und das ist furchtbar traurig.«

Das Gewicht dieser Bemerkung legt sich für einen Moment um mein Herz: Erlings Versuch, sich selbst zu schützen und zugleich die Familie zu bewahren. Und wie er fehlgeschlagen ist. Die Sohlen seiner Turnschuhe, das Fahrrad auf dem Asphalt, die Plastikschnalle unter seinem Kinn.

»Aber ich habe nicht vor, den gleichen Fehler zu machen.«
Ich hole Luft.
»Ich habe erkannt, dass eure Kindheit und Jugend schwieriger

waren, als ich mir eingestehen wollte. Dass ich nicht die Mutter war, die ich hätte sein sollen. Dieser Gedanke macht mich traurig. Denn ihr seid meine Kinder. Ich liebe euch, alle drei, trotz allem.«

An dieser Stelle sehe ich jedes meiner Kinder bedeutungsschwer an. Keines von ihnen reagiert darauf, es scheint, als wären ihre Gesichter Masken, als warteten sie bloß auf das, was noch kommt.

»Und deshalb werde ich das, was ich euch jetzt sage, niemals der Polizei gegenüber erwähnen. Genau wie Papa will ich euch beschützen. Das will ich um jeden Preis. Aber ich habe nicht die Absicht, ruhig dazusitzen und darauf zu warten, abgeschlachtet zu werden. Daher sehe ich zwei Möglichkeiten. Die eine ist, dass der oder die Verantwortliche seine Tat gesteht.«

Ich spreche nicht weiter. Nochmals sehe ich sie der Reihe nach an. Zuerst bleiben sie so regungslos wie zuvor, dann hat es den Anschein, als käme Silje zu sich. Sie schaut mich an, wirft ihren Geschwistern einen verwirrten Blick zu. Das weckt die beiden anderen auf.

»Aber«, sagt Bård. »Erwartest du etwa, dass …?«

»Ich erwarte, dass Papas Mörder das Wort ergreift.«

»Mein Gott«, sagt er. »Das kann doch wohl nicht dein Ernst sein, das ist ja der reine Wahnsinn.«

»Bård«, sagt Hanne.

Dann wird es wieder still. Ich zähle das Ticken der Uhr, die schweren, schleppenden Sekunden: eins, zwei, drei, vier. Ich lasse fünfzehn Sekunden vergehen. Eigentlich hatte ich zwanzig abwarten wollen, bisher war mir noch nie aufgefallen, wie viel Zeit das ist, wenn die Stille so drückend wird.

Niemand sagt etwas. Niemand bewegt sich. Kein Glas wird erhoben, kein Besteck kratzt auf dem Geschirr. Wir atmen kaum.

»Nun gut«, sage ich.

Ich klappe das Handy auf. Stelle fest, dass meine Finger beim Tippen zittern. Ich habe nicht viel zu tun, die Nachricht ist schon fertig, ich muss bloß auf den Senden-Button drücken, aber es fühlt sich trotzdem an, als würde es eine Ewigkeit dauern. Keines meiner Kinder unterbricht mich. Sie warten, während ich die Nachricht abschicke, und als ich hochsehe, starren sie mich an, alle drei.

»Das hatte ich mir gedacht«, sage ich. »Und damit habe ich nur diese eine Möglichkeit.«

Mit den Fingerspitzen taste ich unter der Tischplatte entlang. Ich streiche mit ihnen über das Messer und weiter zu dem glatten Umschlag. Dann fasse ich den Rand des Papiers, löse den Umschlag ab. Lege ihn auf den Tisch.

»Hier«, erläutere ich. »In diesem Umschlag befinden sich die Dokumente zur Gründung der Stiftung Erling-Krogh-Gedächtnisfonds. In diesem Moment liest mein Anwalt die Textnachricht, mit der ich bestätige, dass ich mein gesamtes Vermögen an den Fonds übertrage, mit sofortiger Wirkung. Der Zweck des Fonds ist es, jährlich einen Preis an eine Person oder Organisation zu vergeben, die einen wichtigen Beitrag leistet zur *Bewahrung der Artenvielfalt und Biodiversität, zur Eindämmung des Klimawandels und* ... Was war noch gleich das Dritte? Das habe ich vergessen, aber egal, ihr könnt es nachlesen, es steht alles dort drin.«

Ich nicke zu dem Umschlag hinüber.

»Das Haus wird verkauft, ebenso wie die Wohnung über der Garage, die Wohnung in der Stadtmitte, die Hütte und die Grundstücke auf Tjøme. Aus dem Verkaufserlös wird mir der Fonds die Mittel zum Kauf einer Wohnung nach meinen Vorstellungen zur Verfügung stellen, die ich bis zu meinem Lebensende nutzen kann, ferner wird er mir einen bestimmten Geldbetrag im Jahr auszahlen, mit dem ich meine Rente aufbessern werde. Ich beziehe ja nur Grundrente, wie ihr wisst. Darüber hinaus verwaltet also der Fonds das Vermögen. Mit einer Ausnahme: Es wird ein gesonderter Fonds für meine Enkel eingerichtet. Zwei Millionen gehen aufgeteilt an Henrik und Fredrik, zwei Millionen erhält Max, entweder allein oder, wenn er noch Geschwister bekommen sollte, mit diesen gemeinsam, und zwei Millionen sind für die Kinder vorgesehen, die Silje eventuell noch bekommt, abzüglich des Vorschusses, den sie bereits für ihre Wohnung erhalten hat. Über dieses Geld werden meine Enkel ab ihrem einundzwanzigsten Geburtstag verfügen können. Wenn Silje keine Kinder bekommt, wird sie selbst das Geld, das ihren Nachkommen zugedacht war, an dem Tag erhalten, an dem Max einundzwanzig wird.«

Ich schaue sie ein weiteres Mal der Reihe nach an.

Sage langsam und eindringlich: »Ob ich heute Abend oder in zwanzig Jahren sterbe, hat also nicht den geringsten Einfluss darauf, was ihr bekommt. Ihr könnt von meinem Tod nicht mehr profitieren.«

Alle drei Gesichter sind starr und maskenhaft. Ich kann förmlich sehen, wie sie versuchen, meine Informationen hinter ihren wächsernen Stirnen zusammenzufügen.

»Aber«, sagt Hanne schließlich. »Ich verstehe das nicht. Ich begreife einfach nicht, wie du das tun kannst.«

»Es ist bereits getan«, stelle ich richtig. »Alles steht da drin.«

Ich deute auf den Umschlag. Er liegt auf der Tischdecke, so weiß und jungfräulich. Keiner von ihnen nimmt ihn, selbst jetzt nicht, als glaubten sie, er würde in Flammen aufgehen, wenn sie ihn berührten.

»Das ist Irrsinn«, sagt Bård. »Enterbst du uns?«

»Nein«, antworte ich. »Das geht nicht, das darf ich gar nicht. Nein, ich gebe mein Vermögen weg. Das ist mein gutes Recht, und ehrlich gesagt, fühlt es sich ziemlich gut an. Ich versuche, dieses Geld dazu zu verwenden, etwas *Gutes* in dieser Welt zu bewirken. Wie Papa es gewollt hätte.«

»Wie Papa es gewollt hätte«, wiederholt Bård hilflos.

Es vergehen ein paar Sekunden, die Uhr tickt, und dann schlägt er die Faust mit ganzer Kraft auf den Tisch, sodass wir auf unseren Stühlen zusammenzucken. Die leeren Dessertschälchen machen einen Satz, die Löffel klirren, das Krachen brandet gegen die Wände.

»Nein«, brüllt er. »Damit finde ich mich nicht ab. Hast du denn völlig den Bezug zur Realität verloren, Mama? Dass du glaubst, du würdest verfolgt und was weiß ich. Wie kannst du annehmen, dass jemand von *uns* dich töten will? Ich meine ...«

Er sieht seine Schwestern an.

»Das ist ja völlig krank.«

Hanne versucht, sich zu sammeln. Sie verschiebt ihr Dessertschälchen, justiert den Winkel ihres Löffels.

»Dieser Freund, dem Papa sich anvertraut hat«, sagt sie. »Mama, ist das dieser Edvard?«

»Ja.«

»Denn in diesem Fall halte ich es für angebracht, dass wir ein wenig gründlicher nachdenken und uns fragen, welche Interessen *er* in dieser Angelegenheit verfolgt.«

Sie schaut mich an. Ich habe den Eindruck, sie wägt ab, wie das Ganze am besten anzupacken ist.

»Hast du zum Beispiel mal darüber nachgedacht, dass er selbst hinter dem Geld her sein könnte? Oder hinter dir, Mama? Denn du musst doch wohl zugeben, dass es ziemlich abenteuerlich ist, hier zu sitzen und zu behaupten, dass einer von uns dich töten will. Vielleicht sollten wir uns fragen, was dieser Kerl bei der Angelegenheit zu gewinnen hat?«

»Edvard hat dabei überhaupt nichts zu gewinnen«, sage ich ruhig. »Er sitzt im Vorstand des Gedächtnisfonds, aber Peter Bull-Clausen ist Vorstandsvorsitzender, und die Auswahl des Preisträgers erfolgt durch eine unabhängige Jury.«

Bård ist weiß im Gesicht, die Maske, die er mir zuwendet, ist blutleer und hart. Ich sehe, wie er sich vor mir verschließt, langsam und fürchterlich.

»Das ist total ...«, sagt er. »Mir fehlen die Worte. *Paranoia* ist zu schwach. Du redest von Mordversuchen? Was soll das? Hast du deinen Verstand versoffen, oder was?«

Die Härte in seinen Worten, in seinem Ton, legt sich mir

schwer und schmerzhaft in den Magen. *Er*, mein Liebling. Ich war darauf vorbereitet, aber es tut trotzdem weh. Manche Dinge lassen sich nie wieder in Ordnung bringen.

»Es tut mir leid«, sage ich. »Ich werde mein Alkoholproblem angehen, aber ich weiß, dass ich es nie wiedergutmachen kann. Ich war eine schlechte Mutter.«

Er schnaubt.

»Und daran werde ich für den Rest meines Lebens zu tragen haben«, fahre ich fort. »Aber ich bin nicht bereit, mich deshalb töten zu lassen.«

»*Töten*«, sagt er mit einem hohlen Lachen. »Das ist doch Blödsinn.«

»Jemand hat vor einigen Nächten nun einmal eine Brandbombe durch mein Fenster geworfen«, sage ich.

»Vielleicht war es ja dieser Edvard«, erwidert Bård höhnisch. »Er wirkt ziemlich unternehmungslustig.«

Hanne sagt: »Bård. Ich glaube nicht, dass das sonderlich hilfreich ist.«

Sie dreht sich zu mir, hat ihre hypererwachsene Miene. Als wäre sie die Mutter. Ich das Kind.

»Mama«, sagt sie. »Wie kannst du glauben, dass einer von uns eine Brandbombe ins Haus geworfen hat? Du meine Güte, ich weiß noch nicht einmal, wie man eine Brandbombe *baut*.«

»Das ist ganz einfach«, antworte ich. »Besonders heutzutage, wo man bloß im Internet nachschauen muss.«

Einen Augenblick lang sehen wir uns tief in die Augen. Sie taxiert mich, ich taxiere sie. Sie *weiß* es, denke ich. Sie wissen es, alle miteinander. Gundersen hat mit ihnen gesprochen. Er hat ihnen bestimmt von Bilals Verdacht erzählt, sie gefragt, was sie darüber denken.

Aber mir war vorher schon klar, dass sie Bescheid wissen.

Die Person, die das Feuer in meinem Haus verursacht hat, muss über Bilal Bescheid wissen. Es gibt viel effektivere Methoden, ein Feuer zu legen. Besonders, wenn man die Möglichkeit hat, ins Haus zu gelangen. Die Wahl fiel auf den Molotowcocktail, weil er so deutlich auf mich verweist. Es scheint beinahe so, als würde der Brandstifter mit mir kommunizieren. *Schau her, wozu ich in der Lage bin. Die Polizei kann dir nicht helfen, denn ich kenne deine Geheimnisse.* Dasselbe denke ich über die Beweisstücke, die ich im Keller gefunden habe, sie sind dort platziert worden, um den Verdacht auf mich zu lenken. Und deshalb habe ich sie verschwinden lassen. Nachdem wir gestern Morgen zusammen Kaffee getrunken hatten, hat Edvard mich nach Sørkedalen gefahren. Ich habe das Fahrrad mehrere Kilometer in den Wald geschoben und es in einen Teich geworfen. Die anderen Gegenstände habe ich in einem anderen Tümpel versenkt. Zur Sicherheit hatte ich vorher die Etiketten von den Tablettenschachteln und dem Pillenglas gekratzt. Es war nicht ohne Risiko, diese Dinge aus der Hand zu geben, aber das Risiko, sie im Haus zu behalten, wäre größer gewesen.

Silje räuspert sich. Alle drei drehen wir uns zu ihr hin. Sie hat die Hände mit den Handflächen nach unten auf die Tischplatte gelegt und starrt angestrengt in ihr leeres Dessertschälchen. Studiert die Rinnsale aus Moltebeerencreme.

»Ich finde, wir müssen Mamas Vorgehen verstehen«, sagt sie.

Hanne und Bård protestieren im Chor. »Das kann doch nicht dein Ernst sein«, ruft Hanne. »Wir können das, verdammt noch mal, nicht verstehen«, schreit Bård.

Silje sitzt unerschütterlich da, betrachtet ihr Schälchen und sagt: »Es stimmt doch, dass jemand eine Brandbombe in ihr Haus geworfen hat. Und es gab wirklich ein Gasleck in der Hütte.

Das hat der Polizist schließlich gesagt. Da ist es vernünftig, sich selbst zu schützen.«

Dann schaut sie hoch. Sie sieht erst ihre Geschwister an, danach mich. Sie fixiert mich mit ihren aufrichtigen Augen, wirkt vertraut und fremd zugleich.

»Ich war das nicht, Mama«, sagt sie ernst. »Ich würde weder dir noch Papa schaden. Ich finde es schade, dass du diese Maßnahme ergriffen hast, aber ich verstehe dich.«

Sie denkt einen Augenblick nach und fügt hinzu: »Ganz schön clever, die Idee mit dem Fonds.«

»Das ist ganz und gar nicht clever«, brüllt Bård.

Er steht auf, wobei sein Stuhl umfällt.

»Das ist blanker Irrsinn. Glaubst du etwa, ich war es? Glaubst du, es war Hanne? Es war, verflucht noch mal, keiner von uns, Mama, ich hoffe, dir ist klar, was du tust. Denn wenn du das machst, wenn du es tatsächlich durchziehst, dann will ich nichts mehr mit dir zu tun haben. Geht das in deinen Schädel? Dann wirst du die Jungs nicht mehr zu Gesicht bekommen. Willst du das?«

Auch darauf bin ich vorbereitet. Ich hatte vielleicht damit gerechnet, dass es eher von Hanne käme als von ihm, aber ich weiß auch, dass ich eine zu große Schwäche für ihn habe und deshalb ein bisschen zu blind bin. Ich spüre einen Kloß im Hals.

»Es ist bereits geschehen, Bård«, sage ich. »Ich habe es getan, als ich diese Textnachricht versandt habe. Es ist irreversibel, und ich kann es jetzt nicht mehr ändern, selbst wenn ich es wollte. Aber ich hoffe, unser Verhältnis bleibt trotzdem harmonisch und freundschaftlich.«

»Scheiß auf harmonisch und freundschaftlich«, brüllt er. »Wie stellst du dir das vor? Dass du uns unser gesamtes Erbe rauben kannst, einfach alles, verdammt, alles, was *uns* gehört? Und dass wir dann zum Sonntagsessen kommen und auf Friede, Freude, Eierkuchen machen? Während du dich in der Küche volllaufen lässt, anstatt dich ums Essen zu kümmern?«

Meine Fingerkuppen tasten wieder unter der Tischplatte entlang. Sie finden das Ende des Klebebands, mit dem das Messer befestigt ist.

»Das kannst du vergessen«, sagt er. »Wenn du das tust, verlierst du uns. Dann kenne ich dich nicht mehr.«

Behutsam löse ich das Stück Klebeband am Griff des Messers.

»Bård«, sagt Hanne abermals, woraufhin er sich zu ihr wendet: »Sag nicht, dass du nicht dasselbe denkst, Hanne. Sag nicht, dass du nicht *haargenau* dasselbe denkst wie ich.«

»Ja, schon«, räumt sie ein. »Aber ich bin einfach der Meinung, dass wir es jetzt erst mal auf sich beruhen lassen sollten. Dass wir uns das hier später ansehen sollten, nicht wahr?«

Sie nickt zu dem Umschlag hinüber, der auf dem Tisch liegt. Bård streckt die Hand aus, reißt ihn an sich. Er sieht mich an.

»Ich werde meine Anwälte darauf ansetzen«, sagt er. »Nur damit du es weißt. Es ist noch nicht vorbei.«

Wir hören ihn in die Diele trampeln. Ich nehme die Finger vom Klebeband, lasse das Messer hängen.

Die Mädchen gehen kurz darauf. Hannes Gesicht ist ebenfalls verschlossen, aber auf eine andere Art als bei ihrem Bruder. Sie verschanzt sich hinter ihrem besserwisserischen Blick, der zum Ausdruck bringt, dass sie es sowieso am besten weiß, dass sie meine Launen unter einer sehr dünnen Schicht Geduld erträgt. Wir reden nicht mehr viel. Beide umarmen mich. Hannes Umarmung ist lasch und mechanisch, aber Silje umarmt mich richtig. Anschließend streichelt sie mir über die Wange.

Ich bleibe am Korridorfenster stehen. Sehe, wie sie die Einfahrt hinuntergehen, zu ihrem Bruder, der an der Motorhaube lehnt und auf seinem Handy herumtippt. Einen Moment bleiben sie alle drei stehen. Es werden Worte gewechselt. Bård fuchtelt mit den Händen in der Luft herum. Hanne scheucht sie ins Auto und setzt sich ans Steuer. Dann fahren sie davon.

Als sie fort sind, gehe ich zurück ins Esszimmer. Ich löse das Messer von der Unterseite der Tischplatte, räume es weg. Auch die Schälchen und die Gläser räume ich weg. Ich puste die Kerzen aus. Stelle alles zurück an seinen gewohnten Platz. Auf der Stufe zwischen Wohnzimmer und Esszimmer bleibe ich stehen und schaue mich um. Zum ersten Mal seit Langem fühle ich mich vollkommen klar, vollkommen sicher. Ich bin zu Hause.

EIN JAHR DANACH

Der Asphalt im Sondrevegen ist frisch gekehrt und sauber. Wie er es vor einem Jahr an diesem Tag auch war, an dem Tag, als Erling den Abhang hinunterradelte und stürzte. Jetzt ist die Straße leer, abgesehen von mir, die ich mit einem Strauß Flieder in den Händen von der U-Bahnstation komme. Ich habe die Zweige von einem Strauch in meiner neuen Nachbarschaft abgeschnitten. Sie sind lila. Wie es sich gehört.
Erling ist im oberen Teil des Hangs zusammengebrochen. Ich erinnere mich daran, dass direkt neben der Stelle, wo er an *jenem* Tag lag, ein Riss in der Bordsteinkante war, und bis jetzt hat ihn niemand ausgebessert, sodass die Stelle leicht zu finden ist. Ich bleibe stehen. Jetzt gibt es hier keine Spur mehr von Erling. Für alle anderen ist das hier lediglich ein Flecken Straße, eine Stelle, an der man vorbeiläuft. Die wenigsten wissen, dass hier Erling Krogh zu Tode kam.
Weil sein Körper die Medizin nicht bekommen hat, auf die er angewiesen war? Weil sein Pillenglas mit Zuckerpillen gefüllt war? Oder mit etwas anderem? Mit einem Gift zum Beispiel, das bei der Obduktion nicht nachgewiesen werden konnte? Ich schließe die Augen, atme tief in den Bauch. Dann beuge ich die Knie und lege den Fliederstrauß auf den Asphalt.

Einen Moment bleibe ich so stehen, den Blick auf die Blüten auf dem Boden gerichtet. Ich versuche, mir jenen Vormittag ins

Gedächtnis zu rufen: Maria Berger in der gelben Trainingsjacke vor mir auf der Straße, die Leute, die ihn im Kreis umstanden. Die Sohlen von Erlings abgetragenen Turnschuhen, die Plastikschnalle unter seinem Kinn. Ich kann mich an all das erinnern, aber es tut nicht mehr weh, daran zu denken. In diesen Tagen hat etwas anderes die Oberhand, das sich als dumpfer Schmerz in der Magenregion bemerkbar macht: das Leben ohne ihn.

Diese Anwandlungen begannen, nachdem ich das Haus verkauft hatte und in eine helle, moderne Wohnung in Røa umgezogen war. Ich bereitete in meiner neuen Küche das Essen zu und salzte es nicht, weil Erlings Ärztin ihm geraten hatte, weniger Salz zu essen. In der Zeitung war ein Artikel über Recycling, und ich fing an, ihn herauszureißen, um ihn für Erling aufzuheben. Ich ging zur Wohnungseigentümerversammlung und stellte mir vor, wie es wäre, ihn an meiner Seite zu haben. Anschließend zusammen nach Hause zu gehen und über das zu diskutieren, was besprochen worden war. Noch immer ertappe ich mich dabei, dass ich ihm dieses Leben, das ich mir aufgebaut habe, gern zeigen würde.

Im Sommer ließ ich mich in eine Entzugsklinik einweisen, in der ich einige Wochen verbrachte. Dort nahm ich meine Mahlzeiten zusammen mit anderen um Kieferntische versammelten Abhängigen zu mir, aß Brot, das schon in Scheiben geschnitten auf den Tisch kam und das ich dann mit Butter und Marmelade aus Portionspäckchen bestrich. Ich ging zur Gruppentherapie, vertraute den anderen meine schlechtesten Seiten an, lernte das Zwölf-Schritte-Programm kennen: *Wir geben zu, dass wir dem Alkohol gegenüber machtlos sind und unser Leben nicht mehr meistern können.* Ich bekannte meine Sünden vor den anderen Patienten, vor dem Personal und vor einer jungen Psychologin, die aussah, als hätte sie in ihrem Leben noch keinen einzigen Regentag erlebt. In den darauffolgenden sechs Monaten hielt ich mich konsequent vom Alkohol fern. Bis heute befolge ich strikte Regeln: nie allein, nie mehr als zwei Gläser, nie unter der Woche. Noch immer habe ich einmal im Monat einen ambulanten Termin in der Entzugsklinik.

Inzwischen habe ich auch den Inhalt der Zwölf Schritte verinnerlicht. Ich versuche nicht mehr, mein Problem kleinzureden. Ich bin nicht mehr der Meinung, dass *mein* Trinken im Vergleich zu dem, womit andere zu kämpfen haben, eine Bagatelle ist. Mir ist klar, dass ich diese Schwäche mein Leben lang mit mir herumtragen werde. Ich habe auch erkannt, was sie meiner Familie abverlangt hat. Wie es im Zwölf-Schritte-Programm heißt: *Wir machen eine Liste aller Personen, denen wir Schaden zugefügt haben, und sind willig, ihn bei allen wiedergutzumachen. Wir machen bei diesen Menschen alles wieder gut – wo immer es möglich ist.* Dieser Schritt lässt sich nicht so leicht zu Ende bringen.

Bei Silje ist Wiedergutmachung möglich. Sie besucht mich ein- oder zweimal die Woche. Dann kochen wir zusammen und reden beim Essen über Erling.

»Wie war Papa in seiner Jugend?«, fragt Silje, oder: »Was meinst du, wie war es bei ihm zu Hause, als er aufwuchs?«

Gemeinsam fügen wir sein Leben zusammen. Ich weiß nicht, ob sie sich immer noch ein Kind wünscht, aber mir ist in den Sinn gekommen, dass sie vielleicht die Erinnerung an Erling festhalten möchte, damit sie sie an ihre eigenen Kinder weitergeben kann. Möglicherweise möchte sie sie auch in ihrer Kunst verarbeiten. Doch vielleicht macht sie es hauptsächlich für sich selbst. Ich frage nicht, sondern bin einfach froh, darüber sprechen zu können.

Ob bei Hanne Wiedergutmachung möglich ist, weiß ich nicht. Sie und ich, wir telefonieren noch miteinander, aber seltener als früher. Sie redet wohl auch nicht mehr so oft mit Silje. Hin und wieder kommt sie zum Essen zu mir, in der Regel ohne Max und Ørjan. Die unbeabsichtigten Anklagen, hervorgerufen durch unser beider Hang, die falschen Dinge zueinander zu sagen, sind fast verschwunden. Das ist überraschend schmerzhaft, denn mir wird jetzt, allzu spät, bewusst, dass dieser Hang trotz allem mit Nähe zu tun hatte, in ihm manifestierten sich unsere Versuche, uns näherzukommen, trotz aller Unterschiede. Jetzt fühlt es sich an, als habe sie sich abgekoppelt, wenn sie hier ist. Sie verschwindet aus ihren Augen, nur ihre Hülle ist anwesend.

Ich habe sie gebeten, mir zu verzeihen, dass ich in ihrer Jugend zu viel getrunken habe.

»Denk nicht mehr daran, Mama«, sagte sie da, sie wischte es einfach weg.

Aber vielleicht renkt es sich wieder ein. Im Winter hat sie die Bank endlich überreden können, ihnen die Kreditzusage zu geben, sodass sie doch noch das Haus in Kjelsås kaufen konnten, und ich glaube zu spüren, dass sie danach etwas aufgetaut ist.

Bård spricht nicht mehr mit mir. Ich ziehe die Jacke enger um mich, während ich hier stehe und den Fliederstrauß auf dem Asphalt betrachte, denn genau das schmerzt immer noch: Er, mein Erstgeborener, hat jeglichen Kontakt abgebrochen. Er sei wütend, sagt Lise, und fürchterlich verbittert. Lise ruft mich von Zeit zu Zeit an, wodurch ich erfahre, wie es ihnen geht. Sie hat mir erzählt, dass er seine Firma aufgelöst und eine Stelle in einem Büro für Grundstücksentwicklung angetreten hat. Er sei recht zufrieden, sagt sie.

Ich stelle nicht so viele Fragen. Einerseits denke ich, dass die

Zeit vielleicht helfen wird. Andererseits erkenne ich Erlings Sturheit in meinem Jungen und weiß, dass er möglicherweise bis zu seinem Todestag an seiner Wut festhalten wird. Das ist der Preis, den ich dafür zahlen muss, dass ich nicht bereit war zu sterben, nur damit Bård seinen Willen bekommt, aber natürlich tut es weh. Ich atme tief ein. Entlasse die Luft wieder und versuche das, was im Körper schmerzt, mit dem Ausatmen hinauszulassen. Das habe ich in der Klinik gelernt. Es ist erstaunlich effektiv.

Edvard treffe ich, wenn nicht jede, dann doch jede zweite Woche. Wir gehen zum Essen in Restaurants, von denen er gehört hat. Er führt Buch darüber, wie zufrieden wir sind. Die besten Empfehlungen gebe ich an Synne weiter, die sich enthusiastisch bedankt, wobei ich nicht weiß, ob sie den Anregungen folgt. Alle drei Monate findet die Vorstandssitzung des Erling-Krogh-Gedächtnisfonds statt, und letzten Herbst habe ich mich dreimal mit Miriam und zwei anderen Jurymitgliedern getroffen, um über die Kandidaten für den Erling-Krogh-Gedächtnispreis zu diskutieren. Die Arbeit für den Fonds macht mir mehr Freude, als ich es je für möglich gehalten hätte. Zunächst hatte ich den Fonds bloß als Möglichkeit gesehen, meine Kinder unschädlich zu machen. Ich hatte keine Ahnung gehabt, wie sinnstiftend diese Tätigkeit sein würde, wie belebend. Ich genieße es zu verfolgen, wie Fachleute argumentieren, mir gefällt es, mir eine eigene Meinung zu bilden, gehört zu werden. Auch Widerspruch finde ich gut, wenn er angebracht ist, denn Kritik ist in Ordnung, und mehr als das: Sie bedeutet, ernst genommen zu werden.

Mittlerweile verstehe ich auch Erlings Engagement für die Umwelt. Jahrelang hatte er versucht, mich dazu zu bringen, zu sehen, was er sah, er hatte mich mit Statistiken und düsteren Prophezeiungen überhäuft, mir Bücher und Broschüren zu lesen gegeben. Jetzt habe ich sie gelesen. Und er hatte vollkommen recht, das denke ich jetzt: Die Welt ist in einer traurigen Verfassung. Wir stehen großen, fast unmöglich zu bewältigenden Herausforderungen gegenüber. Ein einzelner Mensch kann wenig tun, aber wir müssen es ja trotzdem versuchen. Der Fonds kommt mir wichtig vor, wie der Beitrag, den ich leisten kann. Kurz vor Weihnachten haben wir zweihunderttausend Kronen an eine Organisation in Østfold vergeben.

Ich denke jetzt auch weniger an das, was im Mai letzten Jahres geschehen ist. Mir ist klar, dass es auf und ab gehen wird, dass ich phasenweise schwere Gedanken haben werde. Aber nicht ständig, jetzt nicht mehr. Und es passiert auch kaum noch, dass ich nachts wach werde und Brandgeruch zu riechen meine.

Ja, ich habe mir ein Leben aufgebaut. Ein Leben, das sich ziemlich von dem unterscheidet, das Erling und ich geführt haben. Streng genommen ist es eins, das besser zu mir passt. Aber ich ertappe mich dabei, dass ich ihn immer mehr vermisse. Die von ihm verursachten Geräusche, seine Sachen, seinen Geruch im Haus. Erling, der immer da war.

Im August kam Gundersen zum letzten Mal vorbei. Ich war im Garten und jätete Unkraut in den Beeten, um das Haus für den Verkauf vorzubereiten. Da sah ich einen fremden Toyota unten an der Straße parken und hörte Gundersens rhythmische Schritte im Splitt auf dem Weg zum Haus.

»Hallo«, rief er mir zu, als er oben bei der Garage in Sicht kam.

Ich schaute hoch. Er stand genau an der Stelle, an der Erling gestanden hatte, als ich ihn zum letzten Mal lebendig gesehen hatte.

Wir setzten uns auf die Veranda. Gundersen teilte mir mit, dass die Ermittlungen zu Erlings Tod eingestellt worden seien. Es sei kein strafbarer Tatbestand nachzuweisen gewesen, meinte er, denn sie hätten nicht genug Indizien dafür gefunden, dass es sich um Mord handelte. Er sagte das mit einem gewissen Bedauern in der Stimme. Ferner berichtete er, die gegen mich gerichteten Mordversuche würden weiterhin untersucht, wobei er mich aber vorwarnte, dass die Aussicht auf eine Aufklärung nicht besonders groß sei, nachdem nun schon so viel Zeit ohne einen Durchbruch verstrichen sei. Leider, fügte er hinzu.

Das schien er aufrichtig zu meinen. Vielleicht dachte er, ich hätte Angst und fürchtete, dass abends eine unbekannte Person im Gebüsch herumschliche, mit einem Sack voller undichter Gasflaschen und Molotowcocktails. Möglicherweise wertete er die Ruhe, mit der ich sein Bedauern aufnahm, aber auch als Beweis dafür, dass ich das Ganze fingiert hatte. Eine Weile saßen wir schweigend da und tranken Kaffee in der Nachmittagssonne.

»Wollen Sie verkaufen?«, fragte er.

»Ja, ich möchte nicht mehr hier wohnen«, sagte ich und schob erklärend nach: »Im Grunde habe ich dieses Haus nie gemocht.«

Er lächelte, wobei er ein wenig abwesend wirkte. Ich nahm an, dass er mit den Gedanken woanders war, vielleicht bei dem, was er anschließend noch zu erledigen hatte, zuerst noch mal bei der Arbeit vorbeischauen, dann einkaufen und danach nach Hause. Ich stellte mir vor, dass dort eine Lebensgefährtin auf ihn wartete, eine Frau in seinem Alter oder vielleicht ein paar Jahre jünger, die Essen gekocht hatte oder für die er Essen kochen würde. Ich konnte sie an einem Küchentisch in einer staubigen Wohnung vor mir sehen. Doch dann wandte er mir seinen scharfen Blick zu, der jede Bewegung registrierte, jede zitternde Hand, jedes Zucken des Mundes.

»Aber Sie haben keine Angst, Evy«, sagte er so bestimmt, als würde er lediglich etwas feststellen. »Warum haben Sie die eigentlich nicht?«

Ich zuckte mit den Schultern und schaute in meine Tasse.

»Man kann doch nicht sein ganzes Leben lang Angst haben.«

Er sah mich an, ich zählte vier Sekunden, bis er sagte: »Nein, da steckt mehr dahinter. Sie wissen etwas. Ist es nicht so?«

Einen Augenblick saßen wir so da.

Seine Augen wurden schmal: »Sie wissen, wer hinter Ihnen her war.«

Ein überwältigender Bekenntnisdrang brauste in mir auf: Wie gern würde ich diesem intelligenten Mann erzählen, wie clever ich gewesen war! Wie ich das Ganze eingefädelt hatte, mit welcher Erfindungsgabe ich meine Kinder unschädlich gemacht hatte. Aber ich schluckte es hinunter. Das ist meine Buße: Ich beschütze sie vor sich selbst, davor, die Konsequenzen ihrer Taten tragen zu müssen. Wie es in den Schritten heißt: Ich bin willig, es wiedergutzumachen. Ich mache es bei ihnen wieder gut, soweit es möglich ist.

»Es gibt nicht mehr zu sagen als das, was ich Ihnen bereits gesagt habe«, antwortete ich daher. »Aber ich bin imstande, auf mich aufzupassen.«

Er betrachtete mich aus zusammengekniffenen Augen.

»Wir reden hier über einen wirklich gefährlichen Menschen«, sagte er, »über jemanden, der getötet hat und der versucht hat, ein weiteres Mal zu töten.«

Der Ernst in seiner Stimme machte mich unruhig, und ich schaute weg. Sein Blick war so eindringlich, dass ich fürchtete, doch noch mit allem herauszuplatzen, wenn ich ihm in die Augen schaute.

»Wenn man es mit gefährlichen Menschen zu tun hat, ist man auf die Hilfe der Polizei angewiesen«, sagte Gundersen nachdrücklich. »Viele waren schon der Ansicht, sie könnten es selbst regeln. Doch in vielen Fällen war das ein Irrtum.«

Ich hielt jedoch an meinem Schweigen fest. Kurz darauf verkaufte ich das Haus. Seither bin ich nicht mehr dort gewesen.

Eigentlich war das der einzige Grund für meinen Besuch in Montebello: Ich wollte die Stelle, an der Erling zu Tode gekommen war, aufsuchen und den Strauß dort hinlegen. Jetzt kann ich wieder umkehren. Es ist ein schöner Frühlingstag. Ich könnte in den Wald gehen, Kaffee in einer Thermoskanne mitnehmen. Ich könnte mich auch mit einem Buch auf meine neue Veranda setzen. Denn hier gibt es ja nichts mehr zu tun, nicht für mich. Aber dann kann ich es einfach nicht lassen. Ich muss hinauf zum Nordheimbakken. Muss mein altes Haus wiedersehen.

Dort ragt es stolz auf seiner Hügelkuppe empor. Die neue Garage ist modern, das Paar, an das ich verkauft habe, hat neben der Veranda ein Trampolin aufgestellt, und auf den steilen Hängen des Gartens ist überall Plastikspielzeug in leuchtenden Farben verstreut, aber selbst diese Requisiten können die dem Haus innewohnende Düsterkeit nicht vertreiben. Als ich zum ersten Mal hier war, weckte das Haus Ehrfurcht in mir. Mit Betonung auf Furcht, habe ich später gedacht. Die Anhöhe, die bewältigt werden muss, und die dunklen Räume. Es erfüllt mich mit Erleichterung, dass ich nie wieder einen Fuß hineinsetzen muss.

Und während ich noch so dastehe, erblicke ich sie. Ich bin alles andere als begeistert. Sie hat mich bereits gesehen, winkt heftig und enthusiastisch. An einem gewöhnlichen Tag hätte ich nicht sonderlich viel gegen einen Plausch einzuwenden gehabt, aber gerade heute hätte ich ihn gern vermieden. Wenigstens trägt sie nicht die gelbe Trainingsjacke.

»Was für ein seltener Gast«, sagt sie, als sie auf mich zukommt.

Sie lächelt breit. Ihre Zähne hat sie bestimmt aufhellen lassen, denn sie sind viel weißer, als es natürlich wäre, und Maria Berger ist schon immer gern aufgefallen. Die Schulterpolster und die hochtoupierten Haare sind zusammen mit den Achtzigerjahren verschwunden, aber sie ist sich selbst treu geblieben. Wie wir alle, auf die eine oder andere Weise.

»Ja«, sage ich müde. »Das stimmt wohl.«

»Es ist jetzt ungefähr ein Jahr her, dass Erling gestorben ist. Oder?«

»Ungefähr.«

»Ich habe neulich noch daran gedacht. Herrje, wie schrecklich das doch war.«

Ich nicke, würde lieber nicht ins Detail gehen.

»Wie geht es dir?«, frage ich stattdessen.

Sie setzt zu einer komplizierten Erzählung über den erzwungenen Umzug ihres Fitnessstudios an. Ich höre bloß mit halbem Ohr zu, während ich zu den Blumenbeeten hinüberschaue, die einmal mir gehört haben. Ja, ich hätte direkt zur U-Bahn gehen sollen, nachdem ich den Flieder abgelegt hatte. Ich hätte nicht hier hochkommen sollen.

»Und wie steht es bei deiner Familie?«, fragt Maria.

Ich zögere. Zu sagen, es sei alles in Ordnung, fühlt sich unehrlich an, und die Wahrheit zu sagen, kommt mir übertrieben offenherzig vor.

»Ach ja«, sage ich bloß. »So weit okay.«

Ein leichter Windhauch lässt die Blätter an den Sträuchern im Garten erzittern. Das fällt mir auf. Ansonsten ist es um uns herum vollkommen still. Kein Auto, kein Geräusch. Nur das leise Rascheln.

Und dann sagt Maria: »Und was da mit Ørjans Eltern passiert ist. Ich habe davon gehört.«

Der Windhauch ist so kühl, in meinem Nacken bildet sich eine Gänsehaut.

»Wirklich eine furchtbare Geschichte«, fährt sie fort. »Habe ich es richtig verstanden, dass Hanne und Ørjan dort waren, als es passiert ist?«

Als ich mich zu ihr drehe, geschieht das so langsam, so unendlich langsam. Ihr freundliches Gesicht ist in ernste Falten gelegt, und ich sehe jedes Detail: den Lippenstift, der am rechten Mundwinkel ein wenig verschmiert ist, die blonden Härchen auf der Oberlippe, eine kleine Unebenheit am linken Schneidezahn. Ja, jetzt sehe ich alles.

»Eine Cousine von mir lebt auf dem Nachbarhof, weißt du. Sie hat es mir erzählt. Wie ich es verstanden habe, lag es an verdorbenen Meeresfrüchten. Wie heißt es noch gleich, Botulismus? Er greift das Nervensystem an, verursacht Lähmungen. Eine entsetzliche Geschichte. Es kann tödlich enden. Wie bei Ørjans Eltern. Wie hießen sie noch? Tom und Eva? Sehr nette Leute, sagt meine Cousine.«

Um uns herum ist es vollkommen still. Als könnten keine anderen Laute existieren als ihre Stimme.

Tom und Eva. Bei der Hochzeit meiner Tochter standen sie vor der Kirche. Tom im Anzug, mit vor Stolz rotem Kopf, einem Stolz, den er nicht ganz zum Ausdruck bringen konnte. *Ach ja, ja, mein Junge,* sagte er mehrfach, wobei er Ørjan freundlich auf die Schulter klopfte. Eva, klein und rund, in einem hellblauen Seidenkleid, mit einer glitzernden Spange in den angegrauten Locken. Sie lächelte die ganze Zeit, wirkte so aus tiefstem Herzen froh. Ich erinnere mich daran, dass sie Hand in Hand dastanden, als der Pfarrer unsere Kinder zu rechtmäßig getrauten Eheleuten erklärte. Dass sie ihren Kopf an seine Schulter legte und er seine Wange an ihre Stirn. Und dann sehe ich Hanne vor mir, in dem weißen Traumkleid.

»Der arme Ørjan«, sagt Maria. »Es muss grauenhaft sein, so plötzlich beide Eltern zu verlieren.«

Hannes Brautkleid stammte aus einem exklusiven Salon in der Stadt, ihre Hochsteckfrisur war mit weißen Blüten geschmückt.

Sie lächelte fotogen in die Kamera. Vor der Kirche umarmte sie ihre Schwiegereltern. Wie Gundersen gesagt hat: Man hat es mit einem gefährlichen Menschen zu tun.

»Ørjan war wohl das einzige Kind. Er hat ja den ganzen Hof geerbt. Aber soweit ich es verstanden habe, haben sie ihn sofort verkauft.«

Wie Gundersen ebenfalls gesagt hat: Viele sind der Ansicht, sie könnten es regeln. In vielen Fällen ist das ein Irrtum.

Erlings Irrtum bestand darin, in keiner Weise in Betracht zu ziehen, dass sie mir gefährlich werden konnte. Habe ich denselben Fehler gemacht? Eine Krankheit, die das Nervensystem angreift. Die lächelnden grauhaarigen Eheleute Tom und Eva, tot in ihren Betten.

»Ist alles in Ordnung mit dir, Evy?«, fragt Maria Berger. »Du siehst ein wenig blass aus.«

Das Zweifamilienhaus in Kjelsås, in das sie sich doch noch einkaufen konnte. Erling am Küchentisch, unmittelbar bevor er mit dem Rad in den Tod fuhr: *Es ist ziemlich unschön*, sagte er damals, *wirklich sehr unschön*. Die Person, mit der er reden wollte, der private Termin. *Wenn ich nach Hause komme, ist es erledigt.*

Ich hebe den Blick zu dem dunkelbraunen Haus auf der Hügelkuppe. Dabei stelle ich mir vor, dass ich dort drinnen stehe, im Flur vor der Küche. Wo Mutter bei unserem Osteressen stand. Mutter, die nicht versteht, dass die Zeit vergeht, die nicht mehr unterscheiden kann zwischen dem, was jetzt geschieht, und dem, was vor vierzig Jahren geschehen ist. Mutter, die mich für ihre Schwester hält.

Ich stelle mir vor, wie es ausgesehen hätte, wenn Hanne durch die Doppelflügeltür gegangen wäre, den Korridor entlang und ins Arbeitszimmer. Ihre Gestalt wäre schmal und groß gewesen, denn sie hat den gleichen Körperbau wie ich, als ich jung war. Wer ist ins Arbeitszimmer gegangen? Evy.

Aber Hanne sieht ähnlich aus wie ich, als ich in ihrem Alter war. Nicht zuletzt in Bezug auf dieses eine Detail: Ihre Haare haben genau die gleiche Farbe, wie meine sie damals hatten.

Die norwegische Ausgabe erschien 2023 unter dem Titel
»Enken« bei Aschehoug & Co (W. Nygaard) AS, Oslo.

Der Verlag behält sich die Verwertung der urheberrechtlich
geschützten Inhalte dieses Werkes für Zwecke des Text- und
Data-Minings nach § 44 b UrhG ausdrücklich vor.
Jegliche unbefugte Nutzung ist hiermit ausgeschlossen.

NORLA
Norwegian
Literature Abroad

Die Übersetzung wurde von NORLA, Oslo, gefördert.
Der Verlag bedankt sich sehr herzlich dafür.

MIX
Papier | Fördert
gute Waldnutzung
FSC
FSC® C011400

Penguin Random House Verlagsgruppe FSC® N001967

1. Auflage
Copyright © 2023 by Helene Flood
Copyright © der deutschsprachigen Ausgabe 2025 by btb Verlag
in der Penguin Random House Verlagsgruppe GmbH,
Neumarkter Straße 28, 81673 München
produktsicherheit@penguinrandomhouse.de
(Vorstehende Angaben sind zugleich
Pflichtinformationen nach GPSR)

Published in Agreement with Oslo Literary Agency
Umschlaggestaltung: semper smile, München
unter Verwendung von Bildmaterial von Jane Morley/Trevillion
Images und Shutterstock/Yarlander, mayk.75
Satz: Uhl + Massopust, Aalen
Druck und Einband: GGP Media GmbH, Pößneck
Printed in Germany
ISBN 978-3-442-75899-9

www.btb-verlag.de
www.facebook.com/penguinbuecher